Knaur

Von LaVyrle Spencer sind außerdem erschienen:

Die zweite Liebe
Ehemann gesucht
Spiel um Liebe
Vor uns die Jahre des Glücks

Über die Autorin:

LaVyrle Spencer wurde 1943 in Browerville, Minnesota, geboren und besuchte die High-School in Staples. Heute lebt sie mit ihrem Mann und ihren beiden Töchtern in Stillwater, Minnesota. All ihre Bücher sind Bestseller geworden – und doch hat sich LaVyrle Spencer vor kurzem entschieden, mit dem Schreiben aufzuhören, um mehr Zeit für andere Dinge zu haben.

LaVyrle Spencer

Ich hasse dich, ich liebe dich

Roman

Aus dem Amerikanischen von
Ingeborg Ebel und Traudl Weiser

Knaur

Die amerikanische Originalausgabe erschien
unter dem Titel *Vows*

Besuchen Sie uns im Internet:
www.droemer-knaur.de

Vollständige Taschenbuchausgabe Januar 2000
Droemersche Verlagsanstalt Th. Knaur Nachf., München
Dieser Titel erschien bereits unter der Bandnummer 60680

Umschlaggestaltung: Agentur Zero, München
Umschlagabbildung: Pino Daeni / Bildagentur Schlück
Satz: Pinkuin Satz und Datentechnik, Berlin
Druck und Bindung: brodard & taupin, La Flèche
Printed in France
ISBN 3-426-69064-0

2 4 5 3 1

Dieses Buch ist den vielen Bibliothekarinnen und Bibliothekaren gewidmet, die mir jahrelang geholfen haben, vor allem aber Nita Foster und Ardis Wiley vom Hennepin County Library System, die mir immer die wissenschaftlichen Unterlagen besorgten, die ich brauchte. Ich danke auch Patty Myers von der Johnson County Library in Buffalo, Wyoming, und den Mitarbeitern der Sheridan County Fulmer Public Library von Sheridan, Wyoming, für ihre besondere Mithilfe bei diesem Buch.

Anmerkung der Autorin

Leser, die mit der Gegend um Sheridan und Buffalo vertraut sind, werden feststellen, daß ich mir gewisse Freiheiten hinsichtlich der geschichtlichen Darstellung dieser Städte erlaubt habe. In Wirklichkeit hat die Main Street von Sheridan nicht meiner Beschreibung entsprochen, noch besaß die Stadt damals so schöne viktorianische Häuser, wie ich sie skizziert habe; sie sind nicht vor der Jahrhundertwende erbaut worden. Im Jahre 1888 hatten Munkers & Mathers noch nicht ihr Haushaltswarengeschäft, und natürlich existierte auch der *Mint Saloon* noch nicht. Aber ich mußte einige typische Wahrzeichen mit in das Buch einbeziehen, also bitte ich um Verzeihung, daß ich den Kalender passend zur Handlung meines Romans verändert habe.

L. S.

Erstes Kapitel

Das Wyoming-Territorium 1888

Tom Jeffcoat setzte sich bequemer auf dem harten Wagensitz zurecht, kniff die Augen zweimal zusammen und spähte nach Norden. Er blinzelte unter dem Rand seines staubigen braunen Stetson hervor, bis die verschwommenen Umrisse einer Stadt Gestalt annahmen. Ein erregendes Gefühl ergriff von ihm Besitz – endlich näherte er sich Sheridan in Wyoming! Und mit etwas Glück kam er noch heute zu einem Bad, einem anständigen, heißen Abendessen und einem richtigen Bett – seinem ersten seit achtzehn Tagen.

Er schnalzte seinen beiden Pferden zu, die in eine raschere Gangart verfielen.

Aus der Entfernung von mehreren Meilen wirkte die Stadt nicht größer als ein Maulwurfshügel am Eingang dieses weiten, fruchtbaren Tals, aber die Lage erwies sich als so schön, wie in der Anzeige versprochen war. In saftiges Rispengras eingebettet, schmiegte sich der Ort an die östlichen Ausläufer der Big Horns, an den Rand des weiten Goose Creek Valley, in dem der Big und der Little Goose Creek zusammenflossen. Der Verlauf der Flüsse wurde deutlich durch eine gewundene Linie von Weiden und Pappeln gekennzeichnet, die jetzt, Anfang Juni, ihre weißen flockigen Blüten über das Wasser streuten.

Aber es waren die Berge, die der Landschaft Großartigkeit verliehen. Schneebedeckt, in dunstiges Blau gehüllt, ragten sie wie die Knöchel einer geballten Faust empor, bildeten eine Barriere gegen die rauhen Rocky Mountains im Westen. Diese Berge waren beschützende alte Freunde geworden, immer zu Jeffcoats linker Seite, während seiner langen Reise von Rock Springs bis hierher. Er liebte die Big Horns bereits, diese majestätischen Giganten, die von blauschwarzen Rocky-Mountain-Zedern gekrönt und deren Abhänge in jede vorstellbare Schattierung von Grün getaucht waren. Diese Abhänge bauschten sich wie ein riesiger Rüschenrock, und in die samtigen Falten geschmiegt lag seine neue Heimat: Sheridan.

»Westlich von allen Sorgen«, hatte die Anzeige geprahlt, »dort gibt es keine Hitze, keinen Staub, keinen Wind, und dort sind die Nächte immer kühl.«

Nun, das wird sich zeigen, dachte er.

Als er sich der Stadt näherte, wurden einzelne Gebäude deutlicher sichtbar, dann erkannte er eine Straße – nein, Straßen, mein Gott! – ein gerades und großzügig angelegtes Straßennetz, mit hölzernen Namensschildern versehen – Perkins, Whitney, Burkitt, Works, Loucks, und die breiteste Straße, die Main Street, durch die er in den Ort fuhr. Tiefer im Herzen der Stadt schlängelte sich der Lauf eines Baches hindurch. In den Seitenstraßen sah er Häuser, größtenteils Holzkonstruktionen aus geschälten Baumstämmen mit hochgiebeligen Dächern, damit der Schnee darauf nicht liegenblieb. Viele der Grundstücke waren eingegrenzt: von Lattenzäunen, Pfählen, Nebengebäuden an den rückwärtigen Grenzlinien, neu gepflanzten Gemüsegärten und Blumenhecken. Im Geschäftsviertel ließ er die Pferde gemächlich dahingehen und betrachtete seine Umgebung. Es gab wohl an die fünfzig Gebäude, die von hölzernen, verwitterten Bürgersteigen umgeben waren, und eine beachtliche Anzahl Geschäfte: ein Hotel, einen Metzger, einen Friseur, einen Drugstore, ein Anwaltsbüro, verschiedene Kaufläden, eine Zeitungsredaktion und die unumgänglichen Saloons für die Cowboys, die das Vieh den Bozeman Trail hochtrieben, dem auch er gefolgt war. Da gab es den *Star,* den *Mint* und den *Silver Spur,* mit einer Pferdekoppel daneben, in der ein halbes Dutzend wilder Wapitihirsche eingepfercht war. Ein paar Cowboys erprobten an ihnen ihre Fertigkeiten im Lassowerfen. Das Gelächter der Männer und das Brüllen der Tiere entlockten Jeffcoat ein Lächeln.

Weitere Merkmale des Fortschritts säumten die Straße: ein Gebäude mit weit geöffnetem Doppeltor, hinter dem eine Feuerwehrpumpe mit ihren Messingapparaturen schimmerte; ein Haus mit dem Namensschild: *L. D. Steele, Arzt;* eine Schule und ein Lederwarengeschäft, dem Jeffcoat besondere Aufmerksamkeit widmete.

Schließlich gelangte er an einen Bach, der vom Schmelzwasser angeschwollen war und über den keine Brücke führte, wo ein hagerer Mann in ausgebeulten Hosen und kniehohen Stiefeln mit einem Eimer an einer langen Stange seinen Wasserwagen füllte. Eine Seite des Zinnbehälters zierte die Aufschrift: *Täglich frisches Wasser, 25 Cent das Faß, 5 Fässer für 1 $, Andrew Deharts Wasser-Service.*

»Hallo, Sie da!« Jeffcoat zügelte seine Pferde.

Der Mann drehte sich um. »Hallo!« Er hatte einen buschigen Bart und eine große Hakennase, die er sich jetzt schneuzte, wobei er sich zuerst das linke und dann das

rechte Nasenloch zuhielt, ohne ein Taschentuch zu benutzen.
»Welcher Bach ist das denn? Der Big Goose oder der Little Goose?«
»Der Big Goose. Aber hier wird er nur Goose genannt. Sind Sie neu in der Stadt?«
»Ja. Ich kam vor fünf Minuten hier an.«
»Nun, guten Tag! Mein Name ist Andrew Dehart.« Mit dem Kopf wies er auf die Aufschrift am Wasserwagen.
»Ich heiße Tom Jeffcoat.«
»Wenn Sie Wasser brauchen, kommen Sie zu mir. Bleiben Sie?«
»Ja. Das habe ich vor.«
»Haben Sie schon eine Unterkunft?«
»Noch nicht.«
»Nun, Sie sind am einzigen Hotel, dem *Windsor,* vorbeigefahren. Und Ed Walcott gehört der Mietstall. Biegen Sie links in die Grinnell Street ein.« Er zeigte in die Richtung.
»Danke, Mr. Dehart.«
Dehart winkte ihm zu, tauchte den Eimer wieder in den Bach und sagte noch: »Junge Leute sind hier in der Gegend immer willkommen.«
Der Bach schien das Ende des Geschäftsviertels zu markieren. Weiter unten standen nur noch Wohnhäuser. Also wendete Jeffcoat sein Gespann und fuhr in die Richtung zurück, aus der er gekommen war.
Er fand die Grinnell Street ohne Schwierigkeiten und steuerte auf einen riesigen Holzstall mit zeltartigem Dach, offenem Doppeltor und einem auffallenden Schild hoch oben über der Heuluke zu: *Walcotts Mietstall, Kost und Logis für Pferde, Fuhrwerke zu vermieten.*

Auf einer Koppel vor dem Gebäude döste ein halbes Dutzend Pferde in der Mittagssonne. Weiter hinten stand ein verlassener Pferdeschuppen, der von einer Reihe schiefhängender Pappelbretter überdacht war, die ihre Schatten über das Geländer an der Straße warfen. Der Stall war ein weitläufiges, an beiden Seiten offenes Gebäude mit Schiebetoren, das aus verwitterten Brettern erbaut war.

Jeffcoat wählte das schattige Geländer an der rechten Seite, fuhr vor das Tor, schaute hinein und sah im Gegenlicht die Silhouette eines Mannes, der einen Pferdehuf bearbeitete.

Sein Konkurrent.

Er hielt im Schatten an, wickelte die Zügel um den Bremsgriff und stieg vom Wagen. Er holte tief Luft und sprang mit einem Satz über das Geländer. Vor dem großen südlichen Tor des Mietstalls blieb er stehen und spähte hinein. Drinnen war es wie in einem Eisenbahntunnel, dunkel und kühl. Am gegenüberliegenden offenen Tor bearbeitete der Mann noch immer den Huf eines großen rotbraunen Hengstes.

Jeffcoat ging steifbeinig auf ihn zu und stellte bei näherem Hinsehen fest, daß es kein Mann, sondern ein magerer halbwüchsiger Junge war, der abgetragene blaue Hosen, ein ausgebleichtes rotes Hemd, schwarze Hosenträger, eine knöchellange Lederschürze und eine braune Wollmütze trug.

Als Jeffcoat näher kam, wieherte der Hengst, stampfte mit dem Vorderhuf auf und stieß den Jungen in den Bauch, so daß dessen Mütze verrutschte.

»Der Teufel soll dich holen, Sergeant, du zappeliges Miststück! Halt still!« Der Junge gab dem Pferd einen Klaps auf die Schulter und zog mit einem Ruck seine Mütze zurecht. »Mach das noch einmal, dann kannst du dich allein um deinen kaputten Huf kümmern!« Er packte mit einer Hand den Fuß des Pferdes, zerrte ihn wieder in seinen Schoß und bearbeitete weiter mit einem Haken den Huf. Jeffcoat lächelte. Das Tier war mindestens tausend Pfund schwerer als der Junge. Aber trotz seiner Jugend wußte er, was er tat. Mit einem gesprungenen Huf durfte man nicht spaßen.

»Bist du für den Mietstall hier verantwortlich, junger Mann?«

Emily Walcott ließ Sergeants Bein los und drehte sich verärgert um. Mit offensichtlicher Mißbilligung ließ sie den Blick über einen dunkelbärtigen jungen Mann gleiten, der dringend eine Rasur nötig gehabt hätte. Außerdem fehlten die Ärmel an seinem Hemd. Dann entgegnete sie ironisch: »Ja, *Ma'am,* das bin ich.«

Jeffcoat grapschte nach seinem Hut. »Oh ... Entschuldigung. Ich dachte ...«

»Es kümmert mich nicht, was Sie dachten! Und jetzt brauchen Sie auch nicht mehr Ihren Hut zu lüften!«

Sie war dünn wie eine Bohnenstange, ungefähr siebzehn, hatte strahlend blaue Augen. Ihre Wangen waren gerötet vor unterdrücktem Zorn und ihr Mund zusammengepreßt. Jeffcoat hatte noch nie eine Frau in Hosen gesehen und stand völlig verblüfft da.

»Entschuldigen Sie, Ma'am.«

»Miss ist die richtige Anrede. Und auf Ihre Entschuldigung pfeife ich.« Sie warf den Hufkratzer weg. »Was kann ich für Sie tun?«

»Ich habe draußen ein paar Pferde stehen, die versorgt werden müssen.«
In dem Augenblick reckte Sergeant den Hals, riß Miss Walcott die Mütze vom Kopf und fing an, darauf herumzukauen.
»Verflucht, Sergeant, gib mir das zurück!« Sie riß ihm die Mütze aus dem Maul, trocknete sie an ihrem Hosenboden ab und betrachtete sie mürrisch. Das schwarze Haar fiel ihr in Strähnen ins Gesicht und wurde nur notdürftig von Kämmen gehalten. »Sieh mal, was du angestellt hast. Du hast Löcher reingebissen.«
Jeffcoat konnte nur mühsam ein Grinsen unterdrücken. »Sie hätten das Pferd mit zwei Leinen anstatt einer anbinden sollen, dann wäre das nicht passiert.«
Emily betrachtete ihn feindselig, während sie sich ihre Mütze wieder auf den Kopf stülpte und ihr Haar darunterstopfte. Mit dieser Kopfbedeckung, die keck über ihrem linken Ohr saß, und der schmutzigen Lederschürze sah sie mehr denn je wie ein Junge aus.
»Danke für den guten Rat«, entgegnete sie sarkastisch und ging in Richtung Straße. »Wie wollen Sie's haben? Nur die Unterbringung im Stall? Das kostet pro Tag einen Dollar, das Heu inbegriffen. Hafer und Striegeln kostet extra. Wenn die Pferde auf der Weide in der Koppel bleiben, können Sie zehn Cent pro Tag sparen.« Sie war bei Jeffcoats Pferden angekommen und drehte sich um, doch er war ihr nicht gefolgt. »He, Mister«, rief sie, »ich habe noch andere Arbeit!« Sie stemmte ihre schmutzigen Hände in die Hüften und klopfte ungeduldig mit den Fingern auf ihre Lederschürze. »Wo soll ich die Tiere hinbringen?« Als sie keine Antwort bekam,

spähte sie durch das Tor und brüllte dann: »He, was tun Sie da?«
»Der Huf ist nicht gesprungen, er hat einen Riß, in den Sand eingedrungen ist.« Er betrachtete Sergeants Vorderlauf mit einer Selbstverständlichkeit, als würden Pferd und Mietstall ihm gehören. »Das Pferd braucht ein neues Eisen, sonst wird es ständig lahmen.«
»Ich kümmere mich selbst um meine Pferde, danke«, entgegnete sie eisig, löste Sergeants Leine und führte ihn in eine Box. Was bildete er sich, zum Teufel noch mal, ein, einfach hier aufzukreuzen und ihr Ratschläge zu erteilen? Dieser dreckige Cowboy, der nicht mal Ärmel an seinem Hemd hatte, steckte seine Nase in ihre Angelegenheiten, wo sie doch alles über die Pflege von Hufen wußte. Alles! Doch vor allem kochte Emily Walcott vor Zorn, weil sie wußte, daß der Fremde recht hatte – sie hätte Sergeant doppelt anleinen sollen, aber sie hatte es zu eilig gehabt. Sie schenkte dem Fremden nur einen flüchtigen Blick, als sie aus dem Stall marschierte. »Wir kümmern uns hier um Pferde. Wir füttern sie und striegeln sie und tränken sie. Und verleihen Fuhrwerke. Aber wir lassen es *nicht* zu, daß angeberische Stallburschen hier ihre Lehrzeit abdienen!«
Zu Emilys Verdruß brach der Mann auf ihre Worte hin in Gelächter aus. Mit haßerfülltem Blick starrte sie ihn an. »Mister, ich will meine Zeit nicht mit Ihnen verschwenden. Ihre Pferde, das ist etwas anderes, aber entscheiden Sie sich schnell. Nun, was soll's sein? Drinnen oder draußen? Heu oder Hafer?«
»Angeberischer Stallbursche?« sagte er schließlich, noch immer lachend.

»Na gut. Sie wollen es ja nicht anders.« Sie ging auf die Luke, die zum Heuboden führte, zu. »Tut mir leid, aber unser Stall ist voll. Sie können es ja mal in Rock Springs versuchen. Das ist ein paar Meilen entfernt.« Mit dem Daumen deutete sie nach Südwesten. Bis Rock Springs waren es 350 Meilen, und er hatte gerade achtzehn Tage gebraucht, um sie zurückzulegen. Schon kletterte sie die Leiter hinauf, doch er griff nach ihrem nach Pferd riechenden Cowboystiefel.

»He! So warten Sie doch!«

Er hielt plötzlich zu beider Überraschung den leeren Stiefel in der Hand und starrte auf ihren nackten, schmutzigen Fuß und dachte, daß dies die seltsamste Art und Weise sei, wie er je eine Frau kennengelernt hatte. In seiner Heimat trugen weibliche Geschöpfe Kleider und gestärkte weiße Schürzen anstatt lederner und Knopfstiefeletten anstatt verdreckter Stiefel. Und Strümpfe – weiche Strümpfe, die ein Gentleman nie zu Gesicht bekam. Aber hier stand er nun und konnte den Blick nicht von ihrem nackten Fuß lösen.

»Oh, ich ... ich bitte um Verzeihung, Miss. Es tut mir leid.« Sie stieg von der Leiter, die Wangen vor Zorn gerötet.

»Hat Ihnen schon mal jemand gesagt, daß Sie ein ungehobelter, unausstehlicher Mensch sind?« Sie entriß ihm ihren Stiefel, drehte einen Eimer um und setzte sich darauf, um ihren Stiefel wieder anzuziehen. Ehe sie das tun konnte, hatte er ihr den Stiefel jedoch aus der Hand genommen und kniete sich hin, um ihr behilflich zu sein.

»Sie erlauben, Miss. Und um Ihre Frage zu beantworten, ja, meine Mutter, meine Großmutter, meine Verlobte und alle meine Lehrerinnen hielten mich für unausstehlich.

Ständig scheine ich Frauen zu verärgern, obwohl ich nicht weiß, warum.« Er hielt ihr den Stiefel hin, damit sie hineinschlüpfen konnte.

Noch mehr Zorn wallte in ihr auf. Sie fühlte, wie sie bis zu den Haarwurzeln errötete. Sie entriß ihm den Stiefel und zog ihn selbst an.

Er schaute ihr zu, grinste und sagte: »Die Pferde sollen im Stall untergebracht, mit Hafer gefüttert und gestriegelt werden. Soll ich im voraus bezahlen?«

»Ich sagte doch, daß wir keinen Platz mehr haben!« Sie sprang auf und kletterte auf den Dachboden. »Sehen Sie zu, daß Sie Ihre Tiere anderswo unterbringen.«

Er starrte zu ihr hoch, konnte aber nichts als Sparren und Staub erkennen.

»Ich bitte nochmals um Entschuldigung, Ma'am.«

Eine Gabel voll Heu landete auf seinem Kopf. Er sprang wütend zur Seite. »Passen Sie doch auf!« Er konnte ihre schweren Schritte über sich hören, und wieder fiel Heu durch die Luke. Er rief: »Kann ich die Pferde nun hier lassen?«

»Nein!«

»Aber dies ist der einzige Mietstall in der Stadt!«

»Wir haben keinen Platz mehr!«

»Das stimmt nicht!«

»Doch!«

»Sie sind nur wütend auf mich. Ich habe mich entschuldigt. Kommen Sie runter, damit ich Ihnen das Geld geben kann.«

»Ich sagte, daß wir keinen Platz mehr haben! Gehen Sie jetzt!«

Vom anderen Ende der Scheune hörte Edwin Walcott mit

wachsendem Interesse dem Wortwechsel zu. Er betrachtete den Fremden, der mit Heu auf Hut und Schultern dastand, sah, wie wieder eine Ladung Heu durch die Luke geworfen wurde, und fand es an der Zeit einzuschreiten.
»Was ist hier los?«
Jeffcoat drehte sich um und sah einen stämmigen Mann im Tor stehen. Die Fäuste hatte er in die Seiten gestemmt. Er trug schwarze Hosen, die in Stiefeln steckten, und ein verblichenes rotes Flanellhemd. Sein schwarzes Haar war graumeliert wie sein dichter Schnurrbart. Die blauen Augen und der Mund ähnelten denen seiner Tochter.
»Kann ich was für Sie tun, Mister?«
Jeffcoat bürstete sich die Schultern ab und klopfte seinen Hut an der Hüfte aus. Dann trat er mit ausgestreckter Hand auf Walcott zu. »Ich bin Tom Jeffcoat, Sir. Ja, Sie können etwas für mich tun. Ich möchte gern meine Pferde für ein paar Tage unterstellen, wenn das geht.«
»Ich bin Edwin Walcott. Gibt es denn einen Grund, warum das nicht möglich sein sollte?«
»Nein, Sir. Meines Wissens nicht.«
»Und warum haben Sie mit meiner Tochter gestritten?«
»Sie kletterte die Leiter hoch, und ich zog ihr versehentlich ihren Stiefel aus, weil ich sie daran hindern wollte.«
»Emily!« Walcott reckte seinen Kopf in Richtung Bodenluke. »Stimmt das?«
Emily – für ihren Vater unsichtbar – steckte die Forke ins Heu und wünschte, sie könnte sich darin verstecken, bis Tom Jeffcoat verschwunden wäre.
»Emily!« wiederholte ihr Vater drängender.
»Ja«, gab sie übellaunig zurück.
»Hat er sonst noch was getan?«

Sie trat mit dem Fuß etwas Heu nach unten, schwieg aber.
»Emily?«
Beleidigt starrte sie mit zusammengepreßten Lippen das Heu an. Schließlich erschien sie in der Luke und sah ihren Vater an.
»Er kam einfach hier rein und gab mir gute Ratschläge. Dann sah er sich Sergeants Huf an und sagte mir, wie ich ihn behandeln solle. Er hat mich verrückt gemacht, das ist alles.«
»Und deshalb wolltest du seine Pferde nicht versorgen?«
Sie schwieg aus verletztem Stolz.
»Ich wollte nicht unhöflich sein«, mischte sich Jeffcoat ein. »Aber ich gebe zu, daß ich sie geneckt habe und den Fehler beging, sie anfänglich für einen Jungen zu halten. Darüber hat sie sich wohl geärgert, Sir.«
Walcott biß sich auf die Lippe, damit er nicht lachte. »Kommen Sie mit ins Büro. Dort erledigen wir das Geschäftliche. Wie lange wollen Sie Ihre Pferde hier lassen?«
Jeffcoat folgte Walcott nicht sofort, sondern stellte sich unter die Leiter und schaute das Mädchen an, das auf ihn hinunterstarrte. »Eine Woche. Vielleicht länger.« Er wußte, daß Emily ihm am liebsten die Heugabel auf den Kopf geschleudert hätte. Aber sie stand nur da und versprühte schweigend Gift.
»Guten Tag, Miss Walcott«, sagte er gelassen, zog seinen Hut und folgte ihrem Vater.
Walcott führte ihn aus der Scheune in einen angebauten Schuppen, einen kleinen Raum mit festgestampftem Lehmboden und vier schmalen Fenstern. Darin standen ein alter Schreibtisch, der mit Papieren übersät war, ein Stuhl und ein Feldbett, worauf eine getigerte Katze

schlief. Rechts neben der Tür gab es einen Kanonenofen. An den Wänden hingen alle möglichen Gegenstände: Biberfallen, ein Ochsenjoch, Zaumzeug, Stricke und eine alte Pendeluhr, die leise tickte. Das Büro roch nach Zwiebeln, Korn und Hanf.

»Ich kann verstehen, daß meine Tochter empfindlich reagiert hat, weil Sie sie wegen des Pferdes kritisiert haben«, sagte Walcott und ließ sich auf den Stuhl fallen. »Ihr ganzes Leben hat sie damit zu tun gehabt, und jetzt absolviert sie bei einem gewissen Barnum in Cleveland ein Fernstudium, weil sie Tierärztin werden will.«

»Tierärztin ... ein Mädchen?«

»Hier draußen gibt es viele Tiere. Sie wird es gebrauchen können.«

»Heißt das, sie studiert per Korrespondenz?« fragte Jeffcoat verwundert.

»Ja, das ist richtig«, bestätigte Walcott und griff nach einem Quittungsblock und einem Federhalter. »Die Lektionen kommen jetzt ziemlich regelmäßig, fünfmal die Woche.« Walcott drehte sich um und reichte Jeffcoat eine Empfangsbestätigung, ausgestellt auf zwei Pferde mit weißen Blessen, und einen grünen Wagen mit roter Zierleiste. Ein vorsichtiger Mann, dieser Walcott. Man würde ihn nie wegen Pferdediebstahls anklagen können, so wie er seine Geschäfte führte.

»Darf ich fragen, was Sie in unsere Stadt führt, Mr. Jeffcoat?«

Jeffcoat steckte die Quittung ein und antwortete: »Gern. Ein Mann namens J. D. Loucks hat in die Zeitung von Springfield eine Annonce gesetzt, worin es hieß, daß rührige junge Männer hier ein gutes Auskommen finden würden. Also stieg ich in den Zug nach Rock Springs, versah mich dort mit allem Nötigen und fuhr hierher. Und da bin ich.«

»Und was wollen Sie hier machen?«

»Ich möchte mich hier niederlassen, sobald ich etwas Grund gekauft habe.«

»Nun« – der Ältere kicherte vergnügt –, »Mr. Loucks wird sich glücklich schätzen, Ihnen soviel Land zu verkaufen, wie Sie wollen. Und diese Stadt kann mehr junge Leute gebrauchen. Aber was ist Ihr Beruf?«

Jeffcoat zögerte kurz, ehe er antwortete: »Ich bin Schmied. Das habe ich bei meinem Vater in Springfield gelernt.«

»In Missouri oder Illinois?«

»Missouri.«

»Aber hier gibt es bereits einen Schmied, müssen Sie wissen.«

»Das habe ich beim Vorbeifahren gesehen.«

Edwin stand auf, und die beiden Männer gingen zu den Pferden, die noch immer draußen standen. »Aber ich will Ihnen etwas verraten, das in Sheridan ein offenes Geheimnis ist. Der alte Pinnick könnte bessere Arbeit leisten, aber er verbringt mehr Zeit im *Mint Saloon* als in seiner Schmiede. Wenn er Sergeant das richtige Eisen angepaßt hätte, müßten wir ihn jetzt nicht verarzten.«

»Pinnick, wie?«

»Das ist der Name Ihres Konkurrenten. Walter Pinnick. Er ist ziemlich faul und hat ständig eine trockene Kehle.«

Mit diesen abschließenden Worten ging Walcott auf die Pferde zu.

Jeffcoat dachte einen Moment nach und beschloß dann, zu diesem Mann aufrichtig zu sein.

»Ich möchte Ihnen gegenüber ehrlich sein, Sir. Auch ich habe mein ganzes Leben mit Pferden verbracht und plane etwas mehr, als nur eine Schmiede zu eröffnen. Die Wahrheit ist, daß ich ebenfalls einen Mietstall betreiben möchte.«

Walcott ließ eine Hand auf dem Zügel ruhen, drehte sich um und sah Jeffcoat an. Er stieß einen leisen Pfiff aus.

»Nun ...«, sagte er, dachte kurz nach und kicherte dann. »Sie haben mir eine ganz schöne Überraschung beschert, junger Mann.«

»Ich glaube, daß es für uns beide in dieser Stadt genug zu tun gibt, nach dem, was ich gesehen und gehört habe. Viele Cowboys aus Texas treiben doch ihre Herden hier durch oder haben eine eigene kleine Ranch in der Nähe, nicht wahr? Außerdem siedeln sich ständig neue Immigranten an, jetzt, wo das Land von der Regierung freigegeben wurde. Ein Tal wie dieses ist für viele Menschen attraktiv. Ich glaube, Loucks hat mit seiner Prognose recht. Diese Stadt wird bald zum Handelszentrum werden.«

Walcott kicherte wieder. »Das kann man nur hoffen. Bis jetzt nimmt Buffalo diesen Platz ein, aber wir wachsen.« Er wandte sich den Pferden zu. »Wollen Sie den Wagen auch hier lassen?«

»Wenn das keine Umstände macht.«

»Ich stelle ihn im Hof ab. Der Ladung nach zu urteilen, wollen Sie sicher gleich mit dem Hausbau anfangen.«

»Sobald ich ein Grundstück gekauft habe.«

»Loucks wohnt in der Smith Street.«

»Danke, Mr. Walcott.«

»Sagen Sie Edwin zu mir. Die Stadt ist klein, und wir nennen uns alle beim Vornamen.«

Jeffcoat streckte die Hand aus. Er war erleichtert, daß der andere diese Neuigkeit so gelassen aufgenommen hatte. »Ich weiß Ihre Hilfe zu schätzen, Edwin. Und bitte sagen Sie Tom zu mir.«
»Gut, Tom. Ich weiß nicht recht, ob ich Ihnen Glück wünschen soll oder nicht.«
Sie lachten beide, als sie sich trennten. Jeffcoat nahm seine Reisetasche, winkte zum Gruß und sagte: »Die Pferde heißen Liza und Rex.«
Als Edwin dem jungen Mann nachsah, erfüllte ihn kurz ein Gefühl des Neids. Tom war jung – nicht älter als fünfundzwanzig – und unternehmungslustig, hatte hochfliegende Pläne und noch das ganze Leben vor sich. Er konnte wählen und seine Zukunft selbst gestalten; Edwin hatte diese Möglichkeit nicht gehabt. Seine Zukunft war von seinen Eltern geplant worden. Sie hatten alle Entscheidungen für ihn getroffen: welchen Beruf er zu ergreifen hatte und welche Frau er zu heiraten hatte. Und er war ein gehorsamer, pflichtbewußter Sohn gewesen. Er war Stallknecht wie sein Vater geworden und hatte eine Miss Josephine Borley geehelicht, mit der er noch immer verheiratet war. Aber es gab noch eine Frau in seinem Leben, die er nie vergessen hatte.
Das war jetzt zweiundzwanzig Jahre her, doch er dachte noch immer an sie. Fannie. Das Mädchen mit den strahlenden Augen und dem kühnen Geist. Fannie, eine Cousine seiner Frau, hatte nie gefragt, *warum,* sondern *warum nicht?* Fannie hatte mit siebzehn für das Frauenstimmrecht gekämpft, war im Herrensitz geritten, hatte heimlich eine Zigarre mit ihm geraucht und dann verlangt: »Küß mich, und sag mir, ob ich nach Rauch schmecke.«

Nach seiner Hochzeit hatte er ihre Gegenwart gemieden, denn sonst hätte er seine Ehe in Gefahr gebracht. Nach dem Tod ihrer Eltern hatte Fannie ein beträchtliches Vermögen geerbt und lange Reisen unternommen, was von den meisten Leuten als unschicklich betrachtet wurde. Skandalumwitterte Fannie – wie sie wohl heute aussah? War sie glücklich? Liebte sie jemanden? Ihr Leben hatte sie dem Ungewöhnlichen, dem Fortschritt, der Freiheit gewidmet, aber geheiratet hatte sie nie. Warum nicht? Hatte es in ihrem Leben einen Mann gegeben? fragte sich Edwin oft.

Und allein wegen Fannie hatte Edwin immer den unerhörten Bitten seiner Tochter nachgegeben. Dessen war er sich nur zu bewußt. Emily glich so sehr dieser Fannie, die er in Erinnerung hatte, daß er sie deswegen bedingungslos liebte. Insgeheim hoffte er ständig, daß sie sich wie Fannie entwickeln würde – teils Rebellin, teils Fee, aber vor allem Frau. Als seine Tochter immer mehr Zeit in den Ställen verbrachte und ihn bat, bei der Arbeit mit den Pferden helfen zu dürfen, hatte er es erlaubt. Als sie sich ein Paar seiner Hosen enger schneiderte und sie im Stall trug, hatte er dazu geschwiegen. Als sie in der Zeitung von Dr. Barnums Fernkurs in Tiermedizin las und daran teilnehmen wollte, hatte er sie einschreiben lassen.

Da er selbst so unter der Strenge seiner Eltern gelitten hatte, schwor er sich, seinen Kindern niemals seinen Willen aufzuzwingen.

Und jetzt war Emily achtzehn und glich der Fannie von früher mehr denn je – sie war aufrichtig, trug Hosen, hatte männliche Interessen. Vielen Menschen war sie ein Ärgernis.

Edwin ging in den Stall zurück. Seine Tochter hatte sich beruhigt. Sie wartete in dem Gang zwischen den Boxen, als er Jeffcoats Pferde hereinführte.
»O Papa, entschuldige bitte.« Sie ging auf ihn zu und umarmte ihn.
»Es ist nichts passiert. Er stellt ja seine Pferde bei uns unter.«
Sie trat einen Schritt zurück und sah ihren Vater an. Er lächelte verzeihend, ganz wie sie es erwartet hatte.
»Ich war wütend, weil er mich einen jungen Burschen nannte. Sehe ich denn für dich wie ein Junge aus?«
»Hm ...« Er grinste und betrachtete sie, ihre Mütze, die Schürze und die Stiefel. »Nun, da du es sagst ...«
Sie versuchte vergeblich, ein Lächeln zu unterdrücken. »Wirklich, Papa. Manchmal weiß ich überhaupt nicht, warum ich dich so liebhabe.« Sie knuffte ihn liebevoll in die Seite und wurde dann ernst. »Wie geht es Mutter?«
»Sie ruht. Du brauchst dich nicht zu beeilen. Hilf mir, die beiden Pferde zu versorgen.« Er wußte, daß sie lieber im Stall arbeitete, als sich um den Haushalt zu kümmern, und wollte ihr nicht zu viel Hausarbeit aufbürden, die nie aufzuhören schien, da die kranke Josephine immer weniger ihren Pflichten nachkommen konnte. Er spürte die Erleichterung seiner Tochter, als sie ihm die Zügel abnahm und fragte: »Wie heißt die Stute?«
»Liza.«
»Und der Wallach?«
»Rex.«
»Komm, Liza, laß dich abschirren und abreiben.«
Sie arbeiteten schweigend. Als Emily Lizas warme Flan-

ke bürstete, fragte sie: »Wie lange bleiben die beiden Pferde hier?«
»Eine Woche. Vielleicht länger.«
»Was macht er denn die ganze Zeit?« Sie wollte Jeffcoats Namen nicht aussprechen.
»Er kauft ein Grundstück und baut ein Haus.«
Emily hörte auf zu bürsten. »Ein Haus?«
»Er ist Schmied. Er will hier eine Schmiede einrichten.«
»Schmied?«
»Ganz recht. Deshalb solltest du dich nach Möglichkeit gut mit ihm stellen. Wahrscheinlich werden wir seine Dienste in Anspruch nehmen, wenn er nur halb so nüchtern wie Pinnick ist.«
Sie bürstete weiter, doch mit weit mehr Vehemenz als nötig. Edwin warf seiner Tochter einen Blick zu. Ihre Miene hatte sich verfinstert. Er wußte, wie sie auf seine nächsten Worte reagieren würde, und fügte deshalb vorsichtig hinzu: »Das ist noch nicht alles.«
Emilys Kopf schnellte hoch, und ihre Blicke trafen sich.
»Was gibt's sonst?«
»Er will die Schmiede in seinem eigenen Mietstall errichten.«
Sie stand mit offenem Mund da. »Was will er?«
»Du hast richtig gehört.«
»O Papa ...« Echter Kummer schwang in ihrer Stimme mit. Er hatte schon so viele Sorgen, mußten sie noch größer werden? Mama war krank, und alle arbeiteten bis zum Umfallen. Und nun das! Am liebsten hätte sie J. D. Loucks *und* Mister Tom Jeffcoat über eine Klippe gestoßen!
»Wenigstens war er mir gegenüber aufrichtig«, bemerkte Edwin.

»Es blieb ihm auch nichts anderes übrig, wenn er einen Mietstall bauen will.«
»Dies ist ein freies Land. Und vielleicht hat er recht. Es könnte für uns beide genug zu tun geben.«
»Wo will er seinen Mietstall bauen?« fragte sie streitlustig.
»Ich habe keine Ahnung.«
Aber sie wußten beide, daß J. D. Loucks ihm jedes gewünschte Grundstück verkaufen würde. Die Stadt gehörte ihm. Vor sieben Jahren hatte er sie gekauft und in Parzellen aufgeteilt. Dann hatte er sich zum Bürgermeister wählen lassen und die Stadt nach dem General im Bürgerkrieg, Philip H. Sheridan, benannt.
Es war eine Stadt von Ranchern. Loucks hatte sie dazu gemacht, weil er sofort den Wert des umliegenden Graslands erkannt hatte. Die großen Viehherden aus Texas würden hier durchgetrieben werden. Außerdem gab es in der Nähe Kohlevorkommen, genügend Wasser, da zwei Flüsse durch das Tal strömten, und es herrschte hier so gut wie kein Wind.
Die Anzeigen in den Zeitungen des Ostens waren schnell erfolgreich gewesen. Natürlich hatte Loucks die Bauplätze an der Main Street als erste verkauft. Schon jetzt gab es dort alle Arten von Geschäften sowie das *Windsor Hotel*. Doch in den Seitenstraßen, wie der Grinnell Street, waren immer noch Bauplätze zu haben.
»Er soll sich nur nicht in unsere Nähe wagen!« schäumte Emily Walcott, als sie Jeffcoats Pferd in eine Box führte. »Nach Möglichkeit möchte ich ihm nicht mehr begegnen.«
Doch wie es der Zufall wollte, begegnete sie ihm knapp eine Stunde später. Sie war auf dem Heimweg, um nach

ihrer Mutter zu sehen, als Loucks und Jeffcoat in einem Einspänner die Straße hinunterfuhren. Abrupt blieb sie stehen und starrte mit zusammengepreßten Lippen auf den Mann, der neben dem weißbärtigen Loucks saß. Jeffcoat hatte offensichtlich gebadet und sich umgezogen. Er sah sehr proper in seinem dunklen Anzug mit weißem Hemd und Krawatte aus. Er grinste sie an, und sie ballte vor Zorn die Fäuste.

Jeffcoat berührte grüßend die Krempe seines Hutes und nickte, während Emily das Blut in die Wangen schoß. Erst als der Einspänner vorbeigefahren war, ging sie weiter und wünschte, sie hätte die Heugabel nach ihm geworfen.

Zweites Kapitel

Emily Walcotts Zuhause unterschied sich von allen anderen, die sie kannte. Bei ihr herrschte ständig Unordnung; die Mahlzeiten waren nie rechtzeitig fertig; und manchmal fehlte es sogar an sauberer Wäsche. Das war früher nicht so. Als Mutter noch gesund gewesen war, damals in Philadelphia, war ihr Heim immer in tadellosem Zustand gewesen.

Dann war ihre Mutter krank geworden, und alles hatte sich verändert. Zu Anfang hatte sich die Familie keine großen Sorgen um sie gemacht, doch die heimtückische Krankheit hatte immer mehr von ihr Besitz ergriffen. Nach der Geburt ihrer beiden Kinder war sie rundlich geworden, aber jetzt verlor sie zusehends an Gewicht, was Papa eigentlich gefiel. Doch dann wurde sie immer häufiger von diesen bösen Hustenanfällen geschüttelt, und er hatte besorgt gesagt: »Du mußt einen Arzt aufsuchen, Josephine.«

»Ich bin gesund, Edwin«, hatte sie erwidert. »Nur die Jahre machen mir allmählich zu schaffen.«

Das war vor zwei Jahren gewesen, damals war Josephine achtunddreißig, und nun verfiel sie zusehends, und die Familie mußte es hilflos mit ansehen.

Dann hatte Papa einen Artikel über die Genesung eines jungen Fabrikanten aus dem Osten von der Schwindsucht in der Zeitung gelesen. Er schrieb seine Gesundung

allein seinem Aufenthalt im milden Klima und in der frischen Luft des Westens zu.
Also hatte Papa beschlossen, sich in diesem Tal anzusiedeln. Er hatte ein Haus mit vielen Fenstern und einer großen Veranda gebaut, damit Mama ständig frische Luft bekam.
Doch Josephine Walcott wurde nicht gesund. Im Gegenteil – während der achtzehn Monate, die sie nun hier lebten, war sie ständig hinfälliger geworden. Sie hustete, und vor kurzem hatte Emily blutbefleckte Taschentücher in der schmutzigen Wäsche entdeckt.
Und um die Wäsche mußte sie sich heute nachmittag kümmern.
Sie stieg die Verandastufen hinauf und warf einen Blick über die Schulter, um zu sehen, wie hoch die Junisonne noch stand. Vielleicht trocknete die Wäsche noch heute.
Sie trat ins Wohnzimmer und sah sich verzweifelt um. Staub. Überall Staub. Und dieser ganze Nippes! Papa war es in Philadelphia finanziell sehr gut gegangen, und Mutter hatte ihren ganzen Ehrgeiz darangesetzt, diesen Wohlstand zu demonstrieren, deshalb quoll der Raum von unnötigen viktorianischen Gegenständen über, ganz nach der Devise: *Je mehr, um so besser.*
Emily seufzte. Sie wünschte sich oft, Papa würde darauf bestehen, daß diese unnützen Dinge verschwänden, aber die Krankheit ihrer Mutter machte eine solche Forderung unmöglich.
Denn Mutter lag im Sterben.
Sie alle wußten es, aber niemand sprach es aus. Wenn Josephine sich in dieser Umgebung wohl fühlte, wer wollte sie ihr zerstören?

Emily ließ sich auf einen mit Kissen überladenen häßlichen Divan sinken, schlug die Hände vors Gesicht und gab sich der Melancholie hin, die über diesem Haus lag. O Mutter, werd bitte wieder gesund. Wir brauchen dich. Papa braucht dich. Er ist so allein und verloren, obwohl er diese Tatsache vor uns verstecken will. Wahrscheinlich ist er gerade jetzt krank vor Sorgen, weil jemand hier noch einen Mietstall errichten möchte. Mir hätte er niemals etwas davon gesagt, wenn du stark genug wärst, seine Sorgen zu teilen.
Und Frankie – er ist doch erst zwölf und braucht Mutterliebe. Wer soll sie ihm geben, wenn du stirbst? Und ich, ich brauche dich doch auch noch. Gerade jetzt, in diesem Augenblick. Ich wünschte, ich könnte dir alles erzählen: meine Ängste Papa betreffend und meine Hoffnung, eines Tages Tierärztin zu werden. Was ich mir mehr als alles auf der Welt wünsche. Und über Charles möchte ich reden und meine gefühlsmäßige Unsicherheit in bezug auf ihn. Ich muß wissen, ob ich genug für ihn empfinde oder ob mein Gefühl stärker sein sollte. Denn bald wird er wieder um meine Hand anhalten, und was soll ich ihm diesmal antworten?
Emily dachte an Charles; den aufrechten, guten, hart arbeitenden Charles, mit dem sie schon als Kind gespielt hatte und der eine Trennung von ihr nicht ertragen konnte und deshalb den Entschluß gefaßt hatte, ebenfalls ein neues Leben in Wyoming zu beginnen.
Und nun drängte Charles immer mehr auf eine Heirat, aber sie wollte erst ihr Medizinstudium abschließen.
Emily seufzte wieder, stand auf und ging in die Küche. Aus reiner Zweckmäßigkeit war dies der einzige Raum

im Haus, in dem überflüssiges Dekor fehlte. Sie war funktionell und teuer ausgestattet, mit einem Spülbecken aus Granit und einer Pumpe. Daran schloß sich eine Waschküche mit einem kohlebeheizten Waschkessel und einer Wringmaschine an.

Emily warf einen angewiderten Blick hinein, kehrte um und ging die Treppe hoch, um nach ihrer Mutter zu sehen.

Das Haus war für die Verhältnisse in Sheridan verschwenderisch ausgestattet. Nicht nur, weil Papa seiner kranken Frau jeden Wunsch erfüllen wollte, sondern weil Charles Bliss Zimmermann war und die Konstruktion großzügig geplant hatte. Es gab zwei Stockwerke mit großen, luftigen Zimmern und eine eindrucksvolle Eingangshalle, von der aus eine Treppe nach oben führte.

Emily blieb kurz vor der Tür zum Schlafzimmer ihrer Eltern stehen – es war ein großer Raum, von dem aus man in einen nach Süden gelegenen Wintergarten gelangen konnte. Papa hatte auf diesem Wintergarten bestanden, damit Mama zu jeder Zeit frische Luft schöpfen konnte. Doch jetzt machte sie kaum noch Gebrauch davon. Die Tür zum Wintergarten stand offen, als Emily das Zimmer betrat, und die Sonne fiel in langen Strahlen über den gebohnerten Holzfußboden. Mama lag auf dem riesengroßen Bett in Form eines Schlittens, in dem Emily und Frankie geboren worden waren. Auf diesem Bett wirkte Mama zerbrechlicher denn je.

Sie war einmal eine schöne Frau gewesen, mit dichtem kastanienbraunem Haar. Doch jetzt war es dünn geworden und umgab wirr und glanzlos ihr blasses Gesicht.

Während Emily ihre schlafende Mutter betrachtete, muß-

te Josephine husten und bedeckte schnell ihren Mund mit einem Taschentuch.
Emilys Blick wanderte zu der Liege, die am Fenster stand und auf der ihr Vater seit ein paar Monaten schlief, um Mutter nicht zu stören, wie er behauptete. Aber Emily war der Ansicht, daß Mamas Husten Papa störte.
So stand sie da und stellte sich Fragen, die sich eine junge Dame eigentlich nicht stellen sollte – Fragen, die Mütter und Väter und getrennte Betten betrafen. Sie hatte nie gesehen, daß ihre Eltern Zärtlichkeiten austauschten, und wenn Mutter einen schlechten Tag hatte, küßte er sie nicht, sondern berührte ihre Stirn nur kurz mit der Hand. Doch er liebte sie, das stand außer Frage. Emily wußte es. Und schließlich waren sie und Frankie der lebende Beweis dieser Liebe, oder nicht? Aber Papa war so traurig, seit es Mama immer schlechter ging. Einmal hatte Emily ihn nachts weinend auf der Veranda sitzen sehen. Leise war sie wieder ins Haus geschlichen, damit er nicht erfuhr, daß sie von seinem Kummer wußte.
Wenn ein Mann eine Frau liebte, begegnete er ihr dann mit Respekt – so wie Papa es mit Mama tat –, oder wollte er sie berühren, so wie Charles es seit kurzem mit Emily machte? Wie hatte Mutter reagiert, als Papa sie zum erstenmal auf diese Weise berührte? Und hatte er es getan, ehe sie verheiratet waren? Emily konnte sich ihre Mutter nur schwer bei solchen Intimitäten vorstellen, selbst als sie noch gesund gewesen war.
Wie ungebührlich, sich im Schlafzimmer ihrer Eltern solchen Gedanken hinzugeben.
»Emily?«
»Oh, Mutter. Entschuldige. Habe ich dich geweckt?« Emi-

ly ging zum Bett und nahm die zerbrechliche Hand ihrer Mutter. Josephine lächelte, schloß die Augen und schüttelte schwach den Kopf. Sie hatte keinen gesunden tiefen Schlaf mehr, sondern dämmerte ständig dahin. Dieser Zustand erschöpfte sie so wie einen gesunden Menschen harte körperliche Arbeit. Sie öffnete die Augen und klopfte auf die Bettkante. Seit kurzem bediente sie sich mehr und mehr der Zeichensprache, weil Sprechen sie zu sehr ermüdete.

»Nein«, entgegnete Emily. »Ich bin schmutzig. Ich habe Papa im Stall geholfen. Und außerdem habe ich unten noch etwas zu tun. Brauchst du etwas?«

Josephine antwortete mit einem Kopfschütteln.

»Wenn ich dir etwas bringen soll, läute.« Eine kleine Glokke aus Messing stand auf dem Nachttisch. Emily nahm sie und legte sie neben die Hand ihrer Mutter.

»Danke ...« Ein Hustenanfall unterbrach ihre Worte, und Emily floh aus dem Zimmer. Sie fühlte sich schuldig, weil sie lieber die ihr verhaßte Wäsche wusch, als ihre Mutter leiden zu sehen.

Sie brauchte fast eine Stunde, um das Wasser im Kessel heiß zu machen und die Blutflecken aus den Taschentüchern zu reiben. Emily war damit noch immer beschäftigt, als Frankie mit zwei frischgefangenen Forellen in die Waschküche kam.

»Schau mal, was ich da habe, Emily!«

Frankie war der hübscheste Junge, den Emily kannte. Er hatte dichtbewimperte blaue Augen, Grübchen, einen schönen Mund und prachtvolles dunkles Haar. Außerdem besaß er strahlend weiße, perfekte Zähne und wuchs in diesem Jahr ungewöhnlich schnell.

Frankie tat Emily leid. Durch die Krankheit ihrer Mutter konnte er nun keine unbeschwerte Kindheit mehr erleben. Das war nicht gerecht. Aber war das Leben gerecht? Am wenigsten doch für ihre Mutter. Sie mußten eben mit ihren zusätzlichen Pflichten, so gut es ging, fertig werden, ob sie diese Arbeiten nun liebten oder nicht. Da Emily wußte, was nun kommen würde, wappnete sie sich, während sie Frankies Fang bewunderte.

»Hm ... schöne Fische. Und wer soll sie säubern?«

»Ich und Earl. Wo ist Papa?«

»Noch im Stall.«

»Dann geh ich und zeig sie ihm.«

»Warte!«

»Aber Earl wartet auf mich!« sagte Frankie ungeduldig. Er runzelte die Stirn, als er merkte, daß er einen Fehler gemacht hatte, bei seiner Schwester vorbeizuschauen.

»Du hast mir versprochen, mir ab drei Uhr zu helfen.«

»Ich hab doch keine Uhr.«

»Du weißt doch, wie hoch die Sonne steht, oder?«

»Ich konnte sie nicht sehen, Emily. Wirklich! Wir waren da hinten in der Nähe des Pappelwalds, und unter den hohen Bäumen konnte ich die Sonne nicht sehen.«

Sie bedauerte jetzt schon das arme Mädchen, das es einmal mit ihrem Bruder aufnehmen wollte. Frankie stand mit großen unschuldigen Augen vor ihr. Er hatte einen Strohhut auf, war barfuß und trug nur einen Overall. Emily versuchte, ihren Willen durchzusetzen.

»Hier.« Sie ließ die Kurbel der Waschmaschine los. »Jetzt bist du an der Reihe. Mein Arm tut schon weh.«

»Aber ich möchte Papa meine Fische zeigen. Und außerdem wartet Earl auf mich. Und sobald wir Papa die Fische gezeigt haben, kommen wir zurück und säubern sie, und du kannst sie zum Abendessen braten. Bitte, Emily ...«

Sie ließ ihn gehen, denn als sie zwölf gewesen war, hatte sie an einem warmen Sommernachmittag um vier keine Wäsche zu waschen brauchen. Ohne seine Hilfe hatte das Waschen länger als geplant gedauert, und sie war gerade damit fertig, als Papa zum Essen nach Hause kam. Frankie hatte Wort gehalten und die Fische gesäubert, und Papa und er kochten, während sie die Waschküche aufräumte.

Papas Kochkünste ließen zu wünschen übrig. Die Kartoffeln waren matschig; die Forellen waren angebrannt; der Kaffee war übergekocht; und die Biskuits klebten an der Pfanne. Aber am schlimmsten war, daß Mutter nicht mit am Tisch saß. Edwin brachte ihr ein Tablett mit Essen, kam aber bald wieder herunter und schüttelte traurig den Kopf. Der leere Stuhl bedrückte sie alle, wie bei jeder Mahlzeit. Emily versuchte, die Stimmung aufzuheitern.

»Von heute an koche ich, und du kannst die Waschküche saubermachen.«

»Wir alle tun, was in unseren Kräften steht«, sagte Edwin. »Es klappt doch ganz gut.«

Aber als er seine Tochter ansah, entdeckte Emily einen Anflug von Verzweiflung in seinen Augen, wie in jener Nacht auf der Veranda. Edwin stand abrupt auf und trug das schmutzige Geschirr zum Spülbecken.

»Am besten waschen wir jetzt ab. Charles hat sich für heute abend angekündigt.«

Charles kam fast jeden Abend vorbei. Er besaß zwar ein eigenes Haus, aber er war sehr einsam, da er allein lebte. Die Walcotts hatte er sein Leben lang gekannt, deshalb war es natürlich, daß er viel Zeit bei ihnen verbrachte. Seit sie nach Sheridan gezogen waren, war er für Edwin trotz ihres Altersunterschieds zu einem lieben Freund geworden. Und Mama hatte ihn schon seit jeher in ihr Herz geschlossen, sie hatte ihn schon als kleinen Jungen gekannt. Charles, so verkündete sie oft, käme aus einer tiefreligiösen Familie, kenne den Wert der Arbeit und würde Emily eines Tages ein fürsorglicher Ehemann sein. Und Frankie – nun, Frankie betete Charles geradezu an. Charles kam rechtzeitig, um beim Geschirrspülen zu helfen. Seit kurzem erschien er immer dann, wenn irgendwo Hilfe gebraucht wurde, und er tat es gern. »Dieser Charles weiß, was Arbeit ist«, pflegte Edwin häufig zu sagen. Emily konnte es nicht mehr hören. Natürlich wußte Charles das. Wußten sie das nicht alle?

Nach dem Abwasch gingen alle ins Wohnzimmer. Frankie und Charles spielten eine Partie Domino, Emily sah ihnen zu, und Edwin rauchte seine letzte Pfeife, ehe er zu seiner Frau ging, um ihr vorzulesen.

»Ich nehme an, ihr habt den Neuankömmling schon in der Stadt gesehen«, sagte Charles zu niemandem im besonderen.

»Seine Pferde stehen in unserem Mietstall«, entgegnete Edwin.

»Was für ein Neuankömmling?« fragte Frankie.

»Er heißt Jeffcoat. Tom Jeffcoat«, antwortete Charles und legte eine Fünf an eine Fünf.

»Dann hast du ihn also auch kennengelernt?« fragte Edwin.

»Ja. Loucks hat ihn zu mir geschickt, weil ich Zimmermann bin.«

»Er hat also Arbeit für dich.«
Charles blickte auf und sah Edwin an. Und Emily merkte, daß Charles sich nicht recht wohl fühlte.
»Ja, das hat er.«
»Nun, sein Geld ist so gut wie das irgendeines anderen Menschen.«
»Weißt du, was er bauen will, Edwin?«
»Einen Mietstall. Das hat er mir gesagt.«
»Er hat es dir *gesagt?*«
»Wie Emily schon richtig bemerkte, kann man so etwas nicht lange verbergen.«
»Emily kennt ihn auch?« Charles' Augen wanderten zu ihr. Sie lehnte sich gerade über Frankies Schulter und studierte die Anordnung der Dominosteine.
»Ja, leider«, entgegnete sie kühl, ohne Charles anzusehen.
»Oh?«
Sie nahm einen von Frankies Dominosteinen und spielte damit, als sie weitersprach. »Als erstes nannte er mich ›junger Mann‹, und dann versuchte er mir gute Ratschläge wegen Sergeants verletztem Huf zu geben. Beides hat mir überhaupt nicht gefallen.«
Edwin schmunzelte. »Das kann ich bezeugen. Sie wollte ihn davonjagen, aber ich bin gerade noch rechtzeitig gekommen. Sonst wäre uns ein Geschäft entgangen.«
»Papa!« rief Emily verärgert. »Du brauchst doch nicht alles zu erzählen!«
»Das hat Emily getan?« Frankie grinste ungläubig. Er hatte jedes Interesse an dem Spiel verloren.
»Emily, wir haben doch keine Geheimnisse vor Charles.«
Und gerade das ist der Grund, warum ich keine romantischen Gefühle für ihn entwickeln kann, dachte sie. Sie

hatte das Empfinden, als hätte sie bereits zwei Jahre mit ihm zusammengelebt. Ständig war er in ihrem Elternhaus. Sie ließ den Dominostein fallen und lehnte sich zurück.

»Hoffentlich hast du ihm ins Gesicht gespuckt, Charles!« sagte sie streitsüchtig.

»Emily, sei doch vernünftig. Wie hätte Charles das tun können?« schalt ihr Vater.

»*Ich* tat es doch, oder nicht?«

Zu Emilys Überraschung sagte Charles: »Eigentlich konnte ich ihn ganz gut leiden.«

»Du konntest ihn leiden!« rief Emily. »Charles, was fällt dir ein!«

»Emily, du scheinst zu vergessen, daß Charles Aufträge braucht!« sagte Edwin in ziemlich scharfem Ton. Er sprach gemäßigter, als er sich dann an Charles wandte. »Laß sie nur reden. Du weißt, daß ich es dir nicht übelnehme, solltest du für Jeffcoat arbeiten.«

»Er möchte gern meine Baupläne sehen. Denn außer dem Mietstall möchte er auch ein Haus bauen.«

»Ja, das hat er gesagt. Und für dich könnte ein schöner Gewinn dabei herausspringen, Charles.«

»Wahrscheinlich. Aber ich möchte nicht gern für deinen Konkurrenten arbeiten.«

Edwin zog an seiner Pfeife, doch sie war ausgegangen. Er fischte einen Hufnagel aus seiner Hemdtasche und kratzte die Asche in einen Aschenbecher. »Charles, ich bin nicht dein Vater«, sagte er nach bedächtigem Schweigen, »aber ich weiß, was er dir raten würde, wäre er in diesem Moment hier. Er würde sagen, daß du als erstes an deinen Beruf denken mußt und erst dann an die

Freundschaft. Was mich betrifft, ich billige deine Entscheidung. Also arbeite für Jeffcoat. Deshalb bist du doch heute abend gekommen, nicht wahr? Weil die Stadt blühen und gedeihen wird und du mit ihr. Und das kannst du nicht erreichen, wenn du Aufträge ablehnst.«
Charles sah Frankie an. »Was hältst du davon, Frankie?«
»Wenn es Papa nichts ausmacht, dann bin ich auch damit einverstanden.«
»Emily?« Fragend hielt er seine grauen Augen auf sie gerichtet. Ihr fiel es schwer, sich einzugestehen, daß Papa wahrscheinlich recht hatte, denn sie konnte Jeffcoat nicht leiden. Ärgerlich stand sie auf und eilte auf die Tür zu. »Ach, das ist mir doch egal!« rief sie über die Schulter zurück. »Macht, was ihr wollt!« Einen Augenblick später fiel die Haustür hinter ihr zu.
Charles stand ebenfalls auf und sagte: »Ich gehe nach draußen und rede mit ihr.«
Edwin sagte: »Frankie, du mußt noch die Fischabfälle vergraben.« Dann ging er zu seiner Frau, um den Rest des Abends mit ihr zu verbringen.
Die Veranda erstreckte sich über drei Seiten des Hauses. Emily saß auf einer Bank aus Weidengeflecht und betrachtete die Big Horns im Westen, deren Konturen sich scharf gegen den blaßblauen Abendhimmel abzeichneten.
Sie hörte Charles' Schritte, rührte sich aber nicht, als er sich neben sie setzte. Er faltete seine Hände im Schoß und sah sie an.
»Du bist böse auf mich«, sagte er ruhig.
»Ich bin auf das Leben böse, Charles, nicht auf dich.«
»Auf mich auch. Das weiß ich.«

Sie wandte den Kopf und sah ihn an. Die meisten Männer trugen Bärte, trotzdem konnte sie sich an Charles' blonden Vollbart nicht gewöhnen. Er verbarg seine Gesichtszüge, fand sie. Und der Bart machte ihn älter, als er war. Warum sollte ein Einundzwanzigjähriger wie ein Dreißigjähriger aussehen wollen? Sie unterdrückte ihre kritischen Gedanken und sah in seine intelligenten grauen Augen, die verletzt wirkten.

»Nein«, entgegnete sie sanfter, »auf dich bin ich nicht böse. Aber wir haben so viel Arbeit und Sorgen wegen Mutter, und jetzt kommt dieser Mann einfach in die Stadt und will Papa Konkurrenz machen. Das ist alles sehr ärgerlich.« Sie blickte wieder zu den Bergen hinüber und seufzte. »Und manchmal habe ich solches Heimweh nach Philadelphia, daß ich sterben könnte.«

»Ich weiß. Mir geht es genauso.«

Sie sahen zum Himmel hoch, der immer dunkler wurde, und Charles fragte: »Was vermißt du am meisten?«

»Oh ...« Sie vermißte so viele Dinge, daß sie sich nicht für eins entscheiden konnte. »Das Schlittschuhlaufen im Winter und die Picknicks im Sommer. Alles das, was wir mit unseren Freunden unternommen haben. Hier arbeiten wir nur und schlafen. Dann arbeiten wir wieder und schlafen wieder. Es gibt keine Fröhlichkeit ... kein gesellschaftliches Leben.«

Charles schwieg. Schließlich sagte er: »Auch ich vermisse das alles sehr.«

»Und was vermißt *du* am meisten?«

»Meine Familie.«

»O Charles ...« Es war taktlos gewesen, diese Frage zu stellen, denn ihr wäre es doch genauso ergangen. »Aber wir sind für dich da, wann immer du uns brauchst«, fügte sie hinzu, weil es stimmte. Weil sie sich ein Leben ohne Charles nicht vorstellen konnte. Zu spät sah sie das Flehen in Charles' Augen. Sie wußte, er würde ihre Hand ergreifen. Als er es tat, fühlte sie nicht mehr Erregung als mit sechs Jahren, wenn sie mit ihren Müttern spazierengingen.

»Ich habe eine Idee«, sagte Charles plötzlich fröhlich. »Wenn dir die Picknicks in Philadelphia fehlen, warum machen wir dann keins?«

»Nur wir beide?«

»Warum nicht?«

»Ach, Charles ...« Sie ließ den Kopf gegen die Wand fallen und entzog ihm ihre Hand. »Ich habe kaum Zeit, um die ganze Hausarbeit zu erledigen und mich um Mutter zu kümmern.«

»Es gibt doch einen Sonntag.«

»Sonntags muß man auch essen.«

»Du kannst dich sicher für ein paar Stunden freimachen. Wie wär's mit diesem Sonntag? Ich bringe das Essen mit. Und wir leihen uns die kleine schwarze Kutsche deines Vaters und fahren ins Tal hinaus und trinken Wein und strecken uns in der Sonne wie faule Eidechsen aus.« Begeistert ergriff er ihre beiden Hände. »Was sagst du dazu, Emily?«

Der Aussicht, allem einen Nachmittag entfliehen zu können, konnte sie nicht widerstehen. »Nun gut. Aber wir können erst nach dem Mittagessen fahren.«

Charles küßte ihre Hände. Als er den Kopf hob und sie ansah, wurde sein Blick eindringlicher.

Nein, Charles, verdirb es nicht, dachte sie.

»Emily«, flehte er. Es war jetzt ganz dunkel geworden, und niemand konnte sehen, wie er sie in die Arme nahm und seinen Mund auf ihren preßte. Bei dieser Berührung dachte sie: Warum kenne ich dich schon mein ganzes Leben lang? Warum kannst du nicht irgendein geheimnisumwitterter Fremder sein, der in die Stadt galoppiert kommt und dessen Blick mich schwach macht? Warum liebe ich dich so, wie ich Frankie liebe?

Als er aufhörte, sie zu küssen, klopfte ihr Herz so ruhig, als wäre sie aus einem erfrischenden Schlummer erwacht.

»Charles, ich muß jetzt gehen«, sagte sie.

»Nein, noch nicht«, flüsterte er und hielt sie in seinen Armen.

Sie senkte den Kopf, damit er sie nicht wieder küssen konnte. »Bitte … Charles.«

»Warum entziehst du dich immer meiner Umarmung?«

»Weil es sich nicht gehört.«

Er atmete tief ein und ließ sie los. »Nun gut. Aber für Sonntag, das ist abgemacht.«

Er begleitete sie zur Tür, und sie spürte seinen Unwillen zu gehen, allein in sein leeres Haus zurückzukehren. Emily hatte ein schlechtes Gewissen, weil sie seine Gefühle nicht erwidern, ihm seine Familie nicht ersetzen konnte.

Als er stehenblieb wußte sie, daß er sie wieder küssen wollte, aber da war sie schon ins Haus geschlüpft.

»Gute Nacht, Charles«, sagte sie durch das Fliegengitter.

»Gute Nacht, Emily.« Er sah sie an und verbarg seine Enttäuschung. »Ich kriege dich trotzdem, warte nur.«

Sie blickte ihm nach und hatte das ernüchternde Gefühl, daß er recht hatte.

Im Schlafzimmer las Edwin Josephine vor, aber er hatte den Eindruck, daß sie ihm gar nicht zuhörte.
»Edwin?« unterbrach sie ihn plötzlich und starrte blicklos zur Decke hoch.
Er senkte das Buch und sah sie besorgt an. »Ja, Liebes?«
»Was sollen wir tun?« flüsterte sie.
»Tun?« Er legte das Buch zur Seite, stand auf und setzte sich auf die Bettkante.
»Ja. Was sollen wir tun, bis ich sterbe?«
»O Josie, rede nicht ...«
Mit einer Handbewegung gebot sie ihm Schweigen. »Wir beide wissen es, Edwin. Und wir müssen Vorkehrungen treffen.«
»Wir wissen nicht, ob du sterben mußt.« Er nahm ihre blasse, zerbrechliche Hand und drückte sie. »Andere sind in diesem Klima gesund geworden.«
»Ich lebe jetzt seit über einem Jahr hier und weiß, daß ich nicht soviel Glück haben werde ...« Sie wurde von einem quälenden Hustenanfall geschüttelt. Er stützte ihren Rücken. »Rede nicht mehr, Josie. Schone dich ... bitte.«
Der Anfall dauerte zwei Minuten, ehe sie erschöpft in die Kissen zurücksank. Er strich ihr das Haar aus der schweißnassen Stirn. Er war verzweifelt, weil er ihr nicht helfen konnte.
»Ruh dich aus, Josie.«
»Nein«, sagte sie und griff nach seiner Hand, damit er bei ihr blieb. »Hör mir zu, Edwin.« Sie rang nach Atem. »Ich werde dieses Zimmer nicht mehr verlassen, und wir beide wissen es. Ich kann kaum noch ohne Hilfe essen – wie soll ich je wieder Hausarbeit erledigen?« Wieder unter-

brach ein Hustenanfall ihre mühsam gesprochenen Worte. Schließlich fuhr sie fort: »Außerdem ist es nicht gerecht, daß die Kinder meine Arbeit tun und sich zusätzlich noch um mich kümmern.«

»Das macht ihnen nichts aus und mir auch nicht. Wir kommen sehr gut zurecht ...«

Schwach drückte sie seine Hand. Ihre eingesunkenen Augen sahen ihn flehend an, baten um Verständnis. »Emily ist achtzehn. Sie trägt eine zu große Last. Sie arbeitet lieber im Stall und braucht mehr Zeit für ihr Fernstudium. Kann sie daneben noch die Hausarbeit erledigen und sich um mich kümmern?«

Darauf wußte er keine Antwort. Er saß nur da und streichelte ihre Hand.

»Ich glaube«, fügte Josephine hinzu, »daß Charles sie gebeten hat, ihn zu heiraten, und daß sie ihm meinetwegen einen Korb gegeben hat.«

Das konnte er nicht abstreiten, denn er war derselben Meinung wie seine Frau, obwohl Emily ihnen nie etwas gesagt hatte.

»Sie ist ein gutes Mädchen, Edwin. Sie wird so lange ihre Pflicht erfüllen, bis Charles es leid ist, sie weiter um ihre Hand zu bitten.«

»Das wird nie geschehen.«

»Vielleicht nicht. Aber nimm doch mal an, sie möchte jetzt sofort heiraten und sich um ihr eigenes Heim kümmern ... ihre eigenen Kinder anstatt um Frankie, dich und mich.«

Edwin schwieg.

»Edwin, sieh mich an.«

Er tat es. Sein Gesicht war von Kummer gezeichnet.

»Ich werde sterben, Edwin«, flüsterte sie, »aber es kann

noch eine Weile dauern. Und es wird nicht leicht sein ... für keinen von euch, am wenigsten für Emily. Sie sollte doch Charles ihr Jawort geben können, siehst du das nicht ein? Und Frankie braucht noch immer die feste Hand einer Frau ... und jemand sollte sich um dieses Haus kümmern ... kochen, waschen ... deshalb habe ich an Fannie geschrieben und sie gebeten, hierherzukommen.«

Edwin durchfuhr ein Schock.

»Fannie?« Er kniff die Augen zusammen und richtete sich auf. »Sprichst du von deiner Cousine Fannie?«

»Gibt es eine andere?«

Er stand abrupt auf und starrte durch die Verandatür, damit seine Frau die Röte in seinem Gesicht nicht sehen konnte. »Aber sie führt doch ihr eigenes Leben.«

»Das stimmt nicht. Sicherlich hast du in ihren Briefen zwischen den Zeilen lesen können.«

»Im Gegenteil. Fannie hat so viele Interessen und ... und Freunde, sie ... warum sollte sie ...« stammelte Edwin.

Hinter ihm sagte Josephine leise: »Ich brauche sie, Edwin. Diese Familie braucht sie.«

Er drehte sich um und entgegnete: »Nein! Ich will Fannie nicht hier haben!«

Josephine sah ihn eine Weile unverwandt an, und er kam sich töricht und zugleich durchschaut vor. Alle diese langen Jahre hatte er ihr die Wahrheit verschwiegen. Jetzt, da sie so sehr leiden mußte, sollte sie sie nicht erfahren. Er zwang sich zur Ruhe und antwortete beherrscht: »Ich möchte Fannie nicht zwingen, ja zu sagen, nur weil sie eine Verwandte ist. Und du weißt genau, daß sie nicht ablehnen würde.«

»Ich fürchte, dazu ist es zu spät, Edwin ... sie hat bereits zugestimmt.«
Vor Schreck wurde er blaß. Seine Hände waren eisig, und ein Knoten schnürte ihm die Kehle zu.
»Heute kam ein Brief von ihr.« Josephine hielt ihm das gefaltete Schreiben hin. Er starrte darauf, als wäre es etwas Lebendiges. Nach langem Zögern nahm er es widerwillig.
Josephine sah, wie die Farbe in sein Gesicht zurückkehrte, während er den Brief las. Sie sah, wie er versuchte, seine Gefühle zu verbergen, und sie bedauerte die langen Jahre Ehe mit einem Mann, der sie nie geliebt hatte. Aber sie ließ sich nichts anmerken. Edwin, mein Mann, nie wirst du erfahren, wie ich darum gekämpft habe, dich glücklich zu machen. Vielleicht habe ich nun endlich einen Weg gefunden.
Als er den Brief gelesen hatte, faltete er ihn und gab ihn ihr zurück, konnte jedoch nicht den Vorwurf in Augen und Stimme unterdrücken. »Du hättest mich zuerst um Rat fragen sollen, Josephine.« Er nannte sie nur Josephine, wenn er außerordentlich verärgert war. Sonst nannte er sie Josie.
»Ja, ich weiß.«
»Und warum hast du es nicht getan?«
»Aus genau dem Grund, wie du dich jetzt benimmst.«
Er steckte die Hände in seine Hosentaschen, weil er Angst hatte, sie könnte sehen, wie sie zitterten. »Sie ist das Stadtleben gewöhnt und wird mit den Umständen in dieser unzivilisierten Gegend nicht fertig werden. Die Kinder und ich kommen schon zurecht. Vielleicht könnte ich jemanden einstellen.«

»Wen denn?«
Beide wußten, daß es hier in diesem Cowboy-Land so gut wie keine Frauen gab. Und die wenigen waren schnell verheiratet. In Sheridan würde er niemanden finden, der bereit war, als Haushälterin und Krankenschwester zu arbeiten.
»Edwin, komm … setz dich zu mir.«
Widerstrebend tat er wie ihm geheißen und starrte auf den Fußboden. Sie berührte sein Knie – eine Geste von seltener Intimität – und nahm seine Hand. »Versprich mir eins … bitte. Befreie die Kinder von dieser Last, die sie meinetwegen ertragen müssen. Und auch dich. Wenn Fannie kommt, bereite ihr einen herzlichen Empfang. Ich glaube, sie braucht uns ebenso wie wir sie.«
»Fannie hat noch nie jemanden gebraucht.«
»Wirklich?«
Edwin wurde von den unterschiedlichsten Gefühlen überwältigt: Angst vermischt mit unbändiger Freude bei dem Gedanken, daß er nun Fannie wiedersehen würde; Zorn auf Josie, die ihn in diese prekäre Situation manövriert hatte; Erleichterung, daß nun eine Lösung für ihre häuslichen Probleme gefunden worden war; und ein Gefühl der Unehrlichkeit, da Fannie Cooper nun den Fuß in dieses Haus setzen würde; und gleichzeitig reifte in ihm der Entschluß, daß er niemals – komme, was da wolle – das heilige Sakrament der Ehe brechen würde.
»In welchem Zimmer willst du sie unterbringen?«
»In Emilys, zusammen mit ihr.«
Lange saß Edwin schweigend da. Er mußte den Dingen seinen Lauf lassen. Er konnte nichts mehr tun. Fannie war bereits unterwegs. Sie würde mit der Postkutsche näch-

ste Woche eintreffen, und er würde sie abholen und so tun, als hätte er sie nicht zweiundzwanzig Jahre lang geliebt.
»Natürlich bin ich freundlich zu ihr. Das weißt du. Nur ...«
Ihre Blicke trafen sich in stillschweigendem Verstehen. Fannies Ankunft bedeutete weit mehr als nur Hilfe. Sie bedeutete den ersten von vielen entscheidenden Schritten. Bis jetzt hatten sich alle noch an die Hoffnung geklammert, daß Josephine eines Morgens gesund aufwachen würde, um wieder ihren häuslichen Pflichten nachzugehen. Daß das Leben sich wieder normalisieren würde. Mit Fannies Ankunft gestanden sie sich ein, daß Josephine nie wieder gesund werden würde.
Tränen stiegen Edwin in die Augen. Er beugte sich über den zarten Körper seiner Frau und umarmte sie. Seine Wange preßte er auf ihre glühende Stirn. Er hielt eine Fremde in den Armen. Wie seltsam, daß er soviel Mitgefühl für sie hatte, da ihr robuster gesunder Körper ihm einst so wenig Vergnügen bereitet hatte. Vielleicht trauerte er um diese Tatsache.
Liebe Josie, ich verspreche, dir bis zu deinem Ende treu zu sein. Das wenigstens kann ich dir geben, dachte er.
Sie hielt ihn im Arm und kämpfte gegen den Schmerz, ihn an Fannie verloren zu haben, und fragte sich, warum sie seine Umarmung nie mit dieser Leichtigkeit wie heute ertragen hatte.
Liebster Edwin, sie wird dir jene Art der Liebe geben, die ich dir nie schenken konnte – dessen bin ich mir sicher, sagte sie stumm.

Drittes Kapitel

Emily war im Vorratsraum des Mietstalls, als Tarsy Fields am nächsten Tag hereingestürmt kam. »Emily, hast du *ihn schon gesehen?* Er ist einfach *phantastisch!*« Tarsy neigte zu überschwenglichen Gesten und Wortausbrüchen, wenn sie von jemandem besonders eingenommen war.

»Wen gesehen?«

»Wieso? Natürlich Mr. Jeffcoat! Tom Jeffcoat – du hast doch wenigstens von ihm gehört.«

»Ach, den«, entgegnete Emily verächtlich und kümmerte sich weiter um die Zubereitung von Sergeants Futter.

»Hat er sein Pferd hier untergestellt?«

»Wir haben doch den einzigen Mietstall hier in der Stadt, oder nicht?«

»Dann hast du ihn also *gesehen* und wahrscheinlich auch mit ihm gesprochen. O Emily, *wie* glücklich du sein mußt. Ich bin ihm nur begegnet, als er aus dem Hotel kam und sprach nicht mit ihm. Aber dann bin ich ins Hotel gegangen und habe von Mr. Helstrom seinen Namen erfahren. Tom Jeffcoat – was für ein Name! Ist er nicht absolut bezaubernd?« Tarsy klatschte vor Begeisterung in die Hände.

Tom Jeffcoat bezaubernd? Dieser ungehobelte Bursche, der ihren Vater ruinieren wollte?

»Das habe ich nicht bemerkt«, sagte Emily mürrisch.
»Sie hat es nicht bemerkt!« kreischte Tarsy. »Diese muskulösen Arme! Und dieses Gesicht! Und diese Augen! Emily, meine *Großmutter* hätte es bemerkt, und sie hat den grauen Star. Als er mich ansah, wurde ich ganz schwach.«
»Tarsy, würde es dir etwas ausmachen, anderswo schwach zu werden«, sagte Emily, denn Tarsy markierte den sterbenden Schwan und hüpfte wie eine Ballerina in dem kleinen Raum umher. »Und wie konntest du das alles an ihm bemerken, da du ihn doch nur flüchtig auf der Straße gesehen hast?«
»Ein Mädchen *muß* so etwas zur Kenntnis nehmen, wenn es nicht als alte Jungfer enden will. Ganz ehrlich, Emily, du mußt doch gemerkt haben, wie gut er aussieht.«
Emily nahm den Futtereimer und ging, von Tarsy gefolgt, in den Stall. Ihre Freundin plapperte unaufhörlich. »Du mußt mir alles erzählen, was du über ihn weißt. Alles! Welches Pferd gehört ihm? Was macht er hier? Woher kommt er? Und bleibt er?« Tarsy faltete die Hände, schloß die Augen und hob den Kopf. »O mein Gott, mach, daß er bleibt.«
Emily ging zu Sergeants Box und sagte: »Du verschwendest deine Zeit, Tarsy. Er ist verlobt.«
»Verlobt!« jammerte Tarsy. »Bist du sicher?«
»Er sprach davon«, entgegnete Emily.
»Ach, verdammt!« schimpfte sie und stampfte mit dem Fuß auf. »Jetzt ende ich als alte Jungfer!«
Obwohl Tarsy Emilys beste Freundin war, gab es Momente, wo Emily glaubte, daß Tarsy strohdumm sei. Ständig mußte sie flirten, und ständig brachte sie ihre Befürchtung zum Ausdruck, als alte Jungfer zu enden. Was abso-

lut unwahrscheinlich war. Denn Tarsy war eine blonde Schönheit, schlank, mit zarten Gliedern und wunderschönen braunen Augen. Doch sie brauchte zum Glücklichsein ständig Komplimente und hatte einen Hang, alles und jedes zu dramatisieren. Zahllose Bewunderer beteten Tarsy an; vor allem der arme Jerome Berryman war ihrem Charme hoffnungslos verfallen.

»Emily, trotzdem mußt du mir alles über ihn erzählen.«

»Ich weiß nicht viel, nur daß er beabsichtigt hierzubleiben. Und darüber bin ich nicht besonders glücklich. Er hat bereits mit Loucks wegen eines Bauplatzes gesprochen und will darauf ebenfalls einen Mietstall errichten und Papa Konkurrenz machen.«

Tarsy wachte aus ihren Träumen auf und sagte bestürzt: »Ach, du meine Güte.«

»Ja. Du meine Güte.«

»Und was will dein Papa jetzt tun?«

»Was kann er denn tun? Er sagt, dies ist ein freies Land.«

»Er ist also nicht verärgert?«

»*Ich* bin verärgert. Papa hat mit Mama genug Sorgen, die täglich kränker wird. Und nun das noch. Wenn du erfahren solltest, wo er seinen Stall bauen will, wäre es nett, du ließest es mich wissen«, sagte Emily.

Aber sie sollte es erfahren, noch ehe der Tag um war. Sie saß wie ein Indianer mit verschränkten Beinen auf der Liege im Büro und lernte – das Buch in ihrem Schoß, eine Hand streichelte die schlafende Katze neben ihr – als Jeffcoat in der Tür erschien.

Sie blickte auf, und ihre Augen wurden eisig.

»Ach, Sie sind's.«

»Guten Tag, Miss Walcott.« Er musterte ihre wenig damenhafte Pose und mußte grinsen, als er seine Hutkrempe berührte. Und sie verfluchte Tarsy, denn ihre Freundin hatte recht: Jeffcoat sah gut aus, wenn auch seine ganze Erscheinung eine gewisse Unverschämtheit ausstrahlte. Als wollte er sagen: Sieh mich doch einmal richtig an.

»Was wünschen Sie?«

»Meine Pferde. Ich brauche sie für ein paar Stunden.«

Emily legte das Buch, mit dem Deckel nach oben, zur Seite und sprang auf. Sie lief zur Tür, so daß Jeffcoat ihr schnell ausweichen mußte. Sie entschuldigte sich nicht. Dann trat er auf die Liege zu und las voller Überraschung den Titel des Buchs. *Die Wissenschaft der Veterinärmedizin* von R. C. Barnum. Er nahm es und las die Kapitelüberschrift an der aufgeschlagenen Stelle: »Krankheiten der Geschlechtsorgane von Hengst und Stute.« Seine Augen wanderten über die Liege, und er entdeckte einige Blätter Papier. Er drehte sie um. Darauf schienen Prüfungsfragen zu stehen. Er las: »Welches ist die häufigste Ursache für Unfruchtbarkeit bei Stuten, und wie behandelt man sie?«

Darunter hatte sie die Frage schriftlich beantwortet: »Säurebildung innerhalb der Geschlechtsorgane oder ein Nichtabgang der Nachgeburt. Die übliche Behandlung erfolgt mit einer Hefelösung, die folgendermaßen zuzubereiten ist: 2 gehäufte Teelöffel Hefe in einem halben Liter Wasser auflösen und 5 bis 6 Stunden warmhalten. Die erkrankten Stellen des Körpers zuerst mit warmem Wasser spülen, dann die Hefelösung injizieren. Das Tier sollte innerhalb von 2–6 Stunden nach der Behandlung einem Hengst zugeführt werden.«

Erstaunt hob er die Brauen. Diese kleine, vorwitzige Person hatte ihre Lektionen gelernt!

Eine Hand schnappte ihm die Blätter unter der Nase weg. »Dies ist ein privates Büro!«

Er reagierte nicht. Sie trug wieder Hosen und Stiefel, aber diesmal keine Lederschürze. Und er sah, daß er sich getäuscht hatte: Unter ihrem scheußlichen Knabenhemd waren Brüste – wenn auch undeutlich – zu erkennen.

»Sie sind ein neugieriger, aufdringlicher Mann, Mr. Jeffcoat!«

»Und Ihre Eltern hätten Ihnen bessere Manieren beibringen sollen, Miss Walcott.«

»Ich kann Leute nicht leiden, die ihre Nase in meine Privatangelegenheiten stecken. Und Sie tun das bereits zum zweitenmal! Ich wäre Ihnen verbunden, wenn das nicht mehr vorkommen würde.«

Einen Moment dachte er darüber nach, einen ironischen Kommentar über ihre Kleidung zu machen, unterließ es dann aber. In Wirklichkeit sah sie sehr anziehend in ihrem Zorn aus. Es faszinierte ihn, daß sie in keiner Weise dem Schönheitsideal der Zeit entsprach, und dann überlegte er sehr pragmatisch, daß ihm eines Tages ihre tiermedizinischen Kenntnisse von Nutzen sein könnten. Also glättete er die Wogen.

»Entschuldigen Sie bitte, Miss Walcott.«

»Wenn Sie Ihre Pferde haben wollen, kommen Sie am besten mit. Ich sehe nicht ein, warum ich sie allein hinausführen soll, während Sie in meinen Sachen herumstöbern.« Sie ging zur Tür und rief über die Schulter zurück. »Soll ich sie vor Ihren Wagen schirren?«

»Sind alle Frauen in dieser Stadt so freundlich wie Sie?« fragte er.
»Ich sagte: Soll ich sie vor Ihren Wagen schirren?«
»Nein. Sie brauchen sie nur aufzuzäumen.«
Sie drehte sich um und stemmte die Hände in die Hüften. »Ich zäume sie nicht allein auf. Sie helfen mir dabei.«
»Wofür bezahle ich Sie eigentlich?«
»Wollen Sie nun Ihre Pferde oder nicht, Jeffcoat?«
Sie nahm ein Halfter und warf ihm ein zweites zu, deutete auf eine Box. »Liza ist da drin. Holen Sie sie.«
Autoritäres junges Ding, dachte er, als er das Halfter auffing. Doch ehe er seine Meinung sagen konnte, war sie in der anderen Box verschwunden, und er ging in Lizas Box. »Hallo, mein Mädchen.« Er musterte seine Stute kritisch und streichelte ihren Widerrist und ihre Flanke. Sie war gebürstet worden, sorgfältig gebürstet worden. Ihr Fell war weich und glänzend. Miss Hose mochte eine scharfe Zunge haben, aber mit Pferden konnte sie umgehen.
»Liza sieht gut aus«, sagte er und führte sie in den Gang, wo Emily bereits mit Rex wartete. »Sie müssen sie lange gestriegelt haben.«
Seine freundlichen Worte wurden mit einem Stirnrunzeln beantwortet, das klar ausdrückte, daß nur ein Idiot sich nicht um gute Pferde kümmerte. Emily drehte sich hochnäsig um und ging zum rückwärtigen Teil des Stalls, wo die Geschirre aufgehängt waren. Sie reichte ihm das von Liza, nahm das von Rex, und sie schirrten dann schweigend die beiden Pferde. Als die Arbeit getan war, ging sie ohne Gruß ins Büro zurück.

»Ich bringe sie heute abend zurück«, rief er ihr nach, »aber Sie können mir den ganzen Tag berechnen.«

»Darauf können Sie Ihr dreckiges Hemd verwetten!« entgegnete sie, ohne sich umzudrehen und verschwand in ihrer Höhle.

Er warf einen Blick auf seine nackten Arme, grinste und dachte: so, jetzt sind wir quitt, Bürschchen.

Wieder im Schneidersitz auf der Liege, mit ihrem Buch auf dem Schoß, konnte sich Emily kaum konzentrieren. Wie unerträglich dieser Mann war! Infernalisch, abscheulich! Sie hörte, wie er die Pferde in Bewegung setzte und wie der Klang ihrer Hufe auf der Straße immer schwächer wurde. Als es wieder still war, saß sie mit geschlossenen Augen, den Kopf gegen die Wand gelehnt, da. Noch nie hatte ein Mann sie derart aufgeregt. Was machte er mit den Pferden ohne Wagen?

Zwanzig Minuten später war es ihr gelungen, sich wieder auf das Buch zu konzentrieren, als ein Kreischen ihre Aufmerksamkeit erregte. Sie neigte den Kopf und lauschte – es hörte sich an, als würde Metall auf Stein treffen. *Metall auf Stein?* Argwohn stieg in ihr auf, und sie ging nach draußen. Vor der großen Doppeltür blieb sie stehen und blickte die Straße hinunter. Nicht einmal fünfzig Meter weiter auf der gegenüberliegenden Seite ebnete Jeffcoat ein Grundstück ein. Er hatte sich Loucks' Planiermaschine geliehen – ein riesiges, grüngestrichenes Monstrum, an dessen Spitze eine Metallschaufel mit Kabeln befestigt war, die über zwei Rollen liefen. Jeffcoat stand zwischen den Rollen auf einer Art Plattform und lenkte seine Pferde wie die Karikatur eines römischen Gladiators.

Außer sich vor Wut marschierte Emily auf ihn zu.

»Was glauben Sie, was Sie da tun, Jeffcoat!« bellte sie, während die Schaufel Dreck und Steine zur Seite schob. Er sah sie über die Schulter an und lächelte, arbeitete aber weiter. »Ich ebne mein Land, Miss Walcott!«
»Wie können Sie es wagen, sich genau uns gegenüber niederzulassen!«
»Dieses Grundstück stand zum Verkauf.«
»Wie eine Menge anderer am Stadtrand, wo wir Ihnen nicht ständig begegnen müssen.«
»Aber dieses Grundstück ist erstklassig. Liegt in der Nähe des Geschäftsviertels und ist viel besser als eins am Stadtrand.«
Er hatte das Ende seines Grundes erreicht, wendete nun die Pferde und kam wieder auf Emily zu.
»Was haben Sie dafür bezahlt?« rief sie.
»Und wer steckt jetzt seine Nase in die Angelegenheiten anderer Leute, Miss Walcott?« Während er sprach, senkte er wieder die Schaufel. Seine Muskeln traten hervor, die Kabel quietschten, als sich die Schaufeln in die Erde fraßen. Als er an ihr vorbeifuhr, wurde sie mit Dreck bespritzt.
Sie sprang zur Seite und brüllte: »Wieviel?«
»Drei Dollar fünfzig für die erste Parzelle und fünfzig Cent für jeweils die drei anderen.«
»Drei andere! Sie haben also vier Grundstücke gekauft?«
»Zwei für mein Geschäft und zwei für mein Haus. Ein sehr guter Preis.« Er grinste auf sie hinunter, während sie neben ihm hermarschierte und versuchte, das Kreischen der Maschine mit Schreien zu übertönen.
»Ich kaufe Ihnen alle Grundstücke für den doppelten Preis ab.«

»Oh. Das kostet aber mehr als das Doppelte. Denn diese Parzelle habe ich schon fast eingeebnet.«

»Jeffcoat, hören Sie doch endlich mal zu arbeiten auf, damit ich mit Ihnen reden kann!«

»Brrr!« Die Pferde blieben stehen, und in die plötzliche Stille hinein sagte er: »Natürlich, Miss Walcott«, schlang die Zügel um ein Rad und sprang neben ihr zu Boden. »Zu Ihren Diensten, Miss Walcott.«

Durch die Wahl seiner Worte – wenn auch durch sein unerträgliches Grinsen abgeschwächt – wurde ihr schamhaft bewußt, wie schäbig sie gekleidet war. Sie sagte drohend: »In dieser Stadt ist nur Platz für einen Mietstall, und das wissen Sie.«

»Tut mir leid, Miss Walcott, aber da kann ich Ihnen nicht zustimmen.« Er wischte sich mit dem Arm den Schweiß von der Stirn, zog seine schmutzigen Lederhandschuhe aus und warf sie in Richtung Norden, auf die Main Street zu, hin. »Schauen Sie doch mal, wie hier gebaut wird. Gestern sah ich vier Häuser und zwei Geschäfte im Bau, und meines Wissens gibt es in der Stadt zwei Sattler. Wenn zwei Sattler hier genug zu tun haben, dann gibt es auch genug Arbeit für zwei Mietställe. Außerdem gibt es bereits eine Schule, und wie ich höre, soll als nächstes eine Kirche gebaut werden. Diese Stadt hat Zukunft. Es tut mir leid, daß ich Ihrem Vater ein wenig Konkurrenz mache, aber ich werde ihn nicht ruinieren. Dessen kann ich Sie versichern.«

»Und was ist mit Charles? Sie haben bereits mit Charles gesprochen!«

»Charles?«

»Charles Bliss. Sie wollen ihn mit der Errichtung Ihrer Gebäude beauftragen.«

»Haben Sie dagegen auch etwas einzuwenden?«
Sie hatte gegen alles etwas einzuwenden, was dieser Mann in den vergangenen vierundzwanzig Stunden unternommen hatte. Sie haßte seine Unverfrorenheit, die Wahl seiner Grundstücke, sein Grinsen, sein gutes Aussehen und die Verwirrung, in die er Tarsy gestürzt hatte. Und das Schlimmste war, daß nun sie und ihr Vater jeden Tag diesen verdammten Mietstall vor Augen haben würden!
Sie beschloß, ihm das alles zu sagen.
»Ich habe etwas dagegen, Mr. Jeffcoat. Gegen alles, was Sie tun und repräsentieren!« Sie baute sich so dicht vor ihm auf, daß sie ihr Spiegelbild in seinen Pupillen erkennen konnte. »Und vor allem paßt mir nicht, daß Sie Charles in eine Position bringen, die seine Loyalität ins Wanken bringt. Er ist seit seiner Kindheit ein Freund unserer Familie.«
Zum erstenmal sah sie Zorn in Jeffcoats kobaltblauen Augen aufblitzen. Seine Stimme bekam einen harten Klang. »Ich habe über tausend Meilen zurückgelegt, meine Familie und alle Freunde verlassen, um mir hier auf ehrenhafte Weise eine neue Existenz aufzubauen. Ich habe Grund gekauft und einen Zimmermann engagiert, damit ich hier meinen Geschäften nachgehen und als unbescholtener Bürger von Sheridan leben kann. Und ich werde von einer spitzzüngigen jungen Lady empfangen, der man den Mund mit Seife auswaschen und zeigen sollte, was ein Unterrock ist! Verstehen Sie mich richtig, Miss Hose ...« Wie zwei Kampfhähne standen sie sich gegenüber. »Ich bin es verdammt müde, daß Sie jede meiner Handlungen kritisieren. Und ich habe Ihre Übellaunig-

keit satt! Ich will so schnell wie möglich meinen Mietstall hier bauen und bin nicht mehr gewillt, mir länger von einem Wildfang wie Ihnen Frechheiten bieten zu lassen. Und nun wäre ich Ihnen dankbar, Miss Walcott, wenn Sie meinen Besitz verlassen würden!«
Er zog seine Handschuhe an, sprang auf die Plattform und rief seinen Pferden zu: »Hüh! Hoh!« Sie stand sprachlos mit hochrotem Kopf da.
Und damit war ihre Feindschaft besiegelt.

Am folgenden Tag war Sonntag. Der Gottesdienst wurde in der Coffeen Hall abgehalten, das einzige Gebäude in der Stadt, das genug Platz für die Gläubigen bot. Vor kurzem war Reverend Vasseler aus New York gekommen, ein wortgewaltiger Prediger, der sich großen Zulaufs erfreute.
Reverend Vasseler begann den Gottesdienst mit einem Lied. Emily, die zwischen ihrem Vater und Charles stand, sang mit kräftiger Stimme, aber etwas falsch. Während des Liedes spürte sie, wie jemand sie von hinten ansah. Sie drehte sich um und entdeckte Tom Jeffcoat am Rand des Ganges. Er starrte sie unverhohlen an. Sie starrte volle zehn Sekunden böse zurück.
Eigentlich hatte sie keinen Kirchgänger in ihm vermutet, ihn viel lieber als den personifizierten Teufel gesehen. Und diese neue Eigenschaft an ihm irritierte sie. Sie wandte ihm wieder den Rücken zu und schwor, ihm keine Aufmerksamkeit mehr zu schenken.
Nach dem Lied setzte sich die Gemeinde. Der Reverend hielt nur eine kurze Predigt über den Barmherzigen Samariter und verkündete dann, daß J. D. Loucks an der

East Loucks Street ein Grundstück für den Bau einer Kirche gestiftet hätte. Allgemeines Beifallsgemurmel folgte seinen Worten. Weiterhin rief er die Gemeinde auf, großzügig für die Kirche zu spenden, und erläuterte, daß der Bau schon im Herbst fertig sein und die Arbeiten von Charles Bliss beaufsichtigt werden würden.

Als der Gottesdienst zu Ende war, blieb Charles noch, um Freiwillige für den Bau anzuwerben, während Emily am Arm ihres Vaters das Gebäude verließ. Auf halbem Weg zur Tür ergriff Tarsy sie beim Arm und flüsterte aufgeregt: »Er ist hier!«

»Ich weiß.«

»Du mußt mich ihm vorstellen.«

»Nein!«

»O Emily. Bitte.«

»Wenn du ihn kennenlernen willst, mußt du dich schon selbst vorstellen, aber zähl nicht auf mich. Nicht nach dem, was gestern passiert ist.«

»Aber Emily, er ist der himmlischste Mann, den ich …«

»Guten Morgen, Tarsy«, unterbrach Edwin ihren Redeschwall.

»Oh, guten Morgen, Mr. Walcott. Ich sagte gerade zu Emily, daß es sich doch eigentlich gehört, Neuankömmlinge willkommen zu heißen. Sind Sie nicht auch der Meinung?«

Edwin lächelte. »Natürlich.«

»Würden Sie mich dann bitte Mr. Jeffcoat vorstellen?«

Edwin wußte, wie flatterhaft Tarsy war, und hielt nicht viel von ihrem Vorschlag. Doch er war zu anständig, um abzulehnen. Draußen, im strahlenden Sonnenlicht des Junimorgens, führte er Tarsy zu Jeffcoat, während Emily

zurückblieb. Aber sie beobachtete die Szene von weitem.
»Mr. Jeffcoat, einen Augenblick bitte!« rief Edwin.
Jeffcoat blieb stehen und drehte sich um. »Ah, guten Morgen, Edwin.«
»Sie sehen aus, als hätten Sie es eilig.«
»Ich will bauen und kann deswegen nicht einmal am Sonntag untätig sein.«
»Das kann ich verstehen, bei diesem Wetter«, entgegnete Edwin. »Ich möchte Sie mit der Freundin meiner Tochter, Miss Tarsy Fields, bekannt machen.«
Jeffcoat sah die hübsche Blondine lächelnd an. »Miss Fields.«
»Mr. Jeffcoat.« Sie knickste und schenkte ihm ihr strahlendstes Lächeln. »Ich bin entzückt, Sie kennenzulernen.«
Jeffcoat kannte die Frauen gut genug, um zu erkennen, wann sich eine wirklich für ihn interessierte. Sie war wesentlich liebenswürdiger als Emily Walcott, die weiter hinten stand und Gleichgültigkeit mimte. Er streckte seine Hand aus, und als sie ihm die ihre gab, hielt er sie etwas länger fest als nötig, um ihr ebenfalls sein Interesse zu zeigen.
»Ich muß gestehen«, sagte Tarsy, »daß ich Mr. Walcott gebeten habe, uns miteinander bekannt zu machen.«
Jeffcoat lachte. »Ich bin froh, daß er es tat. Sind wir uns nicht gestern vor dem Hotel begegnet? Sie trugen ein pfirsichfarbenes Kleid.«
Tarsys Entzücken wurde noch größer. Sie öffnete den Mund zu einem halben Lächeln, wie sie es oft vor dem Spiegel einstudiert hatte.
»Und Sie hatten, glaube ich, ein Hemd ohne Ärmel an.«

Er lachte wieder und zeigte eine Reihe strahlend weißer Zähne. »Ich finde es nicht so heiß auf diese Weise.«

In dem folgenden Schweigen, während sie sich gegenseitig musterten, erkannte Jeffcoat sie als das, was sie war: ein Mädchen auf der Suche nach einem Mann. Nun, gegen einen Flirt hatte er nichts einzuwenden, aber heiraten ...

»Wie ich höre, wollen Sie einen Mietstall betreiben«, sagte Tarsy.

»Ja, das ist richtig. Außerdem bin ich Schmied.«

»Du meine Güte, Schmied auch noch. Wieviel Unternehmungsgeist Sie besitzen. Aber Sie müssen mir versprechen, Mr. Walcott keine Konkurrenz zu machen.« Tarsy nahm Edwins Arm und lächelte ihn charmant an. »Schließlich war er der erste hier.« Sie schenkte Jeffcoat ebenfalls ein Lächeln. »Mein Vater ist der Friseur. Sie werden ihn sicher bald kennenlernen. Im Namen meiner Familie möchte ich Ihnen sagen, daß Sie jederzeit zu uns kommen können, sollten Sie irgend etwas brauchen.«

»Das ist sehr nett von Ihnen.«

»Sie brauchen nur meinen Vater zu besuchen. Papa weiß über alles in dieser Stadt Bescheid. Sie müssen ihn nur fragen.«

»Das werde ich tun.«

»Nun, ich bin sicher, wir sehen uns bald wieder.« Sie streckte ihre behandschuhte Hand aus.

»Das hoffe ich«, entgegnete er charmant und drückte ihre Hand wieder etwas länger als nötig.

Zum Abschied schenkte sie ihm ihr strahlendstes Lächeln, das er mit einem ebensolchen erwiderte, während er zu Edwin sagte: »Vielen Dank, Edwin, daß Sie mich dieser jungen Dame vorgestellt haben. Ich werde diesen Morgen nie vergessen.«

Kurz vorm Weggehen merkte Jeffcoat, daß Emily sie beobachtete. Er nickte ihr zu und berührte seinen Hutrand. Sie starrte durch ihn hindurch, als wäre er aus Glas. Heute morgen trug sie ein Kleid, aber es war bei weitem nicht so hübsch wie Tarsys. Offensichtlich hatte sie wenig Zeit, sich um ihr Aussehen zu kümmern. Dünn und langbeinig stand sie mit säuerlichem Gesicht da.

Zu Jeffcoats Überraschung lächelte sie plötzlich. Nicht ihm galt ihr Lächeln, sondern Charles Bliss, der gerade aus der Coffeen Hall kam und sie bei der Hand nahm. Ihr Lächeln war warm und zärtlich, ein Lächeln, das Jeffcoat nie an ihr vermutet hätte. Er beobachtete die beiden interessiert.

»Wir können jetzt gehen«, hörte er Charles sagen. »Es tut mir leid, daß es so lange gedauert hat.«

»Das Warten hat mich nicht gestört. Ach, Charles, ich bin so froh, daß heute die Sonne scheint. Du auch?«

»Ich habe das schöne Wetter für dich bestellt«, sagte er, und beide lachten, als sie zur Straße gingen.

»Guten Morgen, Tom«, grüßte Charles im Vorbeigehen.

»Hallo, Charles. Miss Walcott.«

Sie nickte nur; ihre Augen waren eisig. Beide gingen weiter, und Charles rief zurück: »Wir sehen uns dann morgen früh.«

»Ja, morgen früh«, antwortete Jeffcoat. Er hörte noch, wie Charles Emily fragte: »Wann soll ich dich abholen?«

Und ihre Antwort: »Laß mir anderthalb Stunden Zeit, damit ich ...«

Ihre Stimmen verklangen. Jeffcoat sah ihnen nach und dachte: Der Wildfang hat also einen Kavalier.

Der Wildfang hatte mehr als einen Kavalier. Charles Bliss betete Emily an und hätte alles für sie getan. Schon im Alter von zehn Jahren hatte er sich in sie verliebt, sich ihr aber erst erklärt, als sie sechzehn war, denn zu dieser Zeit hatte ihr Vater den Entschluß gefaßt, mit seiner Familie nach Wyoming zu ziehen.
»Wenn du dorthin gehst, komme ich mit«, hatte Charles erklärt.
»Aber, Charles ...«
»Weil ich dich heirate, wenn du alt genug bist.«
»M... mich heiraten?«
»Natürlich. Hast du das nicht gewußt?«
Vielleicht hatte sie es gewußt, denn erst starrte sie ihn fassungslos an, dann lachte sie, und dann umarmten sie sich zum erstenmal, und sie sagte ihm, wie glücklich sie sei, daß er mitkäme. Und sie war glücklich bis zu dem Augenblick, als er um ihre Hand anhielt. Seitdem hatte er sie noch zweimal gefragt, und sie entwickelte Schuldgefühle, da sie immer abgelehnt hatte. Trotzdem konnte sie sich ein Leben ohne Charles nicht mehr vorstellen – so hatte sie sich an ihn gewöhnt.
Mittags stand er mit dem Einspänner ihres Vaters vor der Tür und holte sie zum Picknick ab. Es war ein wunderschöner Tag für einen Ausflug – klar, warm und ohne Wind. Die Silhouette der Big Horns zeichnete sich scharf gegen den strahlend blauen Himmel ab. Sie fuhren nach Südwesten und folgten dem Lauf des Little Goose Creek, bis das Land hügeliger wurde. Einmal scheuchten sie eine

Herde Antilopen auf und beobachteten, wie die Tiere in langen Sprüngen flüchteten. Dann kamen sie zu einem ausgedehnten Pinienwald, in dem Holzfäller bereits Wege angelegt und Lichtungen geschlagen hatten. Es duftete würzig nach Harz. Schließlich erreichten sie eine höhergelegene Weide, die von dem Flüßchen in Mäandern durchquert wurde. In der Mitte einer hufeisenförmigen Schleife hielt Charles an.

Es war ein herrliches Fleckchen Erde, voller Frieden. Emily stand sofort auf, beschattete mit der Hand die Augen und sah sich voller Entzücken um.

»O Charles, wie hast du diesen Ort entdeckt?«

»Ich war letzte Woche hier oben und habe Holz geholt.«

»Wie schön es hier ist.«

Der Bach floß den Berg hinunter, schoß plätschernd über Felsen und Steine, die in der Sonne wie Silber glänzten. An einigen Stellen standen am Ufer Pappeln, ihre jungen gelbgrünen Blätter verströmten einen süßen Duft. Darunter wuchsen wilde Himbeersträucher, und der Weißdorn blühte. Etwas weiter entfernt sprossen Tausende von Ringelblumen und färbten das Gras mit ihrem Goldgelb.

»Sieh nur die Blumen«, sagte Emily und deutete mit dem Finger. »Nach dem Essen müssen wir welche pflücken. Es sind Mutters Lieblingsblumen.«

Charles sprang vom Wagen in das fußhohe Gras, und Emily folgte ihm. Aus der Kiste unter dem Sitz holte er eine Decke und einen Korb hervor. Sie breiteten die Dekke auf dem Gras aus, setzten sich mit gekreuzten Beinen hin, und dann öffnete Charles den Korb und holte seine Schätze heraus. »Geräucherte Wurst! Käse! Roggenbrot!

Rote Bete! Pfirsiche in Dosen! Und Eistee!« Dann fügte er hinzu: »Leider gibt's kein gebratenes Hähnchen und Apfeltorte, aber ein Junggeselle muß sich mit einfachen Dingen bescheiden.«
»Für mich ist es ein Festmahl, wenn ich nicht zu kochen brauche.«
Während sie aßen, zwitscherte ein Wasserläufer am Rand des Baches, und oben am Himmel zog ein Bussard im Aufwind seine Kreise und spähte nach Beute.
Nach der Mahlzeit herrschte eine Weile befangenes Schweigen. Jeder war mit seinen eigenen Gedanken beschäftigt.
»Charles?« sagte Emily schließlich. Sie wollte mit ihm reden, mußte mit ihm reden – über schmerzvolle Dinge, die sich vielleicht hier in der Natur leichter aussprechen ließen.
»Hmm?«
Sie schwieg, zögerte und spielte nachdenklich mit ein paar Brotkrümeln auf der Decke. Dann blickte sie auf und sagte leise: »Mutter liegt im Sterben.«
»Das habe ich mir gedacht.«
»Niemand hat es bisher ausgesprochen, aber wir wissen es alle. Sie spuckt bereits Blut.«
Er nahm ihre Hand. »Es tut mir so leid, Emily.«
»Ich fühle mich besser, jetzt, da ich es gesagt habe.« Zu niemand anderem außer Charles hätte sie darüber reden können. Und vor niemand anderem hätte sie geweint.
»Ja. Das verstehe ich.«
»Armer Papa. Ich glaube, für Papa ist es am schlimmsten. Ich habe ihn heimlich weinen sehen.«

»Ach, Emily.« Er drückte ihre Hand fester.
Plötzlich zwang sie sich zu einem Lächeln. »Aber rate mal, was bei uns Neues geschieht?«
»Was denn?«
»Wir bekommen Besuch.«
»Wen?« Charles ließ ihre Hand los und legte seinen Teller in den Picknickkorb.
»Mutters Cousine Fannie. Sie haben sich seit der Hochzeit meiner Eltern nicht mehr gesehen. Sie kommt heute an. Wahrscheinlich holt Papa sie im Augenblick von der Postkutsche ab.«
»Ist das die Fannie, die solche unerhörten Briefe schrieb?«
Emily lachte. »Genau die. Ich bin sehr neugierig auf sie. Sie macht einen so weltgewandten und unkonventionellen Eindruck. Jedenfalls behauptet Papa das von ihr, und er kennt sie ja von Jugend an. Sie sind alle zusammen in Massachusetts aufgewachsen. Jetzt kommt sie, um Mutter zu pflegen.«
»Das ist gut und wird dir vieles leichter machen.«
»Charles, kann ich dir etwas sagen?«
»Alles.«
Sie spielte mit den Falten ihres Rocks, zögerte, ihm ihre Gedanken anzuvertrauen. »Manchmal quälen mich Schuldgefühle. Ich habe mich so sehr bemüht, Mutters Pflichten zu übernehmen, aber für die Hausarbeit habe ich nicht viel übrig. Ich kümmere mich lieber um die Pferde. Ich weiß, das klingt selbstsüchtig, und das möchte ich wirklich nicht sein.«
»Emily.« Er nahm sie bei den Schultern und zwang sie, ihn anzusehen. »Die Hausarbeit wird dir besser gefallen, wenn es sich um dein eigenes Haus handelt.«

Sie blickte ihm in die Augen und entgegnete offen: »Das bezweifle ich, Charles.«
Enttäuschung zeichnete sein Gesicht. Er schluckte und fragte gequält: »Warum willst du nicht? Wie oft muß ich dich noch fragen?«
»Ach, Charles ...« Sie befreite sich aus seinem Griff und legte ihren Teller in den Korb.
»Nein, weich mir nicht aus.« Er stellte den Korb zur Seite und rutschte näher zu ihr hin. »Ich will dich heiraten, Emily.«
»Du willst eine Frau heiraten, die gerade zugegeben hat, daß sie die Hausarbeit haßt?« Sie kicherte gezwungen und konnte ihm nicht in die Augen sehen. »Was für eine Ehefrau würde ich abgeben?«
»Du bist die einzige, die ich immer gewollt habe. Die einzige.«
»Das weiß ich, Charles. Aber da Mutter so krank ist, glaube ich nicht, daß ...«
»Du hast doch gerade gesagt, daß Fannie kommt und sich um sie kümmert. Warum müssen wir dann warten? Emily, ich liebe dich so ...« Er streichelte ihre Arme. »Ich bin ganz verloren in diesem großen Haus. Ich habe es doch für dich gebaut, weißt du das nicht?«
Sie wußte es, und das machte ihre Verpflichtung ihm gegenüber noch größer.
»Ich möchte, daß du darin lebst ... und unsere Kinder«, flehte er leise und streichelte jetzt ihre Schultern.
»Unsere Kinder?« wiederholte sie. Panik überkam sie bei diesem Gedanken. Mit einem ganzen Stall voller Pferde konnte sie fertig werden, aber auf die Mutterschaft war sie überhaupt nicht vorbereitet. Dann kam ihr ein Gedan-

ke, der sie erröten ließ. Sie versuchte sich vorzustellen, wie sie mit Charles Kinder zeugte, konnte es aber nicht.
»Ich möchte Kinder haben, Emily. Du nicht?«
»Jetzt möchte ich erst mein Abschlußexamen als Tierärztin machen. Das ist mir wichtiger als Kinder.«
»Nun gut – dann in ein, zwei Jahren. Wie lange brauchst du noch dafür? Wir warten mit der Hochzeit, bis du die Prüfung bestanden hast. Aber inzwischen verloben wir uns. Bitte, sag ja, Emily.« Er neigte das Gesicht ihrem zu und flüsterte: »Bitte ...« Ihre Münder berührten sich. Sie stemmte eine Hand gegen seine Brust und spürte sein Herz wild klopfen und fragte sich – würde sie dasselbe wie er empfinden, wenn sie nur lange genug wartete?
Dann tat Charles etwas völlig Unerwartetes. Er öffnete den Mund und berührte mit seiner Zunge ihre Lippen. Er wartete auf ihre Reaktion. Der warme, feuchte Kontakt schickte einen Strom der Erregung durch ihren Körper. Er wurde kühner, erforschte das Innere ihres Mundes. Schüchtern, zögernd erwiderte sie diese Berührung, und er reagierte sofort, preßte sie hart an sich. Sie fühlte seinen Körper zittern.
Das war also das Verbotene, dachte sie, das war es, was verheiratete Männer mit ihren Frauen machten. Bibelworte kamen ihr in den Sinn – Fleischeslust, Leidenschaft –, jetzt verstand sie.
Seine Hand umfaßte ihre Brust, und sie löste sich schnell von ihm.
»Nein, Charles ... hör auf.«
Mit glänzenden Augen, hochrotem Gesicht und wirrem Haar keuchte er: »Ich liebe dich, Emily.«

»Aber das ist verboten. Das dürfen wir erst tun, wenn wir verheiratet sind.«
Die Verblüffung über ihre Worte kühlte seine Leidenschaft ab. Beglückt fragte er: »Dann willst du mich also heiraten? O Emily, meinst du es wirklich?« Er küßte sie ekstatisch, wiegte sie in seinen Armen und drückte sie fest an sich, daß ihr die Luft wegblieb. »Du hast mich zum glücklichsten Mann auf dieser Erde gemacht! Und ich werde dich zur glücklichsten Frau machen«, versprach er überschwenglich.
Also hatte sie ihr Jawort gegeben. Oder nicht? Dieses unbewußte Entgegenkommen legte er als Zustimmung aus, obwohl sie es nicht so gemeint hatte. Aber sie war jetzt gebunden; es gab kein Zurück. Wie konnte sie das diesem glücklichen Mann erklären? Nein, Charles, du hast dich getäuscht? Und liebte sie ihn denn nicht, da sie ihm einen solchen Kuß gestattet hatte? Und war sie nicht dazu bestimmt, ihn zu heiraten? Und mit wem sonst konnte sie reden, wie sie mit Charles redete? Wenn das keine Liebe war, wie sah Liebe dann aus?
Noch in seinen Armen, öffnete sie die Augen, sah den Bussard über ihnen kreisen, und Panik überfiel sie. Was tue ich, Bussard? Dann verscheuchte sie ihre Vorahnungen. Sei nicht töricht. Wen außer Charles könntest du jemals heiraten?
Er küßte sie zart, nahm ihr Gesicht in beide Hände und sah sie derart liebevoll an, daß sie sich für ihre Gedanken schämte.
»Ich liebe dich so sehr, Emily, so sehr.«
»Ich liebe dich auch.« Was gab es darauf anderes zu antworten?

Und es stimmt, sagte sie sich. *Es stimmt.*

»Von diesem Augenblick habe ich seit Jahren geträumt. Als ich dreizehn war, habe ich deinem Vater erzählt, daß ich dich eines Tages heiraten werde. Hat er dir das je gesagt?«

»Nein«, entgegnete sie mit einem gequälten Lachen.

»Aber deine Mutter und dein Vater werden jetzt sehr erfreut sein«, sagte er zufrieden.

»Ja, das werden sie.«

»Komm, wir fahren nach Hause und erzählen es ihnen.«

»Gut.«

Sie packten zusammen und pflückten noch Ringelblumen, ehe sie nach Hause zurückkehrten. Während der ganzen Fahrt schwatzte Charles glücklich und machte Zukunftspläne. Emily hielt den Blumenstrauß und antwortete einsilbig auf seine Fragen. Doch ehe sie die Stadt erreicht hatten, merkte sie, daß sie die Stengel der Blumen so fest umklammert hielt, daß sie bereits zu welken begannen.

Viertes Kapitel

Fannie Cooper sollte um drei Uhr nachmittags mit der Postkutsche aus Buffalo eintreffen, das dreißig Meilen weiter südlich lag. Emily hatte versprochen, rechtzeitig wieder zurück zu sein, aber um zehn vor drei war sie immer noch nicht da. Frankie war angeln gegangen, und Edwin versuchte sein Bestes, gelassen zu erscheinen. Er holte Josie ein frisches Bettjäckchen und half ihr, ihr Haar zu frisieren.

»Du gehst jetzt besser«, sagte Josie.

Er nahm seine Uhr aus der Westentasche und öffnete völlig unnötig den Deckel, denn er wußte, wie spät es war. »Ja, dann mach ich mich wohl auf den Weg. Na, die Kinder werden nachher was von mir zu hören bekommen.«

»Edwin, du weißt doch, wie unkonventionell Fannie ist. Es macht ihr nichts aus, wenn die Kinder sie nicht abholen.«

Er steckte seine Taschenuhr ein, tätschelte Josies Schulter und fragte: »Hast du alles, was du brauchst?«

»Ja. Hilf mir nur wieder ins Bett, dann mußt du dich beeilen.«

Es war Monate her, seit Josie so aufgeregt gewesen war. Es machte sie ganz atemlos. Er beugte sich über sie, deckte sie zu und lächelte. »Wenn die Postkutsche pünktlich ist, sollten wir in zwanzig Minuten wieder hier sein. Ruh dich jetzt aus, damit du Kraft hast, sie zu empfangen.«

Sie nickte und lehnte sich vorsichtig in die Kissen zurück, um ihre Frisur nicht in Unordnung zu bringen.

»Edwin?«

»Ja, Liebes?«

Sie streckte ihm ihre Hand entgegen. Er drückte sie liebevoll. »Ich bin so glücklich, daß Fannie kommt.«

Er beugte sich nieder und küßte ihre Fingerspitzen. »Ich auch.«

Auf dem Treppenabsatz blieb er stehen, atmete tief ein und fragte sich: Bin ich das wirklich? Ja. Gott helfe mir, aber ich bin es. Dann ging er beschwingt wie ein Zwanzigjähriger die Treppe hinunter und betrachtete sich kurz im Spiegel. Seine Wangen waren gerötet, seine Augen strahlten, und seine Hände zitterten. Verdammt, hatte Josie das alles bemerkt? Er wollte ihr auf keinen Fall Kummer bereiten und hatte alles so arrangiert, daß er nicht allein war, wenn er Fannie abholte. Aber es hatte nicht geklappt. »Emily, ich habe mich auf dich verlassen. Wo, zum Teufel, steckst du?«

Doch nur sein klopfendes Herz antwortete ihm.

Er trocknete seine schweißfeuchten Handflächen an seiner Hose, spreizte dann die Hände und betrachtete sie. Sie waren voller Schwielen und Narben, mit Schmutzrändern unter den Fingernägeln – die Zeugnisse jahrelanger schwerer körperlicher Arbeit. Er eilte in die Küche, pumpte Wasser in eine Schüssel und schrubbte die Hände. Vergeblich. Er hatte nur Zeit vergeudet und kam jetzt wahrscheinlich zu spät.

Er setzte seine schwarze Melone auf und eilte aus dem

Haus. Edwin traf – ein wenig außer Atem – zur selben Zeit wie die Postkutsche vor dem Hotel ein. Und noch ehe sich der Staub auf der Straße gelegt hatte, spähte Fannie aus dem offenen Fenster zum Kutscher hoch und rief: »Was für eine Fahrt, Mr. McGiver! Sind Sie sicher, daß mein Fahrrad noch auf dem Dach ist?«

»Natürlich, Ma'am.«

McGiver kletterte aufs Dach und band Fannies Gepäck und das Fahrrad los, während sie die Tür öffnete.

Edwin eilte auf sie zu. »Hallo, Fannie.«

Sie blickte auf, hielt kurz den Atem an – jedenfalls glaubte Edwin das –, und dann breitete sich ein strahlendes Lächeln auf ihrem Gesicht aus. Sie stieg aus der Kutsche. »Edwin. Mein lieber Edwin, du bist es also wirklich.«

Sie umarmte ihn mitten auf der Straße. »Wie wohl es tut, dich zu sehen«, flüsterte sie in sein Ohr, trat dann schnell zurück und betrachtete ihn prüfend. »Du meine Güte, du siehst wunderbar aus. Ich machte mir schon Sorgen, daß du dick oder kahl geworden sein könntest, aber du siehst phantastisch aus.«

Das tat sie ebenfalls. Mit diesem strahlenden Lächeln, das er in Erinnerung hatte. Nur ihr Haar war etwas heller geworden, besaß nicht mehr diesen intensiven fuchsroten Ton, doch es umrahmte ihr Gesicht noch immer natürlich gelockt. Ihre haselnußbraunen Augen waren jetzt von kleinen Fältchen umgeben, aber noch immer blitzte der Schalk in ihnen. Sie war schlank wie eh und je, hatte nur mehr Busen denn als junge Frau. Sie trug ein klassisch geschnittenes rostrotes Reisekostüm, das ihre Figur vorteilhaft unterstrich.

»Ich habe mich auch gefragt, wie du dich verändert ha-

ben könntest, aber du bist dieselbe geblieben. Ach, Fannie. Wie lange ist es her? Zwanzig Jahre?«
»Zweiundzwanzig. Wir sind jetzt in den mittleren Jahren, Edwin.«
»Das ist wohl richtig, und dann fährst du Rad?«
»Ja, ich fahre Rad!« Sie drehte sich um und sah zu McGiver hoch. »Behandeln Sie es vorsichtig, Mr. McGiver. Das ist wahrscheinlich das einzige Fahrrad im Umkreis von dreihundert Meilen!«
McGivers Kopf erschien. »Hier. Ich reiche es jetzt runter.«
Sie hob die Arme, um ihr Fahrrad entgegenzunehmen, da sprang Edwin hinzu. »Laß mich das machen!«
»Seit Jahren habe ich nicht mehr die Hilfe eines Mannes in Anspruch genommen. Ich werde sehr gut allein damit fertig.«
»Das glaube ich dir gern, Fannie«, – er mußte sie mit seinem Körper beiseite drängen –, »aber laß mich dir trotzdem helfen.«
Er griff nach dem komischen Ding und ließ es zu Boden plumpsen. »Mein Gott, Fannie, du willst doch nicht etwa behaupten, daß du darauf fährst. Es ist ja schwerer als eine Kanone.«
»Natürlich fahre ich darauf. Und du bald auch, sobald ich es dir beigebracht habe. Es wird dir gefallen, Edwin. Dadurch bleibt man gesund, und es kräftigt die Lungen. Ich frage mich, ob wir Josie dazu bringen können, das Fahrrad zu benutzen. Das könnte Wunder bei ihr bewirken.«
Edwin mußte lächeln. Fannie hatte sich überhaupt nicht verändert. Sie war noch genauso unkonventionell und

sprunghaft wie früher. Er hatte sich derart an Josies geschwächten Zustand gewöhnt, daß Fannies Lebhaftigkeit ihn überraschte.

Dann reichte der Kutscher ihre anderen Gepäckstücke runter. Fünf waren es. »Was, so viele?« fragte Edwin.

Sie hob erstaunt die Augen. »Natürlich. Eine Frau kann schließlich nicht nur mit dem Nötigsten in dieses Niemandsland reisen.«

Er lachte und entgegnete: »Ich sehe schon, daß Emily von dir begeistert sein wird. Doch erst will ich dein Gepäck beiseite räumen.«

Während er das tat, plauderte Fannie. »Emily – ich kann es kaum erwarten, sie kennenzulernen. Wie sieht sie aus? Ähnelt sie dir oder Josephine? Hoffentlich nicht ihrer Mutter. Diese Ernsthaftigkeit hat Josie immer geschadet. Das habe ich ihr schon gesagt, als wir zehn Jahre alt waren. Man soll sich das Leben nicht unnötig schwermachen, dafür ist es viel zu ernst. Bist du nicht meiner Meinung, Edwin? Aber erzähl mir was von Emily.«

»Mit Worten kann ich ihr nicht gerecht werden. Du mußt sie einfach sehen. Es tut mir leid, daß sie nicht da ist. Beide Kinder wollten mich eigentlich begleiten, aber Frankie ist zum Fischen gegangen, und Emily macht mit Charles ein Picknick.«

»Charles Bliss?«

»Ja.«

»Ach, der junge Mann in ihrem Leben. Mir ist, als würde ich sie beide kennen, so viel hat Josephine in ihren Briefen über sie geschrieben. Glaubst du, daß die beiden heiraten, Edwin?«

»Ich weiß es nicht. Uns haben sie noch nichts gesagt.«

»Und ihr mögt Charles sehr gern?«
»Die ganze Familie mag ihn. Du wirst ihn auch mögen.«
»Das entscheide ich erst, wenn ich ihn kennengelernt habe. Ich lasse mir meine Meinung nicht von anderen diktieren.«
»Natürlich«, entgegnete Edwin mit schiefem Lächeln. Ihre Zivilcourage war vor Jahren nur eine ihrer Eigenschaften gewesen, gegen die seine Eltern etwas einzuwenden gehabt hatten. Zum Glück hatte sie auch die nicht verloren. Sie konnte im selben Atemzug schimpfen und loben, das tat ihrem Charme keinen Abbruch.
»Ich habe nicht damit gerechnet, daß du so viel Gepäck hast. Warte doch bitte hier, dann gehe ich zum Stall rüber und hole Pferd und Wagen. Es dauert nicht lange.«
»Nein, ich warte nicht hier. Ich begleite dich. Dann kannst du mir gleich alles zeigen.«
»Gut. Es ist nicht weit.«
Unterwegs berichtete Fannie von ihrer Reise. Die Straßen lagen sonntäglich verlassen da, und auch die Pferde auf der Koppel dösten in der Sonne. Alles war still und ließ nichts von der sonstigen Geschäftigkeit der kleinen aufstrebenden Stadt ahnen.
Vor der Scheune blieb Fannie stehen und fragte Edwin, plötzlich ernst geworden: »Wie geht es Josie denn wirklich?«
Zum erstenmal trafen sich ihre Blicke, und er konnte ihre tiefe Besorgnis darin erkennen, nicht nur um ihn, sondern auch um ihre Cousine.
»Sie wird bald sterben, Fannie.«
»O Edwin, es tut mir so leid.« Sie nahm seine Hände in

ihre und drückte sie. Lange stand sie so da, um den Schock dieser Wahrheit zu verwinden. Dann ließ sie seine Hände los und sah ihn wieder so eindringlich an, daß er ihrem Blick nicht ausweichen konnte. »Ich verspreche dir, daß ich alles in meiner Kraft Stehende tun werde, um es für euch beide leichter zu machen. Solange wie es dauert ... wie lange es auch immer dauert ... verstehst du mich?«

Er konnte nicht sprechen, seine Kehle war wie zugeschnürt.

»Denn ich habe nie aufgehört, euch beide zu lieben«, fügte sie hinzu und drehte sich abrupt um. »Und jetzt zeig mir deinen Mietstall, damit ich dann endlich meine Cousine sehen kann.«

Er führte sie schweigend herum und schirrte dann Gunpowder, einen tiefschwarzen Wallach, vor einen leichten, vierrädrigen Wagen.

»Wissen die Kinder es?«

Einen Augenblick lang mißverstand er ihre Frage und glaubte, Fannie spiele auf ihre Beziehung vor so vielen Jahren an.

»Die Kinder?« Der Rappe stand zwischen ihnen, Edwins Hände ruhten auf dem Rücken des Pferdes.

»Ja, wissen sie, daß ihre Mutter sterben wird?«

Er atmete langsam aus, damit sie seine Gedanken nicht erraten konnte. »Ich glaube, daß Emily es weiß. Aber Frankie ist für solche Dinge noch zu jung.«

»Ich möchte nur eins klarstellen. Solange ich in deinem Haus bin, wird vom Tod nicht gesprochen. Sie lebt, und solange sie lebt, müssen wir ihr das Leben auf jede nur erdenkliche Weise verschönern.«

Ihre Blicke trafen sich wieder. Und diesmal gaben sie sich ein stummes Versprechen.
»Ich gebe dir mein Wort darauf, Fannie«, entgegnete er ruhig.
Sie hörten Hufgeklapper und das Geräusch eines sich nähernden Wagens. Emily und Charles kamen in den Stall hereingefahren.
Emily sprach, noch ehe Charles die Kutsche zum Halten brachte. »Oh, sie ist da!« Sie sprang zu Boden und lief auf Fannie zu. »Hallo, Fannie. Ich bin Emily.«
»Natürlich bist du Emily. Ich hätte dich sofort erkannt. Edwin, wie ähnlich sie dir sieht, mit ihren blauen Augen und dem schwarzen Haar. Aber den Mund hat sie von Josie.« Sie hielt Emilys Hände und fügte hinzu: »Du meine Güte, Kind, wie hübsch du bist! Du hast von deinen Eltern das Beste mitbekommen.«
Emily hatte sich noch nie als hübsch betrachtet. Das Kompliment berührte sie zutiefst.
»Unglücklicherweise habe ich nicht Mamas häusliche Tugenden geerbt, deshalb ist die ganze Familie überglücklich, dich hier zu sehen.«
Alle lachten, dann sagte Emily zu ihrem Vater: »Entschuldige, daß wir zu spät kommen, Papa. Wir sind etwas weiter als geplant gefahren.«
»Das macht doch nichts.«
»Fannie, du kennst Charles noch nicht.« Er war inzwischen ebenfalls von der Kutsche gestiegen und stand nun neben Emily. »Charles, das ist Mutters Cousine, Fannie Cooper. Fannie, das ist Charles Bliss.«
»Charles … Sie sehen genauso aus, wie ich Sie mir vorgestellt habe.«

»Erfreut, Sie kennenzulernen, Miss Cooper.«
»Das ist das letzte Mal, daß man mich ›Miss Cooper‹ nennt. Ich bin Fannie. Nur Fannie.«
Dann sagte Edwin: »Fannie und ich wollten gerade ihr Gepäck abholen. Kommt ihr mit?«
»Erst müssen wir Pinky versorgen und nach Sergeants Fuß sehen. Wie geht es ihm, Papa?«
Zerknirscht mußte Edwin zugeben, daß er nicht nach dem Pferd geschaut hatte.
»Dann mach ich das jetzt. Geht ihr nur, wir beide kommen gleich nach.«
Bewundernd sah Emily Fannie nach. »Ist sie nicht bezaubernd, Charles?«
»Das ist sie. Doch trotz ihrer Briefe nahm ich an, sie würde mehr deiner Mutter gleichen.«
»Die beiden sind so verschieden wie Tag und Nacht.«
Das stimmte. Edwin war sich dieser Tatsache noch stärker als seine Tochter bewußt. Als Fannie sein Haus sah, rief sie: »O Edwin, wie schön es ist! Hat Charles es gebaut?«
»Charles und ich. Mit Frankies und Emilys Hilfe.«
»Wunderschön. Ich wußte gar nicht, daß du dieses Talent besitzt.« Das war mehr, als Josie jemals darüber gesagt hatte. Sie hatte das Haus immer als etwas ihr Zustehendes betrachtet, positiv hatte sie sich nie darüber geäußert. Und Fannie, die nie ein Haus besessen hatte, dachte, wie glücklich Josie doch sein muß.
Sie betraten das Haus durch das Wohnzimmer. Die darin herrschende Unordnung überging Fannie schweigend.
»Josie ist oben im Schlafzimmer«, sagte er. »Die erste Tür links.«

Josephine wartete schon aufrecht sitzend im Bett, die Hände weit ausgestreckt. »Fannie … liebe Fannie. Endlich bist du hier.«
»Joey!«
Fannie eilte zum Bett, und beide umarmten sich.
»Dieser schreckliche Name. Seit zwanzig Jahren habe ich ihn nicht mehr gehört.« Josephine lachte.
»Deine Eltern haßten es, wenn ich dich so nannte.«
»Du siehst gut aus«, sagte Josephine schließlich nach eingehender Betrachtung.
»Schmutzig und staubig von dieser holprigen Postkutschenfahrt«, entgegnete Fannie. »Und du bist dünn geworden. Edwin sagte mir, daß du viel durchgemacht hast.« Sie streichelte die Wange ihrer Cousine. »Nun, jetzt werde ich dich verwöhnen. Ich kann mittlerweile sogar kochen. Und meine Spezialität sind Biskuits. Soll ich dir welche zum Abendessen machen?«
»Das wäre wunderbar.«
»Und ich rate dir, alles aufzuessen«, sagte Fannie und drohte schelmisch mit dem Finger. »Denn ich habe mein Fahrrad mitgebracht und werde dich so herausfüttern, daß du bald darauf fahren kannst.«
»Ein Fahrrad? Aber Fannie, ich kann nicht radfahren.«
»Warum nicht?«
»Weil …«, Josephine hob hilflos die Hände, »weil ich die Schwindsucht habe.«
»Na, wenn das nicht die lächerlichste Entschuldigung ist, die ich jemals gehört habe! Du hast doch nur schwache Lungen. Radfahren kräftigt sie. Es wird dir guttun, in der frischen Bergluft neue Kräfte zu sammeln.«
Edwin dachte, daß er in diesem Schlafzimmer noch nie

so fröhliches Geplauder gehört hatte. Fannies Lebenslust wirkte ansteckend; schon hatten Josies Wangen etwas Farbe bekommen, und ihre Augen strahlten.

Dann erschienen die jungen Leute. Irgendwo unterwegs hatten sie Frankie getroffen. Er polterte die Treppe hoch, und sie hörten seine Stimme schon von weitem: »He, ihr Leute! Da unten steht ein Fahrrad!«

Er platzte ins Schlafzimmer, gefolgt von Emily und Charles.

»Das gehört mir«, verkündete Fannie.

Edwin bremste seinen ungebärdigen Sohn. »Frankie, sag unserer Cousine Fannie guten Tag. Fannie, das ist unser Sohn Frank, der im Augenblick mächtig nach Fisch riecht, wenn ich nicht irre.«

Fannie streckte trotzdem ihre Hand aus. »Ich freue mich, dich kennenzulernen, Master Frank. Wie lang, schätzt du, sind deine Beine?« Sie trat einen Schritt zurück und betrachtete sie prüfend. »Ich glaube, sie sind zum Radfahren lang genug.«

»Ich soll radfahren? Ehrlich?«

»Ja, ehrlich.« Fannie hielt die Hand wie zum Schwur erhoben und hatte das Herz des Jungen im Sturm erobert. Emily konnte den Blick nicht von ihr wenden. Sie war eine tolle Frau, gleichaltrig mit Mama, und wirkte doch in jeder Hinsicht jünger, temperamentvoll und lebenssprühend. Und Mama schien durch ihre Anwesenheit wie verwandelt. Alle Menschen hier im Raum waren Fannies Zauber erlegen. Dafür liebte Emily sie bereits.

Papa mischte sich jetzt ein und sagte: »Da wir gerade von dem Fahrrad sprechen, ich bringe es jetzt am besten in den Schuppen und hole Fannies Koffer. Charles, du kannst mir dabei helfen.«

»Einen Moment, Sir …« Charles legte Edwin seine Hand auf den Arm.

»Sir?« fragte Edwin leicht amüsiert und hob die Brauen.

»Nun, diese Anrede erscheint mir heute angemessen. Ich denke, da wir alle hier versammelt sind und es Mrs. Walcott so gut geht, kann ich vielleicht noch zu der festlichen Stimmung beitragen.« Er nahm Emilys Hand und zog sie an seine Seite. »Ich möchte hiermit verkünden, daß sich Emily und ich heute verlobt haben.«

Emilys Gefühle waren bei Charles' Worten ambivalent: Auf der einen Seite beschlich sie eine Art fatale Gleichgültigkeit, auf der anderen Seite war sie glücklich über die offensichtliche Freude ihrer Eltern.

»Hurra! Es wurde aber auch Zeit!« Alle umarmten sich, und Josephine wischte verstohlen eine Träne von ihrer Wange. Edwin klopfte Charles wohlwollend auf die Schulter, und Fannie küßte ihn auf die Wange. Inmitten der ganzen Aufregung wurde plötzlich an die Haustür geklopft.

»Emily?« erklang Tarsys Stimme von unten. »Kann ich reinkommen?«

Emily ging zum Treppenabsatz und rief: »Komm rein, Tarsy. Wir sind hier oben!«

Tarsy stürmte herein und fragte aufgeregt: »Ist sie da?«

»Ja.«

»Ich konnte es einfach nicht mehr abwarten, sie kennenzulernen!« Sie lief die Treppe hoch. »Gehören die Koffer alle ihr?«

»Gewiß. Und sie ist genauso, wie wir sie uns vorgestellt haben.«

Und wieder erlag ein Mensch Fannies Zauber, vom ersten Moment an. »Aber natürlich«, sagte Fannie, »Emilys Freundin, die Tochter des Friseurs, das Mädchen mit dem schönsten Haar in der Stadt.« Sie berührte Tarsys goldene Locken und schenkte der Neugekommenen die angemessene Dosis Aufmerksamkeit, ehe sie auf das eben verkündete wichtige Ereignis zurückkam. »Aber Sie wissen sicher noch nicht, daß sich Emily und Charles heute verlobt haben, oder?«
»Was?« Tarsy umarmte Emily stürmisch, küßte auch Charles und erklärte, sie wüßte, wie glücklich die beiden würden und daß sie ganz grün vor Neid wäre – was natürlich nicht stimmte, wie Emily wußte.
Nach diesem Ausbruch bat sie Fannie abrupt: »Bitte, erzählen Sie mir alles über Ihre Reise.«
Fannie erzählte, und Tarsy blieb zum Abendessen, das diesmal nicht in der Küche, sondern im Schlafzimmer eingenommen wurde, damit Josephine nicht allein sei. Fannie beharrte darauf.
Also saßen Papa, Fannie und Frankie auf dem großen Bett, während Emily, Charles und Tarsy auf Papas Liege Platz genommen hatten und Tabletts auf den Knien balancierten. Und nach dem Essen verkündete Emily, sie würden darum losen, wer den Abwasch machen müßte. Frankie verlor und schmollte. Doch Fannie schimpfte: »Du gewöhnst dich besser daran, junger Mann, denn wir werden jetzt jeden Abend losen, und wahrscheinlich wirst du dann noch öfter verlieren. Aber jetzt wollen wir gehen und eurem Vater und eurer Mutter ein bißchen Ruhe gönnen.«
Charles verabschiedete sich und sagte, er hätte morgen

einen anstrengenden Tag. Die Frauen entbanden Frankie von seiner Pflicht, da Tarsy absolut noch nicht nach Hause gehen wollte. Und während sie abwuschen und die Küche aufräumten, unterhielt Fannie die beiden Mädchen mit Geschichten aus ihrem Leben.

Dann gingen die drei nach oben, um Fannies Koffer auszupacken, und Tarsy konnte sich vor Begeisterung über die schönen Kleider kaum fassen. Eine solch prächtige Garderobe gab es in Sheridan nicht zu kaufen.

Und zu jedem Kleid hatte Fannie eine Geschichte zu erzählen, wann und zu welchem Anlaß sie es getragen hatte. Die Mädchen hingen förmlich an ihren Lippen. Sie sprach von Pfänderspielen und – welch unerhörte Tatsache! – Küssen, mit denen man sich dabei manchmal freikaufen mußte.

Emily behagte dieser Gedanke nicht besonders. Küssen war etwas Intimes. Sie konnte sich nicht vorstellen, jemanden in einem Salon inmitten vieler Menschen zu küssen. Aber Tarsy war von dieser Vorstellung fasziniert.

»Ach, ich würde alles geben, wenn ich auch einmal auf einem solchen Fest wäre, wo Pfänderspiele stattfinden. Bei uns gibt es *nie* Einladungen! Es ist alles so öde in dieser Stadt.«

»Wir könnten doch auch ein Fest geben – natürlich ohne Pfänderspiele. Das wäre nicht anständig. Aber Emilys Verlobung bietet doch eine prächtige Gelegenheit dafür, oder nicht?« schlug Fannie vor.

Wie elektrisiert sprang Tarsy auf und umarmte Emily stürmisch. »Natürlich, Emily. Ist das nicht eine glänzende Idee von Fannie? Ich komme und helfe. Ach, sag doch ja, Emily!«

»Wir könnten das Fest nächsten Samstag abend veranstalten«, warf Fannie ein. »Dann hätten wir eine ganze Woche Zeit für die Einladungen und Vorbereitungen.«
»Nun ... ich ... ich ...« Der Gedanke erschien Emily plötzlich verlockend. Sie stellte sich vor, wie Papa es genießen würde, wieder Gäste im Haus zu haben. Und Tarsy hatte recht, es war langweilig in der Stadt. Doch dann kam ihr ein Gedanke, und sie hob drohend den Finger. »Aber von diesen Kußspielen will ich nichts wissen, verstehst du mich, Tarsy?«
»Natürlich. Keine derartigen Spiele«, stimmte Tarsy bereitwillig zu. »Nicht wahr, Fannie?«
»Nein, nein«, sagte Fannie.
Die beiden Frauen hatten sich erst heute kennengelernt, und Emily hatte jedes Wort gehört, das sie miteinander gewechselt hatten. Und trotzdem wurde sie das ungute Gefühl nicht los, daß die beiden ohne Worte Ränke schmiedeten.

Fünftes Kapitel

Als Tom Jeffcoat an jenem Montagmorgen im *Windsor Hotel* erwachte und an die Decke starrte, mußte er an Julia denken. An Julia March, mit ihrem herzförmigen Gesicht und den mandelförmigen Augen, dem aschblonden Haar und den zierlichen Händen. An Julia March, mit der er länger als ein halbes Jahr verlobt gewesen war. Julia March, die ihn wegen eines anderen Mannes verlassen hatte.

Er schloß die Augen.

Wann würde diese Erinnerung aufhören, ihn zu quälen? Heute jedenfalls nicht. Sicher nicht heute, denn es war erst halb sechs, und sie spukte bereits in seinem Kopf herum.

»Es ist vorbei. Ramm dir das in deinen Schädel!«

Er warf die Decke zurück, sprang aus dem Bett und schlüpfte in seine Hosen. Er nahm den weißen Porzellankrug und ging barfuß auf den Flur, wo er sich aus dem Zinnbehälter warmes Wasser holte.

Das *Windsor* war kein schlechtes Hotel. Es war sauber, es gab heißes Wasser, und das Essen war genießbar. Außerdem würde er nicht lange hier wohnen. Er war fest entschlossen, vor dem ersten Schnee sein eigenes Haus zu beziehen.

Aber was dann? Wäre er dann nicht genauso einsam?

Würde er seine Familie dann weniger vermissen? Würde er Julia dann weniger vermissen?
»Julia ist auf dem Weg nach oben. Schlag sie dir aus dem Kopf.«
Aber das war unmöglich. Das Alleinsein ließ ihm viel Zeit zum Nachdenken, und Tag und Nacht kreisten seine Gedanken um Julia. Selbst jetzt, als er sich wusch und sein Spiegelbild betrachtete, fragte er sich, warum sie Hanson ihm vorgezogen hatte. Lag es an dem blonden Haar? Den braunen Augen? Dem Bart? Dem Geld? Er war nicht blond, seine Augen waren blau, er mochte keine Bärte, und sicherlich war er nicht reich. Er war so arm, daß er Geld von seiner Großmutter hatte leihen müssen, um hier neu anfangen zu können. Aber er würde es ihr zurückzahlen und es in dieser Stadt zu etwas bringen. Er würde es Julia zeigen! Vielleicht würde er sogar reich werden, aber dann würde er für keine Frau auch nur einen Cent ausgeben. Frauen! Nichts als gewinnsüchtige, launenhafte Kreaturen! Wer brauchte sie schon?
Im Speiseraum des Hotels verzehrte er ein mächtiges Frühstück, bestehend aus Spiegeleiern und einem Steak, dann ging er zum Mietstall, um sein Gespann zu holen. Der Gedanke, Emily Walcott in seiner derzeitigen Stimmung zu begegnen, gefiel ihm nicht. Die kleine Rotznase sollte besser ihren Mund halten, sonst würde er sie zum Schweigen bringen!
Aber sie war nicht da. Edwin empfing ihn. Ein netter Mann, dieser Edwin Walcott. Selbst um sieben Uhr morgens.
»Ich habe gehört, Sie wollen heute früh mit Charles zum Sägewerk fahren und Bauholz holen.«

»Ja, das stimmt.«
Edwin lächelte verstohlen. »Nun, dann werden Sie den Tag in Gesellschaft eines glücklichen Mannes verbringen.«
Mehr sagte er nicht, aber als Jeffcoat ein paar Minuten später vor Bliss' Haus vorfuhr, kam Charles mit strahlendem Gesicht herausgelaufen. »Guten Morgen«, rief er.
»Morgen«, entgegnete Tom.
»Ein wundervoller Morgen!« sagte Charles.
Dabei war es ein ausgesprochen trüber Tag.
»Sie sehen glücklich aus.«
»Das bin ich!« Charles sprang auf den Wagen.
»Gibt's dafür einen besonderen Grund?«
Der Wagen rollte an, und Charles schlug sich auf beide Knie. »Der Grund ist, daß ich heirate.«
»Sie heiraten?«
»Oh, erst in einem Jahr oder so, aber sie hat endlich ja gesagt.«
»Und wer?«
»Emily Walcott.«
»Hmm ...« Jeffcoat machte große Augen. »Emily Walcott?«
»Ganz recht.«
»Sie reden doch von jener Emily Walcott in Hosen und mit der Lederschürze?«
»Ganz recht.«
»Himmel«, murmelte Jeffcoat.
»Was soll das heißen ... ›Himmel‹?«
»Nun, ich denke ... sie ist ...« Tom machte eine vage Geste.
»Sie ist was?«

»Sie ist ein zänkisches Weib!«
»Ein zänkisches Weib ...« Überraschenderweise lachte Charles. »Sie ist etwas unkonventionell, aber nicht zänkisch. Sie ist intelligent, sie arbeitet hart und kümmert sich um andere ...«
»Und sie trägt Hosenträger.«
»Können Sie ein Mädchen nur nach seiner Kleidung beurteilen?«
»Dann macht Ihnen das also nichts aus?«
»Nicht im geringsten.«
Tom fand diese Einstellung sehr großmütig. »Ich mag Sie, Bliss, aber ich denke noch immer, daß ich Ihnen eigentlich kondolieren statt gratulieren sollte.«
Charles entgegnete liebenswürdig: »Und ich weiß nicht, warum ich Sie nicht von diesem verdammten Sitz runterprügele.«
»Es tut mir leid, aber dieses Mädchen und ich, wir sind wie Hund und Katze.«
Die beiden musterten sich und stellten fest, daß sie völlig aufrichtig zueinander gewesen waren – wie es auch unter langjährigen Freunden nur selten passierte. Das gab ihnen ein gutes Gefühl.
Plötzlich mußten sie lachen, Tom grinste seinen neuen Freund an und forderte ihn heraus: »Okay, erzählen Sie mir von ihr. Vielleicht ändere ich dann meine Meinung.«
Dieser Aufforderung kam Charles mit Freude nach. »Was Sie auch von ihr halten mögen, sie ist trotzdem ein wundervolles Mädchen. Unsere Familien waren schon in Philadelphia befreundet. Ich kenne sie praktisch mein ganzes Leben lang. Schon mit dreizehn entschloß ich mich, sie zu

heiraten, und sagte das auch ihrem Vater. Doch der riet mir, noch etwas mit meinem Antrag zu warten. Vor einem Jahr habe ich sie dann zum erstenmal gefragt und seitdem noch dreimal, bis sie eingewilligt hat.«

»Viermal!« Jeffcoat hob die Brauen. »Mein guter Mann, ich hätte es lange vorher aufgegeben.«

»Ich nicht. Aber Emily möchte erst ihren Kurs in Veterinärmedizin abschließen, ehe wir heiraten.«

Jeffcoat wußte bereits von diesem Studium, was er auch sagte, und daraufhin schwiegen beide.

Seltsam, dachte Tom, wie man manchen Menschen mit einer augenblicklichen Aversion begegnete und andere sofort mochte. Letzteres war bei Bliss der Fall.

»Hören Sie«, unterbrach Charles Toms Gedanken, »ich weiß, daß Emily Ihnen gegenüber nicht gerade freundlich war, als Sie in die Stadt kamen, aber …«

»Freundlich? Sie befahl mir zu gehen und beschimpfte mich.«

»Das tut mir leid, Tom, aber sie macht sich Sorgen. Sie liebt ihren Vater und verbringt fast genauso viel Zeit im Mietstall wie er und bangt um seinen geschäftlichen Erfolg. Aber nicht nur das. Ihre Mutter hat Tuberkulose und wird bald sterben.«

Jeffcoat empfand ein leichtes Gefühl des Bedauerns. Tuberkulose war unheilbar und eine Kranke im Endstadium sicherlich nicht leicht zu pflegen. Zum erstenmal übte er etwas Nachsicht Emily gegenüber. »Das tut mir leid«, sagte er. »Ich wußte es nicht.«

»Natürlich konnten Sie das nicht wissen. Mrs. Walcott geht es von Tag zu Tag schlechter. Das war auch noch ein Grund, warum ich auf Emilys Jawort soviel Wert legte.

Damit ihre Mutter friedlicher sterben kann, wenn sie ihre Tochter mit mir verheiratet weiß.«

»Da waren die Walcotts über die Nachricht also erfreut?«

»O ja, und Fannie ebenfalls. Ich habe Ihnen noch nichts über Fannie erzählt.« Und er berichtete. »Fannie ist bemerkenswert«, endete er. »Das werden Sie selbst feststellen, wenn Sie sie kennenlernen.«

»Das wird wahrscheinlich nie geschehen. Jedenfalls nicht, solange sie in dem Haus Ihrer Verlobten wohnt.«

»O doch. Irgendwie werden wir alle eines Tages Freunde. Das weiß ich.«

Sie fuhren gedankenverloren weiter. Schließlich fragte Tom: »Wie alt sind Sie?«

»Einundzwanzig.«

»Einundzwanzig!« Tom betrachtete Bliss' Profil. »Nicht älter?« Er sah älter aus; wahrscheinlich machte das der Bart. Und er handelte wie ein reifer Mann. »In gewisser Weise beneide ich Sie. Sie sind so jung und wissen bereits, was Sie vom Leben wollen. Sie haben Ihre Familie verlassen und hier eine Existenz begonnen. Sie haben ein Haus und jetzt eine Frau. Ich bin sechsundzwanzig und weiß hauptsächlich, was ich *nicht* will.«

»Zum Beispiel?«

»Nun, vor allem keine Frau.«

»Jeder Mann will eine Frau.«

»Vielleicht sollte ich mich besser ausdrücken. Keine Ehefrau, meine ich.«

»Sie wollen nicht heiraten?« fragte Charles überrascht.

Tom antwortete bitter: »Vor einem Jahr verlobte ich mich mit einer Frau, die ich seit Jahren kannte. Nächsten Sonntag heiratet sie einen anderen Mann. Sie müssen schon entschuldigen, wenn ich nun vom schönen Geschlecht nicht mehr allzuviel halte.«

»Verdammt, das ist hart«, sagte Charles mitfühlend.

»Frauen sind wankelmütig«, bemerkte Jeffcoat.

»Nicht alle.«

»Sie sind verliebt, also können Sie gar nicht anders reden.«

»Nein, Emily ist nicht so.«

»Von Julia dachte ich dasselbe, bis sie eines Tages in meine Schmiede marschierte und verkündete, sie würde einen Bankier namens Jonas Hanson heiraten. Einen Mann, der fünfzehn Jahre älter ist als sie.«

»Einen Bankier?«

»Sie haben es erraten ... Geld ... viel Geld.«

Charles verdaute das Gehörte, während Tom nachdenklich auf die Kruppen seiner Pferde starrte. Eine Weile sprach niemand, dann seufzte Tom und lehnte sich zurück. »Nun, jedenfalls ist es besser, daß es vorher zum Bruch kam.«

»Sind Sie deshalb hierhergekommen? Um Julia nicht mehr zu begegnen?«

Tom zwang sich zu einem Grinsen. »Ich war mir nicht sicher, ob ich nicht eines Tages in ihr Schlafzimmer einbrechen und den alten Geldsack niederschlagen würde, um an seiner Stelle in ihr Bett zu hüpfen.«

Bliss lachte, kratzte seinen Bart und gestand: »Um die Wahrheit zu sagen, auch ich habe in letzter Zeit viel über das Schlafzimmer nachgedacht.«

Erstaunt sah Jeffcoat seinen neuen Freund an. Wie konnte ein Mann hinter einem Mädchen her sein, das wie ein

Stallbursche gekleidet war, nach Pferden roch und Tierärztin werden wollte? Aus Neugier stellte er die nächste Frage.

»Und sie?«

Bliss sah ihn ruhig an. »Was meinen Sie?«

»Denkt sie über das Schlafzimmer nach?«

»Leider nicht. Tat es Ihre Julia denn?«

»Vielleicht manchmal, aber ich bin nie weiter als bis zu ihrem Korsett gekommen.«

»Emily trägt kein Korsett.«

»Das überrascht mich nicht. Natürlich braucht sie keins, wenn sie eine Lederschürze trägt.«

Wieder lachten sie und fuhren eine Weile schweigend weiter, bis Tom sagte: »Wenn das nicht die verrückteste Unterhaltung ist, die ich je gehabt habe! Mit meinen alten Freunden in Springfield konnte ich über solche Dinge nicht sprechen.«

»Ich weiß, was Sie meinen. Auch ich habe noch mit niemandem über solche Dinge gesprochen. Ich bin mir nicht sicher, ob ein Gentleman das überhaupt tun sollte.«

»Vielleicht nicht. Aber ich halte mich trotzdem für einen.«

»Ich mich auch«, stimmte Charles zu. »Aber haben Sie keine Gewissensbisse dabei, hinter dem Rücken des Mädchens zu reden?«

»Wenn ich noch mit Julia verlobt wäre, dann ja. Und Sie?«

»Nun, es wäre nicht recht, wenn Emily erführe, was ich gesagt habe. Aber auf der anderen Seite tut es gut zu wissen, daß auch andere Männer Schwierigkeiten mit Frauen haben.«

»Machen Sie sich keine Sorgen. Von mir wird sie es nie erfahren. Wenn Sie die Wahrheit wissen wollen, Ihre Verlobte jagt mir etwas Angst ein. Sie ist eine richtige Katze, und ich möchte nicht mehr als unbedingt nötig mit ihr zu tun haben. Aber eins ist gewiß – das Leben mit einer solchen Frau wird sicher nie langweilig.«

Als sie im Sägewerk ankamen, stellte Charles Tom als »mein neuer Freund, Tom Jeffcoat« vor, was sich als Wahrheit herausstellen sollte. Während dieses Tages und der folgenden, als sie ständig Seite an Seite arbeiteten, wuchs ihre Freundschaft, vertiefte sich und wurde zu einem starken Band.

Von Anfang an tat Charles alles, um Tom das Leben in der neuen Stadt leichtzumachen. Im Sägewerk handelte er mit dem Besitzer, Andrew Stubbs, und dessen Sohn einen niedrigen Preis für das Bauholz aus. In J. D. Loucks Laden machte er ihn mit den Ortsansässigen bekannt. Gemeinsam begannen sie die Konstruktion des Gerüsts von Toms Mietstall, und als alle dazu benötigten Teile fertig waren, holte Tom neun starke Männer, die ihnen halfen, das Gerüst aufzurichten.

»Ich weiß nicht, wie ich dir danken soll«, sagte Tom zu Charles – sie duzten sich inzwischen –, als die anderen gegangen waren.

»Freunden braucht man nicht zu danken«, sagte Charles einfach.

Als sie ihr Werkzeug zusammenräumten, verkündete Charles: »Fannie möchte eine Verlobungsparty für Emily und mich geben. Am Samstag abend. Kommst du auch?«

Tom wollte eigentlich wegen Emily ablehnen. Aber die Abende waren lang, und er fühlte sich einsam. Außerdem wollte er die jungen Leute der Stadt kennenlernen; viele von ihnen würden seine zukünftigen Kunden sein. Und

noch wichtiger: Dies war auch Charles' Party. Deshalb wollte er hingehen.
Er lächelte und fragte: »Wird Tarsy Fields auch da sein?«
Charles grinste ihn verständnisinnig an. »Ach, auf Tarsy hast du dein Auge geworfen?«
»Manchmal signalisiert eine Frau einem Mann vom ersten Augenblick an ihre Bereitschaft. Und ich glaube, Tarsy hat das getan.«
»Sie sieht gut aus.«
»Ja.«
»Und ist lustig.«
»Das scheint sie zu sein.«
»Und hat nichts als Stroh im Kopf.«
Jeffcoat lachte herzlich und klopfte Charles auf die Schulter. »Ich weiß nicht, warum, Charles, aber ich mag dich!«
»Dann kommst du also Samstag abend?«
»Natürlich«, stimmte Tom zu und hoffte, daß er mit Emily Walcott nicht in Streit geraten würde.

Am nächsten Tag verschalten Tom und Charles die Seiten der Scheune und deckten das Dach, doch der übernächste war der Arbeit an der Kirche gewidmet, die ebenfalls schnell Gestalt annahm. Gerade diese Mitarbeit machte Tom Jeffcoat bei allen Bewohnern der Stadt beliebt. Nun, dieser junge Mann konnte wirklich allen als Vorbild dienen, war die Meinung aller.
Die beiden Männer wurden vom ersten Tag an tatkräftig von Frankie Walcott unterstützt, der bald von Tom ebenso begeistert war wie von Charles. Unaufgefordert verrichtete er alle Handlangerdienste: maß aus, trug Bretter herbei und nagelte sie sogar unter Charles' Anleitung an.

Auch beim Bau der Kirche half er. Und wo Frankie war, war sein Freund Earl Rausch nicht weit. Earl hatte eine Vorliebe für Süßigkeiten und stopfte sich pausenlos mit Keksen und Kuchen voll, aber er erledigte auch Botengänge oder klopfte krumme Nägel gerade. Als die Mütter in der Stadt erfuhren, daß Frankie und Earl so fleißig mitarbeiteten, seufzten sie und wünschten sich, ihre Söhne täten dasselbe.

Für Frankie Walcott war das die schönste Zeit seines Lebens. Noch nie war in Sheridan soviel passiert. Den ganzen Tag konnte er mit Charles und Tom verbringen. Er mochte Tom. Tom lachte viel und neckte ihn, und sein neuer Mietstall würde wirklich außergewöhnlich werden.

Während des Abendessens redete er ständig davon.

»Tom hat vierundzwanzig Fenster in Rock Springs gekauft. Und der Boden wird aus Ziegelsteinen gemacht. Er hat sie schon in Buffalo bestellt.«

Emily gab sich dem gegenüber gleichgültig. Sie schien ihren kleinen Bruder überhaupt nicht zu hören.

»Aber ratet mal, was er noch angeschafft hat. So ein Ding – eine Drehbühne, die er mitten in der Scheune installieren will. Da kann man die Fuhrwerke drauffahren lassen und sie ganz leicht umdrehen. Tom sagt, daß im Osten alle Lokomotivschuppen mit solchen Drehbühnen ausgestattet sind, damit man die Züge umdrehen kann.«

»Das ist das Dümmste, was mir je zu Ohren gekommen ist!« platzte Emily heraus. Sie konnte den Mund nicht länger halten. »Für Züge braucht man vielleicht Drehbühnen, aber in einem Mietstall ist so was völlig überflüssig.«

»Nein, das glaube ich nicht. Tom ist viel zu klug, um etwas Dummes zu tun, und er sagt, wenn die Drehbühne installiert ist, dürfen Earl und ich uns darauf stellen.«
Emily sprang auf. »Tom sagt! Tom sagt! Ich habe es satt, Frank, daß du immer nur von diesem Mann redest. Es gibt doch noch andere Dinge in der Stadt als dieses entsetzliche Gebäude!«
Fannie beobachtete Emily aus den Augenwinkeln. Sie sagte ruhig: »Er scheint ein sehr unternehmungslustiger junger Mann zu sein.«
»Er ist ungehobelt und unverschämt!« entgegnete Emily zornig.
»Das ist er nicht!« gab Frankie zurück. »Er ist genauso nett wie Charles. Und Charles mag ihn auch. Frag ihn doch!«
»Ich werde gar nichts fragen!« blaffte Emily und starrte ihren Bruder an. »Nicht, wenn er Papa Konkurrenz macht!«
Fannie wählte diesen Augenblick, um ihre Nichte zu informieren. »Charles hat ihn zu eurer Verlobungsfeier eingeladen.«
»*Was* hat er getan?«
»Er hat Mr. Jeffcoat zu eurer Verlobungsfeier eingeladen. Und Mr. Jeffcoat hat die Einladung angenommen.«
»Warum hast du mir das nicht früher gesagt?«
»Oh, ich dachte, ich hätte es schon getan«, erwiderte Fannie leichthin.
»Ich will ihn hier nicht sehen!«
»Aber, Emily ...« sagte Edwin, der sich bisher nicht eingemischt hatte.

»Ich will es nicht, Papa!«
»Aber Charles hat ihn eingeladen, und es ist schließlich auch Charles' Party. Die beiden scheinen inzwischen gute Freunde geworden zu sein.«
Emily flehte: »Tu doch etwas, Fannie.«
»Nun gut.« Fannie stand auf und räumte das schmutzige Geschirr zusammen. »Ich fahre morgen mit dem Rad zu ihm und sage ihm, daß er in diesem Haus nicht erwünscht ist. Das versteht er sicher. Ich sage, daß wir keinen Platz für so viele Gäste haben. Charles wird das auch verstehen. Sollen wir auslosen, wer das Geschirr spült?«
»Fannie, warte.«
Fannie fragte unschuldig: »Soll ich ihm noch etwas ausrichten?«
Emily ließ trübsinnig den Kopf hängen. »Er soll kommen«, sagte sie schlecht gelaunt.
Fannie ging zu Emily und strich ihr ein paar Haarsträhnen aus dem Gesicht. »Dieser Mann läßt sich hier nieder und möchte hier leben. Ihr beide werdet in den kommenden Jahren noch öfter miteinander zu tun haben – auf gesellschaftlicher Ebene oder in geschäftlicher Hinsicht. Du bist sehr jung, Liebes. Jung und dickköpfig. Du hast noch nicht gelernt, im Leben Kompromisse zu schließen. Aber glaub mir, du machst es dir leichter, wenn du ihn nicht schneidest. Wenn dein Vater und Charles ihn akzeptieren, kannst du das auch. Nun, was hältst du davon?«
Emily sah sie empört an. »Er nannte mich Wildfang.«
»Ach, das ist der Grund für deine Dickköpfigkeit. Nun, dann mußt du ihm eben beweisen, daß du es nicht bist, oder?«

»Ich will ihm überhaupt nichts beweisen.«
»Selbst nicht, daß sich ein Wildfang auf magische Weise in eine junge Dame verwandeln kann?«
Fannie merkte, daß sie Emilys Interesse geweckt hatte. Schnell wandte sie sich an Frankie. »Und du, junger Mann ... kein Wort über das, was hier gesprochen wurde, zu niemandem. Hast du mich verstanden?«
Jeder wußte, daß Frankie am liebsten losgelaufen wäre, um die Neuigkeit zu verkünden.
Doch er murmelte gehorsam, wenn auch enttäuscht: »Ja, Ma'am.«

Verständlicherweise war Fannies Neugierde geweckt. Was war das für ein Mann, der Emilys Zorn derart erregte? Fannie hatte die ganze Woche über ihre junge Verwandte beobachtet und festgestellt, daß sie jedesmal gereizt wurde, wenn Tom Jeffcoats Name fiel. Aber gleichzeitig röteten sich ihre Wangen, und sie konnte niemandem in die Augen sehen. War das die Reaktion auf einen Mann, den sie haßte?
Samstag morgen um halb sieben – alle schliefen noch – holte Fannie ihr Fahrrad aus dem Schuppen und machte sich auf den Weg. Sie war glücklich wie noch nie in ihrem Leben. Sie wohnte in Edwins Haus, teilte sein Leben, das Leben seiner Kinder. Wenn Emily das in Kürze mit einem Mann namens Bliss tun sollte und es lieber mit einem Mann namens Jeffcoat tun würde, mußte sie das herausfinden, ehe es zu spät war.
Sie hielt vor der Scheune, stieg vom Rad und schaute zum Dach hoch, wo ein Mann Schindeln festnagelte.
»Mr. Jeffcoat?«

Das Hämmern hörte auf, und er blickte nach unten. »Guten Morgen!«
Es gefiel ihr, wie er das sagte und gleichzeitig seinen Hut nach hinten schob. Das Dach war steil. Mit einem Seil um die Brust hatte er sich gesichert und kletterte nun geschickt nach unten.
»Ich bin Fannie Cooper!«
»Das dachte ich mir. Ich bin gleich bei Ihnen.«
Während er herunterkletterte, bewunderte sie seine anmutigen Bewegungen und seine etwas abenteuerliche Kleidung – die Hosen zu eng, die Hosenträger rot und das Hemd ohne Ärmel. Unten angekommen, zog er seinen Lederhandschuh aus und streckte ihr die Hand hin.
»Hallo, Fannie. Ich bin Tom Jeffcoat.«
»Ich weiß.«
»Sie sind also Emily Walcotts Cousine.«
»Cousine zweiten Grades, um genau zu sein. Und Sie machen Edwin Konkurrenz.«
Er lächelte. »Das möchte ich eigentlich nicht.«
Ihr gefiel die Antwort. Der ganze Mann gefiel ihr. Fannie Cooper war keine alte Jungfer, der Männer gleichgültig waren. Wenn sie einen kennenlernte, den sie mochte, dann zeigte sie das auch.
»Sie scheinen ein Frühaufsteher zu sein.«
Wieder lachte er, mit weit zurückgelegtem Kopf – eine typisch männliche Geste. »Sollten Sie nicht mit den Vorbereitungen für heute abend beschäftigt sein?«
»Oh, ich habe noch Zeit genug.« Sie musterte ihn, musterte das halbgedeckte Dach. »Der Bau macht beachtliche Fortschritte. Sie wollen den Boden mit Ziegeln auslegen?«
»Ja.«

»Und Sie haben vierundzwanzig Fenster gekauft?«
»Du meine Güte, das spricht sich ja schnell herum.«
»Frankie ist in dieser Hinsicht unschlagbar.«
»Oh, Frankie. Ich mag den Jungen.«
»Ihr Mietstall wird ja wirklich etwas Besonderes. Emily ist neidisch.«
Sein Gesicht blieb ausdruckslos. Er lächelte aber, als er sagte: »Emily wünscht, ich wäre auf einem Segelschiff mit einem gebrochenen Hauptmast und würde gerade Kap Horn umrunden. Ich versuche, sie nicht noch mehr zu reizen.«
»Wie ich höre, haben Sie auch eine Drehbühne angeschafft.«
»Ja.«
»Warum?«
»Eigentlich ist es nur eine Marotte. Als Kind war ich von Zügen fasziniert, vor allem von Drehbühnen. Ein Ingenieur ließ mich einmal auf eine klettern. Seitdem habe ich mir immer eine gewünscht.«
»Sind Sie ein impulsiver Mensch, Mr. Jeffcoat?«
»Das weiß ich nicht. Ich habe nie darüber nachgedacht. Aber sind Sie eine impulsive Frau, Miss Cooper?«
»Sicherlich.«
»Das dachte ich, allein schon wegen Ihres ungewöhnlichen Fortbewegungsmittels.«
Sie lächelte ihn kurz an und wechselte dann abrupt das Thema. »Tanzen Sie gern, Mr. Jeffcoat?«
»So wenig wie möglich.«
Sie lachte und sagte dann: »Nun, machen Sie sich darauf gefaßt, daß Sie heute abend tanzen werden müssen. Wir alle sind glücklich, Sie bei uns zu sehen. Jetzt muß ich zu-

rück und das Frühstück richten.« Sie gab ihrem Fahrrad einen Stoß und sprang graziös in den Sattel. Ohne sich umzudrehen, rief sie zurück: »Es war nett, Sie kennenzulernen, Mr. Jeffcoat.«
»Dasselbe gilt für mich, Miss Cooper.«
»Sagen Sie Fannie zu mir!«
»Dann nennen Sie mich Tom.« Er lächelte, während er zusah, wie sie die Straße entlangfuhr.

Es war ein hektischer Tag, aber Fannie hatte alles unter Kontrolle. Sie sprach mit Josephine über den vollgestellten Salon und schlug vor, das Klavier an die Wand zu rükken und einige Möbelstücke zu entfernen, damit die jungen Leute Platz zum Tanzen hätten. Josephine stimmte zu. Aber sie würde allen Vorschlägen zugestimmt haben; sie war glücklich, wie sie es seit Monaten nicht mehr gewesen war. Sie saß auf der oberen Veranda in der Sonne und polierte das Silber. Endlich konnte sie sich wieder nützlich machen.
Unten wurde geputzt. Tarsy war, wie versprochen, gekommen, um zu helfen. Sie bereitete Sandwiches zu, während Frankie im Garten die Teppiche klopfte. Emily packte den unnötigen Plunder aus dem Salon zusammen und trug ihn auf den Speicher. Dann putzten sie die Fenster und wuschen die Vorhänge.
Als die Arbeit getan war und die vier staunend ihr Werk betrachteten, klatschte Fannie in die Hände und erklärte: »Das muß mit Musik gefeiert werden.« Sie setzte sich ans Klavier und intonierte eine fröhliche Melodie.
Als Josephine oben die Musik hörte, ließ sie lächelnd ihre Arbeit sinken und summte ganz leise vor sich hin. Edwin

kam gerade nach Hause, und sie winkte ihm zu. Er hob lächelnd die Hand.

Edwin betrat den Salon und blieb überrascht stehen. Inzwischen spielte Fannie eine lustige Polka und sang dazu. Tarsy schlug den Takt, während seine Kinder ausgelassen tanzten. Und wie hatte sich der Raum verändert! Alle Düsternis und überladene Schwere waren daraus verschwunden, und er erstrahlte in neuem Glanz.

Eine unendliche Liebe für Fannie erfüllte sein Herz.

Er ging nach oben zu seiner Frau und fand sie lächelnd in der Sonne sitzen.

»Edwin, du bist heute früh gekommen.«

»Ich dachte, ich würde hier vielleicht gebraucht und habe deswegen am Mietstall eine Nachricht hinterlassen. Aber wie ich sehe, braucht man meine Hilfe gar nicht.« Er kniete sich neben seine Frau und drückte ihre Hand. »Ach, Josie, wie schön, dich hier draußen sitzen zu sehen.«

»Mir geht es so viel besser, Edwin.« Ihr Lächeln unterstrich ihre Worte. »Ich glaube, ich kann heute abend an dem Fest teilnehmen ... jedenfalls für kurze Zeit und Emilys Gäste begrüßen.«

»Das ist wundervoll, Josie ...« Wieder drückte er ihre Hand. »Einfach wundervoll.« Er sah ihr in die Augen und mußte an ihre eigene Verlobungsparty denken. Wie er seine Verzweiflung verborgen hatte. Aber ihre Ehe war trotz allem nicht schlecht gewesen. Sie hatten zwanzig schöne Jahre miteinander verbracht, ehe sie krank geworden war. Und sie hatte ihm zwei hübsche, gesunde Kinder geschenkt. Und sie hatten sich stets geachtet. Wenn ihre Beziehung zueinander nicht so innig geworden war, wie er es erhofft hatte, war das wohl auch seine Schuld. Er hätte sie mehr bewundern müssen. Von Reue erfüllt, sagte er nun: »Du siehst so hübsch aus, wie du hier in der Sonne sitzt. Ich bin froh, daß ich früher nach Hause gekommen bin.«

Sie errötete und senkte den Blick, sah ihn aber erstaunt an, als er ihre Hand nahm und sie küßte. Mit der anderen strich sie zärtlich über seine bärtige Wange.

»Lieber Edwin«, sagte sie bewegt.

Unten hörte die Musik auf, und man konnte Lachen aus der Küche hören. Edwin und Josephine waren in diesem Augenblick so glücklich wie seit vielen Jahren nicht mehr.

Sechstes Kapitel

Zwei Stunden vor Eintreffen der ersten Gäste waren alle Vorbereitungen abgeschlossen: das kalte Büfett hergerichtet, der Punsch gemixt. Tarsy war nach Hause gegangen, um sich umzuziehen. Josephine ruhte. Edwin erteilte seinem Sohn Verhaltensmaßregeln.

Oben, in ihrem gemeinsamen Schlafzimmer, holte Fannie ein Kleid nach dem anderen aus ihren Koffern und warf sie achtlos nacheinander aufs Bett.

»Grün oder gelb? Nein, jetzt habe ich es!« Sie zerrte einen weiteren Koffer unter dem Bett hervor, klappte den Deckel auf und wühlte darin wie ein Hund, der nach seinem vergrabenen Knochen sucht.

»Hier! Rosa!« Noch auf den Knien hielt Fannie das Kleid hoch – es hatte die Farbe einer wilden Rose. »Das ist die richtige Farbe für dich.«

»Ich habe noch nie ein so schönes Kleid gesehen oder gar angehabt«, sagte Emily. »Aber Mutter meint, daß eine Lady nur gedeckte Farben tragen sollte.«

»Unsinn!« gab Fannie zurück. »Und ich habe ihr immer gesagt, Josie, du machst dich mit deiner Garderobe viel älter, als du bist.« Verschwörerisch fügte sie hinzu: »Laß deine Mutter nur gedeckte Farben tragen, aber heute ist dein Fest. Du kannst anziehen, was du willst. Nun, was hältst du davon?«

Emily betrachtete die elegante Kreation und versuchte sich vorzustellen, wie sie damit die Treppe hinunterschritt. Tarsy konnte sie sich in dieser Aufmachung vorstellen – Tarsy mit ihren blonden Locken, dem hübschen Gesicht, dem Schmollmund und ihrer aufreizenden Figur. Aber sie selbst? Ihr Haar war dunkel und glatt. Und ihr Gesicht? Es war zu schmal und der Teint auch zu dunkel. Ihre Nase und ihre Augen waren wohl ganz passabel, aber ihr Mund war unattraktiv, und ihre Schneidezähne standen ein wenig schief, was ihr immer bewußt wurde, wenn sie lächelte. Nein, ihr Gesicht und ihr Körper paßten viel besser zu Hosen als zu diesem rosafarbenen Kleid mit ausladenden Puffärmeln.

»Ich glaube, das ist etwas zu feminin für mich.«

»Du wolltest doch, daß Mr. Jeffcoat seine Meinung ändert, oder nicht?«

»Der! Ich geb keinen Pfifferling drauf, was Mr. Jeffcoat sagt!«

»Das glaube ich dir nicht. Ich glaube, daß du darauf brennst, ihn in Erstaunen zu versetzen. Also, wie entscheidest du dich?«

Emily überlegte. Diese Lösung war sicher besser, als Tom Jeffcoat ins Gesicht zu spucken. Und einer Herausforderung war sie noch nie aus dem Weg gegangen.

»Nun gut. Ich zieh es an … aber nur, wenn es dir wirklich nichts ausmacht.«

»Himmel! Sei nicht töricht. Ich werde es nie wieder tragen.«

»Aber es ist ganz zerknittert. Wie …«

»Überlaß das nur mir. Ich bügele es gleich, und dann werde ich dir mit der Brennschere dein Haar kräuseln.«

Emily gehorchte und betrachtete, vor dem Spiegel sitzend, ihre Verwandlung. Josephine kam – sie trug ein wunderschönes, mitternachtsblaues Kleid – und setzte sich in einen Schaukelstuhl.
Als Fannie ihr Werk vollendet hatte, fand sich Emily schön – aber zu auffällig für ihren Geschmack. Das schwarze Haar türmte sich auf ihrem Kopf zu einer kunstvoll gelockten Frisur, hinter dem linken Ohr steckten Blumen, passend zur Farbe ihres Kleides, die Frankie aus dem Garten geholt hatte, und – du meine Güte! Sie berührte die nackte Haut ihres Dekolletés – ein so tief ausgeschnittenes Kleid hatte sie noch nie getragen.
Emily ging in den festlich geschmückten Salon. Ein leises Schuldgefühl nagte an ihr, denn sie wollte nicht nur Charles heute abend beeindrucken, sondern auch Tom Jeffcoat – diesen ungehobelten Burschen, der sie immer Wildfang nannte.
»Emily?«
Sie schrak aus ihren Gedanken auf und drehte sich um. »O Charles, ich habe dich nicht kommen hören.«
Er starrte sie an, als hätte er sie noch nie im Leben gesehen. Röte überzog sein Gesicht, und sein Mund stand offen, aber kein Wort kam über seine Lippen.
Emily lachte nervös. »Charles, du benimmst dich, als würdest du mich nicht wiedererkennen.«
»Emily«, wiederholte er überrascht und erfreut, während er zögernd auf sie zuging, als brauche er dafür ihre Erlaubnis. »Was hast du nur mit dir gemacht?«
Sie blickte an sich hinunter und raffte ihre Röcke. Sie raschelten wie trockenes Laub. »Das ist Fannies Werk.«
Er nahm ihre Hände und hielt sie auf Armlänge von sich.

»Bin ich nicht der glücklichste Mann hier? Du bist das schönste Mädchen in der Stadt.«

»Ach, Charles … das bin ich nicht. Also hör mit dem Schwindel auf.«

»Dieses Kleid … und dein Haar … du hast noch nie eine so schöne Frisur gehabt.«

Sie fühlte, wie sie tief errötete. Begehrlich ließ er seine Blicke über ihre Gestalt gleiten, offensichtlich entzückt. »O Emily, wie schön du bist«, sagte er leise und beugte sich vor, als wollte er sie küssen.

Sie wich ihm aus. »Fannie hat mir die Lippen gemalt, und das geht so leicht wieder ab.« Enttäuscht ließ Charles von seinem Vorhaben ab, betrachtete sie aber weiter mit glühenden Augen, wie andere Männer oft Tarsy ansahen. Wieder fühlte sich Emily schuldig. Denn schließlich wollte ihr Verlobter sie kurz vor der Verlobungsfeier nur einmal küssen. Sie machte sich von ihm los und beschwichtigte ihre Schuldgefühle, indem sie sich sagte, daß Charles sie nach ihrer Hochzeit küssen konnte, so oft er wollte.

Die ersten Gäste trafen ein. Josephine saß vor dem Erkerfenster; sie hatte darauf bestanden, alle offiziell zu empfangen. Edwin stand neben ihr mit Fannie, die er jedem Neuankömmling vorstellte. Das Haus füllte sich schnell mit Nachbarn, Geschäftsleuten und deren Frauen, Mitgliedern der Kirchengemeinde und den Ranchern der Umgebung. Als alle versammelt waren, verkündete Edwin die Verlobung seiner Tochter mit Charles Bliss.

Als Tarsy kam, ließ sie ihre Eltern einfach in der Tür stehen und eilte auf Emily zu. »O Emily, du siehst umwerfend aus. Ist er schon da?«

»Danke. Aber nein, er ist noch nicht da.«
»Ist mein Haar in Ordnung? Glaubst du, ich hätte lieber mein lavendelfarbenes Kleid anziehen sollen? Ich dachte, Mutter und Vater würden niemals fertig werden! Fannie sagt, später wird getanzt. Ach, ich hoffe so, daß er mich auffordert!«
Emily ärgerte sich über die Lobeshymnen, die Tarsy zum Preise des wunderbaren Mr. Jeffcoat sang, gleichzeitig aber über sich selbst, da sie sich dabei ertappte, wie sie ständig zur Tür starrte. Um halb neun war er noch immer nicht erschienen. Es juckte sie unter dem Korsett, in das Fannie sie gezwängt hatte, aber sie wagte nicht, sich zu kratzen. Sie hatte Durst, und obwohl ihr Charles ein Glas Punsch gebracht hatte, wagte sie nicht, davon zu trinken, aus Angst, die Schminke auf ihrem Mund zu verwischen.
Dieser Mistkerl verspätete sich um eine halbe Stunde!
Warte nur, Jeffcoat, wenn du überhaupt nicht kommst, werde ich dich so leiden lassen, wie du mich hast leiden lassen, dachte sie.
Er erschien um Viertel vor neun.
Emily hatte vorgehabt, ihn mit kühler Höflichkeit zu begrüßen, ihm gerade zwei Sekunden Aufmerksamkeit zu schenken und ihn dann zu schneiden.
Doch inzwischen plauderten die Gäste miteinander, Charles war im Speisezimmer, und sie stand allein da. Sie entdeckte ihn sofort.
Ihre Blicke begegneten sich kurz, dann kam er durch den Raum auf sie zu. Panik ergriff sie, und ihr Herz klopfte wild. Er sah phantastisch aus, und sie verfluchte Charles, weil er sie in diesem Moment allein ließ.

Als er vor ihr stand, überfiel sie ein Zittern. Er war so groß, daß sie zu ihm aufblicken mußte.
»Guten Abend, Miss Walcott«, sagte er höflich.
»Guten Abend, Mr. Jeffcoat.«
Er maß sie mit seinem – wie ihr schien – unverschämten Blick und grinste verstohlen. Am liebsten hätte sie ihm ins Gesicht geschlagen.
»Vielen Dank für die Einladung.« Doch beide wußten, daß nicht sie ihn eingeladen hatte, sondern Charles. »Darf ich Ihnen zu Ihrer Verlobung gratulieren?«
»Danke«, antwortete sie. »Wir kennen uns schon seit unserer Kindheit. Es war nur eine Frage der Zeit, wann wir uns verloben würden.«
»Ja. Charles sagte dasselbe. Und wann werden Sie heiraten? In einem Jahr?«
»In etwa.« Sie konnte sich nicht gut verstellen. Ihre Antworten klangen brüsk.
»Eine schöne Jahreszeit für eine Hochzeit«, plauderte er gewandt. Diese Kunst beherrschte er weitaus besser als sie. Sie schien ihre Zunge verschluckt zu haben, ihr Mund war trocken, und sie ließ ihre Blicke durch den Raum wandern, um ja nicht Tom Jeffcoat ansehen zu müssen. Nach kurzem Schweigen fügte er hinzu: »Charles ist ganz außer sich vor Glück.«
Sie fühlte, wie sich ihre Wangen röteten. »Nehmen Sie doch etwas Punsch, Mr. Jeffcoat. Ich muß mich jetzt um meine anderen Gäste kümmern.« Als sie gehen wollte, berührte er leicht ihren Arm.
»Verzeihen Sie, aber ich habe Ihre Frau Mutter noch nicht kennengelernt.«
Er hatte kein Wort über ihre Aufmachung verloren. *Nicht*

ein einziges Wort! Und sie verfluchte ihn, weil er daran schuld war, daß sie ihre Haltung verloren hatte. Verächtlich warf sie einen Blick auf seine Hand, die auf ihrem Arm lag, und sagte hochnäsig: »Sie zerknittern meinen Ärmel, Mr. Jeffcoat.«

»Entschuldigen Sie bitte.« Sofort zog er seine Hand zurück und befahl: »Stellen Sie mich Ihrer Frau Mutter vor, Miss Walcott!«

»Natürlich.« Sie drehte sich um und merkte, daß ihre Mutter sie die ganze Zeit beobachtet hatte. Eine Sekunde lang erstarrte sie. »Mutter, dies ist Charles' Freund, Tom Jeffcoat. Du erinnerst dich, Papa sprach neulich abends von ihm?«

»Mr. Jeffcoat …« Wie eine Königin streckte Josephine ihm ihre zarte Hand entgegen. »Sie sind also Edwins Konkurrent.«

Er neigte sich galant darüber. »Ich übe nur dasselbe Gewerbe aus. Wenn ich der Ansicht wäre, es gäbe in Sheridan nicht genug für uns beide zu tun, hätte ich mich hier nicht niedergelassen.«

»Hoffentlich haben Sie recht. Aber natürlich sind Sie uns als Charles' und Emilys Freund in unserem Haus willkommen.«

»Danke, Mrs. Walcott. Es ist ein schönes Haus. Ich kann es gar nicht erwarten, mein eigenes zu haben.«

»Charles und Edwin haben es gebaut.«

»Charles will auch meins bauen, sobald wir mit dem Mietstall fertig sind.«

»Wie ich höre, wollen Sie dort auch eine Drehbühne installieren?«

Er lachte. »Charles hat also geredet?«

»Nein, Frankie.«
»Ach, Frankie ... unser junger Lehrling ... Diese Drehbühne ist nur eine Marotte, Mrs. Walcott, nichts weiter.«
Da platzte Fannie in die kleine Versammlung. »Was ist eine Marotte? Hallo, Tom.«
Er drehte sich um und gab ihr die Hand. »Hallo, Fannie.«
»Ihr beide kennt euch?« fragte Emily überrascht.
»Ja, seit heute früh.« Fannie hakte Tom unter, als wären sie alte Freunde, und er strahlte sie an.
»Sie fuhr mit dem Rad spazieren und kam bei mir vorbei.«
»Ich freue mich, daß Sie der Einladung gefolgt sind. Haben Sie schon mit Charles gesprochen?«
»Nein. Ich wollte gerade zu ihm gehen.«
»Oh, und da ist ja Tarsy. Tarsy, du kennst Tom schon, nicht wahr?« Lächelnd streckte ihm Tarsy ihre Hand entgegen, und er beugte sich höflich darüber.
»Wie schön, Sie zu treffen, Miss Fields. Sie sehen heute abend bezaubernd aus.«
»Warum holt ihr beiden euch nicht ein Glas Punsch?« schlug Fannie dem blonden Mädchen vor.
Tarsy bemächtigte sich Toms Arm und tadelte lächelnd: »Schämen Sie sich, so spät zu kommen. Ich hatte schon jede Hoffnung verloren.«
Emily kochte innerlich vor Wut, während sie den beiden nachschaute. *Miss Fields, Sie sehen heute abend bezaubernd aus!* Er sprühte nur so vor Charme!
Und sie beobachtete ihn den ganzen Abend. Alle, Frauen und Männer, schienen diesem unwiderstehlichen Charme zu erliegen. Doch Emily verbrachte einen der scheußlich-

sten Abende ihres Lebens. Inmitten der Fröhlichkeit aller anderen fühlte sie sich unwohl und befangen, und der Genuß des Punsches, an den sie nicht gewöhnt war, trug noch zu ihrem Unbehagen bei. Ihr war heiß.

Sie entdeckte Charles und bat ihn: »Könnten wir nicht für ein paar Minuten auf die Veranda gehen, Charles? Mir ist so warm.«

Draußen entdeckte sie, daß der reichliche Alkoholgenuß Charles zu ungewohnten Kühnheiten verleitete. Er preßte sie gegen die Hauswand und umarmte sie stürmisch. Mühsam wehrte Emily ihn ab. »Nein, Charles. Jeden Moment könnte jemand kommen.«

Einen Augenblick starrte er sie erhitzt und frustriert an, doch dann gewann seine gute Erziehung die Oberhand, und er löste sich von ihr. »Du hast recht. Geh jetzt zurück, ich komme in ein paar Minuten nach.«

Als sie wieder den Salon betrat, waren ihre Wangen gerötet und ihre Haare zerzaust. Vater geleitete Mutter in ihr Schlafzimmer und Fannie spielte einen Walzer. Einige Paare tanzten.

Tom Jeffcoat stand in einer Ecke und beobachtete die Tür. Ihre Blicke trafen sich, wieder fühlte sich Emily seltsam zu ihm hingezogen. Und sie hatte den Eindruck, er wußte, was sich eben draußen auf der Veranda zwischen ihr und Charles abgespielt hatte. Konnte man ihr ansehen, daß sie geküßt worden war? War ihr Kleid in Unordnung? Nun, es ging Tom Jeffcoat überhaupt nichts an, was sie mit ihrem Verlobten machte. Sie hob den Kopf und wandte sich ab.

Den Rest des Abends mied sie ihn. Doch sie wußte jeden Augenblick, wo er sich aufhielt, mit wem er sprach, wie

oft er mit Tarsy lachte und wie oft mit Charles. Und sie wußte auch, wie oft er sie verstohlen aus den Augenwinkeln beobachtete.
Fannie spielte unermüdlich. Von Zeit zu Zeit stand sie auf und rief: »Partnerwechsel!«, worauf immer eine ziemliche Verwirrung entstand. Und einmal fand sich Emily plötzlich in den Armen ihres Vaters wieder.
»Amüsierst du dich, Liebling?«
»Ja, Papa. Und du?«
»Ich auch.«
»Ich wußte gar nicht, daß du tanzen kannst.«
»Ich habe es seit Jahren nicht mehr getan. Deiner Mutter lag nicht viel daran.«
»Glaubst du, daß wir sie stören?«
»Nein. Sie sagte mir, sie würde gern von oben zuhören.«
»Es hat ihr sicher heute abend gefallen.«
»Ganz gewiß.«
»Sie wirkte gesünder, und ihre Wangen hatten sogar etwas Farbe.«
»Das ist Fannies Verdienst. Fannie vollbringt Wunder.«
»Ich weiß. Ich bin so froh, daß sie hier ist.«
»Ich auch.«
»Partnerwechsel!«
»Hoppla!« sagte Papa.
Emily wirbelte herum und fand sich in den Armen Tom Jeffcoats wieder.
»Hallo, Wildfang«, sagte er grinsend.
»Sie unausstehlicher Teufel«, entgegnete sie freundlich.
»Ha, ha, ha!« lachte er laut, mit zurückgeworfenem Kopf.
»Ich werde es Ihnen schon noch zeigen.«

»Was? Habe ich heute abend nicht gutes Benehmen an den Tag gelegt?«

»Ich glaube, Sie wissen gar nicht, was gutes Benehmen ist.«

»Emily, fangen wir nicht wieder an zu streiten. Ich habe Charles versprochen, gut mit Ihnen auszukommen.«

»Wir beide werden niemals gut miteinander auskommen, und das wissen Sie. Sie wissen ebenfalls, daß Sie nur wegen Charles in dieses Haus eingeladen wurden.«

»Ist das wieder eine Ihrer Spitzfindigkeiten, oder denken Sie das wirklich?«

»Beleidigen Sie gern Frauen, oder liegt das in Ihrer Natur?«

»Gastgeberinnen sollten ihren Gästen gegenüber freundlich sein.«

»Das bin ich. Zu *meinen* Gästen.«

»Wissen Sie, Charles und ich verstehen uns ausgezeichnet. Wir sind dazu bestimmt, Freunde zu sein. Da Sie ihn heiraten, sollten wir da nicht versuchen, Frieden zu schließen – um seinetwillen?«

»Ich kann Ihr Grinsen nicht mehr ertragen.«

»Aber von Zeit zu Zeit werden wir uns immer wieder begegnen. Bei Gelegenheiten wie dieser zum Beispiel ... für wie lange?«

Fannie hatte dasselbe gesagt, aber das brauchte er nicht zu wissen.

Jeffcoat sprach weiter. »Nächsten Samstag abend möchte Tarsy eine Party geben, und dann tanzen wir wahrscheinlich wieder zusammen.«

»Hoffentlich nicht. Sie sind ein miserabler Tänzer.«

»Tarsy ist da anderer Meinung.«

»Sie treten mir auf die Füße, Mr. Jeffcoat. Tarsy Fields hat vorher noch nie in ihrem Leben getanzt. Was weiß sie schon?«
»Sie haben auch noch nie in ihrem Leben getanzt. Also was wissen Sie schon darüber?«
»Sehen Sie doch mal ...« Sie raffte ihren Rock mit einer Hand zusammen. »Sie haben Fannies Schuh schmutzig gemacht.«
Er blieb kurz stehen, schaute hinunter und tanzte dann weiter. »Fannie? Daher haben Sie also die Garderobe.«
»Bisher haben Sie nichts davon bemerkt.«
»Sollte ich das denn?«
»Sie nannten mich doch Wildfang!«
»Nachdem Sie mir meine schäbige Kleidung vorgeworfen haben. Dabei trage ich sie nur, weil sie bei der Arbeit praktisch ist.«
»Dasselbe gilt für mich.«
»Also, wollen wir jetzt Frieden schließen?«
Sie zuckte mit den Schultern und sah gleichgültig zur Seite.
»Charles sagte mir, daß Sie Tiermedizin studieren.«
»Ja, das stimmt.«
»Glauben Sie, daß Sie stark genug dafür sind?«
»Stark genug?« fragte sie verwirrt.
»Um die Tiere zu behandeln. Dazu braucht man viel Kraft.«
»Manchmal sind schlankere Hände und Arme von Vorteil. Haben Sie schon mal geholfen, ein Kalb zur Welt zu bringen?«
»Nein, nur Fohlen.«
»Dann wissen Sie, was ich meine.«

Er wußte es, und er verstand ihr Argument.
»Dann verstehen Sie also eine Menge von Tieren?«
»So ist es.«
Er warf einen Blick in die Runde. »Wer von den Ranchern hier züchtet die besten Pferde?«
Sie war überrascht, weil er sie nach ihrer Meinung fragte. »Das ist schwer zu sagen. Das Klima in Wyoming eignet sich ausgezeichnet für die Pferdezucht. Es gibt hier über hundertfünfzig verschiedene Grassorten, eine besser als die andere. Die kalten Winter, das klare Wasser und die reine Luft kräftigen unsere Pferde. Sie haben ausgezeichnete Lungen. Die Armee kauft fast alle ihre Pferde bei uns.«
»Das weiß ich. Aber von wem würden Sie kaufen?«
Ehe sie antworten konnte, rief Fannie: »Partnerwechsel!«
Abrupt hörten beide zu tanzen auf. Sie merkten, daß sie zum erstenmal vernünftige Worte miteinander gewechselt hatten.
»Ich werde darüber nachdenken«, sagte sie.
»Gut. Und denken Sie auch darüber nach, von wem ich Heu kaufen könnte. Ich brauche gute Ratschläge, wenn ich hier Erfolg haben will.«
Sie war verblüfft, daß er sich ausgerechnet an sie dafür wandte. Oder wollte er nur wegen Charles Frieden mit ihr schließen? Das konnte sie auf keinen Fall akzeptieren.
»Heu ist nicht so empfindlich. Sie können es überall kaufen.«
Er nickte, als würde er das Gesagte akzeptieren.
Ein neuer Tanzpartner wartete auf Emily, doch als sie sich umdrehen wollte, ergriff er ihren Arm, so daß sie ihn an-

sehen mußte. Er blickte ihr tief in die Augen, grinste und sagte: »Vielen Dank für den Tanz, Wildfang.«
Er stand so nah vor ihr, daß sie ihn riechen, das Grübchen in seiner linken Wange erkennen konnte. Sie fühlte eine unerklärliche Spannung zwischen ihnen und fragte sich, wie es wohl wäre, wenn er und nicht Charles sie küßte.
Doch dieser ketzerische Gedanke dauerte nur kurz, statt dessen sagte sie schnippisch: »Bis nächste Woche sollten Sie lieber Ihre Tanzkünste verbessern. Ich kann meine Zehen kaum noch spüren.«
Danach mieden sie sich. Emily tanzte mit Charles und Tom mit Tarsy. Ehe das Fest zu Ende war, verkündete Tarsy, daß sie nächsten Samstag eine Party geben würde und alle jungen Leute dazu eingeladen wären. Als die Gäste aufbrachen, standen Charles und Emily an der Tür, um sie zu verabschieden. Charles reichte Tom die Hand, während Tarsy Emily umarmte und ihr ins Ohr flüsterte: »Er bringt mich nach Hause! Morgen erzähle ich dir alles.«
Als Charles gegangen war, half Emily Fannie und ihrem Vater beim Aufräumen und fragte sich, ob Tom Jeffcoat Tarsy küssen würde.
Dumme Frage! Tarsy würde wahrscheinlich *ihn* küssen!
Sie ging vor Fannie in ihr gemeinsames Schlafzimmer, und während sie sich auskleidete und ihr Haar vor dem Spiegel bürstete, dachte sie noch immer über das Küssen nach und über das, was sie erwartete, wenn sie mit Charles verheiratet war. Sie hatte gesehen, wie sich Pferde paarten, und es abscheulich gefunden. Wie sollte sie jemals so etwas mit Charles tun können?
Ach, wäre sie doch wie Fannie! Fannie brauchte sich um nichts im Leben Sorgen zu machen; sie lebte allein und

war glücklich dabei. Aber Fannie würde eine Antwort auf ihre Frage haben, dessen war sich Emily sicher.
Als Fannie ebenfalls zu Bett gegangen war und das Licht gelöscht hatte, flüsterte Emily: »Fannie?«
»Hmm?« murmelte Fannie.
»Vielen Dank für die schöne Party.«
»Das habe ich gern getan, Liebling. Hast du dich gut amüsiert?«
»Ja ... und nein.«
»Nein? Was ist los, Emily?«
Emily brauchte eine ganze Minute, um ihren Mut zusammenzuraffen, ehe sie sich erkundigte: »Fannie, darf ich dich etwas fragen?«
»Natürlich.«
»Es ist etwas Persönliches.«
»Das ist es gewöhnlich, wenn Mädchen im Dunkeln flüstern.«
»Es handelt sich ums Küssen.«
»Ah, Küssen.«
»Ich hätte ja Mutter gefragt, aber sie ist ... Nun, du kennst ja Mutter.«
»Ja, ich kenne sie. Ich hätte sie auch nicht gefragt, wenn sie meine Mutter wäre.«
»Hast du jemals einen Mann geküßt?«
Fannie lachte leise. »Ich liebe es, Männer zu küssen. Ich habe mehrere geküßt.«
»Küssen sie alle auf dieselbe Weise?«
»Überhaupt nicht. Ein Kuß, Liebling, ist wie eine Schneeflocke – nicht eine gleicht der anderen. Es gibt kurze Küsse, lange, schüchterne, kühne, neckende, ernste, trockene und feuchte ...«

»Ja, die feuchten, die meine ich. Sie sind ... Charles ... ich wollte sagen ...«

»Sie sind himmlisch, nicht wahr?« sagte Fannie.

»Sind sie das?« gab Emily zweifelnd zurück.

»Empfindest du sie nicht so?«

»Na ja, manchmal. Aber manchmal habe ich das Gefühl, sie sind nicht erlaubt. Daß ich etwas Falsches tue.«

»Wirst du dann ungeduldig, oder steigen sie dir zu Kopf?«

»Nur einmal. Aber ich kenne Charles nun schon so lange, daß er mir wie mein Bruder vorkommt. Und wer will schon seinen Bruder küssen?«

Daraufhin schwiegen beide nachdenklich, bis Emily schließlich sagte: »Fannie?«

»Hmm?«

»Warst du je verliebt?«

Wieder herrschte Schweigen, bis Fannie sagte: »Sehr.«

»Und wie fühlt man dann?«

»Es tut weh.« Und dann fügte sie leise, aber nachdrücklich hinzu: »Schlaf jetzt, Liebling. Es ist spät.«

Siebentes Kapitel

Der folgende Tag war ein Sonntag, und Tarsy wartete auf Emily vor der *Coffeen Hall,* ehe der Gottesdienst begann. Ohne Gruß plapperte sie los.

»Emily, ich muß dir unbedingt was erzählen! Du wirst Augen machen! Aber jetzt ist keine Zeit dafür. Sag Charles, daß du mit mir nach Hause gehst, dann berichte ich dir alles.«

Aber Tarsy wurde von Tom Jeffcoat nach Hause begleitet, doch am Nachmittag besuchte sie Emily im Mietstall.

»Emily, bist du da?« rief sie.

»Hier oben«, antwortete Emily vom Heuschober aus.

Tarsy ging zur Leiter und blickte hoch. »Was machst du da?«

Emilys Kopf erschien in der Luke. »Ich lerne. Komm hoch.«

»Ich kann in meinem Kleid nicht da hochklettern.«

»Natürlich kannst du. Ich hab ja auch eins an. Raff die Röcke einfach zusammen.«

»Aber Emily ...«

»Es ist schön hier oben. Ich liebe diesen Ort, vor allem sonntags, wenn niemand da ist. Komm schon.«

Tarsy tat wie ihr geheißen. Sonnenlicht flutete durch ein offenstehendes Dachfenster herein. Schwalben flogen ein und aus, sie nisteten in den Dachsparren, und durch das

Fenster konnte man die ganze Stadt und dahinter die Bergkette der Big Horns im Südwesten sehen. Tarsy bemerkte nichts von dieser Schönheit. Sie ließ sich ins Heu fallen und schloß die Augen.

»Ach, ich bin so müde«, seufzte sie.

Emily saß daneben, betrachtete die tanzenden Staubkörnchen in der Sonne und atmete den Duft des Heus ein.

»Es ist gestern spät geworden«, sagte sie.

»Aber mir hat es so gefallen. Danke, Emily.« Tarsy beobachtete die hin- und herfliegenden Schwalben und murmelte verträumt: »Ich glaube, ich habe mich verliebt.«

Emily warf ihrer Freundin einen neidischen Blick zu. »In Tom Jeffcoat?«

»Hmm ... in wen denn sonst?«

»Das ging aber schnell.«

»Er ist wundervoll.« Tarsy lächelte selbstgefällig und spielte mit einer Haarlocke. »Er brachte mich nach Hause, und dann saßen wir auf der Veranda und redeten noch bis fast drei Uhr früh. Er hat mir alles über sich erzählt ... alles!« Tarsys Erschöpfung war wie weggeblasen und hatte ihrer gewohnten Überschwenglichkeit Platz gemacht. »Er ist sechsundzwanzig und stammt aus Springfield. Dort lebte er zusammen mit seinen Eltern, einem Bruder und drei Schwestern. Seine Großmutter hat ihm Geld geliehen, damit er sich hier niederlassen kann. Doch das will er ihr innerhalb von fünf Jahren zurückzahlen. Aber hör nur: Vor einem Jahr hat er sich mit einem Mädchen namens Julia March verlobt, die ihn wegen eines reichen Bankiers verlassen hat. Und gestern hat sie geheiratet! Kannst du dir das vorstellen? Und die ganze Zeit hat er fröhlich getanzt – oder wenigstens so getan –, dabei litt er unter gebrochenem Herzen. Er war so traurig, als er mir das erzählte. Aber dann nahm er mich in die Arme und küßte mich.«

Wie war dieser Kuß? Diese Frage schoß Emily sofort in den Sinn, doch Tarsy beantwortete sie ungefragt.

»Ach, Emily ...« Sie seufzte und fiel wie trunken ins Heu zurück. »Es war himmlisch. Als würde ich über einen Regenbogen gleiten ...«

»Du kennst ihn doch erst seit einer Woche.«

Tarsy riß die Augen auf. »Was macht das für einen Unterschied? Ich bin total verknallt. Und er ist so viel reifer als Jerome. Wenn Jerome mich küßt, passiert überhaupt nichts. Und Jeromes Lippen sind hart. Toms sind weich. Und als er sie öffnete, dachte ich, ich würde sterben.«

Emily spürte etwas wie einen Stich in der Brust. Mit Charles hatte sie nie so etwas empfunden. Über einen Regenbogen gleiten? Wie lächerlich. Und wie schamlos von Tarsy, solche privaten Dinge zu enthüllen. Emily fühlte sich bei diesem Geständnis nicht wohl; sie kam sich vor, als hätte sie die beiden belauscht.

Nach diesem Tag mußte Emily jedesmal an Tarsys verzückte Beichte denken, wenn sie Tom Jeffcoat sah, und vor allem stellte sie Überlegungen an, was *er* wohl dabei empfunden haben mußte. Sie hätte ihn lieber gemieden, aber mehrmals am Tag ging er vorbei, wenn er auf dem Weg zu seinem Stall war oder von dort kam. Oft begleitete Charles ihn, da die beiden zusammen arbeiteten. Manchmal besuchte Charles sie und kündigte sein Kommen für den Abend an, dann blieb Jeffcoat immer im Hintergrund und grüßte nur kurz.

Doch am Freitag nach ihrer Verlobungsparty saß sie allein im Büro und lernte. Plötzlich sagte eine Stimme hinter ihr: »Hallo, Wildfang.«
Sie fuhr hoch, als hätte sie eine Schlange gebissen. Ihr Buch fiel zu Boden. Und da stand grinsend Jeffcoat in der Tür.
»Sie sind ziemlich nervös, nicht wahr?«
»Was haben *Sie* hier zu schaffen?«
»Begrüßt man so seine Freunde?« Er hob das Buch auf und gab es ihr.
Sie riß es ihm förmlich aus der Hand und knallte es auf den Tisch. »Was wollen Sie?«
»Können wir reden?«
»Worüber?«
Ohne zu antworten, schlenderte er zu der Liege, wo die getigerte Katze auf ihrem Lieblingsplatz schlief, hob sie hoch und schaute ihr ins Gesicht. »Du hast vielleicht ein schönes Leben. Jedesmal, wenn ich komme, schläfst du. Wie heißt du denn?«
»Taffy«, sagte Emily verärgert. »Sind Sie gekommen, um den Namen meiner Katze in Erfahrung zu bringen?«
Jeffcoat grinste sie von der Seite an und beschäftigte sich dann wieder mit der Katze. »Taffy«, wiederholte er und kraulte sie unter dem Kinn. Nach einer Weile legte er sie wieder auf ihren Platz und streichelte sie. Die Katze fing an zu schnurren. »Ich brauche Pferde für meinen Mietstall«, verkündete er. »Helfen Sie mir beim Kauf?«
»Ich?« Vor Überraschung plumpste Emily auf den Stuhl. »Warum ich?«
Jeffcoat sah sie an. »Weil Charles behauptet, daß Sie mehr von Pferden verstehen als die meisten Männer.«

»Finden Sie das nicht ziemlich dreist, Mr. Jeffcoat ...«
»Tom.«
»... mich zu bitten, Ihnen beim Pferdekauf zu helfen, wo Sie doch wissen, daß ich nicht will, daß Sie sich gegenüber etablieren?«
»Da mögen Sie recht haben. Aber Sie leben schon länger als ich hier, und Sie kennen die Rancher – wissen, wer ehrlich ist und wer nicht, wer die besten Pferde hat. Ihre Hilfe wäre wertvoll für mich.«
Sie atmete tief ein und wollte zu einer Tirade ansetzen, doch dann mußte sie lachen. »Sie erstaunen mich.«
»Was ist an mir so erstaunlich?«
»Ihre Frechheit.«
Er blies der Katze ins Gesicht und schlug vor: »Wir könnten vielleicht heute nachmittag zu den Ranchern fahren. Oder Montag.« Taffy mußte niesen und schüttelte sich. Jeffcoat lachte, sah dann Emily an. »Ich brauche ungefähr ein Dutzend Pferde und einen Rancher, der mich regelmäßig mit Heu beliefert. Ende nächster Woche wird die Drehbühne montiert, doch bis jetzt habe ich weder Pferd noch Wagen. Helfen Sie mir?«
Sie zögerte. Er würde auf jeden Fall seinen Mietstall eröffnen, und sie konnte ihn nicht daran hindern. Außerdem war er mit Charles befreundet, dieser Freundschaft durfte sie nicht ständig im Weg stehen.
Aber noch während sie überlegte, mußte sie wieder daran denken, daß er Tarsy geküßt hatte.
»Tut mir leid, Jeffcoat.« Sie stand auf und ging zur Tür. »Da müssen Sie sich jemand anderen suchen. Ich hab zu tun.«
Natürlich erfuhr Charles, daß sie sich geweigert hatte,

seinem Freund zu helfen. An diesem Abend sagte er vorwurfsvoll zu ihr: »Du könntest etwas netter zu ihm sein. Es ist nicht leicht, allein hier draußen zu leben.«
»Ich mag ihn nicht. Warum sollte ich ihm da helfen?«
»Weil sich das für gute Nachbarn so gehört.«
»Er behauptet doch, daß er sich mit Pferden auskennt. Dann kann er sie auch allein kaufen.«
Am nächsten Morgen säuberte Emily gerade die Boxen, als sie einen Wagen draußen vorfahren hörte. Dann betrat jemand das Büro ihres Vaters. Augenblicke später kam er zu ihr.
»Emily?«
Hinter ihm stand ein kleiner, gedrungener Mann mit besorgtem Gesichtsausdruck.
»Ja, Papa.«
»Nun, meine kleine Ärztin, wenn du jetzt deine Kunst ausüben willst, ist der Moment gekommen. Du kennst doch August?«
»Guten Tag, Mr. Jagush.«
August Jagush war Pole und erst vor kurzem aus der alten Heimat gekommen. Er hatte ein rundes, freundliches Gesicht, mit einem mächtigen Schnauzbart, und trug seine charakteristische polnische Wollmütze, die er jetzt höflich abnahm.
»Hallo, Miss«, entgegnete er mit starkem Akzent.
Edwin erklärte: »August hat eine Sau, die werfen sollte. Aber nun warten sie schon seit sechzehn Stunden, und die Ferkel kommen nicht. Er hat Angst um das Leben der Sau und auch der Ferkel, wenn nicht bald etwas geschieht. Wärst du so gut, da draußen mal nach dem Rechten zu sehen?«

»Natürlich. Ich sattle schnell ein Pferd und hole meine Arzttasche.« Emily wußte, daß die Ferkel unter diesen Umständen noch maximal zwei Stunden zu leben hatten. Also war Eile geboten.

»Ich sattle dir Sagebrush«, sagte Edwin.

Jagush sagte: »Meine Frau hat mir eine Einkaufsliste mitgegeben. Ich muß erst zu Loucks' Laden, ehe ich heimfahren kann.«

»Haben Sie Bier zu Hause?« rief Emily aus dem Büro.

»Bier? Natürlich. Polen haben immer Bier.«

»Gut. Denn ich brauche welches.«

Wenn sie auf Jagush wartete, würde sie kostbare Zeit verlieren. Außerdem wollte sie das Tier nicht länger als nötig leiden lassen. »Wenn Sie einverstanden sind, Mr. Jagush, reite ich schon voraus. Ich weiß ja, wo Sie wohnen.«

»Ja. Beeilen Sie sich, Miss«, stimmte er zu.

Wie Emily sich erinnerte, wohnte Jagush an der Straße, die zur Lucky-L-Ranch führte. Tom Jeffcoat wollte Pferde kaufen. Und Charles bedrängte sie, ihm dabei zu helfen. Und Cal Liberty züchtete kräftige, gesunde Reit- und Zugpferde, denn sein Stolz verbot es ihm, minderwertiges Pferdematerial zu verkaufen. Emily faßte einen Entschluß.

»Papa?« rief sie.

»Was?«

»Sattle auch Gunpowder. Ich nehme Jeffcoat mit.«

Sie war aufgeregt. Endlich bat sie jemand um Hilfe. Wenige der Rancher hatten sich bisher an sie gewandt. Sie trauten den Fähigkeiten einer Frau nicht, wohl auch, weil sie ihren Abschluß noch nicht gemacht hatte. Doch mit der Zeit würde sie sich Anerkennung verschaffen, denn sie liebte die Tiere und besaß ein instinktives Einfühlungsvermögen für sie.

Im Büro überprüfte sie mit raschem Blick den Inhalt ihres schwarzen Lederkoffers. Ja, alles war an seinem Platz: Instrumente, Medikamente und Verbandszeug.

Zufrieden schloß sie den Koffer, wickelte ihn in eine Gummischürze und befestigte ihn hinter ihrem Sattel.

Sie stieg auf, nahm Gunpowders Zügel und sagte: »Wünsch mir Glück, Papa!«

»Hoffentlich bringst du sie alle lebend zur Welt«, entgegnete er, als sie in den Hof ritt.

Eine halbe Minute später stand sie vor dem großen Tor zu Jeffcoats Stall.

»Jeffcoat?« rief sie. Drinnen hörten die rhythmischen Hammerschläge auf.

»Sind Sie das, Wildfang?« rief er zurück.

»Ja. Sie wollen doch Pferde kaufen, oder?«

»He, Charles!« Tom legte seinen Hammer zur Seite. »Kannst du ein paar Stunden ohne mich auskommen? Emily will mit mir Pferde kaufen.«

Charles ging hinter Tom her, auf den Hof. »Emily? Das ist eine Überraschung.« Er blieb neben Sagebrush stehen, streichelte seinen Hals und lächelte Emily an. »Warum schaust du dir nicht die Scheune an? Sie wird wirklich schön.«

»Tut mir leid, aber ich habe keine Zeit. Ich muß zu August Jagush. Eine seiner Muttersäue hat Schwierigkeiten beim Ferkeln.«

»Und *dahin* nimmst du Tom mit?« fragte Charles erstaunt.

»Nein. Wir reiten zur Lucky L, wenn ich meine Arbeit ge-

tan habe. Ich kann mir vorstellen, daß Cal Liberty ihm einen guten Preis macht. Beeilen Sie sich, Jeffcoat.«
»Es macht dir wirklich nichts aus, Charles?« fragte Tom seinen Freund.
»Überhaupt nicht.«
Als Jeffcoat von Emily die Zügel nahm und aufstieg, sagte Charles: »Danke, Emily. Er hat sich wegen der Pferde viele Sorgen gemacht.«
»Wir sehen uns heute abend«, sagte sie und gab Sagebrush die Sporen. Tom mußte erst die Riemen seiner Steigbügel verlängern, aber Emily nahm auf diese Verzögerung keine Rücksicht.
»He! So warten Sie doch!«
»Sie können mich einholen«, rief sie zurück, ohne sich umzudrehen.
»Ist sie immer so ekelhaft?« fragte Tom Charles.
»Sie wird sich schon noch an dich gewöhnen. Laß ihr Zeit.«
»Sie hat so schlechte Laune wie ein verwundeter Büffel. Zum Teufel, ich weiß nicht mal, wie der Gaul heißt.«
»Gunpowder.«
»Gunpowder, hm.« Und zum Pferd sagte er: »Du beeilst dich jetzt besser, denn wir müssen diesen Wildfang einholen.«
Auch er gab dem Pferd die Sporen und preschte hinter Emily her. Sie war die geborene Reiterin, saß gerade im Sattel und wirkte, als sei sie mit dem Pferd verwachsen. Als Jeffcoat an ihrer Seite ritt, bemerkte er den entschlossenen Zug um ihren Mund. Heute strahlte sie nicht die geringste Wärme aus. Trotzdem faszinierte sie ihn.
Fast anderthalb Stunden ritten sie schweigend nebenein-

ander. Er überließ ihr die Führung. Sie redete erst, als sie durch das Tor zur Farm ritten. »Dies ist kein Land für Schweinezucht, aber Jagush ist Pole, und die Polen lieben Schweinefleisch. Er sollte lieber Schafe züchten, wenn er hier überleben will.«
Eine rundliche Frau kam aus dem Haus, als sie abstiegen. Auch ihr Gesicht war voller Sorge. »Sie ist da drüben im Stall!« rief Mrs. Jagush.
Emily sagte: »Sie können hier warten, Jeffcoat. Draußen riecht's viel besser.«
»Vielleicht brauchen Sie Hilfe.«
»Wie Sie wollen. Aber hoffentlich wird Ihnen nicht schlecht.«
Jeffcoat band beide Pferde an einen Pfosten, während Emily ihr Gepäck vom Sattel schnallte. Dann gingen sie zum Stall, wo Mrs. Jagush auf sie wartete.
»Danke, daß Sie gekommen sind. Meiner Tina geht es gar nicht gut.«
Nein, Tina ging es nicht gut. Die Sau lag auf einer Seite und wurde vom Fieber geschüttelt. Sie hatte schon aus Stroh ein Nest gebaut, denn sie wußte, daß ihre Zeit gekommen war. Emily legte die Gummischürze an, kniete hin und betastete den Bauch des Tiers. Er war rot und gespannt.
»Es geht dir nicht gut, was, Tina?« murmelte sie beruhigend.
Dann sagte sie zu Mrs. Jagush: »Ich muß mir die Hände waschen. Und Ihr Mann sagte, sie hätten Bier im Haus. Könnten Sie mir einen Liter bringen?«
»Ja.«
»Und Schmalz, etwa eine halbe Tasse.«

Als Mrs. Jagush ging, fragte Jeffcoat: »Bier?«
»Ja. Nicht für mich, sondern für Tina. Schweine lieben Bier, und das beruhigt sie. Geben Sie mir die Mistgabel, damit ich sie aufrichten kann.«
Jeffcoat gehorchte und beobachtete, wie Emily vorsichtig die Zinken unter den Leib des Tiers schob. Langsam kam die Sau auf die Füße.
»Schweine sind gefügig, wenn man sanft mit ihnen umgeht. Gutes Mädchen«, lobte Emily und streichelte ihr den Rücken. Gedankenverloren betrachtete Tom Emily, die sich neben das Schwein gekniet hatte.
Sie behandelt das Tier mit mehr Wärme, als sie den meisten Menschen entgegenbringt, dachte Tom.
Mrs. Jagush kam mit dem Gewünschten zurück – Waschschüssel, Schmalz und Bier in einem großen verbeulten Blechnapf. Als der vor Tina hingestellt wurde, schlürfte sie ihn schwankend leer und fiel mit einem Grunzen wieder auf die Seite.
Emily wusch sich zuerst die Hände mit Kernseife, dann mit einem Desinfektionsmittel. Als sie trocken waren, schmierte sie sich die rechte Hand mit Schmalz ein.
Jeffcoat sah ihr mit wachsender Bewunderung zu. Er wußte, wie viele Tiere aus Nachlässigkeit an Infektionen starben, vor allem während sie gebaren.
»Wenn Sie mir helfen wollen, können Sie Tinas Kopf halten.« Er tat es schweigend.
»Gute Tina.« Emily kniete, redete leise und beruhigend auf das Tier ein. »Ich will mal sehen, ob ich dir helfen kann.«
Jeffcoat sah, wie sie den Schwanz des Schweins hielt und mit der anderen Hand vorsichtig tastend in die Vagina

fuhr. Sie tat das mit einer großen Geschicklichkeit. Ihre Hand verschwand bis zum Gelenk, dann weiter. Emily biß sich in höchster Konzentration auf die Lippe. »Da seid ihr ja«, murmelte sie. Als sie das erste Ferkel herauszog, wurde der Gestank fast unerträglich. Tom schluckte krampfhaft, um sich nicht übergeben zu müssen. Emily atmete mit offenem Mund ein und prüfte dann das Ferkel.

»Es ist tot«, sagte sie. »Bringen Sie es weg, sonst frißt Tina es.«

Mrs. Jagush eilte mit einer Schaufel herbei und entfernte den Kadaver.

Wieder glitt Emilys Hand in das Innere des Schweins, und sie holte schwitzend nach und nach neun tote Ferkel aus dem Bauch der armen Muttersau. Die letzten brachte August fort, er war inzwischen gekommen.

Dann eilten Tom und Emily hinaus in die Sonne und die frische Luft, denn der Geruch im Stall war unerträglich geworden.

Als Tom sich einigermaßen erholt hatte, sagte er nur: »Himmel!«

»Das Schlimmste haben wir hinter uns. Vielen Dank für Ihre Hilfe.«

»Machen Sie so etwas oft?«

Sie grinste ihn müde, aber selbstzufrieden an. »Nein. Bei Schweinen war es das erste Mal.«

Sein Respekt für sie wuchs. Er hätte ihr gern ein Kompliment gemacht, doch er brachte nur heraus: »Das war saubere Arbeit, Wildfang.«

Zu seiner Überraschung erwiderte sie: »Danke, Schmied. Sie haben sich nicht schlecht gehalten. Wollen wir uns jetzt die Hände waschen, ehe wir unsere Arbeit beenden?«

»Gibt's noch mehr zu tun?« fragte er entsetzt.

»Ja.«

»Dann nach Ihnen, Doc.«

Sie wuschen sich die Hände im Hof und kehrten in den Stall zurück, wo Emily Tina eine Eisenhuttinktur einflößte, damit das Fieber sank. Dann bereitete sie eine Lösung aus verdünnter Karbolsäure zu, um den Uterus des Tieres auszuwaschen und zu desinfizieren.

Mittels eines Einlaufgeräts wurde auch das erledigt. Tom konnte nicht anders, er mußte sie einfach bewundern, trotz allem, was zwischen ihnen vorgefallen war.

Als Emily ihre Instrumente gereinigt und wieder eingepackt hatte, ging sie zu den Jagushs, die im Hof auf sie warteten, und gab ihnen Anweisungen.

»Tina darf nicht jedesmal gedeckt werden, das schwächt sie und ihre Ferkel. Sie braucht Ruhe zwischen den einzelnen Würfen. Außerdem mischen Sie ihr von heute an eine Unze Weißdorn ins Futter, das hilft gegen Fehlgeburten. Den Weißdorn bekommen Sie im Drugstore. Noch Fragen?«

»Ja«, sagte August, »wieviel kostet das?«

Emily lächelte. Sie schnallte gerade ihren Koffer am Sattel fest. »Wäre ein Ferkel vom nächsten Wurf zuviel? Wenn es entwöhnt ist, ziehe ich es bei mir auf.«

»Nein, nein«, wehrte August ab. »Natürlich bekommen Sie Ihr Ferkel. Und vielen Dank, daß Sie Tina geholfen haben. Meine Frau hat sich solche Sorgen gemacht, nicht wahr?«

Mrs. Jagush nickte und lächelte. »Gott schütze Sie, Miss. Sie sind ein gutes Mädchen.«

Emily und Tom stiegen auf ihre Pferde und winkten den beiden zum Abschied.

Die Straße von der Jagush-Ranch machte einen Bogen nach Nordwesten, und als sie dort entlangritten, stand die Sonne schon ziemlich tief am Himmel. Tom blickte auf seine Taschenuhr. »Es ist schon vier, und Tarsys Party fängt um sieben an. Vielleicht sollten wir die Pferde bei Liberty ein anderes Mal kaufen.«

»Ich finde Partys albern. Da verbringe ich lieber meine Zeit mit Pferden. Ich mag diese Pfänderspiele nicht.«

»Ach, dann stehen also Pfänderspiele auf dem Programm?«

»Fannie hat ihr diese Idee in den Kopf gesetzt.«

»Mir scheint, Sie könnten nach einem Nachmittag wie heute etwas Zerstreuung gebrauchen.«

Sie sah ihn von der Seite an und lächelte leicht. »Wenn ich die Wahl zwischen Pferden und Pfänderspielen habe, wähle ich jederzeit die Pferde.«

Tom mußte ihr recht geben, doch er wandte ein: »Aber Charles wartet auf Sie.«

»Ich weiß. Deshalb gehe ich ja hin. Aber er findet den Weg zu Tarsys Haus schon allein. Es macht nichts, wenn ich etwas zu spät komme.«

Mit diesen Worten gab sie ihrem Pferd die Sporen, und ihm blieb nichts anderes übrig, als ihr zu folgen. Während des Ritts machte sich Tom über Emily Walcott Gedanken. Zeigte sie ihm heute ihr wahres Ich? Wenn das so war, fing er an, sie zu mögen.

Sie erreichten eine Hügelkuppe, und unter ihnen lag die Lucky-L-Ranch. Um das Haupthaus – ein aus Sandstein errichtetes zweistöckiges Gebäude – gruppierten sich

verschiedene Stallungen und Scheunen. Alles wirkte sehr gepflegt, man sah auf den ersten Blick, daß Liberty ein reicher Rancher war.
Jeffcoat machte eine entsprechende Bemerkung, als sie abstiegen, und Emily entgegnete: »Er verkauft Pferde an die Armee. Und die Armee zahlt nicht nur gut, sondern braucht auch ständig Nachschub.«
Emily ging, gefolgt von Jeffcoat, zum Haus. Dort wurden sie von einer rundlichen Frau in weißer Schürze begrüßt. »Mr. Liberty ist da drüben bei der Scheune.« Sie deutete mit dem Zeigefinger in die Richtung.
Als erstes fiel Tom an Cal Liberty nicht seine teure Kleidung auf, sondern die Arroganz, mit der er Emily behandelte. Er tat, als würde sie überhaupt nicht existieren. Er sah einfach durch sie hindurch. Er reichte Tom sofort die Hand, ignorierte aber Emilys ausgestreckte Hand. Als Tom ihm sagte, daß er Pferde kaufen wollte, geleitete er ihn zu einem Pferch, wo sein Vormann arbeitete, und schlug vor, daß Emily mit seiner Frau Kaffee trinken solle. Emily wollte zornig widersprechen, aber Tom kam ihr zuvor. »Miss Walcott hat mich begleitet, um mich beim Kauf der Pferde zu beraten.«
»Oh!« Liberty streifte sie mit einem oberflächlichen Blick. »Dann kann sie natürlich mitkommen.«
Tom spürte, daß Emily vor Empörung zitterte. Er drückte leicht ihren Ellbogen und flehte stumm, daß sie den Mund halten möge. Zu seiner Erleichterung preßte sie nur grimmig die Lippen aufeinander und starrte feindselig Libertys Hinterkopf an. Tom tat dasselbe, wobei er dachte: Du aufgeblasener Narr, du hättest sie vor einer Stunde sehen sollen!

Sie trafen Libertys Vormann – einen krummbeinigen, wettergegerbten Cowboy – beim Pferch.

»Das ist Trout Wills«, stellte Liberty ihn vor. »Trout, Tom Jeffcoat.«

Sie schüttelten sich die Hände.

»Mr. Jeffcoat möchte sich …«

»Und das ist Miss Emily Walcott«, unterbrach Tom ihn.

Trout berührte die Krempe seines Huts. »Miss Walcott, erfreut, Sie kennenzulernen.«

Liberty überging die Unterbrechung. »Jeffcoat möchte sich ein paar Pferde ansehen. Sieh mal zu, was du für ihn tun kannst.«

Trout gehorchte, doch Liberty blieb in der Nähe und beobachtete das Geschehen. Als die Pferde vorgeführt wurden, fragte Tom jedesmal laut und deutlich Emily um ihre Meinung.

Beide kümmerten sich nicht mehr um Liberty. Emily richtete ihre Aufmerksamkeit auf eine zwei Jahre alte Stute und gewann bald das Vertrauen des Tieres. Sie untersuchte es gründlich, prüfte die Hufe, die Beschaffenheit des Fells, der Zähne, die Farbe der Nüstern. Dasselbe tat sie mit einem halben Dutzend anderer Pferde.

Dann ging sie zu Tom zurück. »Die Tiere sind alle gesund«, sagte sie. »Aber Sie können sich selbst davon überzeugen.«

Sie lehnte sich an den Zaun und beobachtete ihn, als er die kleine Herde inspizierte. Schließlich wählte er ein Pferd aus und führte es am Zügel zu Emily.

»Dieser hier ist eine Schönheit.«

Sie tätschelte den großen Falben, betrachtete ihn prüfend und fragte dann Liberty: »Wie heißt er?«

»Buck.« Es war das erste Mal, daß Liberty direkt das Wort an sie richtete.

Emily sagte leise zu Jeffcoat: »Sie haben recht, es ist ein wunderschönes Pferd. Aber lassen Sie ihn zuerst von Libertys Vormann reiten. Trotz seiner Schönheit kann er störrisch sein. Und wenn schon jemand runterfallen muß, dann lieber der Vormann als Sie.«

Jeffcoat stimmte ihr lächelnd zu.

Aber Buck erwies sich als lammfromm, gehorchte auf den kleinsten Schenkeldruck und ließ sich leicht lenken. Dann stieg Tom auf und ritt das Tier in den verschiedensten Gangarten. Emily sah ihm mit zunehmender Bewunderung zu. Er schien wie verwachsen mit dem Pferd. Alles an ihm wirkte mühelos und elegant. Widerwillig mußte Emily sich das eingestehen und noch mehr – der Anblick bewegte sie. Er zügelte das Pferd vor ihr und sprang leichtfüßig aus dem Sattel. »Dieses Tier kaufe ich.«

Sie konnte nicht widerstehen, ihn zu necken. »Wissen Sie nicht, Mr. Jeffcoat, daß ein kluger Reiter niemals sein Herz an das erste Pferd verliert, das er ausprobiert?«

»Diese Regel gilt nicht für das richtige Pferd«, gab er lächelnd zurück.

Sie streichelte Bucks Kopf. »Sie haben eine gute Wahl getroffen.«

Tom sagte zu Liberty: »Dieses Pferd kaufe ich. Dann brauche ich noch vier weitere Reitpferde.«

»Drei reichen«, unterbrach Emily ihn ruhig.

»Drei?«

»Sie werden die Erfahrung machen, daß Sie hier draußen hauptsächlich leichte Gespanne verleihen. Deshalb brauchen Sie mehr Zug- als Reitpferde.«

Jeffcoat akzeptierte ihren Rat und wählte dann noch drei Pferde aus. Die Zugpferde wollte er ein anderes Mal kaufen, denn es war schon spät geworden.
»Es war mir ein Vergnügen, mit Ihnen Geschäfte zu machen, Mr. Liberty. Nächste Woche komme ich wieder.« Tom streckte ihm seine Hand zum Abschied hin. Emily tat dasselbe.
»Sie haben gesundes Pferdematerial«, sagte sie. Diesmal konnte Liberty ihre ausgestreckte Hand nicht ignorieren.
»Danke. Wie war doch gleich noch Ihr Name?«
»Emily Walcott. Ich bin Edwin Walcotts Tochter und studiere Tiermedizin. Der Braune, den Sie Gambler rufen, hat eine leichte Verletzung am linken hinteren Sprunggelenk, die Sie im Auge behalten sollten. Es ist nichts Ernstes, aber an Ihrer Stelle würde ich das Tier mit Kompressen behandeln. Vorzüglich eignet sich dazu eine Mixtur zu gleichen Teilen aus Kampfer und Jod. Guten Tag, Mr. Liberty.«
Emily und Tom bestiegen ihre Pferde und ritten davon. Als sie außer Hörweite waren, brach Tom in Gelächter aus.
»Haben Sie sein Gesicht gesehen?«
Auch sie mußte lachen. »Ich weiß, daß ich mit meinem Wissen geprahlt habe. Aber ich konnte einfach nicht anders.«
»Er hat es verdient, dieser hochnäsige Kerl.«
»Ich hätte es wissen müssen. Schießlich bin ich nur eine Frau, und Frauen haben ihre Nase nicht in männliche Angelegenheiten zu stecken.«
»Ich glaube, Liberty hat seine Meinung ändern müssen.« Sie warf Jeffcoat einen anerkennenden Blick zu. »Danke. Mir hat es viel Spaß gemacht.«

»Ja. Der ganze Nachmittag hat mir gefallen.«
Dann ritten sie schweigend heimwärts. Ihre Schatten wurden immer länger; die Sonne stand wie ein flammend roter Ball tief am Horizont, und der Friede der hereinbrechenden Nacht umhüllte die beiden Reiter.
Beide merkten, daß sie weitaus mehr Gefallen an der Gegenwart des anderen hatten, als gut für sie war. Irgend etwas Unbestimmbares war zwischen ihnen geschehen. Nun, vielleicht nicht etwas Unbestimmbares, sondern etwas Unausweichliches und – Verbotenes.
So ritten sie stumm weiter, der Party entgegen, zu der sie beide eingeladen waren, und beide kämpften mit aller Macht gegen dieses neue Gefühl an, das sich niemals zwischen ihnen hätte entwickeln dürfen, denn sie dachten an Charles Bliss – seinen Freund und ihren Verlobten.

Achtes Kapitel

Beide kamen zu spät zu Tarsys Party. Als Tom schließlich erschien, befand sich die Gastgeberin in einem Zustand gelinder Panik, da sie annahm, er hätte sie versetzt.

»Wo sind Sie nur *gewesen?*« Tarsy eilte auf ihn zu und packte ihn derart fest am Arm, daß er blaue Flecken davon bekam.

»Auf der Lucky-L-Ranch. Ich habe dort Pferde gekauft.«

»Das weiß ich. Charles hat es mir gesagt. Aber Sie kommen so spät.«

»Wir sind erst vor einer halben Stunde zurückgekommen.« Er ließ den Blick durch den Raum schweifen, aber Emily war noch nicht da.

»Wir haben auf Sie gewartet, damit wir mit den Spielen anfangen können.«

Diesmal waren nur junge Leute anwesend. Sie saßen im Eßzimmer, plauderten, lachten und tranken Punsch. Charles war bereits da, aber als Tom mit ihm reden wollte, zog Tarsy ihn fort. »Ach, Sie sehen Charles doch jeden Tag! Ist das denn nicht genug?« Sie hob die Stimme und sagte: »Kommt alle in den Salon, damit wir mit den Spielen anfangen können.« Dann stellte sie Stühle im Kreis auf.

Tom nutzte die Gelegenheit, um ihr zu entwischen. Er holte sich ein Glas Punsch und redete mit Charles.

»Wie ist es gegangen?« fragte Charles.
»Gut. Ich habe vier Reitpferde gekauft.«
»Und du bist ohne tödliche Wunden davongekommen?« Charles musterte Tom grinsend. »Nichts gebrochen?«
»Sie war außerordentlich höflich. Wir sind gut miteinander ausgekommen.«
»Das werde ich sofort feststellen, wenn sie kommt.«
»Es tut mit leid, daß sie nun meinetwegen zu spät kommt. Hm, wer hat denn den Punsch gewürzt?«
»Wahrscheinlich Tarsy, die kleine Wildkatze.«
Tom schaute sich um. »Ihre Eltern sind nicht da?«
»Nein. Ich glaube, Tarsy hat es auf dich abgesehen. Da würden ihre Eltern nur stören. Sie spielen heute abend mit ihren Freunden Whist. Tarsy ruft nach uns ... schon zum zweitenmal.«
Die beiden gesellten sich zu den anderen Gästen. Als Tarsy gerade das Spiel erklärte, traf Emily ein – eine völlig verwandelte Emily. Sie hatte weniger als eine Stunde gebraucht, um sich von einem Stallburschen in eine Frau zu verwandeln, und diese Verwandlung war perfekt. Ihr Haar war zu einer kunstvollen, gelockten Frisur auf ihrem Kopf aufgetürmt, und sie trug ein prächtiges violettes Kleid. Es war so elegant, daß selbst die junge Königin Victoria sich dessen nicht hätte zu schämen brauchen. Wo war das junge Mädchen, das am Nachmittag die kranke Sau versorgt hatte? Und Pferde begutachtet hatte? Und lange Stunden geritten war? Sie hatte sich in eine schöne Frau verwandelt, bei deren Anblick es Tom Jeffcoat den Atem verschlug.
Er sah, wie ihre Augen Charles suchten, wie sein bester Freund auf sie zuging und ihr den Schal von den Schul-

tern nahm. Er spürte die Eifersucht wie einen Stich. Charles sagte etwas zu ihr, worauf sie lachte. Dann blickten beide in Toms Richtung. Die Fröhlichkeit verschwand von ihrem Gesicht, als wäre sie in einen Zaun aus Stacheldraht gelaufen.
Tarsy rief quer durch den Salon: »O Emily, endlich bist du auch da. Nimm dir einen Stuhl, damit wir mit dem Spiel anfangen können.«
Emily und Charles saßen Tom gegenüber. Tom versuchte, die beiden zu vergessen, und konzentrierte seine Aufmerksamkeit auf Tarsy.
Tarsy war ganz hektisch vor Aufregung und verkündete, sie würden jetzt ein Spiel namens »Quiek, Schweinchen, quiek« spielen. Alle saßen im Kreis, Tarsy stand in der Mitte und befahl: »Jeder muß eine Zahl zwischen eins und hundert ziehen, damit wir wissen, wer zuerst drankommt.«
»Warum?« fragte jemand.
»Das werdet ihr schon sehen. Also, zieht eure Nummern.«
Ardis Corbeil kam als erste an die Reihe. Sie war eine großgewachsene Rothaarige mit Sommersprossen. Sie errötete, als sie zögernd in den Kreis trat.
»Was muß ich tun?«
»Das wirst du gleich merken. Dreh dich erst mal um.«
Tarsy nahm ein gefaltetes Halstuch zur Hand.
»Du willst mir doch nicht die Augen verbinden, oder?«
»Natürlich verbinde ich dir die Augen. Dann drehe ich dich um deine eigene Achse, damit du die Orientierung verlierst, und gebe dir ein Kissen. Mit dem Kissen mußt du jemanden berühren. Dann setzt du dich auf den Schoß desjenigen, den du berührt hast und sagst: ›Quiek,

Schweinchen, quiek.‹ Der andere quiekt daraufhin, und du mußt raten, wer es ist.«

»Ist das alles?«

»Das ist alles.« Unter allgemeinem Gekicher wurden Ardis die Augen verbunden, und Tarsy drehte sie um ihre Achse.

»Psst! Niemand darf reden, sonst erkennt sie euch doch sofort! Hier, Ardis, da ist dein Kissen. Du darfst dreimal raten, auf wessen Schoß du sitzt. Und wenn du richtig rätst, werden dann dieser Person die Augen verbunden. Rätst du falsch, mußt du ein Pfand geben. Hast du mich verstanden?«

Ardis nickte.

Das Tuscheln und Kichern hörte auf. Ardis tappte langsam vorwärts; das Kissen hielt sie mit ausgestreckten Armen, und es traf Mick Stubbs mitten ins Gesicht. Er wich zurück und unterdrückte nur mühsam ein Lachen. Ardis klopfte ihm mit dem Kissen zuerst auf den Kopf, dann über die Schultern auf die Brust und tastete schließlich seine Knie ab.

Ein paar der Mädchen schlugen ihre Hände vor die Münder, damit sie nicht lachten.

Tom sah zu Emily hinüber und merkte, daß sie ihn beobachtete. Sie wirkten wie zwei stumme Fremde in diesem fröhlichen Kreis. Tom war schon einmal verliebt gewesen und erkannte die untrüglichen Zeichen. Faszination. Wachsamkeit und dieses Bedürfnis, den anderen Menschen zu berühren.

Charles lachte, und sie sah ihn mit erzwungener Unbekümmertheit an. Tom richtete seine Aufmerksamkeit wieder auf das Spiel.

Ardis saß auf Micks Schoß; sein Gesicht war rot vor unterdrücktem Gelächter.
»Quiek, Schweinchen, quiek!« befahl Ardis.
Mick versuchte es, brachte aber nur ein Grunzen zustande. Alle kicherten. »Psst!«
»Quiek, Schweinchen, quiek!«
Diesmal entschlüpfte Mick ein hoher, gepreßter Laut, der alle zum Lachen brachte. Ardis riet falsch.
»Quiek, Schweinchen, quiek!«
Micks dritter Versuch war eine Meisterleistung – schrill schrie er wie ein Schwein.
»Es ist Mick Stubbs!« rief Ardis und riß sich die Binde von den Augen. »Ich wußte es. Nun mußt du dir die Augen verbinden lassen!«
Mick Stubbs war ein mächtiger, bärtiger Bursche. Und als er auf dem Schoß von Martin Emerson landete, kannte die Heiterkeit der Gäste keine Grenzen mehr. Alle liebten dieses Spiel, und nachdem jeder einmal an die Reihe gekommen war, wurde zur allgemeinen Erfrischung mit Punsch eine Pause eingelegt.
Während dieser Unterbrechung konzentrierte Tarsy ihre ganze Aufmerksamkeit auf Tom. Und der war froh darüber, denn so wurde er von Emily Walcott abgelenkt. Tarsy war ein hübsches, fröhliches Mädchen. Warum sollte er sich nicht mit ihr amüsieren?
Den anderen entging natürlich nicht, daß die beiden während des Abends immer heftiger miteinander flirteten. Und Emily beobachtete diese Farce mit einem sonderbaren Gefühl der Verwirrung. Eigentlich fand sie Tarsys Benehmen entwürdigend, konnte aber nicht umhin, die beiden immer wieder verstohlen zu beobachten.

Was würden Tarsys Eltern dazu sagen? Vor allem ihre Mutter?

Sie und alle anderen Mädchen waren sehr streng erzogen worden, im Sinne einer viktorianischen Moral. Offenes Flirten war verpönt und der physische Kontakt zwischen den Geschlechtern auf ein Minimum beschränkt. Doch diese etwas frivolen Pfänderspiele ermutigten gerade zu intimen Berührungen.

Emily fragte sich, ob die anderen Mädchen dasselbe wie sie empfanden. War sie nun prüde, oder stießen diese Pfänderspiele sie ab, weil Tom Jeffcoat daran teilnahm?

Was hatte Tarsy da nur angefangen?

Tarsy wußte sehr gut, was sie angefangen hatte, und sie hatte es bewußt in Szene gesetzt. Am Schluß des Abends bat sie Tom, ihr beim Aufräumen zu helfen, wenn die anderen gegangen waren.

Dabei handelte es sich um einen Vorwand, wie Tom nur zu gut wußte. Doch Tarsy war eine verführerische junge Dame, deren offensichtliche Verliebtheit ihm nicht unwillkommen war. Und außerdem durfte er sich Emily Walcott nicht nähern, obwohl er sich ihrer Aufmerksamkeit während des ganzen Abends nur zu bewußt gewesen war.

Als sie im Salon und Eßzimmer wieder Ordnung gemacht hatten und alle Lampen bis auf eine gelöscht waren, beschloß er, die Gelegenheit beim Schopf zu fassen.

»Komm her!« befahl er, umfaßte ihre Taille und preßte sie an sich. »Jetzt mußt du mir ein besonderes Pfand einlösen.«

Er küßte sie, keusch zuerst, doch dann drängender. Sie öffnete ihren Mund und ließ ihn nicht nur gewähren, sondern erwiderte seinen Kuß.

Der Kuß erregte ihn. »Ich glaube, das hast du schon den ganzen Abend geplant.«
»Und du nicht?«
Er lachte und streichelte ihre Wange. »Ich frage mich, was du von mir willst.«
»Ich möchte Spaß haben. Das ist alles.«
»Ist das alles?«
Er küßte sie wieder. Seine Erregung wuchs.
»Du hältst nach einem Ehemann Ausschau, nicht wahr?«
»Tue ich das?«
»Ja. Das glaube ich. Aber ich bin dieser Mann nicht, Tarsy. Ich küsse dich gern und spiele auch Pfänderspiele mit dir, aber ich sehe mich nicht nach einer Frau um. Das sollst du von Anfang an wissen.«
»Wie ehrenwert, mich zu warnen, Mr. Jeffcoat.«
»Und wie verführerisch Sie sind, Miss Fields.«
»Ist es denn verkehrt, wenn wir etwas Spaß miteinander haben?«
Er küßte sie wieder. Lange und leidenschaftlich. »Hm … das kannst du gut«, murmelte sie.
»Du auch. Hast du schon viel geübt?«
»Etwas. Sollen wir's noch mal probieren?«
»Warum nicht?«
Als seine Hand ihre Brust berührte, zog sie sich sittsam zurück. »Es ist wohl besser, wenn wir uns jetzt gute Nacht sagen.«
Ihre Reaktion amüsierte ihn. Sie bot ihm eine angenehme Zerstreuung, mehr nicht. Und solange sie sich beide an die Spielregeln hielten, würde er weiter mit ihr flirten.
»Nun gut. Vielen Dank für die amüsante Party. Sie war wirklich ein Erfolg.«

»Ja, das war sie.«
»Diese Pfänderspiele sind einzigartig. Den Jungs hat es gefallen.«
»Den Mädchen auch, selbst wenn sie es nicht zugeben wollen. Ardis gibt die nächste Party. Kommst du nächsten Samstag auch?«
»Natürlich. Das lasse ich mir nicht entgehen.«
»Selbst wenn du auch einmal ein Pfand einlösen mußt?«
»Das kann doch Spaß machen.«
Beide lachten. Sie glättete den Aufschlag seines Jacketts. Auf der Türschwelle küßten sie sich ein letztes Mal. Aber noch während er sie küßte, fragte er sich, ob Charles jetzt dasselbe mit Emily tat und ob Emily auch so entgegenkommend war.

Die nächste Woche sah Tom Emily kaum. Er kaufte seine Zugpferde ohne ihre Hilfe und bestellte Heu bei einem Farmer namens Claude McKenzie. Dann redete er mit dem örtlichen Sattler wegen der Geschirre und des Zaumzeugs, und der empfahl ihm die Firma Munkers & Mathers in Buffalo. Dort kaufte er Kutschen und Wagen. Emily, so berichtete Charles, war in der Woche zweimal zu kranken Tieren gerufen worden, einmal zu einer Kuh, die einen aufgeblähten Bauch hatte, und das andere Mal, um einem Pferd einen Zahn zu ziehen. Beide Male hatte man sie dafür bezahlt, und sie sei außerordentlich glücklich über ihr erstes selbstverdientes Geld als Tierärztin.
Frankie erzählte, seine Schwester sei von Fannies Fahrrad gefallen und hätte sich an der Stirn und der Hand verletzt.

»Du hättest sie fluchen hören sollen!« sagte Frankie. »Ich wußte gar nicht, daß Mädchen so fluchen können.«
Tom lächelte und mußte für den Rest des Tages an Emily denken.
Am Samstag abend erschien sie auf Ardis Corbeils Party mit einem Pflaster auf der Stirn. Als Charles und sie den Salon betraten, machte Tom den Fehler, bei ihrem Anblick zu kichern.
»Was gibt's da zu lachen?« schimpfte sie stirnrunzelnd.
»Nun, über Ihre Wunde.«
»Ich hab wenigstens versucht radzufahren! Sie können es ja mal probieren, wenn Sie glauben, daß das so einfach ist.«
»Ich habe Fannie gesagt, daß ich es gern ausprobieren würde.«
Charles bemerkte: »Dieses Thema ist zur Zeit etwas heikel.«
Lächelnd entschuldigte sich Tom: »Es tut mir leid, daß ich davon gesprochen habe, Miss Walcott.«
»Darauf wette ich«, entgegnete sie und drehte sich um.
»Sie kann es wohl nicht vertragen, wenn man sie neckt, oder?«
»Vor allem nicht, wenn du das tust.«
Heute wurde ein neues Pfänderspiel gespielt, es hieß »Der blinde Mann«. Und was Tom befürchtet hatte, geschah. Als er sich die Augen verbinden lassen mußte, landete er auf dem Schoß von Emily Walcott. Aus irgendeinem Grund wußte er sofort, daß sie es war. Vielleicht, weil die anderen so heftig reagierten, denn jeder wußte, daß Emily Tom von Anfang an als ihren Erzfeind betrachtete. Zwar hatte sie ihm beim Pferdekauf geholfen, aber nur widerstrebend, auf Charles' Bitte hin.

Und jetzt saß er mit verbunden Augen auf ihrem Schoß, während die anderen kicherten.
Die Regeln des Spiels waren einfach: Durch Tasten mußte er erraten, wer sie war. Er hatte drei Versuche.
Das Kichern hörte auf. Spannung lag über dem Raum, und Tom stellte sich vor, wie Charles ihn beobachtete. Die Spiele wurden immer gewagter. Diesmal wurde kein Kissen benutzt. Er hatte Angst, daß er bei seiner Partnerin die falschen Stellen berühren könnte. Emily saß wie erstarrt da und wagte kaum zu atmen.
Er tastete ... und berührte ihre rechte Hand, die sich um die Armlehne des Stuhls klammerte. Er griff nach ihrem Handgelenk und erforschte mit seiner freien Hand Form und Größe ihrer Finger und der Innenfläche ihrer Hand. Ein Kratzer! Natürlich, weil sie vom Fahrrad gefallen war. Ein prickelndes Gefühl durchfuhr ihn.
»Oh, was für eine kräftige Hand. Könnte sie Charles Bliss gehören?«
Alle prusteten vor Lachen. Tom wurde kühner. Mit seiner rechten Hand berührte er ihre Wange. Sie versteifte sich und wich zurück, aber er folgte ihrer Bewegung.
Er schnupperte: Verbene ... ein überraschender Duft. »Hmm ... es riecht aber nicht wie Charles.«
Wieder wurde gelacht, während er ihr Haar abtastete.
»Charles, wenn du das bist, hast du dir eine neue Frisur zugelegt.«
Noch eine Lachsalve dröhnte durch den Raum.
»Nein, das ist ja der Wildfang!« rief er laut, »Emily Walcott!«, sprang von ihrem Schoß und riß sich die Binde von den Augen.

Sie war puterrot geworden und starrte beschämt zu Boden.
Tom wandte sich an Charles: »Du bist mir nicht böse, hoffe ich?«
»Natürlich nicht. Es ist doch nur ein Spiel«, antwortete Charles.
Emily preßte stumm die Lippen zusammen, und Tom wußte, daß er etwas tun mußte, um die Spannung zu lokkern. Deshalb küßte er sie schnell auf die Wange. »Sie sind ein Pfundskerl«, sagte er.
Sie schoß in die Höhe, stemmte die Hände in die Hüften und ging mit einem gefährlichen Glitzern in den Augen auf ihn zu. Tom ging hinter Charles' Stuhl in Deckung und hob in gespielter Angst abwehrend die Hände. »Charles, hilf mir! Sag deinem Mädchen, es soll mich in Ruhe lassen.«
Charles ging auf den Scherz ein, aber Emily zischte Jeffcoat zu: »Das nächste Mal werfe ich dich zu Boden, Stallknecht!«
Obwohl sich Emily mit voller Absicht bei diesem Zwischenfall so unfreundlich gezeigt hatte, da sie ihren Gefühlen für Tom nicht nachgeben wollte, war die Angelegenheit entnervend gewesen. Doch nicht so entnervend wie das, was später an diesem Abend noch passieren sollte.
Es mußte früher oder später geschehen. Tarsy beharrte auf einem neuen Pfänderspiel, dessen Ziel es natürlich war, den anderen zu küssen. Und natürlich endete die ganze Geschichte damit, daß Tom Tarsy vor den Augen aller in die Arme nahm und küßte. Einen solchen Kuß hatte Emily noch nie gesehen! Ihre Münder waren geöffnet, und sie standen wenigstens eine halbe Minute so da!

Emily hatte einen Kloß im Hals, als sie die beiden beobachtete. Noch ehe der Abend zu Ende war, schwor sie, nie wieder an einer solchen Party teilzunehmen.

Tom hatte dieser öffentliche Kuß überhaupt nichts bedeutet. Für ihn war das nur eine Gelegenheit mehr gewesen, seine Gedanken von Emily abzulenken.
Denn diese hautnahe Begegnung hatte ihn erschüttert.
Während der folgenden Tage, wenn er mit Charles arbeitete, zeigte er Desinteresse, wann immer ihr Name fiel. Aber nachts lag er schlaflos im Bett und starrte an die Decke und dachte über das Dilemma nach, in das er geraten war: Er hatte sich in Emily Walcott verliebt.
Er ging nicht auf die nächste Party, verbrachte einen langweiligen Abend im *Mint Saloon* und hörte sich die Klagen seines betrunkenen Konkurrenten, Walter Pinnick, an. Am nächsten Wochenende ging er in den *Silver Spur*, wo er ein paar Runden Poker spielte. Aber die Cowboys waren kein rechter Ersatz für seine neugewonnenen Freunde.
Am Ende der dritten Woche waren er und Charles mit der Arbeit an seinem Mietstall fertig, und Charles schlug vor: »Du solltest in der Tenne eine Party geben, ehe McKenzie das Heu liefert.«
»Ich?«
»Warum denn nicht? Die Tenne eignet sich ausgezeichnet dafür.«
Tom schüttelte den Kopf. »Nein, ich glaube, das gefällt mir nicht.«
»Du solltest die Händler und Rancher mit ihren Frauen zum Tanz einladen – eine große Eröffnungsparty sozusagen. Das wäre gut fürs Geschäft.«

Tom überlegte. Die Idee war nicht schlecht. Und beim Tanz konnte es nicht zu Komplikationen kommen, vor allem nicht mit der älteren Generation. Zum Teufel, er brauchte nicht einmal mit Emily Walcott zu tanzen. Charles hatte recht: Das war eine großartige Geste, sich auf diese Weise als neuer Unternehmer in der Stadt einzuführen. Er brauchte nur ein paar Männer, die zum Tanz aufspielten, und Erfrischungen.
Die Musiker waren schnell gefunden, und an einem Samstagabend Mitte Juli versammelte sich die ganze Stadt zur Einweihung in Tom Jeffcoats Mietstall.

Josephine bestand darauf, daß Edwin mit Fannie der Einladung folgte. »Sie ist immer nur im Haus und braucht Zerstreuung. Und du auch.«
»Aber ...«
»Edwin, ein Nein lasse ich nicht gelten. Du weißt, wie gern sie tanzt.«
»Ich kann sie ...«
»Du wirst sie ausführen!« befahl Josephine mit ruhiger Autorität.
Und er tat es.
Zusammen machten sie sich auf den Weg: Charles und Emily, Edwin und Fannie. Edwin fühlte sich wieder jung. Er ging neben einer vitalen, gesunden Frau, die er noch ebenso begehrte wie vor über zwanzig Jahren.
»Ach, Edwin«, sagte Fannie, »ich bin so unbeschreiblich glücklich.«
Wer, außer Fannie, konnte schon in dieser unmöglichen Situation glücklich sein?
»Das bist du doch immer.«

Ihre Blicke trafen sich, und sie stellte eine stumme Frage: Soll ich mich schuldig fühlen, weil wir Josephine heute abend allein gelassen haben, oder wollen wir uns amüsieren?
Sie amüsierten sich. Sie tanzten Walzer und Polka. Sie berührten sich, und sie empfanden diese Berührungen wie ein Geschenk.
Ihnen wurde heiß, und sie tranken Bier. Sie lachten. Sie redeten. Sie merkten, daß sie glücklich waren.

Tom hatte nicht vorgehabt, Emily zum Tanzen aufzufordern. Er tanzte meistens mit Tarsy, aber auch mit anderen Mädchen und vielen Müttern und natürlich mit Fannie, die eine der begehrtesten Tanzpartnerinnen auf diesem Fest war.
Doch Fannie setzte das in Gang, was Tom unbedingt vermeiden wollte. Sie tanzte gerade mit ihm, als Edwin mit seiner Tochter vorbeiwirbelte.
»Ach, Edwin, könnte ich dich eine Minute sprechen?« rief Fannie. »Ich frage mich, ob einer von uns nicht mal nach Josie sehen sollte.«
Während die beiden kurz miteinander sprachen, standen Emily und Tom daneben und versuchten krampfhaft, sich nicht anzusehen. Schließlich sagte Fannie: »Entschuldigen Sie, Tom. Sie haben doch nichts dagegen, diesen Tanz mit Emily zu beenden, oder?«
Und so geschah es. Sie standen sich auf dem überfüllten Tanzboden gegenüber. Emily weigerte sich, Tom anzusehen, aber Tom konnte seine Blicke nicht von ihr lassen. Er sah, wie sie langsam errötete, und beschloß, sich förmlich zu geben.

»Ich glaube, uns bleibt nichts anderes übrig«, sagte er und öffnete die Arme. »Ich kann es ertragen, wenn Sie es können.«
Vorsichtig voneinander Abstand haltend, drehten sie sich im Walzertakt.
»Ich war nicht sicher, ob Sie kommen würden«, sagte er und fing einen Blick von Charles auf, der sie vom Rand der Tanzfläche aus beobachtete.
»Papa, Fannie und Charles wollten unbedingt kommen.«
»So mußten Sie in den sauren Apfel beißen.«
»Das kann man wohl sagen.«
»Sind Sie noch immer wegen dieses dummen Spiels wütend?«
»Könnten wir bitte über etwas anderes reden?«
»Sicher. Wählen Sie ein Thema.«
»Einen schönen Mietstall haben Sie da«, sagte sie höflich.
»Ich habe die anderen Pferde letzte Woche gekauft. Ich kann sie jederzeit holen.«
Wenn von Pferden gesprochen wurde, fühlte sie sich wohl. Sie sah ihn schüchtern an. »Von Liberty?«
»Ja. Eine Stute ist trächtig. Und ich bin in Buffalo gewesen und habe bei Munkers & Mathers Wagen bestellt. Ich bekomme sie, wenn das Heu geliefert wird.«
»Das sind gute Wagen, ausgezeichnete Qualität mit festen Achsen.«
»Ja, das dachte ich mir auch. Bei diesen Straßen voller Schlaglöcher kann man sich nur das Beste leisten. Sobald das Heu da ist, kann ich mein Geschäft eröffnen.«
Nach diesen unpersönlichen Worten tanzten sie eine Weile schweigend weiter.

»Und was haben Sie gemacht?« fragte er möglichst beiläufig, obwohl ihn alles in ihrem Leben brennend interessierte.

»Ach, nicht viel.«

»Charles erzählte mir, daß Sie eine kranke Kuh und ein Pferd behandelt haben und dafür sogar bezahlt wurden.«

»Ja, das stimmt.«

»Dann sind Sie jetzt also eine richtige Tierärztin?«

»Nein, noch nicht. Erst im Frühling.«

Wieder tanzten sie schweigend eine Weile weiter und suchten nach weiterem Gesprächsstoff. Schließlich sagte Emily: »Charles erzählte mir, daß Sie sich Pläne für Ihr Haus ausgesucht haben.«

»Ja, das habe ich.«

»Zwei Stockwerke und eine L-förmige Veranda.«

»So bauen alle hier. Tarsy meint, daß eine Veranda große Mode ist.«

Ihre Blicke trafen sich, und die Verwirrung ihrer Gefühle wurde noch größer.

Baust du das Haus für sie? fragte Emily stumm.

Die Spannung zwischen ihnen konnte man geradezu mit Händen greifen.

Emily sagte: »Charles wird Ihnen ein schönes Haus bauen. Er ist ein sehr guter Handwerker.«

»Ja«, entgegnete Tom, »das ist er.«

Die Musik spielte, aber sie hörten sie nicht. Ganz automatisch tanzten sie weiter, während sie sich ineinander verloren.

Das durfte nicht sein. Es war gefährlich.

Die Spannung wurde derart unerträglich, daß Emily ihre guten Vorsätze vergaß und eine persönliche Frage stellte.

»Warum sind Sie letzte Woche nicht zu der Party gekommen?«
»Ich ... ich habe gearbeitet.« Es war eine offensichtliche Lüge.
»Im Dunkeln?«
»Ich habe eine Laterne angezündet.«
»Ach ja?«
In diesem Augenblick stieß jemand gegen Emily, und sie wurde gegen Tom geschleudert. Ihre Brüste berührten seinen Oberkörper. Und dieser Moment genügte, um beide aus der Fassung geraten zu lassen. Sofort löste sich Emily von ihm und plapperte drauflos, um ihr Unbehagen zu verbergen. »Ich habe mir nie viel aus Tanzen gemacht. Manche Mädchen sind zum Reiten geboren und manche zum Tanzen, aber ich glaube kaum, daß viele beides können ...« stammelte sie.
»Emily!« Tom packte sie hart am Handgelenk. »Hör auf! Charles beobachtet uns.«
Sie standen sich hilflos gegenüber und wußten nicht, wie sie die heikle Situation überbrücken sollten. Schließlich sagte Tom steif: »Vielen Dank für den Tanz.« Dann geleitete er sie zu Charles.

Neuntes Kapitel

In jener Nacht lag Emily neben der schlafenden Fannie und erweckte Tom Jeffcoat in Gedanken zu neuem Leben. Alles an ihm war attraktiv – seine Gesten, der Ausdruck seiner Augen, sein entwaffnender Sinn für Humor, sein verlockender Mund. Sie rollte sich zu einem Ball zusammen und drehte sich von Fannie weg.

Ich kenne ihn kaum. Aber das spielte keine Rolle.

Er macht Papa Konkurrenz. Er tut es aber auf faire Weise.

Er ist Tarsys Freund. Das hatte wenig Gewicht.

Er ist Charles' Freund. Das zählte.

Welche Frau würde sich zwischen zwei befreundete Männer stellen?

Bleib mir aus dem Weg, Tom Jeffcoat! Bleib mir aus dem Weg!

Er tat es. Zwei lange Wochen, während er in seinem Mietstall arbeitete und während der Rohbau seines Hauses fertiggestellt wurde. Und während Emily erfuhr, daß er immer öfter mit Tarsy ausging. Und während Charles immer mehr auf einen baldigen Hochzeitstermin drängte. Und während es immer heißer wurde. Die Hitze machte die Arbeit im Stall schwierig. Die Pferde waren nervös und die Menschen gereizt.

Eines Morgens brachte Edwin Sergeant zum Beschlagen

zu Tom. Am späten Nachmittag bat er Emily, das Pferd wieder zu holen.
Sie war entsetzt und platzte heraus: »Ich habe zu tun!«
»Was hast du zu tun? Streichelst du die Katze?«
»Nun ... ich muß lernen.« Er sah sie an. Das Buch lag ungeöffnet in ihrem Schoß.
Es war ein glühendheißer Tag. Ihr Vater war reizbar, nicht nur wegen der Hitze. Mutter ging es schlechter, und er hatte mit Frankie gestritten. Als Emily sich weigerte, Sergeant zu holen, wurde er zornig, was sehr selten vorkam.
»Na gut!« Er ließ einen Eimer scheppernd fallen. »Dann hole ich das verdammte Pferd eben selbst!«
Er stapfte aus dem Büro. Emily lief hinter ihm her. »Warte, Papa!«
Er blieb stehen, drehte sich um, ein Bild erzwungener Geduld. »Es war ein langer Tag, Emily.«
»Ich weiß. Entschuldige. Natürlich hole ich Sergeant.«
»Danke, Liebling.« Er küßte sie flüchtig auf die Stirn.
Emily hatte Angst vor der Begegnung. Seit Tom seinen Mietstall eröffnet hatte, war sie nie mit ihm allein gewesen. Und jetzt wußte sie auch, warum.
Jetzt geh endlich und hol Sergeant, sagte sie sich. In zwei Minuten bist du wieder draußen.
Sie seufzte und überquerte zögernd die Straße.
Vor der offenen Tür blieb sie stehen. Von drinnen ertönten Hammerschläge: bang, bang, bang. Sergeant stand angebunden vor der Schmiede. Sie ging zu dem Hengst, kraulte seinen Hals und sagte gedankenverloren: »Hallo, Junge, wie geht es dir?« Das Hämmern hörte auf. Sie wartete auf Jeffcoat, aber als der nicht erschien, ging sie zur Tür der Schmiede und spähte hinein.

Da drinnen war es so heiß wie in der Hölle und finster. Nur aus dem Ofen kam ein gedämpftes Glimmen. Auf der rechten Seite stand ein mit Werkzeugen übersäter Arbeitstisch und in der Mitte der Amboß. Vor dem Ofen hing ein Blasebalg, den Jeffcoat, mit dem Rücken zu ihr, rhythmisch bearbeitete.

Der Mann, den sie um keinen Preis sehen wollte.

Er stand breitbeinig vor dem Feuer und arbeitete konzentriert.

Zum erstenmal sah sie ihn als Schmied arbeiten. Dieser Anblick raubte ihr den Atem. Wie oft würde sie ihm in ihrem Leben noch so begegnen?

Er nahm das Werkstück, das er in die glühende Kohle gehalten hatte, und ging zum Amboß.

Und sah, daß sie ihn von der Tür aus beobachtete.

Regungslos starrten sich beide eine Weile an. Er faßte sich als erster wieder und sagte: »Hallo.«

»Ich bin gekommen, um Sergeant zu holen.«

»Er ist noch nicht ganz fertig.« Jeffcoat hob das heiße Eisen als Erklärung. »Nur noch ein Hufeisen.«

»Oh.«

Das Eisen kühlte immer stärker ab.

»Sie können drauf warten. Ich brauche nicht lange.«

Er ging zum Schmiedefeuer, um das Eisen wieder heiß zu machen, und sie betrat die Werkstatt.

»Warum gibt es hier keine Fenster?« fragte sie. »Wollen Sie wieder mit mir streiten?«

»Nein, ich bin nur neugierig.«

Er bearbeitete das heiße Eisen auf dem Amboß. »Schmiede arbeiten im Dunkeln, das wissen Sie doch. Dann kann man besser sehen, wie heiß das Metall ist.«

»Oh.« Nach einer Weile fragte sie: »Warum tragen Sie keine Handschuhe?«
»Das ist zu unbequem. Ich arbeite lieber ohne.«
Sie trat mit dem Fuß gegen die ausgeglühte Schlacke am Boden und sagte: »Hier könnte auch mal gekehrt werden.«
»Sie sind *doch* gekommen, weil Sie Streit suchen.«
»Nein. Nur weil ich Sergeant holen will. Papa hat mich geschickt.«
Er sah sie lange von der Seite an, dann glaubte er ihr. »Die Schlacke isoliert den Boden. So ist er im Sommer kühl und im Winter warm.«
»Nennen Sie das kühl?«
»So kühl, wie es eben in einer Schmiede sein kann. Sie können ja draußen warten, wenn Ihnen das lieber ist.«
Aber sie blieb, wo sie war, wenn auch gegen ihren Willen, denn Jeffcoat strahlte etwas aus, das sie unwiderstehlich zu ihm hinzog.
Sie liebte es, ihm bei der Arbeit zuzusehen. Er war ein Meister in seinem Reich und bearbeitete mit geschickten, kraftvollen Hammerschlägen das Hufeisen, das immer mehr Gestalt annahm.
Nach einer Weile meinte sie schüchtern: »Wir brachten Sergeant zu Pinnick, damit er ihn neu beschlägt, aber Pinnick hat nicht sauber gearbeitet.«
»Dieser Pinnick ist ein verrückter Kerl. Eines Tages kam er betrunken hierher und starrte mich nur stumm an. Als ich ihn fragte, was er wollte, machte er auf dem Absatz kehrt und verschwand wieder.«
»Machen Sie sich nichts draus. Er ist ständig betrunken, das ist sicher zu Ihrem Vorteil. Sie werden viel zu tun bekommen.«

Er ging mit dem Eisen zur Tür. »Kommen Sie. Ich will Ihnen zeigen, was ich schon gemacht habe.«
Geschickt paßte er Sergeant das neugeschmiedete Eisen an und zeigte Emily auch die anderen ebenso perfekt beschlagenen Hufe.
»Wie war denn die Party letzte Woche?« fragte er, als er die Nägel in den Huf schlug.
»Ganz nett.« Sie hatte ihre Meinung geändert und war in der Hoffnung hingegangen, ihn dort zu treffen.
»Charles mag diese Partys«, bemerkte er.
»Aber mir gefallen diese Spiele nicht.«
»Waren die anderen auch alle da?«
»Nur Sie und Tarsy fehlten.«
Er klopfte den letzten Nagel fest und richtete sich auf. »Sie hat mir an jenem Abend geholfen, das Firmenschild zu malen.« Er deutete mit seinem Hammer darauf.
»Ach ja. Es sieht hübsch aus.«
Tom sagte: »Wollen Sie Sergeant nicht herumführen, damit ich sehen kann, wie er mit den neuen Hufen läuft?«
Sie tat, wie ihr geheißen, und merkte, daß er ihr ebensoviel Aufmerksamkeit schenkte wie dem Pferd. Als sie vor ihm stand, streichelte er Sergeants Kopf und murmelte: »Das fühlt sich gut an, was, alter Junge?«
»Pinnick hat sich nie soviel Mühe gemacht«, sagte Emily.
»Ich habe meinen Beruf so gelernt.«
»Von Ihrem Vater?«
»Ja.«
»War er Hufschmied?«
»Ja. Und mein Großvater ebenfalls.« Während er sprach, wischte er sich den Schweiß von der Stirn. »Der Amboß gehörte meinem Großvater. Meine Großmutter bestand

darauf, daß ich ihn hierher mitnahm. Das bringt Glück, sagte sie.« Beide schauten auf das Hufeisen, das über der Tür zur Schmiede angebracht war.
»Sie müssen es mit der Öffnung nach oben aufhängen, damit sich das Glück darin fängt«, sagte Emily.
»Nein. Ein Schmied hängt es immer so auf, damit das Glück auf den Amboß strömt.«
Sie sahen sich an. Das Pferd war beschlagen. Sie konnte jetzt gehen, und beide wußten es. Aber sie wollten sich noch nicht trennen und suchten nach Gesprächsstoff.
»Dann sind Sie also abergläubisch«, bemerkte sie.
»Nicht mehr als alle anderen. Doch Hufeisen sind mein Beruf. Die Leute wollen hier welche sehen.«
Sie sah wieder zu dem Hufeisen hoch, und er betrachtete sie verstohlen. Er fand sie in ihrer Jungenkleidung genauso attraktiv wie in einem eleganten Kleid. Noch nie hatte er eine Frau kennengelernt, die so anspruchslos war und mit der er so viele Interessen gemeinsam hatte. Plötzlich wollte er ihr sein kleines Reich zeigen.
»Emily, Sie kennen von meinem Mietstall nur die Tenne. Ich möchte, daß Sie auch das übrige sehen. Soll ich Sie herumführen?«
Sie wußte, es wäre besser, wenn sie gleich gehen würde, aber sie konnte dieser Aufforderung nicht widerstehen.
»Ja, gut.« Doch mit Rücksicht auf Charles fügte sie hinzu: »Ich kann nicht lange bleiben. Fannie wartet mit dem Abendessen.«
»Es dauert nur fünf Minuten. Kommen Sie. Fangen wir hier an.« Er ging ihr voran in die Schmiede. »Die Blasebälge wurden in Deutschland im Jahre 1798 hergestellt. Sie werden mich sicher überdauern. Und auf dem Am-

boß hat mein Großvater schon gelernt. Darauf werde ich wahrscheinlich meine Söhne das Handwerk lehren.« Er fuhr mit seiner schwieligen Hand über das vernarbte Eisen. »Ich kenne jede Kerbe darauf. Die Kerben meines Großvaters und Vaters. Sie werden nie verschwinden. Wenn ich nach ihnen Sehnsucht habe, muß ich immer daran denken.«

Es war seltsam. Doch in diesem Augenblick erkannte sie, daß sie ihn liebte. Sie sah ihm in die Augen, denn soeben hatte er ihr einen Teil seines innersten Wesens offenbart. Schnell senkte sie den Blick, aus Angst, er würde in ihren Augen lesen können.

Während sie von der Schmiede in den Stall gingen, fuhr er in seinem Monolog fort. »Ich schlafe jetzt oben, auf dem Heuboden. So kann ich die Hotelkosten sparen. Zu dieser Jahreszeit ist es dort warm genug, und Charles sagt, daß mein Haus noch vor dem Winter fertig wird.«

Sie schaute die Leiter hoch, roch den Duft des frischen Heus und stellte sich vor, daß sie eines Nachts dort emporklettern würde. Um den Gedanken zu verdrängen, sagte sie: »Sie haben mir noch nicht Ihre Drehbühne gezeigt.«

»Meine Drehbühne. Ach ja ... meine Verrücktheit.« Er lachte.

»Ist sie das denn?«

Sie schlenderten zur Mitte des Stalls. »Die Kinder halten sie nicht dafür. Sie bitten mich immer, darauf fahren zu dürfen.«

Tom stieß sie mit dem Fuß an, und sie drehte sich fast geräuschlos auf Kugellagern um die eigene Achse.

»Ob verrückt oder nicht, jedenfalls ist sie verdammt praktisch, wenn ich die Wagen umdrehen will. Möchten Sie einmal raufklettern?«

»Warum nicht?«

Er hielt die Drehbühne an, sie stieg darauf, und er setzte sie wieder in Bewegung. Den Kopf in den Nacken gelegt, gab sie sich ganz dem Kreisen hin. Sie fuhr an ihm vorbei – einmal, zweimal. Beim drittenmal stoppte er sie so, daß Emily direkt vor ihm zum Halten kam.

Sie standen beide wie erstarrt da, das Blut hämmerte ihnen in den Ohren.

»Emily ...« sagte er gepreßt.

»Ich muß gehen!« Sie wollte an ihm vorbeistürmen, doch er ergriff ihren Arm.

»Sie haben die Pferde noch nicht gesehen.« Deswegen hielt er sie nicht zurück, und beide wußten es.

»Ich muß gehen.«

»Nein. Warten Sie.« Seine Hand brannte auf ihrem Arm, ein kärglicher Ersatz für das, was sie beide herbeisehnten. »Lassen Sie mich gehen«, flehte sie leise.

Er schluckte schwer und sagte: »Was sollen wir denn tun?«

»Nichts«, antwortete sie mit flacher Stimme und schüttelte seinen Arm ab.

»Sie sind wütend.«

»Nein, ich bin nicht wütend!« Aber sie war es, wenn auch nicht auf ihn, sondern auf die Hoffnungslosigkeit der Situation.

»Was soll ich denn tun?« argumentierte er. »Was erwarten Sie von mir? Charles ist mein Freund. Er baut mein Haus, während ich hier stehe und mir überlege ...«

»Glauben Sie, das wüßte ich nicht?« rief Emily wütend.

»Ich bin den Partys ferngeblieben«, verteidigte er sich. »Und ich habe mich oft mit Tarsy getroffen, aber sie ist …«

»Sagen Sie's nicht. Bitte, Tom, reden Sie nicht weiter. Sie ist meine Freundin.«

Sie sahen sich hilflos und schweratmend an. Endlich trat er zur Seite und sagte: »Sie haben recht. Es ist besser, Sie gehen.«

Aber nun, da er sie freigegeben hatte, konnte sie nicht gehen. Nach zwei Schritten blieb sie mitten im Gang stehen und ließ den Kopf stumm in ihre Hände sinken. Sie weinte nicht. Aber ihre Haltung drückte mehr als Tränen oder Worte aus.

Er rang mühsam um Fassung. Endlich brach Emily das Schweigen. »Ich glaube nicht, daß Sie morgen abend zu Tildas Party kommen.«

»Nein. Es ist besser, wenn ich nicht komme.«

»Ich gehe auch nicht hin.«

»Doch. Sie müssen mit Charles hingehen!« befahl er sanft.

»Ja, das muß ich.«

»Tarsy drängt mich, sie zu begleiten. Statt dessen habe ich sie ins Hotel zum Abendessen eingeladen.«

»Oh.«

Er hatte das Gefühl, als würde er ersticken. Wie konnte das nur passieren? Er liebte sie. Sie war Charles' Verlobte, und er liebte sie.

»Das ist furchtbar … Es ist unehrenhaft«, flüsterte er. »Ich weiß.«

Nach einer weiteren Minute des Schweigens wiederholte Tom: »Sie gehen jetzt besser.«

Schweigend griff Emily nach Sergeants Zügel, schwang

sich auf den Rücken des Pferdes und galoppierte davon, als wäre der Teufel hinter ihr her.

In den folgenden Wochen mußte sie die bittere Erfahrung machen, daß es vor dieser Liebe keine Flucht gab. Rastlosigkeit hatte von ihr Besitz ergriffen. Tagsüber dachte sie an Tom Jeffcoat, und nachts träumte sie von ihm.

In einem ihrer Träume veranstalteten sie Pfänderspiele, und er küßte sie, was absurd war, denn Tom besuchte die Partys nicht mehr, während sie mit Charles immer noch hinging.

Doch dieser Traum verfolgte sie. Eines Nachts, als Emily schlaflos neben Fannie im Bett lag, beschloß sie, sich ihr anzuvertrauen.

»Fannie, schläfst du schon?«

»Nein.«

Im Nebenzimmer hustete Mama, dann wurde das Haus wieder still.

»Fannie, was hältst du von einer Frau, die verlobt ist, aber von einem anderen träumt?«

Fannie setzte sich im Bett auf. »Mein Gott, das ist aber ernst.«

»Nein, ist es nicht. Es sind nur dumme Träume. Aber ich habe sie oft, und sie machen mir zu schaffen.«

»Erzähl sie mir.«

Emily tat es, nannte aber Toms Namen nicht und fragte: »Weißt du, was sie zu bedeuten haben?«

»Nein. Bis auf den letzten, wo du geküßt wirst. Das ist wohl eindeutig.«

Emily setzte sich ebenfalls auf und sagte voller Selbstvorwürfe: »Ich fühle mich so schuldig, Fannie!«

»Warum solltest du das? Es sei denn, es gibt einen Grund.«
»Nein, ich habe diesen Mann nie geküßt. Er hat mich nie berührt.« Emily dachte kurz nach und fragte dann: »Warum träume ich denn nie von Charles?«
»Wahrscheinlich, weil du ihn so oft siehst. Deshalb brauchst du nicht von ihm zu träumen.«
»Ja, wahrscheinlich.«
Nach einer Weile fragte Fannie: »Dieser Mann, von dem du träumst – fühlst du dich von ihm angezogen?«
»Fannie, ich bin mit Charles verlobt.«
»Das habe ich nicht gefragt.«
»Ich darf nicht ... er ... wenn wir ...«, stammelte Emily.
»Also bist du es.«
Emilys Schweigen war ein Eingeständnis.
»Und was ist nun zwischen dir und diesem Traummann geschehen?«
»Er ist nicht mein Traummann.«
»Na, gut. Also, was ist zwischen euch passiert?«
»Nichts. Wir haben uns nur angesehen. Das ist alles.«
»Nichts? Und dann hast du Schuldgefühle wegen ein paar unschuldiger Blicke?«
»Nur einmal saß er auf meinem Schoß, als wir dieses verdammte Pfänderspiel spielten, und er berührte mein Haar und mein Gesicht. Es war schrecklich. Ich wäre am liebsten im Boden versunken.«
»Warum?«
»Weil Charles uns zusah.«
»Was sagte Charles denn dazu?«
»Nichts. Er hält diese Spiele für völlig harmlos.«
»Ach, Emily ...« Mit einem Seufzer schloß Fannie Emily

in ihre Arme und streichelte ihr Haar. »Du ähnelst deiner Mutter so sehr.«
»Ja … ist das denn nicht gut?«
»Bis zu einem gewissen Maß, ja. Aber du mußt fröhlicher werden, versuchen, das Leben so zu nehmen, wie es kommt. Was ist schon Schlimmes an einem Pfänderspiel?«
»Es verwirrt mich.«
Doch Fannies Erwiderung vergrößerte eher noch Emilys Zweifel, anstatt sie auszuräumen. »Dann fürchte ich, Liebes, daß du noch nicht den richtigen Mann geküßt hast.«

Ende August bekam Tom einen Brief von Julia:

> Lieber Thomas,
> ich schäme mich sehr dafür, was ich Dir angetan habe. Und der einzige Weg, mein Gewissen zu beschwichtigen, besteht darin, Dir zu schreiben und mich zu entschuldigen. An meinem Hochzeitsmorgen habe ich geweint. Ich schaute aus meinem Fenster auf die Straßen, die wir so oft zusammen entlanggegangen sind, und mußte an Dich denken und an Deinen Gesichtsausdruck, als ich Dir sagte, daß ich einen anderen heiraten würde. Es tut mir leid, Dich verletzt zu haben, Tom. Meine plötzliche Lösung unseres Verlöbnisses war unentschuldbar, das weiß ich. Aber ich bin so glücklich mit Jonas und möchte, daß Du das weißt. Ich habe für uns beide die richtige Entscheidung getroffen, Tom. Und weil ich so glücklich bin, wünsche ich Dir dasselbe. Ich hoffe inständig, daß Du eine Frau findest,

die Dich so liebt, wie Du es verdienst. Und wenn Du sie gefunden hast, wende Dich aus Enttäuschung nicht von ihr ab. Ich möchte nicht dafür verantwortlich sein, daß Du meinetwegen in Zukunft die Frauen verachtest. Das Eheleben ist so reich und zufriedenstellend. Dasselbe Glück wünsche ich Dir, vor allem wohl auch, weil ich mein erstes Kind im März erwarte. Ich hoffe, dieser Brief erreicht Dich bei guter Gesundheit in Deiner neuen Heimat. Ich denke oft mit großer Zuneigung an Dich.

Julia

Er las den Brief auf dem Gehweg vor Loucks' Laden. Als er ihn zu Ende gelesen hatte, war er erstaunt, wie wenig er noch für Julia empfand. Es hatte eine Zeit gegeben, wo allein der Anblick ihrer Handschrift sein Herz schneller schlagen ließ. Doch jetzt besaß sie diese Macht nicht mehr über ihn. Es war wie ein Schock.

Aber der Brief weckte Heimweh in ihm. Er hatte es satt, im Hotel zu essen, auf dem Heuboden zu schlafen und vierzehn Stunden am Tag zu schuften. Manchmal, wenn er hundemüde von der harten Arbeit zu seinem Stall ging, starrte er die erleuchteten Fenster in den Häusern an und fühlte sich elend und einsam.

Also begann er, mehr Zeit mit Tarsy zu verbringen.

Und je öfter sie sich sahen, um so näher kamen sie sich. Das war nur natürlich. Manchmal waren sie knapp davor, die haarscharfe Linie zwischen Sittlichkeit und einer Katastrophe zu überschreiten.

Tarsy frustrierte diese Situation ebenso wie Tom, und sie mußte schließlich mit jemandem darüber reden.

An einem trüben, nebligen Abend Ende September ging sie zu den Walcotts. Frankie öffnete ihr die Tür und brachte sie in die Küche, wo Emily Fannie beim Abwasch half.

»Emily, kann ich mit dir sprechen?«

»Tarsy ...« Ein Blick in das Gesicht ihrer Freundin zeigte Emily, daß Tarsy verzweifelt war.

»Könnten wir nach oben in dein Zimmer gehen?«

»Aber natürlich.«

Oben zog Tarsy ihren Mantel aus und ging unschlüssig umher, als wüßte sie nicht, wie sie Emily ihren Kummer anvertrauen sollte.

Emily betrachtete sie mitfühlend und wartete geduldig. Wieder dachte sie, was für ein hübsches Mädchen Tarsy doch war, und konnte es gut verstehen, daß sich Tom zu ihr hingezogen fühlte. Emily wußte, daß die beiden in letzter Zeit viel zusammengewesen waren, und Tarsy hatte sich auf bemerkenswerte Weise verändert.

Sie war nicht länger das kichernde, übermütige Mädchen, sondern eine ausgeglichene junge Frau geworden. Schließlich fragte Emily: »Tarsy, was quält dich?«

Tarsy sah sie bedrückt an. »Es geht um Tom«, gestand sie leise.

»Oh«, sagte Emily, und Tarsy nahm ihre Hand.

»Ich weiß, du magst ihn nicht, Emily, aber ich ... ich habe sonst niemanden, dem ich mich anvertrauen könnte. Ich glaube, ich liebe ihn, Emily.«

»Du liebst ihn?«

»Ach, ich weiß, ich habe das oft genug im Überschwang gesagt, aber jetzt ist es mir absolut ernst damit. Aber ich habe Angst, es ihm zu sagen, denn dann würde er die

Verbindung zu mir abbrechen.« Tarsy ließ sich auf Emilys Bett fallen und starrte bekümmert zu Boden.

»Weißt du«, fuhr sie fort, »er hat mir schon vor langer Zeit gesagt, daß er nicht daran denkt zu heiraten. Trotzdem habe ich mich von ihm küssen lassen. Mehr taten wir zunächst nicht, aber jetzt ... nun, es ist nur natürlich ...« Tarsy stand abrupt auf, ging zum Fenster und starrte in den Regen hinaus. »O Emily, du hältst mich bestimmt für ein schrecklich unmoralisches Mädchen.«

»Tarsy, hast du mit Tom ...« Sie konnte das Wort nicht aussprechen.

Tarsy folgte mit ihrem Finger einem Regentropfen auf der Fensterscheibe und sagte: »Nein, noch nicht.« Dann kam sie zum Bett und setzte sich neben Emily. »Aber ich kann der Versuchung kaum noch widerstehen. Wir sind einander so nahe gekommen.«

Die Blicke der Mädchen begegneten sich, und in Tarsys Augen lag ein Ausdruck der Aufrichtigkeit und der Ernsthaftigkeit, die Emily ihr nicht zugetraut hatte. Tarsy schlug schluchzend die Hände vors Gesicht. »Es ist eine Sünde, das weiß ich. Und es ist gefährlich. Aber ich liebe ihn so sehr, daß es mir gleichgültig ist.«

Emily machte dieser Gefühlsausbruch verlegen.

»Du bist doch verlobt, Emily; du und Charles seid ebenso oft zusammen wie ich und Tom. Wie wirst du damit fertig, wenn dich die Sehnsucht zu überwältigen droht?«

Tarsy nahm selbstverständlich an, daß Emily Charles ebenso leidenschaftlich und rückhaltlos liebte wie sie Tom. Doch Emily mußte sich eingestehen, daß Charles nie derartige Gefühle in ihr geweckt hatte. Eine Ahnung

von der Intensität, von der Tarsy sprach, hatte sie eigentlich nur in Toms Nähe verspürt.
Und das verlieh der Situation eine gewisse Ironie. »Ich weiß nicht, was ich sagen soll, Tarsy.«
»Das ist noch nicht alles«, gestand Tarsy beschämt. »Ich habe manchmal daran gedacht, ihm nachzugeben, um ihm damit eine Falle zu stellen, damit er mich heiraten muß.«
»Wie kannst du nur!« rief Emily entsetzt aus. »Das wäre absoluter Wahnsinn.«
»Aber es ist wahr. Wenn ich von ihm schwanger würde, müßte er mich heiraten, und manchmal bin ich nahe daran, diese Schande auf mich zu nehmen.«
»O Tarsy, nein!« Emily umarmte ihre Freundin liebevoll. Wie viele Male hatte sie Tarsy für leichtfertig und töricht gehalten und sie wegen ihrer Flatterhaftigkeit gescholten? Jetzt hatte sie diese Eigenschaften verloren, und Emily wünschte sich im Augenblick nichts mehr, als daß sie beide wieder unbeschwerte Kinder sein könnten. Warum verursachte die Liebe so schmerzliche Qualen? »Versprich mir, daß du das nicht tust. Versprich es mir! Es würde euer Leben ruinieren, und das wäre Tom gegenüber nicht fair.«
Tarsy barg ihr Gesicht an Emilys Schulter und weinte herzerweichend. »Ach, Emily, was soll ich nur tun? Er liebt eine andere.«
Panik befiel Emily. Panik und Schuldgefühle. Röte stieg ihr in die Wangen, und sie drückte Tarsys Kopf an sich, damit diese sie nicht ansah.
Aber Tarsy sprach weiter. »Es ist die Frau, mit der er verlobt war. Er liebt sie noch immer.«

»Nun, das kann sein. Sie hat schließlich erst vor ein paar Monaten die Verlobung mit ihm gelöst. Er braucht Zeit, um das zu überwinden. Aber er wird irgendwann begreifen, daß du … nun, daß du erwachsen und eine heiratsfähige Frau geworden bist.« Um sie aufzuheitern, fügte Emily hinzu: »Und du bist das hübscheste Mädchen in der ganzen Stadt. Er wäre wirklich ein Narr, wenn er das nicht sehen würde.«

Sie legte ihre Hand unter Tarsys Kinn und hob ihr Gesicht empor. Halb lachend, halb weinend sagte Tarsy: »Ach, ich bin doch die Närrin.« Mit dem Handrücken wischte sie sich die Tränen vom Gesicht. »Eine törichte Närrin, weil ich so verrückte Dinge sage. Natürlich würde ich das nie tun, das weißt du doch, Emily, nicht wahr?«

»Natürlich weiß ich das. Hier.« Sie gab ihr ein Taschentuch, und nachdem sich Tarsy die Nase geputzt hatte, zerknüllte sie das Tuch in der Hand und sagte wehmütig: »Aber, Emily … ich liebe ihn wirklich.«

Emily drückte Tarsys Hände und sagte: »Das weiß ich.« Tarsy bemühte sich tapfer, ihre Tränen zurückzuhalten. »Ach, Emily, warum tut es nur so weh?«

Keine von beiden wußte eine Antwort darauf, noch hatten sie eine Ahnung, daß dieser Schmerz in den folgenden Wochen noch schlimmer werden würde.

Zehntes Kapitel

Es gab Zeiten, wo sich Fannie voller Verzweiflung fragte, warum sie nach Sheridan gekommen war. Jemanden sterben zu sehen war nicht leicht zu ertragen. In den letzten Tagen konnte der Trost, in Edwins Nähe zu sein, die Qual, Josie zu pflegen, kaum noch kompensieren. Arme, dahinsiechende Josie.

Mehrmals am Tag, nach jedem heftigen Hustenanfall, wenn sie Blut spuckte, mußte Fannie die Bettwäsche wechseln, und der Übelkeit erregende Geruch ließ sich aus dem Schlafzimmer nicht mehr vertreiben.

Wieder mußte Josie husten, und Fannie schob eine Hand unter die Kissen, um sie zu stützen, und wischte ihr das Blut vom Mund. Dann sank sie völlig erschöpft zurück, und Fannie streichelte liebevoll ihr schütteres Haar.

»Ruh dich jetzt aus, Josie ... Ich muß Wäsche aufhängen. Kommst du eine Weile ohne mich zurecht?« Josephine hob schwach eine Hand und nickte. »Ich bleibe nicht lange«, flüsterte Fannie und dachte: Lieber Gott, erlöse sie von ihrem Leid oder bewirke ein Wunder.

Nachdem sie das letzte Leintuch aufgehängt hatte, ging sie in die Küche und hörte Josie oben wieder qualvoll husten. Sie schloß die Augen und lehnte den Kopf gegen den Türrahmen.

So fand Emily sie vor.

»Fannie?«
Fannie richtete sich mit einem Ruck auf. »O Emily.« Sie bückte sich nach dem Wäschekorb und sagte: »Ich habe dich nicht kommen hören.«
»Geht es Mutter schlechter?«
»Sie hatte einen schlimmen Nachmittag. Die Hustenanfälle quälen sie immer häufiger, und sie ist ganz wundgelegen. Hast du nicht irgendein Mittel, das ihre Schmerzen lindern könnte? Die Arme leidet so sehr.«
»Ich werde sehen, ob ich etwas für sie finde. Und was ist mit dir? Du wirkst auch nicht gerade munter.«
»Ach, Unsinn«, entgegnete Fannie mit erzwungener Unbekümmertheit. »Du kennst mich doch ... ich bin wie eine Katze, die immer wieder auf den Füßen landet.«
Aber Emily waren Fannies Tränen und ihre Verzweiflung nicht entgangen. Sie hatte in den letzten Tagen bemerkt, wie müde und bedrückt Fannie war. Sie nahm ihr den Wäschekorb ab und sagte: »Du mußt mal raus hier. Wenigstens für ein paar Stunden. Mach eine Spazierfahrt mit deinem Fahrrad. Und wage nicht, vor dem Abendessen nach Hause zu kommen.«
Fannie schloß die Augen und stieß einen tiefen Seufzer der Erleichterung aus. »Danke, Liebes. Genau das werde ich tun.«
Fünfzehn Minuten später hatte sie sich umgezogen und holte ihr Fahrrad aus dem Schuppen.
Gütiger Himmel, wie wunderbar es draußen in der frischen Luft war! Sie hob ihr Gesicht der warmen Oktobersonne entgegen, trat kräftig in die Pedale und genoß ihre Freiheit in vollen Zügen. Wie herrlich es war, stark und gesund zu sein und den Wind in den Haaren zu spüren!

Am Ufer des Little Goose Creek legte sie sich ins Gras und sog den aromatischen Duft der Gräser und Kräuter tief ein. Sie öffnete ihr Mieder und badete ihre Brust in den goldenen Sonnenstrahlen. Eine Schwarzdrossel zwitscherte am anderen Ufer, und der Bach plätscherte leise murmelnd dahin. Sie trank von dem köstlichen Wasser, knöpfte ihr Mieder wieder zu und fuhr in die Stadt.

Geradewegs zu Walcotts Mietstall.

Sie radelte durch den Mittelgang und hielt neben einem Schubkarren an, von dem Edwin Stroh in eine Box gabelte. Als sie ihr Fahrrad neben ihm fallen ließ, drehte er sich erstaunt um.

»Edwin, stell bitte keine Fragen. Ich brauche das heute einfach.« Sie ging zu ihm in die Box und warf sich in seine Arme.

»Fannie!« rief er verblüfft. In einer Hand hielt er noch die Heugabel.

Sie umarmte ihn und drückte ihr Gesicht gegen seine Brust. »Lieber Himmel, riechst du gut.«

»Fannie, was ist los?«

»Halt mich fest, Edwin. Nur für drei Minuten. Das dürfte genügen.«

Die Heugabel fiel polternd gegen die Holzwand, und Edwin schlang seine Arme um ihren Körper.

Edwin hatte keine Zeit, sich gegen diesen Gefühlsausbruch zu wappnen. Wie aus heiterem Himmel war sie plötzlich aufgetaucht und roch nach Gras und frischer Luft. Er drückte seine Nase in ihr Haar und atmete tief ein. Seine Hände glitten über ihren Rücken, und süße Erinnerungen stiegen in ihm auf.

»Mmm ... ja«, murmelte sie, schnupperte an seinem

Hemd, schwelgte in dem Geruch, den er ausströmte: Er roch nach Mann, Schweiß, Pferd und Heu. »Edwin, bitte verzeih. Ich habe das einfach gebraucht.«

»Es ist ja gut, Fannie … psst.«

Eng aneinandergeschmiegt standen sie da, und Edwin fühlte ihren geschmeidigen, gesunden Körper unter seinen Händen, ein Gefühl, das er jahrelang nicht gehabt hatte.

»Du fühlst dich so gut an«, flüsterte sie.

»Du auch.«

»Hart und stark und gut.«

Edwins Herz drohte zu zerspringen. Endlich durfte er sie berühren, sie halten – die Sehnsucht befriedigen, die er seit ihrer Ankunft, seit vielen Jahren unterdrückt hatte. Wie typisch für Fannie, ihn auf diese Weise zu überrumpeln, als er überhaupt nicht damit gerechnet hatte. Einfach hier hereinzukommen, als wäre es die natürlichste Sache auf der Welt.

»Warum gerade heute?« fragte er verwundert.

»Weil ich nicht mehr weiterwußte.«

»Du auch nicht, Fannie?«

Sie nickte. »Du riechst nach Leben und Vitalität.«

»Ich stinke. Ich habe die Boxen ausgemistet.«

»Nicht! Geh nicht weg! Ich habe noch nicht genug von dir.« Er lehnte den Kopf zurück und sah sie an, während seine Hände ihren Körper streichelten. Aber er wagte nicht, ihre Brüste zu berühren. Doch allein der Gedanke daran erfüllte ihn mit Wonne. Wie lange war es her, daß er diese Frau gestreichelt hatte? Josie hatte seine Zärtlichkeiten stets nur widerstrebend als Pflichterfüllung in der Dunkelheit ertragen. Er preßte Fannie fest an sich. O wie gut, wie natürlich es war, eine Frau im hellen Tageslicht zu umarmen. Er spürte, wie ein leises Zittern ihren Körper erbeben ließ. Ihre Blicke begegneten sich und waren voller Liebe und Sehnsucht.

»Vergib mir, Fannie, aber ich muß es tun«, murmelte Edwin sanft, preßte seine Lippen fordernd auf ihren Mund und umfaßte ihre Brüste. In diesem Kuß lag ihre ganze aufgestaute Leidenschaft. Er drückte sie mit dem Rücken gegen die Holzwand, schämte sich nicht seiner Erregung. Sie war alles, woran er sich erinnerte: sinnlich, leidenschaftlich und fordernd.

»Fannie, ich hab's nie vergessen ... nie.«

»Auch ich nicht.«

»Wir hätten alle die Jahre zusammensein sollen.«

»In meinem Herzen waren wir es.«

»O Fannie ... Fannie, meine liebe, süße Fannie ...« Ihr Kuß erstickte seine Worte.

Als sich ihre Lippen voneinander lösten, sagte er atemlos: »Ich hatte ganz vergessen, wie sich das anfühlt. Weißt du, wie lange ich keine Frau mehr geküßt habe?«

»Psst ... sprich nicht von ihr. Was wir tun, ist schon unehrenhaft genug.«

Wie hatte er nur die ganzen Jahre ohne sie überlebt?

Er hob den Kopf und sah ihr tief in die Augen. »Was für ein Narr ich war, dich aufzugeben.«

»Du hast getan, was du für richtig hieltest.«

»Ich liebe dich, Fannie. Ich habe dich immer geliebt.«

»Und ich habe nie aufgehört, dich zu lieben, Edwin.«

»Du wußtest es, nicht wahr, als ich Josie heiratete?«

»Natürlich wußte ich es. Und auch was ich fühlte.«

»Warum hast du mich nicht daran gehindert?«

»Hätte es irgend etwas Gutes gebracht?«

»Ich weiß es nicht«, antwortete er mit einem gequälten Blick.

»Deine Eltern haben dich dazu gezwungen. Deine und ihre.«

»Ich mußte damals Massachusetts verlassen, sonst hätte ich innerhalb eines Jahres mein Treuegelöbnis gebrochen. Ich hätte nicht in deiner Nähe leben können, ohne meine Ehe zu gefährden. Fannie, kommst du mit mir auf den Heuboden, damit ich dich lieben kann?«

»Nein, Edwin.« Aber sie blieb in seinen Armen.

»Haben wir unser Leben nicht schon lange genug vergeudet?« Er bedeckte ihr Gesicht mit Küssen. »Bitte, Fannie, laß uns den Fehler endlich gutmachen, den wir mit siebzehn begangen haben.«

Sie hielt seine Hände fest und kämpfte gegen ihr eigenes Verlangen, sich ihm hinzugeben, an.

»Genug, Edwin. Wir dürfen uns nicht mehr erlauben. Du bist ein verheirateter Mann.«

»Mit der falschen Frau verheiratet.«

»Aber trotzdem verheiratet. Und ich würde Josie das nie antun. Ich liebe auch sie.«

»Warum bist du dann gekommen?« fragte er verärgert.

Seine nur zu verständliche Frustration schüchterte sie nicht ein.

Sanft drückte sie seine Hand gegen ihre Brust. »Fühle, wie mein Herz schlägt. Wie das Blut durch meine Adern strömt, weil ich mir nichts sehnlicher wünsche, als dich zu lieben. Ich habe mir dieses Gefühl von dir geholt, weil ich glaube, daß Josie damit einverstanden wäre. Aber wir dürfen nicht weitergehen.« Sie küßte seine Fingerspitzen.

»Für den Augenblick gebe ich mich damit zufrieden. Denn wir beide würden leiden, wenn wir Josie betrügen würden. Das weißt du so gut wie ich, Edwin. Jetzt muß ich nach Hause zurück.«

Er suchte ihren Blick und fühlte, wie sein Ärger verflog. »Fannie, wann werden wir ...«

»Schweig!« befahl sie sanft und legte einen Finger auf seine Lippen. »Wir sind Menschen, Edwin. Was wir füreinander empfinden, wird sich nicht ewig unterdrücken lassen. Manchmal, wenn wir bedrückt und verzweifelt sind, werden wir Kraft aus unserer Nähe schöpfen, so wie ich es heute getan habe. Aber wir werden diese Gelegenheiten nicht suchen. Wir wollen keine Schuld auf uns laden.« Ihre Stimme senkte sich zu einem Flüstern. »Jetzt muß ich gehen. Bitte, laß mich los.«

Sie trat zurück, ließ ihre Hand über seine Brust gleiten und sagte leise: »Wenn ich nachts im Bett liege, denke ich an dich.«

Dann hob sie ihr Fahrrad auf und fuhr davon.

Während Josephine im Sterben lag, arbeitete Tom Jeffcoat hart an der Fertigstellung seines Hauses. Eines Nachts, nachdem er fünfzehn Stunden lang die Innenwände verputzt hatte, warf er sein Werkzeug zu Boden und preßte die Fäuste gegen seinen schmerzenden Rücken. Über seinem Kopf hing eine Öllampe, die flackernde Schatten über die Küchenwände warf. Eigentlich hatte er heute damit fertig werden wollen – gewöhnlich arbeitete er bis zehn Uhr abends –, aber der Gedanke an den weichen Heuballen in seinem Stall war zu verlockend.

Kritisch ließ er seinen Blick durch die Küche schweifen

und fragte sich, welche Frau hier wohl eines Tages herrschen würde. Das beunruhigende Bild von Emily Walcott stieg vor seinem geistigen Auge auf. Ha! Emily Walcott, sie wußte wahrscheinlich nicht einmal, wie man einen Kochlöffel hielt! Hatte Charles ihm nicht anvertraut, daß ihre hausfraulichen Fähigkeiten sehr zu wünschen übrig ließen? Und doch ließ ihn der Gedanke an sie nicht los, während er mit vor Müdigkeit glasigen Augen die kahlen Wände anstarrte.

Geh schlafen, Jeffcoat, ehe du hier umfällst.

Gähnend schlüpfte er in seine Schaffelljacke, löschte die Lampe und ging.

Wahrscheinlich wird es Tarsy Fields sein, mit der du eines Tages in diesem Haus lebst. Eine hübschere Frau findest du in der ganzen Stadt nicht, dachte er gereizt.

Draußen warf der volle Mond milchiges Licht über die Häuser und Straßen. Die Gipfel der Big Horns waren schon mit Schnee bedeckt. Er schlug den Kragen hoch und stapfte müde zu seinem Stall. Die erleuchteten Fenster strahlten Behaglichkeit aus, und wieder mußte er an Emily Walcott denken. Er verfluchte Charles, der ständig von ihr redete und dadurch immer wieder ihr Bild in ihm heraufbeschwor.

Vergiß sie, Jeffcoat.

Sie ist mit Charles verlobt.

Aber dein Herz macht jedesmal einen Sprung, wenn du sie siehst.

Gesteh es dir ein, daß du sie heiraten möchtest.

Den Wildfang?

Warum hast du sie dir in deiner Küche vorgestellt?

Er war erschöpft, deswegen drehten sich seine Gedanken

im Kreis. Was immer du auch für Emily Walcott empfinden magst, es wird vergehen. Es mußte vergehen, denn es gab keine andere Lösung.

Er bog in die Grinnell Street ein und blieb abrupt stehen. Warum brannte so spät in der Nacht in Edwin Walcotts Büro noch Licht? Edwin war nie nach sechs Uhr abends in seinem Stall.

Pferdediebe?

Jeffcoat schlich vorsichtig an der Wand entlang zum Tor, das einen Spaltbreit offenstand. Mit angehaltenem Atem lauschte er. Kein Geräusch. Die Pferde in den Boxen verhielten sich ruhig, also war niemand im Stall. Er spähte hinein. Das Licht drang schwach durch die untere Türritze. Ließ Edwin sein Geld über Nacht im Schreibtisch im Büro?

Leise ging Jeffcoat auf die Tür zu, hörte das Rascheln von Papier. Mit einer Hand tastete er sich an der Wand entlang, fand eine Heugabel und hielt sie abwehrbereit vor sich.

»Edwin, bist du da drin?« rief er.

Schweigen.

»Wer ist da drin?« rief er.

Niemand antwortete.

Er stieß die Tür auf, sprang mit einem Satz hinein und sah Emily dort sitzen.

Kreidebleich im Gesicht lehnte sie mit dem Rücken gegen den Schreibtisch und starrte ihn entsetzt an.

»Emily!« rief er entgeistert und ließ die Heugabel sinken. »Was tun Sie denn hier?« Aber er konnte es sehen. Sie hatte geweint … ihre Lider waren gerötet und geschwollen, und über ihre Wangen liefen Tränen.

»Und was machen Sie hier?«

»Ich dachte, es wäre ein Einbrecher. Edwin kommt nie nach sechs Uhr abends in den Stall.« Er lehnte die Gabel gegen die Wand. Wie elend Emily aussah. Sie drehte sich um und wischte sich mit dem Handrücken die Tränen vom Gesicht.

»Nun, da Sie jetzt wissen, wer hier ist, können Sie ja wieder gehen«, sagte sie dumpf.

»Sie weinen.«

»Es ist schon wieder gut. Sie können gehen, sagte ich.«

Er sagte so beiläufig wie möglich: »Da ich nun schon einmal hier bin, möchten Sie mir nicht erzählen, was Sie bedrückt?«

Eigensinnig schüttelte sie den Kopf und drückte ihr Taschentuch gegen den Mund. Ein Schluchzen ließ ihre Schultern beben. Sie sank auf den Stuhl vor dem Schreibtisch, ihr Rücken war ihm zugewandt.

Tom unterdrückte den Impuls, sie zu sich umzudrehen und sie in die Arme zu nehmen und zu trösten. »Soll ich Charles holen?«

Vehement schüttelte sie wieder den Kopf, schluchzte aber weiter in ihr Taschentuch.

Hilflos mußte er zusehen, wie sie den Kopf auf ihre Arme sinken ließ und herzzerreißend weinte. Ein Kloß schnürte ihm die Kehle zu. Was sollte er tun? Dann ging er vor ihr in die Hocke, schwang den Stuhl herum. »He«, drängte er, »sehen Sie mich an.« Aber sie verbarg ihr Gesicht in den Händen. »Sie können doch mit mir reden.« Wieder schüttelte sie heftig den Kopf und stammelte: »Gehen Sie endlich. Ich möchte nicht, daß Sie mich so sehen.«

»Emily, was ist los? Ist etwas mit Charles?«

Eine Haarnadel löste sich aus ihrem Haar und fiel zu Boden. Tom nahm sie auf und schloß seine Finger darum.
»Nein, es ist wegen meiner Mutter«, schluchzte sie, sah ihn endlich an, und er konnte die Qual in ihren Augen lesen.
»Ach, Tom ... es ist so schrecklich, sie sterben zu sehen.«
Es kostete ihn ungeheure Anstrengung, seinem Gefühl nicht nachzugeben und sie einfach in die Arme zu nehmen.
»Geht es ihr schlechter?«
Emily nickte und schneuzte sich in ihr Taschentuch. Dann ließ sie die Hände in ihren Schoß sinken und erzählte stokkend: »Ich habe mich heute um sie gekümmert, damit Fannie für eine Weile aus dem Haus kam. Arme Fannie, es war mir nicht bewußt, was für eine schreckliche Aufgabe sie sich da aufgebürdet hat. Aber heute fragte sie mich, ob ich nicht eine Salbe gegen das Wundsein für Mutter hätte, und ich ...« Emily hob verzweifelt die Arme, »... ich habe zum erstenmal gesehen, wie wund und abgemagert ihr Körper ist.« Wieder weinte sie hemmungslos.
Tom kniete vor ihr, mußte hilflos mit ansehen, wie sie sich quälte, und fluchte insgeheim: Verdammt, Charles, wo bist du? Sie braucht dich! Sein Herz schwoll vor Liebe an, und er dachte: Ach, Wildfang, weine nicht ... weine nicht.
»Emily ...« Noch immer auf den Knien, zog er sie an sich. Sie glitt vom Stuhl und ließ sich widerstandslos in die Arme nehmen.
»Ach, Toooom ...« heulte sie voller Elend.
Er drückte ihren Kopf gegen seinen Hals, und ihre Tränen durchnäßten sein Hemd. Sie weinte bis zur völligen Erschöpfung.
Er lehnte seine Wange gegen ihr Haar und wünschte, er

könnte Worte des Trostes finden. Schweigend wiegte er sie in seinen Armen.

Als ihr Atem wieder gleichmäßiger wurde, schluchzte sie auf: »Es tut mir leid, Tom.«

»Nein, sagen Sie das nicht«, tadelte er sanft. »Wenn Sie Ihre Mutter nicht lieben würden, könnten Sie nicht so trauern.«

Er fühlte, wie ihre Brust sich mit einem tiefen Aufseufzen hob, dann trocknete sie ihre Tränen, ließ aber ihren Kopf an seiner Brust liegen. Er streichelte leicht ihren Rücken. Die Minuten verstrichen, während beide ihren Gedanken nachhingen. Schließlich sagte Emily müde: »Warum kann sie nicht einfach sterben, Tom?«

Er hörte das Schuldgefühl und die Aufrichtigkeit in dieser Frage und verstand, wie schmerzhaft es für Emily gewesen sein mußte, diesen Satz auszusprechen. Er küßte leicht ihr Haar. »Das weiß ich nicht, Emily.«

Sie ruhte an seiner Brust und gab ihrer Trauer nach, während er in der Hilflosigkeit gefangen war, ihr nicht helfen zu können. Schließlich sagte er voller Mitgefühl: »Aber Sie brauchen sich nicht schuldig zu fühlen, weil Sie wünschen, Ihre Mutter würde sterben.«

Ihr Schweigen sagte ihm, daß er die richtigen Worte gefunden hatte.

Obwohl sie nicht mehr weinte, lagen sie sich noch immer in den Armen – schon viel zu lange, wie ihnen beiden bewußt wurde. Irgendwann während dieser Umarmung hatten sie den Punkt zwischen Trost und Sehnsucht überschritten.

Er schob sie von sich, hielt sie an den Armen fest und ließ nur widerstrebend seine Hände sinken. Er sah, wie sich ihre Wangen röteten, und las in ihren Augen dieselben uneingestandenen Gefühle, die auch er empfand. Aber Charles drängte sich wieder in ihr Bewußtsein, und Emily starrte auf einen Knopf an Toms Jacke, während er ihr gesenktes Gesicht betrachtete.

»So ...« sagte er schließlich mit bebender Stimme. »Fühlen Sie sich jetzt besser?«

Sie nickte und sah ihn befangen an. »Ja.«

Eine leichte Bewegung ihrerseits hätte genügt, und er hätte sie wieder in die Arme genommen, um ihr mehr zu geben als nur Trost. Kurz flackerte dieser verführerische Gedanke in ihren Augen auf, aber er erstickte die Versuchung mit einem gequälten Grinsen. »Nun, wenigstens weinen Sie nicht mehr.«

Sie bedeckte ihre Wangen mit den Händen und drückte ihre Fingerspitzen gegen ihre geschwollenen Augen. »Ich sehe wohl schrecklich aus.«

»Ja, ziemlich gräßlich«, antwortete er mit einem gezwungenen Lächeln.

»Meine Augen brennen«, sagte sie verlegen.

Die Lider waren geschwollen, die Nase rot, die Wangen fleckig, doch er verspürte nur einen Wunsch: Er wollte sie küssen, ihr sagen, sie solle Charles vergessen, Tarsy vergessen, ihre Mutter vergessen. Er wollte sie nur glücklich machen.

Er unterdrückte diesen übermächtigen Impuls, nahm statt dessen ihre Hände, zog sie hoch und trat dann zurück. »So ... kann ich Sie jetzt nach Hause bringen?«

Ihre Augen sagten ja, aber ihre Stimme sagte: »Nein, ich bin hergekommen, um etwas Lanolin für Mutter zu holen. Ich muß es erst suchen. Es ist besser, Sie gehen.«

»Fühlen Sie sich wirklich wohler?«

»Ja, danke. Machen Sie sich keine Sorgen.«

Der Raum schien vor unterdrückten Emotionen zu sirren. Keiner von beiden bewegte sich.

»Nun, dann gute Nacht.«

»Gute Nacht.«

Ich hätte sie küssen sollen, als sich mir die Möglichkeit bot, dachte er.

Er ging rückwärts zur Tür, und sie sagte: »Tom … danke. Ich habe heute ganz dringend jemanden gebraucht.«

Er nickte, schluckte und stapfte hinaus, ehe er Schande über sich, Emily und Charles brachte.

Elftes Kapitel

Der Oktober verging, und Tom Jeffcoat zog in sein Haus. Es war bewohnbar, aber spärlich eingerichtet. Die Wände waren zwar weiß verputzt, doch es fehlten Tapeten und Bilder, Dinge, für deren Auswahl Frauen besser geeignet sind als Männer. Da Tom die meiste Zeit außer Haus verbrachte, störte ihn die dürftige Einrichtung wenig. Er besaß ein eisernes Bett, einen Ofen im Wohnzimmer, einen Herd in der Küche und einen gepolsterten Sessel. Außer diesen gekauften Gegenständen hatte er noch als Sitzgelegenheiten ein paar leere Nagelfässer, einen grob gezimmerten Tisch, zwei lange Bänke und eine Holzkiste angeschafft. Bei Loucks hatte er die nötigsten Gegenstände gekauft: Bettzeug, Lampen, eine Waschschüssel, einen Wassereimer, einen Teekessel, eine Bratpfanne und einen Kaffeetopf. Seine wenigen Lebensmittel – Eier, Kaffee und Schmalz – bewahrte er in einer Holzkiste in der Küche auf.

Als Tarsy zum erstenmal sein Haus besichtigte, sah sie sich mit unverhohlener Enttäuschung um. »Ist das die ganze Einrichtung?«

»Für den Augenblick muß es genügen. Ich werde noch mehr Möbel kaufen, wenn die Ochsenkarren im Frühjahr wieder kommen.«

»Aber diese Küche … sie ist kahl und einfach scheußlich.«

»Es fehlt eben die Hand einer Frau. Aber die Küche erfüllt ihren Zweck. Ich bin sowieso die meiste Zeit im Mietstall.«

»Aber du hast ja nicht einmal Teller! Wovon ißt du eigentlich?«

»Meine Mahlzeiten nehme ich im Hotel ein. Manchmal brate ich mir ein paar Eier zum Frühstück, aber ohne Brot schmecken sie nicht recht. Kennst du nicht jemanden, von dem ich Brot kaufen könnte?« Er merkte, daß Tarsy über seine spartanischen Lebensgewohnheiten entsetzt war.

An einem Samstagabend Ende November saß er in seinem einzigen Sessel in der Küche, hatte die Füße auf ein Nagelfäßchen gelegt und blies Trübsal. Er hatte die Tür zum Wohnzimmer und zum Treppenhaus geschlossen, damit es in der Küche warm blieb. Er starrte die nackten Wände an und fühlte sich einsam. Seine Freunde gaben eine Party, aber er hatte wegen Emily Walcott abgesagt. Tarsy hatte ihn vergeblich angefleht mitzugehen und war dann wütend hinausgestürmt: »Na gut, dann bleib eben zu Hause! Aber erwarte nicht von mir, daß ich dir Gesellschaft leiste!« Also saß er jetzt allein da, betrachtete die roten Fußspitzen seiner grauen Socken, spürte die Leere und Stille im Haus und dachte an Emily Walcott und daß sie sich seit Wochen aus dem Weg gingen.

Charles hatte ihn gefragt, warum er nicht mehr an den Partys teilnahm, und er hatte Tarsys zunehmend besitzergreifende Art als Ausrede gebraucht. Sie entwickelte allmählich eine beängstigende Häuslichkeit. Sie hatte sogar begonnen, Brot für ihn zu backen, und kam abends uneingeladen in sein Haus; hier und da ließ sie beiläufige Bemerkungen darüber fallen, wie gern sie ein eigenes

Heim hätte, um nicht mehr bei ihren Eltern wohnen zu müssen, und fragte Tom im Plauderton, ob er daran denke, je eine Familie zu gründen.

Er ließ den Kopf gegen die Rückenlehne seines Sessels fallen, schloß die Augen und wünschte sich, er würde Tarsy lieben. Aber kein einziges Mal hatte sie in ihm die Sehnsucht und den Beschützerinstinkt geweckt, den er empfunden hatte, als sich ihm Emily Walcott weinend anvertraut hatte. Er bewunderte Emily wegen ihrer Fürsorge und Tapferkeit. Er wußte von Charles, daß Mrs. Walcotts Leiden immer schlimmer wurde und daß Dr. Steele nichts mehr für sie tun konnte.

In dem stillen Haus sah Tom zum Fenster hinüber und wünschte sich, bei Emily und den anderen zu sein. Sie trafen sich heute abend zum Schlittschuhlaufen auf dem Little Goose Creek, und danach würden sie alle zu Mary Ess gehen, um heißen Punsch zu trinken ... und zweifelsohne wieder eines dieser verdammten Gesellschaftsspiele veranstalten. Nein, es war besser, er blieb zu Hause.

Tom war so in Gedanken versunken, daß er die Geräusche draußen erst nicht wahrnahm: ein entferntes Klirren, rumpelnde Wagenräder, begleitet von lauter werdenden Rufen und Gelächter. Was, zum Teufel, war da los? Dann hörte er seinen Namen: »He, Jeffcoat ... du bekommst Gesellschaft ... mach auf!« Tom ging zum vorderen Fenster und sah hinaus. Direkt vor seiner Haustür stand ein Pferdegespann mit einem Wagen. Schritte stapften die Stufen herauf, und jemand spähte zum Fenster herein: Tarsy. Neben ihr tauchten weitere Gestalten auf: Patrick Haberkorn, Lybee Ryker, und die ganze ausgelassene Bande rief im Chor: »He, Jeffcoat, öffne die Tür!«

Er riß die Haustür auf, stemmte die Fäuste in die Hüften und begrüßte grinsend seine Freunde: »Was, zum Teufel, treibt ihr Narren hier?«

»Wir wollen die Einweihung deines Hauses feiern!«

Lybee Ryker schüttelte einen Topf, in dem Bestecke klirrten. Mick Stubbs trommelte mit einem Kochlöffel auf eine Bratpfanne, und Tarsy klimperte mit zwei Deckeln, als wären es Zimbeln. Tom stand in Socken auf der Haustreppe, lachte aus vollem Herzen und betrachtete in dem trüben Licht der Lampen die strahlenden Gesichter seiner Freunde. Auch Emily war da, hielt sich aber abseits.

Von Freude überwältigt rief Tom: »Ich weiß gar nicht, was ich sagen soll.«

»Spar dir deine Worte. Geh beiseite, damit wir das Zeug reintragen können.«

Einer nach dem anderen drängte ins Haus, stellte Töpfe und Pfannen und alle möglichen Haushaltsutensilien auf den Küchentisch. Tarsy stupste ihn in die Rippen, als sie mit einem selbstgefälligen Lächeln auf den Lippen an ihm vorbeiging und sagte: »Paß auf, sonst tritt dir jemand auf die Zehen.«

»Habe ich das dir zu verdanken, Tarsy?« fragte er und hob die Brauen.

»Kann sein«, antwortete sie mit einem koketten Augenaufschlag. »Allerdings hat Charles mir dabei geholfen.«

Charles stand auf dem Wagen und half Möbelstücke abladen.

»Bliss, du hinterhältiger Halunke!«

»Ich bin beschäftigt. Du kannst mich später beschimpfen.«

»Jerome, Ardis … hallo.« Tom wußte nicht mehr, wen er

zuerst begrüßen sollte. Es war ein endloses Kommen und Gehen. Fröhlich lachend und plaudernd wurden Haushaltswaren und Stühle an ihm vorbeigetragen, und irgendwann sagte er mit gedämpfter Stimme: »Hallo, Emily.«
Und ihre leise Antwort: »Hallo, Tom.«
Die Parade dauerte gute fünf Minuten, bis Charles schließlich zusammen mit allen anwesenden Männern ein riesiges Möbelstück vom Wagen lud.
»Charles, um Himmels willen, was bringst du da?«
Sie stellten das Möbelstück zwischen die beiden südlichen Fenster in der Küche. Es war ein wunderschöner handgefertigter Küchenschrank aus Ahorn. In jede der vier Türen waren Korngarben eingeschnitzt. Viele Stunden liebevoller Arbeit steckten in diesem Stück hervorragender Handwerkskunst.
Tom sagte bewegt: »Gott, Charles ... ich weiß nicht, was ich sagen soll.«
Jemand schloß die Haustür. Und obwohl die Küche mit übermütigen jungen Leuten gefüllt war, herrschte plötzlich Schweigen, als Charles leicht über die glatte Oberfläche des Schrankes fuhr und sagte: »Ich dachte, der würde dein Haus etwas wohnlicher machen.«
Dankbarkeit und Liebe ließen Toms Herz anschwellen. Er legte eine Hand auf die Schulter seines Freundes: »Er ist wunderschön, Charles ... ich danke dir.«
Charles kicherte verlegen und trat einen Schritt zurück. Die beiden Freunde sahen sich einen Augenblick in die Augen und lachten dann, die rührselige Stimmung war verflogen.
Dann bewunderte Tom alle anderen Geschenke. »Jerome ... du hast mir eine Truhe gemacht?«

»Mein Vater und ich.«
Jerome Berrymans Geschenk war beinahe so schön wie das von Charles – die Holztruhe war mit Rindsleder bespannt und hatte Messingbeschläge. »Sag deinem Vater, ich danke ihm ganz herzlich dafür«, sagte Tom und gab Jerome einen liebevollen Klaps auf die Schulter.
Die Mädchen begannen damit, die mitgebrachten Vorhänge aufzuhängen und die Haushaltsutensilien in Charles' Schrank zu verstauen. Die Männer tranken selbstgebrautes Bier; jemand zündete ein Feuer im Wohnzimmer an; Tarsys Grammophon wurde angekurbelt, und Musik tönte durchs Haus, während Tom die Geschenke auspackte. Darunter war auch eine herrliche handgenähte Steppdecke.
»Sie ist von Fannie«, sagte Emily, die sich die ganze Zeit im Hintergrund gehalten hatte.
Tom sah ihr zum erstenmal, seit sie ins Haus gekommen war, direkt in die Augen. »Fannie hat sie gemacht?«
»Ja.«
»Sie ist wunderschön. Bedanke dich bitte bei ihr für mich.«
Emily nickte.
Charles hielt ihre sorgfältig gewahrte Distanz für kühle Ablehnung und war wie immer bestrebt, seine zwei besten Freunde miteinander zu versöhnen. Also nahm er Emilys Hand und fragte: »Möchtest du nicht das Haus sehen? Ich zeig's dir.«
Sie schenkte ihm ein leicht gequältes Lächeln. »Natürlich.«
Mit Charles ging sie durch Toms Haus, das die beiden Freunde gemeinsam gebaut hatten. Charles zeigte ihr

jede Einzelheit, wies voller Stolz auf die Einbauschränke in jedem Raum hin und bedauerte, daß er diese Idee nicht schon beim Bau seines eigenen Hauses verwirklicht hatte. In einem der drei Schlafzimmer nahm er Emily in die Arme und wollte sie küssen, aber sie wich ihm aus.

»Was hast du?« fragte er enttäuscht.

»Nichts.«

»Du bist heute abend so ruhig.«

»Es ist nichts. Ich mache mir nur Sorgen um Mutter.«

Aber das war nur die halbe Wahrheit. Sie dachte nur an Tom Jeffcoat und an dieses Haus, in dem er eines Tages mit seiner Frau wohnen würde. Und sie dachte an seine Augen, die ihren Blick mieden, und es quälte sie die Erinnerung an ihr letztes Beisammensein, als sie in seinen Armen geweint und bei ihm Trost und Geborgenheit gefunden hatte.

Charles ließ die Arme sinken. Das Licht einer Laterne warf Schatten über sein Gesicht. »Weißt du, was dich eigentlich quält?« fragte er verständnisvoll. »Ich glaube, es ist Tom.«

Emily spürte einen Stich in der Brust und sah ihn schuldbewußt an. »Tom?«

»Jedesmal, wenn ihr zusammen seid, veränderst du dich. Du stößt ihn entweder vor den Kopf, oder du gehst ihm ganz aus dem Weg. Heute abend hast du kaum ein Wort mit ihm gewechselt. Dabei ist es doch eine Party ihm zu Ehren. Er ist mein bester Freund, Emily, und ich habe das Gefühl, als würde ich zwischen euch hin- und hergerissen. Kannst du nicht mir zuliebe versuchen, Freundschaft mit ihm zu schließen?«

»Es tut mir leid, Charles«, antwortete sie verzagt und

fühlte, wie ihr die Röte in die Wangen stieg. Sie senkte den Blick.

»Kannst du nicht wenigstens versuchen, ihn zu tolerieren?« Er legte einen Finger unter ihr Kinn und hob ihr Gesicht empor. »Ich möchte doch nur, daß ihr miteinander auskommt.«

»Ich will's versuchen«, flüsterte sie.

Dann küßte er sie leicht auf die Lippen.

»Jetzt zeig ich dir die übrigen Räume«, sagte er, und Emily fand sich plötzlich in Tom Jeffcoats Schlafzimmer wieder. Sein Bett – aus weißlackiertem Eisen – stand an einer Wand zwischen zwei Fenstern. Nur zwei Decken und ein Kissen lagen auf der Matratze. Auf einem Nagelfäßchen stand eine Öllampe, und daneben entdeckte sie eine schwarze Haarnadel. Emilys Herz machte einen Sprung. Ihre Hand flog zu ihrem Nacken, als wäre die Nadel eben erst aus ihrem Haar gefallen. Aber Charles war ausschließlich damit beschäftigt, ihr voller Stolz die Vorzüge des Hauses zu erklären.

»Wir haben in jedes Zimmer einen Wandschrank eingebaut«, wiederholte er und öffnete Toms Schrank. Nur ein paar Kleider hingen darin, und Emily hatte das Gefühl, unberechtigt in seine Intimsphäre eingedrungen zu sein.

»Alles ist sehr schön«, lobte sie Charles gehorsam. Aber sie wollte nur fort aus diesem Schlafzimmer.

Ins Wohnzimmer zurückgekehrt, atmete Emily erleichtert auf. Aus dem Grammophon tönte blechern Musik, und es wurde getanzt. Tarsy und Tildy Awk hatten die Steppdecke wie einen Vorhang quer über eine Ecke gespannt, damit jeder sie bewundern konnte. Toms Küchenbänke waren ins Wohnzimmer geholt worden, und die jungen

Leute saßen kichernd und plaudernd darauf. Tom stand im Türrahmen und trank Bier, als Emily und Charles wiederkamen. Emily begegnete seinem Blick. Er wischte sich gerade mit dem Handrücken Bierschaum vom Mund. Rasch senkte sie die Augen. Sie wollte sich zu den anderen Mädchen auf die Bank setzen, aber Charles schob sie quer durch den Raum. Neben der Tür, an der Tom lehnte, öffnete er einen weiteren Wandschrank und verkündete stolz. »Wir haben sogar hier einen Schrank eingebaut.«

»Wie schön«, sagte Emily und steckte ihren Kopf hinein. Mary rief bewundernd aus: »O Tom, du hast ja Wandschränke«, drängte Emily beiseite und verschwand ganz hinter der geöffneten Tür. Charles sagte zu Tom: »Emily gefällt dein Haus.«

Emily nickte und drängte sich an ihm vorbei in die Küche, um sich etwas zu trinken zu holen.

Die Party wurde lebhafter. Emily trank drei Glas Bier und begann sich allmählich zu amüsieren. Zwischen den Tänzen beobachtete sie verstohlen, wie Tom einen Arm um Tarsys Hüfte legte und sie leicht an sich drückte. Charles ließ Emily kaum aus den Armen, und als Tom Tarsy eine Hand vertraulich auf die Schulter legte, verspürte sie einen Anflug von Eifersucht und wandte rasch den Blick ab.

Tilda und Tarsy verschwanden plötzlich hinter der Steppdecke und flüsterten kichernd miteinander. Dann kamen sie wieder hervor und verkündeten übermütig: »Wir machen jetzt das ›Zehenspiel‹!«

»Was ist ein Zehenspiel?« fragte eines der Mädchen erstaunt.

Tilda erklärte kichernd: »Meine Mutter hat es mir beschrieben. Und wenn sie es gespielt hat, können wir das auch.«
Wie sich herausstellte, war es wieder eines dieser albernen und gewagten Pfänderspiele. Die Mädchen würden sich hinter der Decke aufstellen, ihre Strümpfe ausziehen, die Röcke bis zu den Knien raffen und ihre nackten Füße und Unterschenkel entblößen. Die Männer mußten erraten, welche Beine zu welchem Mädchen gehörten.
»Und wenn sie es erraten, was dann?«
»Das Mädchen muß ein Pfand einlösen.«
»Was für ein Pfand?«
Das war nun Mary Ess' Idee: fünf Minuten mit dem betreffenden Mann allein in dem Wandschrank bei geschlossener Tür zu verbringen.
»Da mach ich nicht mit!« rief Emily. Aber die Mädchen waren zu übermütig und aufgeregt. »Ach, sei doch keine Spielverderberin, Emily.«
»Und wenn ich mit einem anderen Mann außer Charles in den Wandschrank muß?«
»Dann singst du eben ein Lied«, sagte Mary.
Als die Männer die Regeln des neuen Spiels erfuhren, schrien sie vor Vergnügen und stießen schrille Pfiffe aus. Emily begegnete Charles' Blick. Es war offensichtlich, daß er nur zu gern fünf Minuten mit ihr in diesem Schrank verbringen würde. Dann wurden die Männer hinausgeschickt, und die Mädchen zogen Schuhe und Strümpfe aus. Die ganze Zeit versuchte sich Emily krampfhaft daran zu erinnern, ob Charles je ihre bloßen Füße gesehen hatte und sie erkennen würde. In ihrer Kindheit, vor lan-

ger Zeit, waren sie wohl einmal durch einen Bach gewatet, während ihre Familien am Ufer picknickten. O bitte, Charles, erinnere dich daran!

Der Fußboden war kalt. Zusammen mit den anderen Mädchen stand sie hinter der Decke und hatte Angst, daß nicht Charles, sondern Tom Jeffcoat ihre Füße erkennen würde.

Mary Ess rief: »Ihr dürft jetzt reinkommen!« Lachend drängten sich die Männer ins Wohnzimmer und stellten sich vor der Decke auf. Emily starrte blindlings auf die buntfarbigen Flecken drei Zentimeter vor ihrer Nase und fragte sich, was sie hier zu suchen hatte.

Die Mädchen rafften die Röcke, und Emily betete, daß Charles als erster und richtig raten möge.

Zu ihrem Entsetzen hörte sie Jerome Berryman vorschlagen: »Es ist deine Party, Tom, und es ist dein Haus. Möchtest du nicht anfangen?«

»Ja, gern«, stimmte Tom zu.

Emily ballte die Fäuste in den Falten ihres Rockes. Überdeutlich sah sie Tom Jeffcoat mit ihrem Stiefel in der Hand vor ihr knien, um ihr dabei zu helfen, ihn wiederanzuziehen. Hätte sie nackt vor ihm gestanden, wäre sie sich nicht weniger entblößt vorgekommen. Warum nur hatte sie sich dazu überreden lassen, bei diesem albernen Spiel mitzumachen? Um zu beweisen, daß sie nicht prüde war? Daß sie keine Spielverderberin war? Hätte sie nur den Mut gehabt, nein zu sagen!

Aber jetzt war es zu spät.

Tom Jeffcoat ging langsam vor der Decke auf und ab, blieb vor Emilys Füßen stehen und ging wieder weiter. Emily hatte den Atem angehalten und die Augen fest zu-

gekniffen. Er kam zurück. Panik ergriff sie, als sie seine Stiefelspitzen direkt vor ihren Zehen sah.
»Emily Walcott«, sagte er laut und bedeckte ihren großen Zeh mit der Stiefelspitze.
Ihr Herz drohte zu zerspringen. Sie hatte nur einen Gedanken: Nein, ich kann es nicht tun.
»Bist du es, Emily?« fragte er, und sie ließ ihren Rocksaum fallen. Unfähig sich zu bewegen, stand sie da, bis Tarsy sie in die Rippen stieß. »Geh schon, und kratz ihm nicht die Augen aus.«
Mit hochrotem Gesicht kam Emily hinter der Decke hervor. Sie konnte und wollte Tom nicht ansehen.
»Ich glaube, wir müssen eine neue Regel hinzufügen«, witzelte Patrick Haberkorn. »Ihr beide müßt *lebend* wieder aus dem Schrank kommen.«
Nur Emily konnte nicht in das folgende laute Gelächter einstimmen. Sie warf Charles einen flehenden Blick zu, aber der sagte nur: »Tu ihm nicht weh, Emily. Er ist mein bester Freund.« Wieder lachten alle, aber sie wäre am liebsten im Boden versunken.
»Miss Walcott ...«, sagte Tom mit einer leichten Verneigung und deutete auf die offene Schranktür, als wäre sie eine wartende Kutsche. »Nach Ihnen.«
Wie eine Märtyrerin auf den Scheiterhaufen stieg Emily steifbeinig in den Schrank. Die Tür wurde hinter beiden geschlossen. Sofort umfing sie eine absolute Dunkelheit, die sie schwindlig machte. Sie streckte die Hände aus, berührte die Wand, tastete sich daran entlang und versteckte sich in einer Ecke. Dort ließ sie sich in die Hocke sinken. Tom lehnte sich an die gegenüberliegende Wand.
Schweigen. Erstickendes Schweigen.

Emily umfing ihre Knie, versteckte ihre Füße unter ihren Röcken.
Noch nie in ihrem Leben war sie so verängstigt gewesen, nicht einmal als Kind, als sie glaubte, ein Wolf hätte sich unter ihrem Bett versteckt.
Sie hörte Tom tief durchatmen.
»Bist du böse auf mich, weil ich dich hier hereingelockt habe?« fragte er flüsternd.
»Ja.«
»Das dachte ich mir.«
»Ich möchte nicht mit dir reden.«
»Na gut.«
Wieder Schweigen, noch intensiver als vorher. Emily preßte die Knie gegen ihre Brust und hatte das Gefühl, jeden Augenblick zu explodieren. Es war, als wäre sie zwanzig Meter unter Wasser, ohne Luft schöpfen zu können – nur Angst. Und ihr Herz pochte so laut, daß ihr Trommelfell zu platzen drohte.
»Das ist ein idiotisches Spiel«, zischte sie.
»Da kann ich nur zustimmen.«
»Warum hast du mich dann ausgewählt?«
»Das weiß ich nicht.«
Wut vertrieb nun etwas ihre Angst. Er gab zögernd zu: »Doch, ich weiß es.«
»Jeffcoat, ich warne dich ...« Sie streckte abwehrend eine Hand aus.
Die Wände schienen über ihnen zusammenzubrechen. Dann befahl seine Stimme leise und eindringlich: »Komm her, Wildfang!«
»Nein!«
Seine Hand schloß sich um ihren Fußknöchel.

Sie fuhr zurück und schlug mit dem Kopf gegen die Wand.

»Nein!«

»Warum nicht?«

»Laß mich los!«

»Wir haben uns beide Gedanken gemacht. Es könnte unsere einzige Chance sein, die Wahrheit herauszufinden.«

Flehend sagte sie: »Tom, nicht! O Gott, bitte nicht.« Hektisch versuchte sie, ihren Knöchel aus seiner Hand zu befreien, aber er zog sie näher zu sich.

»Wenn du dich wehrst, könnten die anderen raten, was hier drin wirklich vor sich geht.«

Sie hörte auf um sich zu schlagen und hielt aus Angst den Atem an.

Jemand klopfte gegen die Tür. Emily zuckte zusammen. Toms Hand glitt zu ihrem Knie hoch, doch sie blieb reglos sitzen, während seine andere Hand ihre Wange berührte, ihren Hals umfaßte und ihren Kopf zu sich zog.

»Ich habe auch Angst, Wildfang. Aber bei Gott, ich werde es herausfinden. Komm jetzt her.«

Seine Lippen fanden ihren Mund, und sein warmer Atem strich über ihr Gesicht, während sie ihre Lippen fest zusammenpreßte. Sein erster Kuß war nur ein leichtes Tasten, wie ein zärtliches Streicheln. Als sie zurückwich und sich weiter versteifte, rutschte er näher, preßte seine Lippen fester auf die ihren, ließ seine Zunge forschend darübergleiten. »Tom, nicht«, flehte sie leise.

Aber er machte unbeirrt weiter, zwängte ihre Lippen auseinander, umfaßte mit beiden Händen ihr Gesicht und küßte sie mit glühender Leidenschaft. Ihr Herz klopfte wie rasend. Sie wehrte sich vergeblich gegen den An-

sturm verbotener Gefühle, der ihre Glieder schwach werden ließ. Sie fiel gegen seine Brust, legte ihm die Arme um den Hals und erwiderte seine Küsse.
Die Erregung wuchs zu schnell, war zu intensiv.
Atemlos und mit hämmernden Herzen lösten sie sich voneinander.
»Emily ...«, flüsterte er, bog ihren Kopf zurück und suchte wieder voller Ungeduld ihren Mund, wollte keine Sekunde ihrer kostbaren Zeit vergeuden. Ihre weichen, geöffneten Lippen verschmolzen mit den seinen. Heiß durchströmte es Emily, eine Woge ungeahnter Sehnsucht ließ ihren Körper erschaudern, und sie spürte das unwiderstehliche Verlangen, ihre Brüste gegen seinen Körper zu pressen.
Mit einer Hand streichelte er ihren Arm, tastete sich vorsichtig weiter, bis er eine ihrer Brüste umfaßte und streichelte. Diese Berührung jagte ihr heiße Schauder über den Rücken, doch sie genoß dieses Wonnegefühl reglos.
Nah an ihrem Mund hauchte er: »Wieviel Zeit haben wir noch?«
»Ich weiß es nicht.«
Diese Küsse, dieses Streicheln waren für Emily wie eine Offenbarung. Noch nie hatte sie diese hingebungsvolle Sehnsucht beim Küssen empfunden. Noch nie waren ihre Brüste gestreichelt worden, und jede seiner Berührungen weckte nur stärkeres Verlangen in ihr.
Dann schob er sie heftig atmend von sich: »Emily, wir müssen aufhören.«
»Er wird es wissen«, flüsterte sie bebend.
»Setz dich wieder in die Ecke.« Sie preßte ihre Knie gegen ihr klopfendes Herz, während Tom an der anderen

Wand lehnte und lässig ein Bein ausstreckte und hoffte, ihre Posen würden natürlich aussehen, wenn die Tür geöffnet wurde.

»Ich werde erröten«, flüsterte Emily.

»Dann sag ihnen, daß ich dich geküßt habe und mich bei Charles dafür entschuldigen werde.«

»Das kann ich nicht erzählen!«

»Dann gib mir eine Ohrfeige.« Eine rasche Bewegung, und er kniete vor ihr, packte ihre Hand und küßte sie, ehe er sie gegen seine Wange legte. »Schnell. Schlag so fest zu, daß man deine Fingerabdrücke sieht.«

»O Tom, ich kann es nicht ...«

»Schnell! Jetzt!«

»Aber ...«

»Jetzt!«

Sie schlug so fest zu, daß er auf den Rücken fiel und laut »au« schrie, gerade in dem Moment, als die Tür aufgerissen wurde. Er blickte in die neugierigen Gesichter von Tarsy und Charles. Emily hielt abwehrend die Hände in die Höhe, und Tom sprang geistesgegenwärtig aus dem Schrank, rieb sich die schmerzende Wange, auf der sich deutlich ein roter Fleck abzeichnete, und schimpfte: »Das hat man davon, wenn man mit seinen Konkurrenten Freundschaft schließen will.« Ohne Emily eines weiteren Blickes zu würdigen, ging er in die Küche.

Doch Emily war keine so gute Lügnerin. Sie mußte sofort Toms Haus verlassen, sonst hätte sie sich verraten. Unter dem Vorwand, früh am nächsten Morgen einen tierärztlichen Besuch machen zu müssen, verabschiedete sie sich und verließ zusammen mit Charles wenige Minuten später die Party.

Draußen in der kalten Luft konnte sie wieder frei atmen, aber ihre Stimme klang gepreßt, als sie sagte: »Charles, ich möchte nie wieder zu einer dieser Partys gehen.«
»Aber das sind doch nur harmlose Späße.«
»Ich hasse sie!«
»Ich glaube, du haßt Tom Jeffcoat.«
»Charles, er hat mich in dem Schrank geküßt. Er hat mich geküßt!«
»Ich weiß es. Er hat sich dafür bei mir entschuldigt. Er hatte etwas zuviel Bier getrunken.«
»Macht dir das überhaupt nichts aus?« fragte sie verzweifelt.
Er nahm ihren Arm und blieb mitten auf der Straße stehen. »Emily, es war nur ein Spiel. Ein albernes Spiel. Ich dachte, wenn ihr beide fünf Minuten gemeinsam in diesem Schrank verbringt, würdet ihr endlich darüber lachen, wie ihr euch ständig bekriegt, seit er in die Stadt gekommen ist. Von der ersten Minute an flogen die Funken zwischen euch.«
Oh, und wie die Funken zwischen ihnen flogen! Aber Charles war zu naiv, um die Wahrheit zu erkennen. Für ihn war es nur ein Spiel gewesen, aber für Emily bedeutete es viel mehr. Sie hatte Angst und prickelnde Erregung verspürt und eine Myriade von neuen verbotenen Gefühlen, die sie in maßloses Erstaunen versetzt hatten.
Vor ihrer Haustür angekommen, fragte sie wütend: »Welcher Mann erlaubt seinem besten Freund, seine Verlobte zu küssen, und lacht noch darüber?«
»Dieser Mann.« Charles packte sie bei den Armen, zog sie an sich und küßte sie so hart, wie Tom es getan hatte. Als er sie wieder losließ, sagte er heiser: »Ich liebe dich, Emi-

ly, obwohl du meinen besten Freund nicht ausstehen kannst.«

Minuten später schlüpfte Emily neben Fannie ins Bett und lag innerlich völlig aufgewühlt unter der Decke. Sie schloß die Augen und glaubte sich von derselben Dunkelheit umgeben wie im Wandschrank. Sie vermeinte förmlich Tom zu fühlen, glaubte ihn zu riechen.

Sie preßte beide Handflächen gegen ihre Nase und atmete den Duft ein, der sie an Tom erinnerte. Ihre Hände rochen nach seinen Kleidern, seinem Haar, nach Heu und Leder. Seltsam, sie wußte nicht, wie Charles roch, aber Tom …

Sie legte sich auf den Bauch und drückte ihr Gesicht in die Kissen.

Er hat deine Brüste gestreichelt, und du warst erregt.

Nur weil es im Dunkeln geschah und verboten ist.

Das hast du dir seit dem Erlebnis auf der Drehbühne gewünscht.

Nein.

Und seit der Nacht, als er dich weinend antraf.

Nein.

Ja.

Ich wollte ihn nie küssen. Nicht einmal, als ich in diesen Wandschrank ging. Ich wollte nur beweisen, daß ich nicht prüde bin.

Und das hast du bewiesen, nicht wahr?

Ich wollte Charles nie betrügen.

Du hast Charles nicht betrogen. Du hast nur herausgefunden, daß du ihn nicht so liebst, wie eine Frau ihren zukünftigen Mann lieben sollte.

Und dieser erschreckende Gedanke ließ Emily fast die ganze Nacht nicht schlafen.

Zwölftes Kapitel

Am folgenden Morgen wachte Emily auf, wie sie geschlafen hatte – voller quälender Unruhe. Wenn sie Kummer hatte, suchte sie Zuflucht bei den Tieren. Sie zog sich wollene Hosen und eine Jacke an, setzte ihre Mütze auf und schlüpfte aus dem Haus, ehe die anderen aufgestanden waren. Draußen war es kalt, es hatte wieder angefangen zu schneien. Mit gesenktem Kopf, die Hände in ihren Taschen vergraben, schlitterte sie durch den Schnee. Im Stall war es warm und behaglich. Die vertraute Umgebung, der kräftige Geruch, die morgendliche Routine, die Begrüßung der Pferde, die ihr die großen Köpfe zuwandten, während sie beim Füttern und Tränken unsinnige Worte murmelte, beruhigten sie. Edwin kam zur gewohnten Zeit.

»Du bist früh auf«, sagte er.

»Ja«, entgegnete sie bedrückt und mied seinen Blick.

»Die Arbeit ist bereits getan?«

»Ja.«

»Stimmt etwas nicht?«

»O Papa …« Sie warf sich in seine Arme, schloß die Augen und unterdrückte ein Schluchzen. Sie stammelte: »Ich liebe dich.«

Er schob sie sanft auf Armeslänge von sich. »Willst du mit deinem alten Papa darüber reden?«

Sie blickte in seine besorgten Augen und widerstand der Versuchung. Vielleicht maß sie dem Ereignis am vergangenen Abend zuviel Bedeutung bei. Vielleicht war es nichts weiter als ein Kuß im Wandschrank gewesen, ein törichtes Spiel, das Tom Jeffcoat längst vergessen hatte. Schließlich schüttelte sie den Kopf.

Edwin stellte keine Fragen. Er ließ Emily allein und blieb dem Büro fern, wo sie sich hinter ihren Büchern verkroch. Aber sie las nicht, sondern starrte blicklos auf die überquellenden Fächer des zerschrammten Schreibtisches. Das Kinn auf die Hände gestützt, hing sie ihren von Gefühlen verwirrten Gedanken nach.

Vor den Fenstern zog die Morgendämmerung grau und trüb herauf, als die Tür zum Büro aufgestoßen wurde und Tom Jeffcoat mit langen Schritten hereingestürmt kam. Er wirbelte Emilys Stuhl herum und zog sie in seine Arme.

»Tom, ich habe ...«

Er erstickte ihren Protest mit einem Kuß. Ohne Scheu und Heimlichtuerei wie vergangene Nacht im Wandschrank.

Wie gelähmt ließ sie ihn gewähren, lag in seinen Armen, spürte, wie sein Kuß wieder die Gefühle der letzten Nacht in ihr weckte. Schließlich überwog die Vernunft, sie lehnte sich zurück und stemmte ihre Hände gegen seine Schaffelljacke.

»Tom, mein Vater ...«

»Ich weiß.« Er verschloß ihren Mund wieder mit seinen Lippen, preßte ihren Körper wie einen Bogen nach hinten, bis er spürte, daß sie nachgab. Er küßte sie, wie er sie letzte Nacht geküßt hatte, mit fordernder Zunge und feuchten Lippen, die jede Logik erstickten. Er hatte sie einfach überrumpelt und ihren Widerstand gebrochen.

Als sie sich schließlich voneinander lösten und in die Augen sahen, schimmerte durch das graue Licht der Morgendämmerung ein goldener Augenblick der Unbekümmertheit, ließ sie all die Komplikationen vergessen, während sie ineinander versanken – jung, sorglos und gierig. Seine Zunge erforschte ihren Mund, sie öffnete begierig die Lippen, wollte ihn kosten, wie jemand, der einen neuen Geschmack kennenlernt. Und dieser Geschmack war einzigartig, war »Tom Jeffcoat«, so individuell wie die farbigen Flecken in seinen blauen Augen. Er war rasiert, roch nach Seife und kalter Luft und altem Schaffell – keine unbekannten Gerüche, nur eine Kombination, die er einzigartig gemacht hatte.

Der Kuß wurde sanfter, ein sehnsüchtiges Suchen nach Zärtlichkeit, während ihnen die Sinne zu schwinden drohten und ihre Herzen wie eins schlugen. Sie lösten sich voneinander, sahen sich tief in die Augen, fanden in den Blicken des anderen die verzehrende Sehnsucht nach Hingabe, und ihre Lippen verschmolzen wieder in einem Kuß voll inbrünstiger Leidenschaft. Ihre Arme lagen um seinen Hals, er preßte seine gespreizten Finger gegen ihren Rücken, drückte ihren Körper an sich.

Mit jeder Faser ihres Seins erforschten sie einander, zügellos und ohne Angst vor Entdeckung, die ihnen letzte Nacht in dem Wandschrank gedroht hatte.

Sie dachte seinen Namen – Tom ... Thomas – und fühlte, wie die Flamme der Leidenschaft jede Besonnenheit in ihr auslöschte.

Er dachte an sie, wie er immer an sie gedacht hatte – Wildfang … die eine, von der er am wenigsten erwartet hatte, daß sie ein derart leidenschaftliches Feuer in ihm entfachen könnte.
Seine Hände glitten über ihren Rücken, die gekreuzten Hosenträger, das rauhe Hemd ihres Bruders, schlüpften unter ihre Arme und hielten sie fest, während er schwer atmend versuchte, sein Verlangen zu bezähmen.
Wieder sahen sie sich tief in die Augen, erstaunt und verwirrt darüber, welche verlangenden Gefühle ihre Küsse in ihnen ausgelöst hatten.
»Ich habe kaum geschlafen«, gestand er mit heiserer Stimme.
»Ich auch nicht.«
»Das gibt Schwierigkeiten.«
Sie holte zitternd Luft und bemühte sich, einen vernünftigen Gedanken zu fassen. »Du setzt eine Menge voraus, Tom Jeffcoat.«
»Nein«, antwortete er einfach und gestand etwas ein, wozu sie nicht bereit war. »Ich habe lange darauf gewartet, daß dieses Gefühl zu dir stirbt, was nicht geschah. Was sollte ich also tun?«
»Das weiß ich nicht. Ich bin noch immer etwas erstaunt.« Sie lachte ungläubig.
»Es hat mich genauso überwältigt wie dich.«
Als er sie wieder küssen wollte, trat sie zurück. »Mein Vater …« Sie warf einen flüchtigen Blick zur Tür, versuchte, Tom auszuweichen, aber der packte sie an den Ellbogen und zog sie wieder an sich.
»Letzte Nacht, als du nicht schlafen konntest, woran hast du da gedacht?« wollte er wissen.

Sie schüttelte leicht den Kopf und wich zurück. »Zwing mich nicht, es zu sagen.«

»Doch, das wirst du. Ich will, daß du mir sagst, was du über mich denkst und was du für mich fühlst.« Sie stieß mit dem Rücken gegen die Wand, und er preßte seinen Körper wieder gegen ihren. Sie stellte sich auf Zehenspitzen und schlang die Arme um seinen Hals. Wieder verschmolzen ihre Lippen in einem leidenschaftlichen Kuß, und eine Woge unbegreiflicher Begierde schlug über ihnen zusammen.

Mitten in diesem Kuß betrat Edwin das Büro. »Emily, weißt du, wo …« Die Worte blieben ihm im Hals stecken. Tom drehte sich um, ließ aber Emily nicht los.

»Nun …« Edwin räusperte sich und sah von einem zum anderen. »Ich habe es nicht für nötig gehalten, an meine eigene Bürotür zu klopfen.«

»Edwin«, sagte Tom ernst. In diesem einzigen Wort schwang weder eine Erklärung noch eine Entschuldigung mit. Es war einfach eine Feststellung. Einen Arm um Emily gelegt, stand er da, während Edwin sie beide betrachtete.

»Das hat dich also heute morgen gequält, Emily.«

»Papa, wir …« An der Szene gab es nichts zu erklären oder zu entschuldigen, also gab sie den Versuch auf.

Toms ruhige Worte verscheuchten das unbehagliche Schweigen. »Emily und ich haben etwas zu besprechen. Ich wäre dir dankbar, wenn du mit niemandem und vor allem nicht mit Charles darüber reden würdest, bis wir Zeit haben, uns über ein paar Dinge klarzuwerden. Willst du uns jetzt bitte entschuldigen, Edwin?«

Edwins Miene wechselte von Ungläubigkeit zu Verärgerung; erstens, weil er höflich aus seinem eigenen Büro hinausgebeten wurde; zweitens, weil er seine Tochter in den Armen eines anderen Mannes – nicht in Charles' – zurücklassen sollte. Nach zehn Sekunden inneren Widerstreits machte er auf dem Absatz kehrt und stapfte hinaus. Tom sah Emily an, die vor Scham und Ärger bis zum Haaransatz blutrot angelaufen war.

»Du hättest nicht hierherkommen dürfen«, fauchte sie. »Jetzt weiß Papa es.«

»Das tut mir leid, Emily.«

»Nein, das tut es nicht. Du hast ihm ohne einen Anflug von Scham die Stirn geboten.«

»Scham! Ich schäme mich nicht! Was erwartest du denn von mir? Soll ich so tun, als sei nichts passiert? Wir sind beide keine fünfzehn mehr. Wir müssen den Tatsachen ins Auge sehen.«

»Ich wiederhole, du setzt eine Menge voraus. Was ist mit mir? Vielleicht will ich nicht, daß die Leute es erfahren?«

Er packte sie an den Schultern. »Emily, wir müssen miteinander reden, aber nicht hier, wo jeden Augenblick jemand reinkommen kann. Können wir uns heute abend treffen?«

»Nein. Charles kommt heute zum Abendessen.«

»Und danach?«

»Er geht nie vor zehn.«

»Also treffen wir uns nach zehn. Bei mir im Pferdestall oder in meinem Haus oder wo du willst. Wir können uns auch unten am Bach, im Freien treffen, wenn du dich dort sicherer fühlst. Wir werden nur miteinander reden.«

Sie entwand sich seinem Griff, denn er forderte etwas, das sie noch nie erfahren hatte.

»Ich kann nicht. Bitte, verlang das nicht von mir.«
»Willst du etwa behaupten, es sei nichts zwischen uns geschehen? Himmel, Emily, sei ehrlich dir selbst gegenüber. Wir haben nicht nur einen Kuß in einem Wandschrank ausgetauscht und sind völlig unbeeindruckt davon wieder auseinandergegangen. Zwischen uns ist etwas geschehen, oder nicht?«
»Das weiß ich nicht. Es kommt zu plötzlich, zu ... zu ...« Ihre Augen flehten ihn um Verständnis an.
»Zu was?«
»Ich weiß es nicht. Es ist zu unehrlich. Zu gefährlich. Und der Gedanke an Charles quält dich nicht?«
»Wie kannst du das nur fragen? Natürlich belastet er mich. Mein Magen ist ein einziger Knoten, wenn ich an ihn denke, aber das bedeutet nicht, daß ich mich nicht den Tatsachen stellen werde. Ich muß mir über deine und meine Gefühle klarwerden, und dafür brauchen wir Zeit. Bitte, komm heute abend, Emily.«
»Ich glaube nicht, daß ich komme.«
»Ich warte unten am Bach auf dich, dort, wo die Jungs im Sommer fischen, bei den großen Pappeln, hinter Stroths Anwesen. Ich warte bis elf auf dich.« Er trat näher, nahm ihr Gesicht zwischen beide Hände, bedeckte mit den Fingern ihre Ohren und die Ränder ihrer roten Mütze. Mit den Daumen streichelte er sanft ihre Mundwinkel. »Und versuche, nicht so auszusehen, als hättest du eben alle zehn Gebote gebrochen. Du hast wirklich nichts falsch gemacht, weißt du.« Er küßte sie leicht auf den Mund und ging.
Sie hatte das Gefühl, sehr viel falsch gemacht zu haben – während des ganzen Tages und des Abends, als sie

Charles belog, der sich nach dem Verlauf des tierärztlichen Besuchs erkundigte, den sie nur als Ausrede erfunden hatte. Voller Schuldgefühle saß sie am Tisch, während sie Roastbeef und Gemüse aßen und danach mit Fannie und Frankie Karten spielten. Die ganze Zeit wich sie dem Blick ihres Vaters aus und atmete erleichtert auf, als er nach oben ging, um Mutter Gesellschaft zu leisten, anstatt sich am Spiel zu beteiligen. Voller Schuldgefühle ließ sie sich um Viertel vor zehn von Charles einen Abschiedskuß geben, sagte Fannie, sie würde die Spielkarten und die Kaffeetassen wegräumen, und schlug ihr vor, schon ins Bett zu gehen.

Im Haus wurde es still. Emily stand am Fenster mit Blick auf den Bach und Stroths Anwesen, stellte sich vor, wie Tom im Schnee umherstapfte und auf sie wartete. In weniger als zehn Minuten könnte sie bei den Pappeln sein, aber was dann? Noch mehr verbotene Küsse? Noch mehr verbotene Berührungen? Noch mehr Schuldgefühle?

Es war unehrenhaft. Und Charles hatte Besseres verdient. Solche Dinge taten nur Frauen von zweifelhaftem Ruf.

Während sie ihre Hausschuhe mit Cowboystiefeln vertauschte, einen hüftlangen Mantel über ihr Kleid zog und ihr Haar unter die alte rote Mütze steckte, sagte sie sich: Das ist falsch.

Ich kann es nicht aufhalten.

Du kannst es, aber du willst nicht.

Stimmt. Ich kann es, will es aber nicht.

Papa hat dich immer eigenwillig genannt.

Papa weiß es bereits und hat nichts gesagt.

Das ist wider jede Vernunft, Emily, und du weißt es! Er wartet auf dich, damit du ihm eine Erklärung gibst.

Wie kann ich etwas erklären, was ich selbst nicht verstehe?
Auf Zehenspitzen schlich sie durchs Wohnzimmer und schlüpfte geräuschlos zur Haustür hinaus. Es schneite in dicken, weichen Flocken. Das Eis unter der Schneedecke knirschte unter ihren Stiefeln. Der Mond versteckte sich hinter tiefhängenden Wolken. Hier und da schimmerte goldenes Licht in den Fenstern der Häuser und unterstrich die Stille und Einsamkeit der Nacht.
Emily kam zu Stroths Anwesen, stapfte an einem zugeschneiten Holzstoß entlang und überquerte hinter dem Nebengebäude eine weite, offene Fläche, auf der Fußspuren verrieten, daß hier kürzlich jemand gegangen war. Sie folgte den Spuren, setzte ihre Füße in seine Abdrücke, mußte dabei lange Schritte machen und verspürte eine ungewohnte Freude daran, einfach den Weg zu gehen, den er gegangen war. Weiter vorn hoben sich die schattenlosen Umrisse der Pappeln gegen den Nachthimmel ab. Darunter stand reglos wie ein Monument eine Gestalt. Emily blieb verwirrt stehen, konnte sich die Euphorie, die allein sein Anblick in ihr hervorrief, nicht erklären. Sie konnte sich nicht daran erinnern, daß Charles' Gegenwart je ein ähnliches überwältigendes Gefühl in ihr erzeugt hatte. Sie war ein vernünftiges Mädchen, das es für vernünftig hielt, Charles zu heiraten. Aber Vernunft zählte nicht mehr, als sie jetzt auf Tom Jeffcoat zuging.
Hinter ihm plätscherte leise der Bach, übertönte das Rascheln ihrer Röcke. Eine Armeslänge von ihm entfernt blieb sie stehen.
»Hallo«, sagte er ruhig und streckte ihr beide in Handschuhen steckenden Hände entgegen.

»Hallo«, sagte sie und gab ihm ihre Hände in den dicken Fäustlingen.
»Ich freue mich, daß du gekommen bist. Ich habe es nicht geglaubt.« Er trug einen schwarzen Stetson, der den Kragen seiner Schaffelljacke schützte, aber seine Schultern waren mit Schnee bedeckt.
»Bist du schon lange hier?«
»Ungefähr eine Stunde.« Es war erst 10 Uhr 30. Sie konnte sich eines Gefühls der Freude nicht erwehren.
»Du mußt ganz durchgefroren sein.«
»Meine Zehen ... ein wenig. Aber das spielt keine Rolle. Darf ich dich küssen?«
Sie kicherte verwirrt. »Du fragst diesmal?«
»Ich hatte versprochen, daß wir nur reden würden. Aber ich möchte dich küssen.«
»Wenn du es nicht tätest, wäre ich enttäuscht.«
Ungezwungen, ohne Hast und krampfhafte Gier, umarmten sie einander, küßten sich, nachdem er seinen Stetson leicht aus der Stirn geschoben und sich zu ihrem emporgewandten Gesicht hinuntergebeugt hatte. Emily überwältigte diese liebevolle Umarmung mehr als die Leidenschaft, die sie zuvor mit ihm geteilt hatte. Dreimal hatten sie sich geküßt, seit sie sich ihrer physischen Anziehung füreinander bewußt geworden waren und ihr nachgegeben hatten, und jeder Kuß war anders gewesen. Das erste Mal, im Wandschrank, hatte die Angst ihr die Kehle zugeschnürt. Heute morgen, im Büro, war sie vor Überraschung wie gelähmt gewesen. Aber jetzt küßten sie sich hingebungsvoll, ohne Hast und Eile. Als sich ihre Lippen voneinander lösten, blieb sie angekuschelt im Schutz seines Hutrandes stehen.

»Ich habe den ganzen Tag an dich gedacht«, sagte er.
»Ich habe auch an dich gedacht ... und an Charles und Tarsy und meinen Vater. Es war ein schlimmer Tag für mich.«
»Auch für mich. Hat dein Vater etwas gesagt, nachdem ich gegangen bin?«
»Nein. Aber er hat mich den ganzen Tag mit Adleraugen beobachtet. Er versucht sich wohl darüber klarzuwerden, was zwischen uns vorgefallen ist.«
»Und was ist mit uns?«
Sie trat einen Schritt zurück, legte ihre Hände in den Fäustlingen auf seinen Kragen und blickte ihm in das vom Hut überschattete Gesicht. »Ich weiß es nicht«, gestand sie. »Weißt du es?«
»Nein ... ich bin mir nicht sicher.«
Schweigend betrachteten sie einander, abschätzend, zweifelnd und nachdenklich, denn das war so plötzlich, so unerwartet geschehen.
»Es gibt so viele Dinge, die ich über dich wissen will«, sagte Tom. »Ich habe das Gefühl, als wäre ich dir zum erstenmal begegnet, seitdem wir aufgehört haben, uns gegenseitig zu bekämpfen. Ach, zum Teufel, das ergibt keinen Sinn.«
»Doch, ich weiß, was du meinst. Wir hatten von Anfang an Streit miteinander.«
»Ja, das stimmt.«
Sie genossen für einen Augenblick schweigend ihre körperliche Nähe, dann fragte Tom sanft: »Wie lange kennst du Charles schon?«
»Mein ganzes Leben lang. Seit ich zurückdenken kann.«
»Liebst du ihn?«

»Ja.«
»Du sagst das ohne eine Spur von Zweifel.«
»Weil es wahr ist. Ich habe ihn immer geliebt – wer würde Charles nicht lieben? Selbst du liebst ihn, nicht wahr?«
»Ja, leider. Ich hatte nie einen Freund wie ihn.« Gequält legte Tom ihr die Hände auf die Schultern und starrte in die Dunkelheit. Nach einer Weile schüttelte er den Kopf. »Er ist einfach großartig. Schreinert dieses wunderschöne Möbelstück für mein Haus. Er hat mehr als jeder andere in dieser Stadt dazu beigetragen, daß ich mich hier wohl fühle.«
»Gewiß mehr, als ich je dazu beigetragen habe.«
»Das ist ja das Unglaubliche an der Sache. Du, Emily Walcott, der Wildfang ... ich meine, zum Teufel, du warst noch so voller Zorn und Groll gegen mich, da kam es bereits wie eine Lawine über mich. Während ich dich noch erwürgen wollte, sehnte ich mich schon danach, dich zu küssen. Es ergibt einfach keinen Sinn. Ich hatte ja noch nicht einmal die Sache mit Julia überwunden!« Mit einem Finger berührte er leicht ihre Wange. »Erinnerst du dich an den Tag auf der Drehbühne, als wir uns beinahe geküßt hätten?«
»Wollten wir uns damals küssen?«
»Das weißt du doch verdammt gut. Unsere Herzen haben wie wahnsinnig geklopft. Nur der Gedanke an Charles hat uns aufgehalten.«
»Charles *und* Tarsy. Wir können Tarsy nicht übergehen.«
»Nein, leider läßt Tarsy es nicht zu, daß man ihr keine Beachtung schenkt.«
Emily lachte kurz auf, wurde aber gleich wieder ernst. »Sie liebt dich, weißt du. Und wenn mich nicht alles

täuscht, dann ist wahrscheinlich ...« Sie senkte verlegen den Blick. »... nun, *mehr* zwischen dir und Tarsy als zwischen Charles und mir vorgefallen.«
»Emily, ich will dich nicht belügen. Tarsy und ich kamen uns auf eine gewisse Weise näher. Als ich hier ankam, fühlte ich mich einsam, und Charles und Tarsy boten mir eine Freundschaft an, die mir darüber hinweghalf. Aber Tarsy ist ... nichts fürs Leben. Das war sie nie, und sie hat es verstanden. Charles hingegen steht permanent zwischen uns, und ich hasse es wie die Pest, ihn zu hintergehen.«
»Auch ich hasse es.«
»Also ...«
»Was?«
»Wir könnten hier auf der Stelle Schluß machen, und Charles würde nie etwas davon erfahren.«
»Es wäre die ehrenvollste Lösung.«
Aber selbst während sie darüber sprachen, konnten sie es nicht lassen, einander zu berühren.
»Möchtest du das tun?«
»Ich ...« Sie schluckte, fühlte sich elend.
»Du willst es nicht, oder?«
Zögernd schüttelte sie den Kopf, mied seinen Blick.
Er nahm sie in die Arme und drückte sie fest gegen seine Brust. »Emily, komm mit zu mir nach Hause.«
»Ich habe Angst.«
»Nichts wird geschehen, das verspreche ich dir. Laß uns nur miteinander reden. Nur eine Stunde. Bitte.«
»Nein.«
»Du könntest eigentlich etwas Mitleid mit mir haben. Ich habe eiskalte Füße.«
Das war ein geeigneter Vorwand, und beide wußten es.

Denn sie wollten sich noch nicht trennen, und alle Fragen waren unbeantwortet geblieben.
»Also gut. Aber nur für eine halbe Stunde. Fannie schläft bei mir, und sie weiß, daß ich fortgegangen bin. Ich werde ihr erzählen, daß ich einen Spaziergang gemacht habe, aber länger als eine halbe Stunde kann ich nicht bleiben.« Nebeneinander gingen sie zurück, sie in den Fußstapfen, die er gemacht hatte, er neben ihr im tiefen Schnee. Sie durchquerten Stroths Hinterhof, eilten durch die verlassen daliegenden Straßen und betraten sein Haus durch die Tür, durch die Charles Bliss vor weniger als vierundzwanzig Stunden sein liebevoll angefertigtes Geschenk zur Einweihung des Hauses getragen hatte.
In der Küche war es so dunkel wie im Innern eines Whiskeyfasses. Emily blieb mitten im Raum stehen und hörte, wie Tom die Tür hinter ihnen schloß. »Im Wohnzimmer brennt kein Feuer, nur hier drin. Komm.« Er stupste sie an, und sie hielt sich an seinem Ärmel fest, als er sie um den Tisch herum zu einem Stuhl vor dem Küchenherd führte, der behagliche Wärme verströmte.
»Setz dich«, sagte er. »Ich lege mehr Holz auf.«
Er hob den Herdring ab, stocherte mit dem Schürhaken in der Glut, worauf die Flammen flackernde Schatten an die Decke warfen. Er legte ein Scheit auf, und Funken sprühten mit leisem Knistern. Dann legte er den Ring zurück, und wieder war es dunkel. »Man kann durch die Küchenvorhänge hereinsehen, ich habe noch keine Fensterläden«, erklärte er. »Es ist besser, keine Lampe anzuzünden.« Er schälte sich aus seiner Jacke, warf sie in eine dunkle Ecke, wo sie auf eine Bank fiel und dann auf den

Boden glitt. Er setzte sich auf ein Nagelfaß und zerrte seine Stiefel von den Füßen. Mit einem dumpfen Poltern landeten sie neben dem Herd, und dann war in der Stille nur noch das Knistern des Feuers zu hören.

Sie saßen Seite an Seite, Tom nach vorne gebeugt, mit den Ellbogen auf den Knien, und Emily auf der Kante ihres Stuhls. Minutenlang herrschte Schweigen. Das Feuer flakkerte auf, und Tom schob einen Herdring beiseite. Ein schwacher Lichtschimmer fiel auf ihre Gesichter.

Schließlich sagte er: »Ich habe versucht, mich da herauszureden.«

»Ich weiß. Mir ging es ebenso.«

»Ich sagte mir ständig, daß ich dich nicht einmal kenne. Aber das Problem dabei ist – wie soll ich etwas über dich erfahren, wenn ich nicht über meine Gefühle spreche?«

»Was willst du über mich wissen?«

»Alles. Wie warst du als Kind? Hattest du Keuchhusten? Magst du rote Bete? Kratzt dich Wolle auf der Haut?« Wie jeder verliebte Mann war er darauf versessen, alles über ihre Vergangenheit zu erfahren. »Ich will einfach alles über dich wissen.«

Sie lächelte und tat ihm den Gefallen. »Ich war wißbegierig und eigenwillig. Ich hatte Keuchhusten, mag rote Bete nicht besonders, und meine Haut juckt nur, wenn sie mit Giftsumach in Berührung kommt. Ich mußte mitten im Sommer Handschuhe tragen, damit ich keinen Ausschlag bekam. Damals war ich … neun. So, jetzt weißt du alles über mich.«

Beide lachten und fühlten sich wohler und unbefangener.

»Gibt es etwas, was du über mich wissen willst?« fragte er und bewunderte ihr sanft leuchtendes Gesicht.

»Ja. Was hatte gestern abend meine Haarnadel neben deinem Bett zu suchen?«
Ihre Blicke trafen sich und verfingen sich ineinander. Ein paar Herzschläge lang herrschte atemloses Schweigen, ehe er sagte: »Ich glaube, das kannst du dir selbst erklären.«
»Du solltest solche Dinge wirklich nicht dort herumliegen lassen, wo dein bester Freund sie sehen kann.«
»Hat er etwas darüber gesagt?«
»Nein. Ich glaube nicht, daß er sie bemerkt hat. Er war zu sehr damit beschäftigt, die Vorzüge des Hauses herauszustreichen. Übrigens, dein Haus gefällt mir sehr gut.«
»Danke.«
Beide klammerten sich an diese oberflächlichen Bemerkungen, denn es fiel ihnen schwer, über das Wesentliche zu sprechen. Die bedrückte Stimmung lastete schwer auf Emily, und sie suchte krampfhaft nach weiteren Fragen, um den Druck in ihrer Brust zu lindern.
»Ist dein richtiger Name Tom oder Thomas?«
»Thomas. Aber die einzige, die mich je so nannte, war meine Großmutter mütterlicherseits.«
»Thomas. Das hat … Format. Lebt deine Großmutter noch?«
»O ja. Beide Großeltern leben noch.«
»Vermißt du sie?«
»Ja.«
»Und deine … die Frau, die du heiraten wolltest, vermißt du sie auch?«
»Julia? Manchmal. Ich habe sie lange gekannt, genau wie du Charles seit langem kennst. Natürlich vermißt man so jemanden.«

»Natürlich.« Sie überlegte, wie sehr ihr Charles wohl fehlen würde, wenn er plötzlich nicht mehr da wäre, und ihr wurde schmerzlich bewußt, wie sehr sie an ihm hing.

»Ich habe einen Brief von Julia bekommen. Sie ist sehr glücklich. Sie ist verheiratet und erwartet ein Kind.«

»Charles möchte auch Kinder. Sofort.«

»Ja, das hat er mir erzählt.«

»Aber ich nicht.«

»Auch das hat er mir erzählt.«

»Tatsächlich?« fragte sie erstaunt.

Schweigend warf ihr Tom nur einen Blick aus den Augenwinkeln zu.

»Also weißt du mehr über mich, als du behauptet hast.«

Er holte tief Luft und ließ dann entspannt die Schultern sinken. »Würde es dir etwas ausmachen, Emily, nicht mehr über Charles zu sprechen? Hast du kalte Füße? Möchtest du deine Stiefel ausziehen?«

»Nein, es geht mir gut.«

»Deine Handschuhe?«

»Nein, ich bin ... sie sind ...« Sie hob die Hände und ließ sie dann in ihren Schoß fallen, bohrte die Fäustlinge ineinander, als wollte sie diese beunruhigenden Gefühle abwehren.

Als Tom sie weiterhin schweigend betrachtete, wich sie beklommen seinem Blick aus und starrte in das flackernde Feuer des Herdes. Er saß vornüber gebeugt da, hatte sein Kinn in die Hände gestützt und beobachtete sie. Nach einer Weile stand er auf und trat in den Schatten hinter ihr.

Reglos blieb er eine Weile am Fenster stehen, sah in die Dunkelheit hinaus und versuchte, mit seinem Gewissen ins reine zu kommen. Was war ein Freund dem anderen schuldig? Was war ein Mann sich selbst schuldig? Er wandte den Kopf und betrachtete die dunklen, massigen Umrisse des Küchenschranks zu seiner Linken. Er hatte die glatte Oberfläche in den wenigen Stunden, die er da stand, ein dutzendmal berührt und dabei verzweifelt um eine Entscheidung gerungen. Jetzt berührte er ihn nicht, sondern ließ die Hände in seinen Taschen stecken.

Er drehte sich um, sah Emilys Gestalt im Halbdunkel vor dem Herd – ihre Mütze umgab ein goldener Lichtschein wie ein aufgehender Mond –, mit vorgebeugten Schultern saß sie auf dem Stuhl wie ein Spatz, der bereit zum Abflug war.

Charles, dachte er mit wild pochendem Herzen, verzeih mir.

Er ging um ihren Stuhl herum, stand direkt vor ihr, sah hinunter auf ihren gesenkten Kopf, ihre Hände in den Fäustlingen waren zwischen ihren Knien eingeklemmt. Sie weigerte sich aufzusehen. Er ließ sich auf ein Knie niedersinken, nahm sanft ihre Hände und befreite sie von den Handschuhen; dann zog er ihr die Stiefel aus und stellte sie neben seine am Herd. Er öffnete die Knöpfe ihres Mantels und schob ihn von ihren Schultern. Zuletzt nahm er ihr die Mütze vom Kopf; ihr Haar stand wirr nach allen Seiten ab. Erst dann sah sie mit gequältem Blick zu ihm auf.

»Sag es, wenn ich aufhören soll«, flüsterte er und küßte sie voller Verlangen und Leidenschaft. Zitternd glitten ihre Hände über seine Schultern und seinen Rücken, mieden ängstlich die gefährlicheren Körperregionen. Mit einer Hand streichelte er ihr Haar, schmiegte seine Handfläche an ihren Kopf. Dann küßte er ihren Hals, ihr Kinn und wieder ihre Lippen, bis beide keuchend nach Atem rangen und ihre Glieder schwer vor Verlangen wurden. Er umfaßte ihre Brüste, ließ dann seine Hände zu ihren Hüften hinabgleiten und preßte sie fest gegen seinen Körper.

Vielleicht hätte sie protestiert, aber er verschloß ihre Lippen mit einem Kuß, und es wurde nur ein ersticktes Stöhnen daraus. Sie streichelte seinen Kopf – Schläfen, Wangen, Hals und Nacken –, als wollte sie sich jede Linie unauslöschlich in ihr Gedächtnis einprägen.

Er schob einen Arm unter ihre Knie, den anderen um ihren Rücken ... hob sie auf ... trug sie durch die schwach beleuchtete Küche, stieß mit dem Fuß gegen eine Bank, drückte mit der Schulter die Tür zu seinem Schlafzimmer auf.

Die Bettfedern quietschten, als sie darauf niedersanken und er mit seinem ganzen Körper auf ihr lag. Auf seine Ellbogen gestützt, spielte er mit ihrem Haar, bedeckte ihr Gesicht mit Küssen und ließ ihr Zeit, sich an das Gewicht seines Körpers zu gewöhnen. Verlangend suchten seine Lippen ihren Mund, sie reagierte auf sein Begehren, schmiegte sich eng an seinen Körper, umschlang ihn mit Armen und Beinen in einem Gewirr von feuchten Rökken und Unterröcken. Er streichelte ihre Brüste, erforschte sie mit den Fingerspitzen und seinen Lippen durch den straff gespannten Stoff hindurch. Er barg sein Gesicht an ihrem Busen, sein heißer Atem erhitzte ihre Haut und ihr Blut, während sie seinen Kopf an sich preßte und der Sinnlichkeit nachgab, die sie wie eine Woge überschwemmte. Dann suchte er wieder ihren Mund, bewegte seinen Körper im Gleichklang mit seiner fordernden Zunge. Seine Hände glitten über ihre Hüften, preßten sich durch die Falten ihres Rockes hindurch in ihr Fleisch, und ihre Bewegungen folgten der zügellosen Leidenschaft ihrer Körper. Sie schloß die Augen und ließ sich von der Ekstase davontragen.

»Tom … halt …«

Er fiel schwer atmend auf sie und verbarg sein Gesicht an ihrem Hals.

»Das ist Sünde«, flüsterte sie.

Er atmete keuchend aus, rollte sich auf den Rücken, legte einen Arm über seine Augen und den anderen über seine Lenden.

Sie rutschte zur Bettkante und setzte sich auf, aber er packte sie am Handgelenk. »Bleib. Noch einen Augenblick … bitte.« Sie legte sich neben ihn, preßte ihre Stirn und ihre Knie gegen seine Seite. Minutenlang blieben sie reglos liegen, und als er sich beruhigt hatte, sagte er: »Solche Dinge machst du mit Charles nicht, oder?«

»Nein.«

»Warum machst du sie dann mit mir?«

»Das weiß ich nicht. Wenn du mir die Schuld …«

»Nein, das tue ich nicht.« Wieder hielt er sie davon ab, aufzustehen. »Ich versuche nur ehrlich zu sein. Ich glaube, wir verlieben uns ineinander. Was meinst du?«

Seit jenem Tag, als er ihr seinen Mietstall gezeigt hatte, war sie sicher gewesen, daß diese Möglichkeit existierte, aber als sie jetzt mit den Worten konfrontiert wurde, fürchtete sie sich davor, sie auszusprechen. Sie waren so absolut und konnten das Leben so vieler Menschen völlig durcheinanderbringen. »Was uns jetzt geschieht, ist nur Lust. Charles liebe ich seit langem – ich weiß, daß ich ihn liebe, weil ich ihn seit Jahren kenne. Jeder, den ich kenne, hat jemanden geheiratet, den er lange, lange kannte – meine Eltern, deren Eltern, auch die Eltern meiner Freunde. Ich habe nie geglaubt, daß man sich so plötzlich verlieben kann.«

»Auch ich habe es nicht für möglich gehalten. Ich war wie die Menschen, von denen du gesprochen hast – ich war verliebt und mit einem Mädchen verlobt, das ich seit Jahren kannte. Aber sie besaß die Ehrlichkeit, das Verlöbnis zu lösen, als sie merkte, daß sie einen anderen Mann liebt. Zuerst war ich darüber sehr verbittert, aber jetzt allmählich begreife ich die Stärke, die sie brauchte, um zuzugeben, daß sich ihre Gefühle geändert hatten.«

Je länger Tom sprach, desto sehnlicher wünschte sie sich, er würde schweigen, denn sie ahnte die qualvollen Schmerzen, die sie beide anderen zufügen würden, sollten ihre Gefühle füreinander mehr sein als nur Leidenschaft.

»Emily?« Er fand ihre Hand und streichelte sie mit seinem Daumen, während er dalag und nachdachte. Schließlich sprach er weiter. »Es ist nicht nur Leidenschaft. Nicht für mich. Ich bewundere so viel an dir … deine aufopferungsvolle Liebe für deine Arbeit und deine Familie und auch deine Liebe für Charles. Ich achte dich dafür, daß du Charles' Gefühle nicht verletzen willst und daß ich auf Tarsy Rücksicht nehmen soll … und deine Zuneigung zu Tieren und dein Mitgefühl für deine Mutter und wie du kämpfst, damit ich ehrenhaft bleibe. Diese Dinge zählen genausoviel. Und du bist … so anders. Jede Frau, die ich kenne, trägt Kleider und Schürzen.« Er rollte sich auf die Seite und legte eine Hand auf ihre Taille. »Ich mag deine Unabhängigkeit – daß du Hosen trägst, Tiermedizin studierst und alles andere an dir. Du bist einzigartig. Und ich mag die Farbe deines Haars …« Er berührte es mit den Fingerspitzen. »Und deine Augen.« Er küßte ihre Lider. »Und wie du küßt und wie du riechst und wie du aussiehst … und ich mag das …« Er legte ihre Hand auf seinen Hals, und sie spürte seinen starken Pulsschlag. »Welche Gefühle du in mir weckst. Wenn es Leidenschaft ist, na gut, dann ist sie ein Teil davon. Aber ich begehre dich … ich muß es wenigstens einmal sagen.«

»Psst.« Sie bedeckte seine Lippen. »Ich fürchte mich, und du hilfst mir überhaupt nicht.«

»Sag's mir«, flüsterte er, schloß die Augen und küßte ihre Fingerspitzen.

»Ich kann nicht.«

»Warum nicht?«

»Weil ich Charles versprochen bin. Weil eine Verlobung eine Art Gelübde ist. Und als ich seinen Heiratsantrag annahm, habe ich ihm ein Versprechen gegeben. Und außerdem … was ist, wenn unsere Gefühle nur vorübergehend sind?«

»Glaubst du das?«

»Du stellst mir Fragen, die ich nicht beantworten kann.«

»Warum bist du dann heute abend zu mir gekommen?«

»Ich konnte nicht anders.«

»Was soll ich also morgen und übermorgen und die Tage danach tun?«

»Tun?«

»Ich bin der Mann. Männer erobern.«

»Mit welchem Ziel?«

Ja, das war die Frage – mit welchem Ziel? Keiner von beiden wußte die Antwort. Von Heirat zu sprechen wäre nach der erst vierundzwanzig Stunden währenden Verbindung voreilig. Und alles andere wäre – wie sie gesagt hatte – Sünde. Kein ehrenhafter Mann würde das von einer Frau erwarten. Aber gleichzeitig war es undenkbar, Charles weiterhin zu betrügen.

Gefühlsmäßig erschöpft rollte Emily im Gewirr ihrer Röcke zur Bettkante, setzte sich auf, stützte ihren Kopf in die Hände und preßte verzweifelt die Ellbogen gegen ihren Bauch.

Tom setzte sich schweren Herzens ebenfalls auf, betrachtete ihren gekrümmten Rücken und fragte sich, warum er sich ausgerechnet in sie verlieben mußte. Nach einer Weile hob er die Hand und begann, geistesabwesend ihr zerwühltes Haar zu glätten.

»Emily, diese Gefühle werden nicht vergehen.«

Sie schüttelte heftig den Kopf, das Gesicht noch immer in ihren Händen verborgen.

»Sie vergehen nicht«, wiederholte er.

Abrupt stand sie auf. »Ich muß gehen.« Er blieb liegen, starrte in die Dunkelheit, lauschte ihrem leisen Schluchzen, während sie in der Küche Mantel und Stiefel anzog. Er fühlte sich scheußlich. Er kam sich wie ein Verräter vor. Mit einem Seufzer stand er auf, ging zu ihr in die Küche, stand im düsteren Licht und sah ihr zu, wie sie ihren Mantel zuknöpfte. Dann folgte er ihr zur Tür und stand schweigend hinter ihr, als sie widerstrebend ihre Hand auf die Türklinke legte. Er berührte ihre Schulter, und sie drehte sich um, warf ihre Arme um sei-

nen Hals, klammerte sich in stummer Verzweiflung an ihn.
»Es tut mir leid«, flüsterte er in ihre Mütze, umfaßte beschützend ihren Hinterkopf, als wäre sie ein Kind, das er durch einen Sturm trüge. »Es tut mir leid, Wildfang.«
Sie unterdrückte ein Schluchzen, während sie fluchtartig die Treppe hinunter und über den Hof lief.

Dreizehntes Kapitel

Edwin stand am folgenden Morgen um sechs Uhr auf. Der Himmel war noch immer mit dunklen Wolken bedeckt, und die Erde lag unter einer unberührten Decke frischgefallenen Schnees. Er trat aus der Hintertür, atmete tief den wohlriechenden Duft der reinen Luft ein, der den widerlichen Geruch von Josies Krankenzimmer vertrieb. Es gab Zeiten, da überfiel ihn Übelkeit, wenn er das Zimmer betrat, Zeiten, wo er in seinem Bett lag und fürchtete, ersticken zu müssen, Zeiten, wo er als stummer Zeuge ihres Leids in der Tür stand und an die Medikamente in der Tierarzttasche seiner Tochter dachte: Opium, Eisenhut, Gerbsäure, Blei – in einer ausreichend hohen Dosierung verabreicht könnte jedes davon auf barmherzige Weise seine Frau von ihrem Leid erlösen.

Edwin ging mit gesenktem Kopf die Treppe hinunter und stapfte zum Klo im Hof.

Würdest du das deiner eigenen Frau antun? Könntest du es?

Ich weiß es nicht.

Wenn du es tätest, wärst du dir nie sicher, ob es geschah, um sie von ihrem Elend zu erlösen oder um dein Warten auf Fannie zu beenden.

Sorgen, Sorgen. Auch Frankie machte ihm Sorgen. Er weigerte sich, das Krankenzimmer zu betreten oder mit seiner Mutter zu sprechen. Der Junge konnte den Anblick ihrer bis zur Unkenntlichkeit abgemagerten Gestalt nicht ertragen und weigerte sich, die Veränderung wahrzunehmen. Frankie konnte sich nicht eingestehen, daß seine Mutter starb.

Und jetzt diese Sache mit Emily und Tom Jeffcoat – ein weiterer Grund zur Besorgnis.

Als Edwin in die Küche kam, stand Fannie schon am Herd. Sie trug ein blaukariertes Hauskleid und darüber eine lange weiße Latzschürze. Gewöhnlich stand Emily zur selben Zeit wie sie auf, und ihre Anwesenheit nahm ihnen während des Frühstücks die Befangenheit. Aber heute nicht. Sie waren allein im traulichen Licht der flakkernden Lampe.

»Guten Morgen«, begrüßte ihn Fannie.

»Guten Morgen.«

Edwin schloß die Tür und zog seine Jacke aus. Über dem wollenen Unterhemd trug er schwarze Hosenträger.

»Wo ist Emily?«

»Sie schläft noch.«

Er goß Wasser ins Becken und wusch sich Gesicht und Hände, während er hörte, wie Fannie den Kaffeetopf auf den Herd setzte und die Bratpfanne hervorholte. Als er sich aufrichtete und nach dem Handtuch griff, sah er, wie sie selbstvergessen vor dem Herd stand, eine Scheibe Speck in einer Hand, ein Messer in der anderen, und ihn beobachtete. Reglos blieben beide einen Augenblick stehen. Und als sie aufeinander zugingen und sich küßten, geschah es auf ganz natürliche Weise, so wie Schneeflokken auf ein emporgewandtes Gesicht fallen. Guten Morgen, schlicht und einfach, als wären sie Mann und Frau.

»Habe ich dir je gesagt, wie sehr ich es liebe, dich hier in meiner Küche anzutreffen, wenn ich hereinkomme?«

»Habe ich dir je gesagt, wie sehr ich es liebe, dir dabei zuzusehen, wie du dich da über dem Becken wäschst?«

Er hängte das Handtuch an den Haken, und sie schnitt Speck auf einem Brett.

Er kämmte sein Haar, und sie legte die Speckscheiben in die Pfanne.

»Wie viele Eier möchtest du?«

»Drei.«

»Wie viele Schciben Toast?«

»Vier.« So sehr wie Mann und Frau.

Sie holte drei Eier und einen Laib Brot, während er hinausging und mit einem sauberen Hemd zurückkam, das er in der Küche anzog.

»Es ist mir Ernst damit, Fannie«, sagte er leise.

»Womit?«

»Daß ich es liebe, dich hier zu haben, wie du mein Brot bäckst, mein Haus in Ordnung hältst, meine Kleider wäschst.« Er stopfte sich die Hemdzipfel in die Hose und schlüpfte in die Hosenträger. »Nichts schien je richtiger zu sein.«

»Mir geht es ebenso.« Liebevoll und glücklich sahen sie einander an. Sie küßten sich wieder in diesem Raum, der nach warmem Brot und Kaffee duftete. Dann barg sie ihr Gesicht an seinem sauberen, gestärkten Hemd, atmete den frischen Geruch ein. Und er vergrub seine Nase in ihrem Haar, das leicht nach gebratenem Speck roch.

»Gott, ich liebe dich, Fannie«, flüsterte er, schob sie auf Armeslänge von sich und sah ihr in die Augen. »Ich danke dir, daß du hier bist. Ohne dich hätte ich diese Wochen nicht durchgestanden.«

»Ich liebe dich auch, Edwin. Es scheint völlig richtig zu sein, daß wir diese Zeit gemeinsam durchmachen, meinst du nicht?«

»Nein. Ich würde sie dir gern ersparen, aber ich kann den Gedanken nicht ertragen, dich fortzuschicken. Fannie, ich möchte dir etwas gestehen, denn wenn ich es einmal ausgesprochen habe, weiß ich, daß ich es nie tun werde.«

»Was tun, Liebster?«

»Ich habe daran gedacht, etwas von Emilys Heilmitteln zu nehmen – Laudanum vielleicht –, um damit Josephines Leben zu beenden.«

Tränen glitzerten in Fannies Augen. »Und ich sehe, wie sie dahinwelkt, nach Atem ringt … und ich habe daran gedacht, ein Kissen auf ihr Gesicht zu drücken und ihren qualvollen Kampf zu beenden.«

»Daran hast du gedacht?«

»Natürlich. Kein menschliches Wesen mit einem Quentchen Mitgefühl würde das nicht in Erwägung ziehen.«

»O Fannie …« Er schlang einen Arm um ihren Nacken, drückte sein Gesicht in ihr Haar und fühlte sich besser, weniger schuldbewußt, weil auch sie diese Möglichkeit erwogen hatte.

»Es ist schrecklich, solche Dinge zu denken, nicht wahr?«

»Ich habe mich so schuldig gefühlt. Arme Josie. Kein Mensch sollte so leiden müssen wie sie.«

Sie drückte ihn noch einmal fest an sich, klopfte ihm dann auf den Rücken, als wolle sie eine Aussage bekräftigen.

»Ich weiß. Setz dich jetzt, Edwin. Und laß uns nicht mehr davon sprechen.«

Während sie aßen, zog die Morgendämmerung herauf, und fahles Licht erhellte die Fenster. Aus der Ferne war das Bellen eines Hundes zu hören. Das vertraute Zusammensein während des Frühstücks machte beide befangen. Einmal streckte er die Hand über den Tisch und berührte ihre Finger. Zweimal füllte sie seine Kaffeetasse. Als sie beim zweitenmal neben ihm stand, küßte sie ihn auf die Stirn.

Er fing ihre Hand ein, drückte sie an sein Gesicht und rieb seinen Bart an ihrer Handfläche. »Fannie, ich muß mit dir noch über etwas anderes sprechen. Ich brauche deinen Rat.«

»Worum geht es denn, Edwin?«

Sie setzte sich neben ihn an den Tisch und hielt seine Hände.

»Als ich gestern ins Büro im Stall kam, sah ich, wie Emily Tom Jeffcoat küßte.«

Fannies Gesicht zeigte keinerlei Erstaunen, als sie sich zurücklehnte und nach ihrer Kaffeetasse griff. »Nun, dann weißt du es jetzt.«

»Heißt das, du wußtest es?«

»Ich habe es vermutet.«

»Seit wann?«

»Nachdem ich die beiden zum erstenmal zusammen gesehen habe. Ich habe nur darauf gewartet, daß Emily es sich selbst eingesteht.«

»Aber warum hast du es mir nicht gesagt?«

»Es steht mir nicht zu, Vermutungen auszusprechen.«

»Sie waren nicht einmal erschrocken, als ich hineinplatzte. Jeffcoat bat mich einfach, sie allein zu lassen.«

»Und was hast du getan?«

»Nun, ich ging. Was hätte ich sonst tun sollen?«
»Und jetzt willst du wissen, ob du ihr einen Vortrag über die Heiligkeit eines Eheversprechens halten sollst, ist es das?«
»Ich ...« begann Edwin und verstummte, als die Erinnerung ihn überwältigte, wie ihm von seinen wohlmeinenden Eltern ausgeredet worden war, die Frau zu heiraten, die er liebte.
Fannie stand auf und wanderte ziellos in der Küche umher, während sie ihren Kaffee trank. »Letzte Nacht, als wir alle schon im Bett waren, ging sie noch einmal aus und kam erst sehr spät zurück.«
»O Gott ...«
»Warum sagst du ›O Gott‹, Edwin, als wäre es eine Katastrophe?«
»Weil es eine ist.«
»Jetzt redest du wie deine eigenen Eltern.«
»Gütiger Himmel, das weiß ich.« Er bedeckte sein Gesicht mit beiden Händen und stützte die Ellbogen auf die Tischplatte. Sie ließ ihm Zeit, mit sich selbst ins reine zu kommen. Schließlich hob er bedrückt die Augen. »Aber Charles ist für mich wie ein Sohn. Er war es sein Leben lang.«
»Und zweifelsohne sagten deine Eltern dasselbe über Josie.«
Eine Hand gegen den Mund gepreßt, betrachtete er Fannie, während sie weitersprach. »Ich kann nicht für Josie sprechen, noch kann ich erraten, was du gefühlt hast, aber ich kann dir sagen, was ich empfunden habe. An deinem Hochzeitstag – an diesem qualvollen, bitteren Tag – wußte ich nicht, wie ich mit meiner Einsamkeit und

Trauer fertig werden sollte. Ich wollte weinen und konnte es nicht. Ich wollte davonlaufen und durfte es nicht. Die guten Sitten verlangten meine Anwesenheit … ich mußte zusehen, wie mein Glück zerstört wurde. Ich habe entsetzlich gelitten. Ich fühlte mich …« Sie betrachtete die Kaffeetasse, fuhr mit der Fingerspitze über den Rand und sah dann Edwin mit traurigen Augen an, »… zutiefst unglücklich. Ich wußte nicht, wie ich weiterleben sollte, konnte mir keine Zukunft mit Sinn und Inhalt vorstellen, denn du warst mein Lebensinhalt. Also ging ich in Vaters Scheune und wollte mich aufhängen.« Sie lachte leise und wehmütig, senkte den Blick wieder auf ihre Tasse. »Welch ein lächerlicher Anblick ich gewesen sein muß, Edwin. Ich …« Verlegen sah sie zu ihm hinüber. »Ich wußte nicht, wie man einen Knoten knüpft.«

»Fannie …«

»Nein, Edwin.« Sie hob eine Hand. »Bleib sitzen. Laß mich zu Ende reden.« Sie ging zum Herd, füllte wieder ihre Tasse und blieb in sicherer Distanz zu ihm stehen. »Ich habe daran gedacht, mich zu ertränken, aber es war Winter … Gift? Ich konnte wohl kaum in die Apotheke gehen und Pflanzengift verlangen. Also lebte ich weiter.« Sie holte tief Luft und setzte die Tasse ab, als wäre sie plötzlich zu schwer für sie. »Nein, das ist nicht das richtige Wort dafür. Ich existierte. Von Tag zu Tag, von Stunde zu Stunde, und ich fragte mich, was ich mit meinem erbärmlichen Leben anfangen sollte.« Sie sah zum Fenster hinaus. »Du bist fortgezogen … ich wußte nicht einmal, warum.«

»Weil ich dich mehr begehrte als meine Frau.«

Sie sprach weiter, als hätte sie ihn nicht gehört. »Dann er-

hielt ich Josies Briefe. Briefe, angefüllt mit den Belanglosigkeiten des ehelichen Alltags – den Banalitäten, nach denen ich mich sehnte. Sie wurde schwanger, und Emily wurde geboren. Emily hätte mein Kind sein sollen – meins und deins –, und ich wußte plötzlich, daß du recht damit hattest, fortzugehen, denn wenn du geblieben wärst, hätte ich voller Freude dein Kind geboren, verheiratet oder nicht verheiratet.
Ungefähr vier Jahre nachdem du fortgezogen warst, lernte ich einen Mann kennen, einen verheirateten Mann. Mit dem gehe ich kein Risiko ein, dachte ich ... der macht keine Versprechen, hat keine Erwartungen. Ich schrieb dir und Josie von ihm – Ingrahm hieß er, Nathaniel Ingrahm. Er war Kurator eines Museums, dessen Bestrebungen ich damals unterstützte – die Bewahrung irgendeiner aussterbenden Kunst –, eine Sache von höchster Wichtigkeit. In jenen Tagen fing ich an, mir eine endlose Reihe von wichtigen Angelegenheiten zu eigen zu machen, weil mein Leben leer war.« Fannie hing eine Weile stumm ihren Gedanken nach und wandte sich dann wieder Edwin zu. »Jedenfalls hatte ich eine Liaison mit Nathaniel Ingrahm, hauptsächlich weil ich herausfinden wollte, was mir mit dir entgangen war, und ich begann einzusehen, daß meine Chancen, einen passenden Ehemann zu finden, sehr gering waren. Verstehst du, ich lehnte jeden Antrag ab, weil mir kein Mann dir ebenbürtig erschien. Du warst mein Standard, Edwin ... und bist es noch immer.« Sie holte tief Luft, preßte die Handflächen gegeneinander und ließ ihren Blick durch den Raum schweifen, wobei sie krampfhaft vermied, ihn anzusehen. »Nach einem Jahr erwartete ich ein Kind von ihm. Du kannst dich viel-

leicht daran erinnern, daß ich schrieb, ich müsse mich von einer – *Sommergrippe* nannte es meine Mutter – erholen, das jedenfalls sagte ich ihr, aber meine *Sommergrippe* war die Abtreibung des Kindes, das ich von keinem Mann außer dir haben wollte. Ich trank Waschblau … und es … es wirkte.«

Er saß wie betäubt da, wünschte sich gequält, er könnte die Vergangenheit ändern, wollte zu ihr gehen und sie in die Arme nehmen, wurde aber durch ihre abweisende Haltung und ihren ausweichenden Blick davon abgehalten.

»Nathaniel Ingrahm hat es nie erfahren.« Sie betrachtete ihre ineinander verschlungenen Finger. »Ich verließ ihn und machte die Erhaltung irgendeiner anderen vom Aussterben bedrohten Kunstform zu meinem Lebensinhalt … Natürlich gab es danach noch andere Männer, mehrere – alle menschlichen Wesen brauchen Liebe oder einen Ersatz dafür –, aber ich war vorsichtig. Ich hatte gelernt, wie man mit einer Kupfermünze eine Empfängnis verhütet. Du bist schockiert, Edwin. Das sehe ich dir an.«

»Fannie …« sagte er atemlos und stand auf. »Mein Gott, ich hatte keine Ahnung.«

»Ich habe im Namen der Liebe schlimme Dinge getan, Edwin. Unverzeihliche Dinge.«

Er packte sie an den Armen, preßte sie gegen seine Brust und hielt sie fest. »Es tut mir so leid.« Er schloß die Augen und schluckte schwer. Ihr Kopf lag an seinem Hals.

»Ich habe dir das nicht erzählt, um dein Mitleid zu erwekken. Ich habe es dir erzählt, damit du einsiehst, daß du Emily nicht beeinflussen darfst. Du mußt sie frei wählen lassen, Edwin … bitte.« Sie sah ihn flehend an. »Edwin, ich liebe deine Kinder. Ich möchte, daß sie glücklich werden, denn ihr Glück ist auch deins. Edwin, Liebster ...« Sie legte ihre Hände um sein Gesicht, streichelte mit den Daumen seine Wangen. »Bitte mach nicht den gleichen Fehler wie deine Eltern.«

Er küßte sie mit gebrochenem Herzen. Die Kehle war ihm von ungeweinten Tränen wie zugeschnürt. Er klammerte sich an sie, verzweifelt über die Fehler, die sie beide gemacht hatten, trauerte den verlorenen Jahren nach, die ihnen kaum Glück und Zufriedenheit, sondern größtenteils Einsamkeit gebracht hatten. Ihre Lippen verschmolzen in einem langen Kuß – endlich erfüllte sich ihre Sehnsucht nach gegenseitigem Geben und Nehmen, wie es hätte sein sollen, wären sie in ihrer Jugend klüger, willensstärker und ehrlicher zu sich selbst gewesen.

Während sie sich hingebungsvoll in den Armen lagen, hörten sie nicht, daß Emily auf Strümpfen die Treppe herunterkam.

Sie betrat die Küche und blieb schockiert stehen. »Papa!« Edwin und Fannie fuhren auseinander.

»Emily ...«

Sekundenlang herrschte angespanntes Schweigen, während die drei einander wie gelähmt anstarrten. Emilys entsetzter Blick fiel abwechselnd auf Edwin und Fannie. Als sie sprach, war ihre Stimme schrill vor Empörung.

»Papa, wie kannst du so etwas tun!« Sie starrte Fannie an. »Und *du!* Unsere *Freundin!*«

»Emily, sprich leise!« befahl Edwin.

»Und Mama liegt oben sterbend im Bett!« flüsterte Emily böse. Tränen schossen ihr in die Augen.

»Emily, es tut mir leid, daß du uns überrascht hast, aber

bitte verurteile nichts, was du nicht verstehen kannst.« Er ging auf sie zu, aber sie wich vor ihm zurück und durchbohrte ihn mit einem eisigen, vorwurfsvollen Blick.
»Ich verstehe genug. Meine Mutter hat mich gelehrt, Recht von Unrecht zu unterscheiden. Und ich bin kein Kind mehr, Papa, und nicht dumm!«
»Wir haben nichts Unrechtes getan, und außerdem bin ich dir keine Rechenschaft schuldig, mein Mädchen.« Er wies mit dem Finger auf sie. »Ich bin dein Vater!«
»Dann handle danach! Zeig etwas Respekt vor der Sterbenden und vor dem Rest deiner Familie.« Ihr Gesicht brannte vor Zorn. »Wenn Frankie nun eben hier hereingeplatzt wäre! Was würde er denken? Er leidet schon genug unter Mutters Krankheit!«
»Er hätte uns vielleicht die Chance für eine Erklärung gegeben.«
»Dafür gibt es keine Erklärung. Du bist abscheulich – ihr beide seid es!« Außer sich vor Zorn und Kummer lief Emily aus der Küche.
»Emily!«
Als Edwin ihr folgen wollte, hielt ihn Fannie zurück. »Nicht jetzt, Edwin. Sie ist zu aufgeregt. Laß sie gehen.« Die Haustür fiel krachend zu. »Aber sie glaubt, daß wir ein Verhältnis miteinander haben.«
»Haben wir das denn nicht?« fragte Fannie traurig.
»Nein!« widersprach er mit finsterem Gesicht. »Wir haben nichts getan, dessen wir uns schämen müßten.«
»Warum sind wir dann so schuldbewußt auseinandergefahren?«
»Aber sie gab uns keine Chance, die Situation zu erklären.«

»Was hättest du ihr denn sagen können? Daß wir uns schon geliebt haben, ehe du ihre Mutter geheiratet hast? Die Mutter, die, wie Emily uns vorwarf, oben liegt und stirbt? Damit würdest du die Büchse der Pandora öffnen. Oder glaubst du etwa, sie würde einfach unsere Erklärung akzeptieren und sagen: ›Also gut, Papa, meinetwegen kannst du ein Verhältnis mit Cousine Fannie haben?‹ Edwin, sei realistisch.« Sanft umfaßte sie sein bärtiges Gesicht, das weiterhin eigensinnig und ablehnend blieb. »Sie würde dich nur der Lüge bezichtigen, weil du ihre Mutter nicht mehr geliebt hast, als du vorgabst. Und ihr Vorwurf wäre gerechtfertigt. Ihr ganzes Leben lang hat sie dich und Josie als unzertrennliche Einheit betrachtet. Heute morgen hat sie einen schrecklichen Schock erlebt, und wir müssen ihr Zeit lassen, darüber hinwegzukommen. Wir müssen uns klar darüber werden, ob wir ein Recht dazu haben, ihr unsere Vergangenheit zu erklären.

Vielleicht sollten wir ihr lieber zugestehen, das Schlimmste von uns zu denken.«

»Aber, verdammt, Fannie, ich habe meinen Treueeid nicht gebrochen! Bis heute habe ich dich in diesem Haus nicht einmal berührt.«

»Ja, Edwin ... bis heute.« Sie ließ ihre Hände sinken und trat zurück.

»Erinnerst du dich noch an den Tag im Juni letzten Jahres, als ich hier ankam? Als wir allein im Stall waren? Damals habe ich einen Eid geschworen und ihn gebrochen ... wenn auch nur in meiner Phantasie, das macht keinen Unterschied. Seit ich mit dir unter einem Dach lebe, habe ich mir tausendmal gewünscht, mit dir zu schlafen.«

»Aber Fannie, sie versteht nicht, daß ich dich heiraten will, sobald es möglich ist.«
»Und heute morgen haben wir sie mit einer Situation konfrontiert, die gegen ihre moralischen Grundsätze verstößt, hast du dir das einmal überlegt?«
»Emily ist achtzehn, eine erwachsene Frau. Und erst gestern überraschte ich sie in einer ähnlichen Situation. Habe ich ihr Vorwürfe gemacht?«
»Sie ist nicht verheiratet, Edwin. Aber du bist es.«
Er starrte sie wütend an, obwohl er zornig auf sich selbst war. Sie wartete geduldig, bis ihm das bewußt wurde. Schließlich atmete er tief durch, fuhr sich mit der Hand durchs Haar und fragte zerknirscht: »Was sollen wir denn tun?«
»Im Moment nichts. Sie wird es uns wissen lassen, wenn sie bereit ist, sich unsere Entschuldigungen oder Erklärungen anzuhören.«

Emily stapfte empört und verbittert durch den frostigen Morgen. Was ihr Vater ihrer Mutter angetan hatte, hatte er auch ihr und Frankie angetan. Ihr Vater – ihr Idol, den sie bedingungslos geliebt hatte, weil er gut und ehrbar war. Nie zuvor hatte sie erlebt, daß er jemanden vorsätzlich verletzte. Vater hatte sie alle verraten.
Es schmerzte noch mehr, weil er immer der Gütige, der Verständnisvolle gewesen war, bei dem sie Zuflucht vor der Strenge ihrer Mutter gesucht hatte. Nun, wenigstens war Mutter keine Heuchlerin! Mutter lebte nach ihren Grundsätzen.
Mutter … arme betrogene Mutter … die oben in ihrem Schlafzimmer tapfer ihr Leid ertrug und im Sterben lag,

während Papa unten mit dieser Hure sein Ehegelöbnis brach!

Und diese Hure war ihre Freundin gewesen, sie hatte ihr vertraut, hatte sie bewundert und ihr die tiefsten Geheimnisse ihres Herzens verraten. Freundin! Nur eine Verräterin.

Verrat schmerzt. Nein, er brennt. Er gab ihr ein Gefühl würdeloser Machtlosigkeit. Emily erreichte den Mietstall mit Tränen in den Augen, die sie eigensinnig zurückhielt. Sie sattelte Sagebrush und ritt wie der Teufel querfeldein, bis ihre Beine schmerzten und das Pferd mit Schweiß bedeckt war. In mörderischem Tempo galoppierte sie über zugefrorene Bäche, durch froststarres Dickicht, über weite schneebedeckte Weiden, steile Abhänge hinunter und Hügelkämme hinauf. In ihrer Verzweiflung nahm sie keine Rücksicht auf das Pferd, trieb es gnadenlos voran und stürmte durch den klaren Wintermorgen.

Sie ritt, bis ihre Haut wie Feuer brannte. Bis ihre Lippen in der Kälte aufsprangen und ihre Beine sich verkrampften. Erst als das Pferd wiehernd vor einem Hindernis scheute und sich aufbäumte, wurde Emily bewußt, daß sie das Tier quälte. Aus Sagebrushs Maul troffen Schaumflocken, und sein Fell glänzte vor Schweiß, als Emily endlich zur Besinnung kam, die Zügel anzog, im Sattel zusammensank und sich mit geschlossenen Augen ihrer Verzweiflung hingab. Minutenlang saß sie reglos da, hörte das Keuchen des Pferdes, ließ sich schließlich aus dem Sattel gleiten und drückte ihr Gesicht gegen Sagebrushs Nüstern. Der vertraute Geruch des Pferdes, die Wärme seines Körpers, gaben ihr ein Gefühl der Geborgenheit. Sie preßte fest ihre Stirn gegen seinen kräftigen Hals, biß

die Zähne aufeinander und schluckte ihr Schluchzen hinunter.
Ich brauche jemanden. Gott ... irgend jemanden ...
Erhitzt vom Galopp schüttelte Sagebrush den Kopf, zwang Emily zurückzutreten; auch dem Pferd bin ich gleichgültig, dachte sie sinnlos.
Resigniert ging sie in die Hocke, umfaßte ihre Knie mit den Armen und kämpfte starrsinnig gegen ihre Tränen an. Ihr Gesicht brannte. Ihre Lungen schmerzten. Alles brannte – der Verrat ihres Vaters, Fannies Verrat, das unendliche Leid ihrer Mutter, ihr eigener Verrat an Charles. Das ganze Leben war eine einzige brennende Hölle.
Sie ließ den Kopf zwischen ihre Knie sinken, verschränkte ihre Hände im Nacken und weinte.
Gott, ich bin nicht besser als mein Vater.

Ihr blieb nichts anderes übrig, als in den Mietstall zurückzukehren. Sagebrushs Fell glänzte vor Schweiß. Er war müde, durstig, hungrig und sehnte sich nach seiner Box. Wo hätte sie sonst hingehen sollen als in den Mietstall ihres Vaters?
Edwin war damit beschäftigt, einen zweisitzigen Kutschwagen grün zu streichen. Er verharrte mitten in der Bewegung, als Emily Sagebrush hereinführte und ihn in seine Box brachte, ohne ihren Vater eines Blickes zu würdigen.
Sie nahm den Sattel ab, tränkte das Pferd und striegelte sein warmes braunes Fell. Sie ging wieder an ihrem Vater vorbei, um Futter zu holen, und fühlte, wie sein Blick ihr folgte. Er sagte kein Wort. Mit großen Schritten, die Augen starr auf das Scheunentor gerichtet, marschierte sie

an ihm vorbei, als würde er für sie nicht existieren, obwohl sie an ihrem Elend beinahe erstickte.
Gott, wie hatte sie ihn geliebt.
Mit einem halben Eimer voll Getreide kam sie zurück und gab der Farbe die Schuld an dem Brennen in ihren Augen. Wieder folgte ihr Edwins Blick. Wieder starrte sie geradeaus, ahnte seine Qual, weigerte sich aber nachzugeben.
Als Sagebrush gefüttert war, kam sie auf ihrem Weg ins Büro ein viertes Mal an ihrem Vater vorbei und schwieg weiter trotzig.
»Emily!«
Sie blieb stehen, aber ihre Augen waren weiterhin blicklos auf das Schiebetor gerichtet.
»Es tut mir leid«, sagte Edwin ruhig.
Sie preßte ihre Lippen aufeinander, um ihr Zittern zu unterdrücken.
»Geh zum Teufel!« sagte sie mit steinernem Gesicht und ging weiter, eingehüllt in einen Kokon aus Schmerz.

Diesen Tag verbrachte sie wie ein welkes Blatt in einer schwachen Brise. Ihre Wege kreuzten sich unvermeidlich mit denen ihres Vaters, und wenn nötig, sprach sie mit ihm. Aber ihre Stimme blieb eisig, und sie mied seinen Blick. Als er sie fragte, ob sie zuerst zum Mittagessen nach Hause gehen wolle, antwortete sie: »Ich habe keinen Hunger.« Als er vom Essen zurückkam und einen Teller mit Wurst und Bratkartoffeln neben ihren Ellbogen stellte, warf sie nur einen verächtlichen Blick darauf. Als er sie kurz vor zwei Uhr hinausgehen sah, rief er ihr nach: »Emily, gehst du nach Hause?« Seine Stimme klang einsam, hallte durch das lange Gebäude. Mit grimmiger Zu-

friedenheit antwortete sie ihm nur mit dem lauten Poltern des Schiebetors, als sie es schloß.
Unmittelbar vor der Scheune begegnete sie Tom Jeffcoat.
»Emily, könnte ich …«
»Laß mich allein!« fauchte sie ihn herzlos an und ließ ihn stehen.
Zu Hause mußte sie Fannie gegenübertreten und behandelte sie wie ihren Vater – Emily sah einfach durch sie hindurch, als wäre sie Luft. Ein paar Minuten später kam Fannie an die Tür ihres gemeinsamen Schlafzimmers und sagte: »Morgen wasche ich das Bettzeug. Wenn du etwas zu waschen hast, leg es in den Flur.«
Zum erstenmal begegnete Emily Fannies Blick – starrte sie böse an. »Ich mache Mutters Bett!« stieß sie grimmig hervor, drängte sich an der älteren Frau vorbei, ohne sie zu berühren, ging über den Flur ins Zimmer ihrer Mutter und sperrte Fannie mit einem lauten Schnappen der Türklinke aus.
Den Nachmittag verbrachte sie mit einer Arbeit, die sie haßte: Sie häkelte. Im Umgang mit Häkelnadel und Garn war sie völlig ungeschickt, mühte sich aber halsstarrig mit dem Zierdeckchen ab und betrachtete diese Arbeit als Strafe und Sühne. Sie blieb am Bett ihrer Mutter, bis ihr Vater nach Hause kam.
»Wie geht es ihr?« fragte er und betrat den Raum.
Emily ignorierte Edwin völlig, beugte sich vor und berührte Josephines Hand. »Es ist Zeit zum Abendessen. Ich bringe dein Tablett herauf, Mutter. Ist es dir recht?«
Josephine öffnete ihre Augen und nickte schwach. Emily schlüpfte durch die Tür hinaus.
Als das Essen fertig war, befahl Emily in einem Ton, der

keinen Widerspruch duldete: »Frankie, komm! Du hast Mutter seit zwei Wochen kaum gesehen. Nimm deinen Teller mit hinauf, und iß oben, während ich sie füttere. Sie wird so glücklich sein, dich zu sehen.«
Frankie folgte ihr gehorsam, setzte sich auf die Liege, stocherte in seinem Essen herum und starrte auf seine Knie. Er scheute sich, die skelettartige Gestalt in dem großen Bett anzusehen. Als er blaß und schuldbewußt bat, gehen zu dürfen, nickte Emily ihm zu, befahl ihm aber, beim Abwasch zu helfen, weil sie bei Mutter bleiben und ihr vorlesen würde.
Eine halbe Stunde später hörte sie Edwins schweren Schritt auf der Treppe und klappte rasch das Buch zu, küßte ihre Mutter auf die Wange und floh in ihr Zimmer. Edwin stand im Flur und sah ihr niedergeschlagen nach.
Am späten Abend hatte sie einen Entschluß gefaßt. Und sie war von der Richtigkeit dieser Entscheidung überzeugt. Ganz gleich, was Papa und Fannie ihrer Mutter antaten, sie würde ihr vor dem Tod einen Wunsch erfüllen und sie damit glücklich machen.
Emily zog ein lavendelfarbenes Kleid an, bändigte ihr Haar zu einer damenhaften Frisur und ging zu Charles' Haus, um ihm zu sagen, daß sie bereit war, den Hochzeitstermin festzulegen.
Charles strahlte wie eine aufgehende Sonne. »O Emily ...« Außer sich vor Freude hob er sie hoch und wirbelte sie laut lachend durch die Luft. Seine ekstatische Reaktion bestätigte Emily die Richtigkeit ihrer Entscheidung. Sie lag in seinen Armen, schluckte den Kloß in ihrer Kehle hinunter und dachte: Ich bin nicht wie Papa, ich werde es nie sein. Über das ganze Gesicht strahlend, stellte Charles sie

schließlich wieder auf den Boden. »Wann wollen wir heiraten?«

Sie lächelte, weil er glücklich war, und er hatte dieses Glück verdient. »Nächste Woche?«

»Nächste Woche!«

»Oder sobald Reverend Vasseler den Gottesdienst halten kann. Ich möchte, daß wir heiraten, ehe Mutter stirbt. Es wird sie sehr glücklich machen.«

Charles' Lächeln schwand. »Aber was ist mit deinem Studium?«

»Ich habe beschlossen, es aufzugeben. Was kann es mir schon nützen? Ich werde deine Frau sein, mich um dein Haus und deine Kinder kümmern. Ich war verrückt zu glauben, ich könnte über Land reiten und helfen, Kälber zur Welt zu bringen. Ich werde genug Arbeit mit dem Haushalt haben.«

Charles runzelte die Stirn. »Emily, was ist passiert?«

»Passiert? Nichts. Ich bin einfach nur zur Vernunft gekommen, das ist alles.«

»Nein ...« Er trat zurück, hielt sie leicht an den Ellbogen fest und sah sie eindringlich an. »Irgend etwas stimmt nicht.«

»Nein, Charles, aber die Zeit vergeht so schnell, und Mutter wird bald ...« Sie schluckte krampfhaft. »Ich wünsche es mir so sehr, Charles, ehe Mutter stirbt.«

»Aber es braucht Zeit, um eine Hochzeit zu arrangieren.«

»Nicht unsere. Wir werden in Mutters Schlafzimmer heiraten, damit sie hören kann, wie wir das Gelübde ablegen. Bist du damit einverstanden?«

»Du willst keine Trauung in der Kirche?«

»Ich bin nicht gerade der Typ für Kleider aus Rüschen

und Spitzen, nicht wahr?« Tom Jeffcoat hatte nie aufgehört, sie Wildfang zu nennen. »Außerdem würde es eine Menge Arbeit und Mühe ersparen. Ich … möchte Fannie nicht darum bitten, das Hochzeitsessen vorzubereiten … und … nun, du weißt, wieviel Wirbel und Aufregung Hochzeiten verursachen.«
»Und wie viele Gäste willst du einladen? Überhaupt keine?«
»Nur … nun, nur Tarsy als meine Brautzeugin.«
»Und nur Tom als meinen Brautzeugen?«
»Tom …« Sie konnte Charles nicht in die Augen sehen, solange sie von Tom Jeffcoat sprachen. »Nun, ja, wenn du ihn willst.«
»Wen könnte ich denn sonst nehmen?«
»Niemanden. Also schön, Tarsy und Tom … Die Zeremonie wird sowieso nur ein paar Minuten dauern.«
»Hast du mit Fannie darüber gesprochen?«
»Fannie hat damit nichts zu tun. Es ist meine Entscheidung.«
»Hast du mit deinem Vater gesprochen?«
»Charles!« Sie wurde wütend. »Für jemanden, der mich ständig bedrängt, den Hochzeitstermin festzulegen, zeigst du wenig Begeisterung.«
»Das würde ich, wenn ich dich nicht schon so lange kennen würde. Du bist über irgend etwas aufgebracht, und ich möchte wissen, worüber.«
Tief in ihrem Herzen brannte die Antwort, aber sie war gezwungen zu lügen, um ihn nicht so zu verletzen, wie sie selbst verletzt worden war. »Wenn du mich liebst, Charles, dann erfüll mir diesen Wunsch. Ich möchte es für Mutter tun, und uns bleibt nicht mehr viel Zeit.«

Sekundenlang sah er sie ernst an, ließ dann seine Arme sinken und trat zurück. »Nun gut. Wenn du mir eine Frage beantwortest.«
»Frag mich.«
»Liebst du mich, Emily?«
Seine Frage schien in ihrem Herzen widerzuhallen. Und wenn ihre Antwort auch nur die Halbwahrheit enthüllte, so waren ihre Motive doch absolut ehrenhaft.
»Ja«, antwortete sie und merkte, wie er sich entspannte. Sie liebte ihn, liebte ihn wirklich! Wie sie zu seinem besten Freund gesagt hatte: Wer könnte Charles nicht lieben?
Ihre Bestätigung ließ seinen Enthusiasmus wieder aufflammen. »Wollen wir es deiner Familie sagen?«
»Das habe ich bereits beim Abendessen getan«, log Emily.
»Oh.« Dieses eine Wort drückte seine ganze Enttäuschung aus, und sie war beschämt, weil sie ihn um die Freude betrogen hatte, ihre bevorstehende Hochzeit zu verkünden. Aber er würde sofort die Mißstimmung zwischen ihr, ihrem Vater und Fannie spüren. Und das wollte sie verhindern. »Die Stimmung in unserem Haus ist ziemlich bedrückt, weil es Mutter so schlecht geht. Deshalb hielt ich es für besser, nicht zuviel Aufhebens davon zu machen.«
»Geht schon in Ordnung«, sagte Charles unschlüssig. »Ich hatte nur gehofft ...« Er verstummte.
Sie nahm seine Hand. »Es tut mir leid, Charles. Die ganze Sache hätte in einem festlicheren Rahmen stattfinden sollen, nicht wahr?«
Er zuckte enttäuscht die Schultern und zwang sich zu einem Grinsen. »Ach, was zum Teufel ... nur unser gemein-

sames Leben zählt, nicht die Hochzeitsfeier. Und außerdem wissen deine Eltern seit Jahren, daß wir eines Tages heiraten werden, nicht wahr?«

Er küßte glücklich seine zukünftige Frau, streichelte leicht ihre Brüste und gab ihr damit stumm zu verstehen, daß er sie stets ehren und lieben würde. Sie erwiderte seinen Kuß, verdrängte alle Gedanken an letzte Nacht aus ihrem Kopf und redete sich ein: Du wirst dich mit der Zeit an seinen Bart gewöhnen. Du wirst dich an seine Hände auf deinem Körper gewöhnen.

Sie löste sich aus seinen Armen. »Wollen wir morgen mit Reverend Vasseler sprechen?«

»Ja.«

»Am Vormittag oder Nachmittag?«

»Vormittags. Dann kann ich am Nachmittag mit Tom und Tarsy sprechen. O Emily ...« Er drückte sie fest an sich. »Ich bin so glücklich.«

»Das bin ich auch ... aber jetzt muß ich gehen.«

Verzagt und mutlos machte sie sich auf den Heimweg. Wo blieb das Gefühl der Vorfreude, das auf diesen Schritt hätte folgen sollen? Zu Hause wurde ihre Einsamkeit noch durch die Leere in den Räumen unten verstärkt. So hatte ich es mir nicht vorgestellt. Es hätte ein großartiger Augenblick sein sollen, ein Moment geteilter Freude mit den Menschen, die sie liebte und von denen sie geliebt wurde.

Schwerfällig ging sie die Treppe hinauf, blieb im Lichtschein vor der offenen Tür zum Schlafzimmer ihrer Mutter stehen und betrachtete voller Abscheu das scheinbar harmonische Beisammensein. Alle drei waren da. Mutter, Vater und Fannie. Die Scheinheiligkeit dieser Szene drehte Emily den Magen um. Nicht einmal ihrer Mutter zuliebe brachte sie es fertig, die beiden anderen anzusehen, als sie ins Zimmer trat.

Sie setzte sich zu Josephine auf die Bettkante, wandte Edwin und Fannie den Rücken zu und umfaßte liebevoll die Hand ihrer Mutter.

»Ich glaube, du wirst dich darüber freuen – Charles und ich werden morgen mit Reverend Vasseler sprechen und so bald wie möglich heiraten. Die Zeremonie wird hier in deinem Zimmer stattfinden. Würde dir das gefallen, Mutter?«

»Aber Emily ...«

Josies Stimme war nur ein schwaches Wispern, doch ihre Augen leuchteten freudig auf.

»Ich wußte, es würde dich glücklich machen.«

»Aber ...«

»Stell jetzt keine Fragen. Das strengt dich zu sehr an. Ich wünsche es mir, und auch Charles möchte es. Morgen reden wir ausführlicher darüber.«

Als Emily vom Bett aufstand, sah sie den verstohlenen Blick, den Fannie und ihr Vater austauschten. Als beide sie ansahen, dachte sie verzweifelt: Papa, Papa, ich hatte mir diesen Augenblick ganz anders vorgestellt. Ich träumte von liebevollen Umarmungen und überströmender Freude.

Aber Emily verbarg ihre Gefühle hinter einer starren Maske.

Fannie überwand als erste ihre Befangenheit, stand auf und sprach um Josies willen ihre Glückwünsche aus. »Ich gratuliere dir, Liebes ...« Als sie das Mädchen umarmte und mit ihrer Wange leicht ihr Gesicht berührte, versteifte sich Emily. Fannie trat zurück und tadelte mit falscher Fröhlichkeit: »Edwin, um Himmels willen, hast du nichts dazu zu sagen?«

Emily zwang sich, reglos stehenzubleiben, als ihr Vater mit einem nach Vergebung und Verständnis flehenden Blick auf sie zutrat. Ihr Herz pochte heftig vor Liebe und Verzweiflung. Seine Lippen berührten ihre Wangen mit einer Innigkeit, die das kälteste Herz zum Schmelzen gebracht hätte. »Meine Glückwünsche, Liebes.«

Unbeweglich wie eine Säule ließ sie seine Berührung über sich ergehen und sträubte sich gegen die überwältigende Liebe, die sie für ihn empfand.

»Ich will es Frankie sagen«, murmelte sie, floh aus dem Zimmer und ließ die drei in bedrücktem Schweigen zurück.

Frankie schlief tief und fest. Sie setzte sich auf seine Bettkante und schüttelte ihn. »He, Kleiner, wach auf!«

Er vergrub sich in seinem Kissen und murrte.

»He, Frankie, wach auf. Ich muß dir etwas erzählen.« Bitte, wach auf. Ich brauche so dringend jemanden, mit dem ich reden kann.

»Hau ab ...«

Sie beugte sich über ihn und flüsterte ihm ins Ohr: »Ich werde Charles heiraten, wahrscheinlich noch diese Woche.«

»Das hättest du mir doch auch morgen sagen können«, brummte Frankie ins Kissen. »Warum mußtest du mich deswegen wecken?«

Frankie, ich brauche dich, ich möchte dich umarmen, mit dir meine Aufregung teilen. Verstehst du das denn nicht?

Natürlich verstand er es nicht. Er war einfach nur ein

mißmutiger, kleiner Junge, den sie im Schlaf gestört hatte. Er wußte nichts von dem Aufruhr in seiner Schwester. Niedergeschlagen ging sie in ihr Zimmer und traf dort Fannie, die sich anschickte, ins Bett zu gehen.

Als sie die Tür öffnete, saß Fannie vorm Frisiertisch und entfernte die Nadeln aus ihrem Haar. Sie drehte sich um und sah Emily an. Es fiel Emily leichter, Fannie mit eiskalter Verachtung zu begegnen, als ihrem Vater. Denn schließlich war Fannie der Eindringling, den zweifelsohne die größte Schuld traf. In diesem Augenblick höchster Anspannung, während sich ihre Blicke begegneten, sah Emily den liebevollen und besorgten Ausdruck in Fannies Augen.

Aber sie verschloß ihr Herz davor, wandte sich ab und strafte Fannie mit Verachtung.

Es war ihr höchst unangenehm, sich in der Gegenwart eines Menschen ausziehen zu müssen, für den sie nur noch Feindseligkeit empfand.

Keine von beiden sprach ein Wort, während sie in ihre Nachthemden schlüpften, die Bettdecke zurückschlugen, die Lampen löschten, zwischen die Laken krochen und dann Rücken an Rücken lagen, jede auf ihrer Seite des Bettes.

Emily erinnerte sich voll Bitterkeit an die Stunden, in denen sie früher neben Fannie in der Dunkelheit gelegen hatte, als Freundinnen, deren Zuneigung zueinander mit jedem Tag wuchs.

Aber Fannie war nicht mehr ihre Freundin. Sie hatte die Gastfreundschaft dieses Hauses und das Vertrauen ihrer Mutter mißbraucht. Dafür haßte Emily sie aus ganzem Herzen.

Emily hatte zehn Minuten lang reglos dagelegen, als Fannie leise in die Dunkelheit sprach.
»Emily, du machst einen Fehler.«
»Sei still! Ich will deine Entschuldigungen genausowenig hören, wie ich weiterhin mein Bett mit dir teilen will!«
Fannie schloß die Augen und fühlte das Brennen der Tränen hinter ihren Lidern. Sie verschränkte die Arme über der Brust und wiegte ihren Schmerz wie eine Mutter ihr Kind. Emily hatte ihre Worte mißverstanden; sie hatte nicht gemeint: Emily, du irrst dich bezüglich deines Vaters und mir, sondern du machst mit dieser überstürzten Heirat einen Fehler.
O Emily, Liebes, siehst du denn nicht, daß du Charles aus ganz verkehrten Gründen heiratest? dachte Fannie verzweifelt.
Aber konfrontiert mit Emilys kalter Zurückweisung, blieb Fannie die gutgemeinte Warnung im Hals stecken.

Vierzehntes Kapitel

Es waren frustrierende sechsunddreißig Stunden für Tom Jeffcoat gewesen. Wenn er sie noch einmal durchleben müßte, würde er seinen Kopf gebrauchen und zwischen sich und Emily Walcott mindestens einen Abstand von zwei Axtlängen halten.

Auf seinem Amboß hämmerte er auf ein Stück glühendes Eisen ein, als wäre es sein Kopf, der, gestand er sich ein, wohl ebenso unbeugsam wie Eisen war und dem er etwas Vernunft einbleuen mußte.

Du mußtest sie ja küssen, nicht wahr, Jeffcoat? Du mußtest ja in diesem dunklen Wandschrank herumgrapschen und konntest deine Hände nicht bei dir behalten. Du mußtest es unbedingt wissen. Und jetzt weißt du es, und du fühlst dich hundsmiserabel. Rennst herum wie eine Katze mit einem Haarknäuel in der Kehle und drohst daran zu ersticken. Es ist diese Frau, die dir die Kehle zuschnürt, und du kannst den Kloß weder schlukken noch auswürgen. Was, zum Teufel, wirst du also tun?

Er hämmerte auf das Eisen ein, bis sein ganzer Körper von der Erschütterung der Schläge vibrierte.

Emily Walcott. Was sollte ein Mann von ihr halten? Es gab Zeiten, da hatte er nur den Wunsch, sie zu erwürgen. Woher hatte sie nur dieses Temperament? Trotzig und her-

ausfordernd bot sie dem Leben die Stirn, schien alles und jeden zu bekämpfen.
Aber er bewunderte ihren Mut und ihren Elan. Von beidem hatte sie mehr als die meisten Männer.
Wie würden seine Eltern reagieren, wenn er sie als seine zukünftige Frau – seine Frau? – vorstellte? Emily mit Mütze, in Männerhosen, das Mädchen, das keine Kinder haben, sondern lieber kranke Tiere kurieren wollte. Seine Mutter würde in Ohnmacht fallen, und sein Vater würde ihn beiseite nehmen und ihn fragen, ob er noch bei Verstand sei.
Die Antwort war nein. Seitdem er sie geküßt hatte, schien er den Verstand verloren zu haben. Hier stand er und hämmerte wie ein Idiot auf ein Stück kaltes Eisen ein. Mit einem heiseren Fluch schleuderte er den Hammer in die Ecke, stand dann grübelnd da, vermißte sie und sehnte sich nach ihr.
Sie kam zu mir, sie lag in meinen Armen und küßte mich. Und zwischen uns war ein starkes Gefühl. Nicht nur Leidenschaft, sondern Gefühle. Und als ich ihr danach wieder begegnete, hieß es einfach: »Laß mich allein!«
Frustriert fuhr er sich mit den Fingern durchs Haar und stapfte aufgebracht und ziellos durch die Schmiede.
Was hast du denn von ihr erwartet? Sollte sie sich in deine Arme werfen und dich mitten auf der Straße küssen, wo sie doch mit Charles verlobt ist?
Emily Walcott war kein leichtfertiges Mädchen, das wußte er. Sie spielte nicht mit ihm, wie andere Frauen es taten. Wenn er ehrlich war, mußte er sich eingestehen, daß sie einfach heillose Angst hatte. Angst vor dem emotio-

nalen Aufruhr, der sie beide so plötzlich überwältigt hatte. Angst vor der Intensität. Angst vor den Folgen. Angst vor den Schmerzen, die sie anderen Menschen zufügen würden, wenn sie diesen Gefühlen nachgaben.

Und was ist mit dir? Fürchtest du dich nicht davor?

Erschöpft ließ er sich auf einen Schemel sinken und stieß einen tiefen Seufzer aus. Er nahm ihre Haarnadel aus seiner Hemdtasche und rieb sie zwischen den Fingern ... starrte darauf und sah dabei Emily vor sich: wie sie ihn beim Tanzen angesehen hatte ... wie sie auf der Drehscheibe auf ihn zugeglitten war. Er hörte wieder ihre flehende Stimme in dem dunklen Wandschrank: »Tom, tu's nicht. O Gott, bitte, tu's nicht.« Denn bereits vor diesem ersten Kuß waren sie sich der unterschwelligen Faszination füreinander bewußt gewesen, die sich unter der scheinbaren Abneigung verbarg.

Er bedeckte sein Gesicht mit beiden Händen.

Also gut, auch ich habe Angst. Angst davor, Charles weh zu tun. Selbst verletzt zu werden. Eine falsche Entscheidung zu treffen. Er hob den Kopf und starrte in die orangerote Glut des Schmiedefeuers.

Die Frage ist: Liebe ich sie?

Gott helfe mir, ja.

Solltest du es ihr dann nicht sagen, anstatt um den heißen Brei herumzuschleichen?

Und was dann?

Möchtest du mich heiraten?

Er schluckte, aber der Kloß blieb in seiner Kehle stecken.

Wäre es nicht besser, du würdest ihr auch das sagen?

Während dieser Gedanke in ihm reifte, hörte er Schritte, und Sekunden später stand Charles im Tor zur Schmie-

de. »Auf diese Weise kommst du mit der Arbeit nicht voran!« tadelte er ihn grinsend.
Tom grinste zurück, zerrissen von widersprüchlichen Gefühlen, freute er sich, Charles zu sehen, und wünschte sich gleichzeitig, er wäre ihm nie begegnet.
»Ja, und du auch nicht.« Tom stand auf. »Was vertrödelst du hier mitten am hellichten Tag deine Zeit?«
Charles trat in die Schmiede und sagte mit einem breiten Lächeln: »Ich bin gekommen, um dich zu meiner Hochzeit einzuladen.«
»Deine H ...«
»Freitag mittag, um ein Uhr.«
Tom wäre beinahe wieder auf den Schemel gesunken. »Am Freitag? Meinst du *diesen* Freitag?«
»Ja.«
»Aber das ist übermorgen!«
»Ich weiß.« Charles klatschte in die Hände und rieb die Handflächen aneinander. »Das eigensinnige Frauenzimmer hat endlich ja gesagt.«
Der Kloß in Toms Kehle schien zu doppelter Größe anzuschwellen. »Aber ... so bald ...«
Mit etwas gedämpftem Enthusiasmus sagte Charles: »Es ist wegen ihrer Mutter. Mrs. Walcott geht es sehr schlecht. Emily glaubt, sie wird nicht mehr lange leben und möchte, daß wir sofort heiraten. Es wird nur eine schlichte Zeremonie in Mrs. Walcotts Schlafzimmer werden, damit sie dabeisein kann.« Dann schäumte Charles wieder vor Glück über und sagte freudestrahlend zu Tom: »Stell dir nur vor, Tom, Emily kann es kaum noch erwarten!«
Oder sie flieht, dachte Tom. »Ich dachte, sie wollte erst ihren Veterinärabschluß machen.«

»Sie gibt das Studium auf. Sagte, unsere Kinder würden ihr keine Zeit mehr dafür lassen.«

Erst vorletzte Nacht hat sie mir erzählt, für Kinder wäre es noch zu früh.

»Nun ... das ist kaum zu glauben.« Krampfhaft bemüht, seine Gefühle zu verbergen, fuhr sich Tom mit der Hand durchs Haar. »Das ist ..., nun, das ist ... ich gratuliere ...« Er warf Charles einen zweifelnden Blick zu, wie er es getan hätte, ehe er sich in Emily verliebte. »Falls du wirklich meine Glückwünsche verdient hast.«

Charles lachte und schlug Tom auf die Schulter. »Ich glaube, du magst sie mehr, als du zugibst.«

»Sie ist ganz in Ordnung, schätze ich. Nur ein wenig vorlaut.«

»Ich möchte dich um einen Gefallen bitten.«

»Schieß los.«

»Ich möchte dich bitten, mein Trauzeuge zu sein.«

Tom drehte sich der Magen um. Er sollte an Charles' Seite stehen und Schweigen bewahren, wenn Reverend Vasseler fragte, ob jemand einen Grund kenne, der gegen die Vermählung dieses Paares spräche? Und Charles den Ehering reichen, damit er ihn Emily an den Finger steckte? Und sie nachher auf die Wange küssen und ihr ein glückliches Leben mit einem anderen Mann wünschen? Großer Gott, das konnte er nicht!

Toms Gesicht wurde abwechselnd rot und blaß. Er dankte Gott für das düstere Licht in der Schmiede. Er blinzelte, schluckte und streckte Charles seine Hand hin.

»Natürlich mache ich das.«

Charles umfaßte Toms Finger mit beiden Händen. »Schön. Und Tarsy wird Emilys Trauzeugin. Sie ist gera-

de bei ihr, um sie zu fragen. Bestimmt wird sie wie du damit einverstanden sein.« Charles drückte Toms Hand schmerzhaft und sagte heiser vor Erregung: »Ich bin so verdammt glücklich, Mann, du weißt gar nicht, wie glücklich ich bin.«
Tom wäre am liebsten im Erdboden versunken. Um das Entsetzen auf seinem Gesicht zu verbergen, legte er Charles seinen Arm auf die Schultern und drückte ihn an sich. »Bleib, wie du bist, Charles. Werde glücklich, denn du hast es verdient.«
Charles klopfte ihm auf den Rücken.
Dann lösten sie sich voneinander. »Nun ...« Tom fuhr sich mit einem Knöchel über die Nase, schniefte beschämt und stopfte seine Hände in die Hosentaschen. »Was für eine dämliche Unterhaltung.«
Befangen brachen beide in Gelächter aus.
»Ja, und ich muß noch ein paar Nägel reinklopfen.«
»Und ich muß noch ein Winkeleisen schmieden.«
»Also?«
»Also, hau endlich ab, verdammt noch mal.«
Als er gegangen war, traf Tom die Reaktion wie ein Vorschlaghammer.
Sie wird es tun! Dieses verdammte, närrische Frauenzimmer glaubt, mit einer überstürzten Heirat alle Probleme lösen zu können. Sie flieht vor ihren eigenen Gefühlen in die Ehe mit Charles.
Wirst du sie also davon abhalten oder tatenlos zusehen?
Der Teufel soll mich holen, wenn ich es nicht versuche.
Ein guter Freund bist du.
Verdammt noch mal, laß mich allein!

Er belud einen Wagen mit Pferdemist – die einzige Finte, die ihm spontan einfiel – und spannte Liza und Rex davor. Er fuhr die Main Street bis zur Ecke Burkitt hinunter, wo er den Hügel und Tarsys Haus im Auge behalten konnte.

»Hü«, rief er und hielt die Pferde an. Langsam stieg er ab, umrundete das Gespann, hob Lizas Huf und tat so, als würde er ihn inspizieren. Dann trat er zwischen die Pferdeköpfe und führte sie langsam, Schritt für Schritt, voran, achtete auf ein nicht vorhandenes Hinken.

Ein Blick den Hügel hinauf – keine Seele in Sicht.

Er straffte das Zaumzeug, machte sich am Geschirr zu schaffen, blinzelte wieder den Hügel hinauf, und da war sie, überquerte in einem braunen Mantel die Burkitt Street auf dem Weg nach Hause. Es war ein strahlend heller Tag, das Glitzern des Schnees schmerzte in den Augen.

Er stieg wieder auf den Kutschbock, fuhr den Hügel hinauf und folgte ihr langsam. Ihr Rock flatterte bei jedem Schritt. Allein ihr Anblick ließ seinen Puls schneller schlagen. Eine Hand hatte sie gegen die Brust gedrückt, ihr Kinn steckte in dem roten Schal um ihren Hals. Sie ging so, wie sie die meisten Dinge im Leben tat – forsch und energisch. Sie würde eine verdammt gute Hausfrau sein, obwohl ihr das nicht bewußt war. Ihrem Heim und ihrer Familie würde sie sich mit derselben Hingabe widmen wie dem Stall und den Tieren. Und er hatte nur einen Wunsch: Es sollten sein Haus und seine Familie sein.

Als sie einen Block von Tarsys Haus entfernt war, holte er sie ein.

»Hallo, Emily.«

Sie fuhr herum, als hätte er ihr ein Gewehr in die Rippen gedrückt. Entgeistert sah sie ihn an.

»Du siehst blaß aus«, sagte er besorgt.

»Ich habe dir gesagt, du sollst mich allein lassen.« Sie machte auf dem Absatz kehrt und marschierte weiter. Er trieb die Pferde an und folgte ihr.

»Ja, das hast du gesagt.«

»Also halte dich daran.«

»Charles hat mir eben die Neuigkeit erzählt.« Unbeirrt ging sie weiter. »Du wirst mir verzeihen, daß ich dir nicht gratuliere«, fügte er hinzu.

»Verschwinde!«

»Ich denke nicht daran. Ich bleibe, Wildfang, und daran solltest du dich gewöhnen. Was hat Tarsy gesagt?«

»Sie ist einverstanden.«

»Du erwartest also, daß wir beide euch vor Gott und Reverend Vasseler unseren Segen geben?«

»Das war nicht meine Idee.«

»O wie tröstlich.«

»Würdest du mir bitte nicht länger hinterherfahren? Die ganze Stadt kann uns sehen.«

»Fahr ein Stück mit.«

Sie warf ihm einen vernichtenden Blick zu. »Auf deinem Mistwagen!«

»Ein Wort von dir genügt, und ich bin mit einem Pferdeschlitten zurück, ehe du dein Haus erreicht hast.«

Sie blieb stehen und fixierte ihn mit einem gequälten Blick. »Ich werde ihn heiraten, kannst du das nicht verstehen?«

»Doch, ich verstehe es. Aber warum tust du's? Du hast Angst, Emily.«

»Ich tue das einzig Vernünftige.« Sie ging nun langsamer, ließ resigniert die Schultern hängen. Er hielt die Pferde ein paar Schritte hinter ihr, beobachtete sie, wie sie vor ihm, vor ihren Gefühlen, vor der Wahrheit davonlief. Er zog die Zügel an, ließ Emily ein paar Meter weitergehen, ehe er rief: »He, Emily, ich habe vergessen, dir etwas zu sagen.« Er wartete, aber sie ging einfach mit gesenktem Kopf weiter. Obwohl die Straße an beiden Seiten von Häusern gesäumt war, stand er auf und schrie: *»Ich liebe dich!«* Sie wirbelte herum, ihr Gesicht leuchtete förmlich vor Überraschung. Jeder Dorftrottel hätte die Liebe und das Sehnen in ihren Augen erkannt, als sie einander gegenüberstanden, sie mitten auf der Straße und er auf dem Kutschbock des Mistwagens. Etwas leiser fügte er hinzu: »Ich nehme an, das solltest du wissen, ehe du Charles heiratest.«
Mit offenem Mund starrte sie ihn an. »Ich habe noch etwas vergessen. Ich möchte dich heiraten.« Dann setzte er sich wieder, nahm die Zügel in die Hand, fuhr los und ließ sie an der Ecke Jefferson Street stehen. Noch immer atemlos vor Überraschung, eine Hand gegen die Brust gedrückt, das Gesicht hochrot, sah sie ihm nach.

Sie verbrachte den Tag zu Hause, den Abend mit Charles. Tom wußte das und ärgerte sich, aber er mußte ihr fernbleiben. In der Nacht lief er ruhelos und von Sorgen gequält durch sein Haus, trat immer wieder ans Fenster, sah hinaus und hoffte, Emily über den Hof kommen zu sehen. Um Mitternacht ging er ins Bett, starrte schlaflos in die Dunkelheit und machte die bizarrsten Pläne, um noch einmal mit ihr sprechen zu können. Gegen zwei Uhr morgens entschied er, daß diese verzweifelte Situation verzweifelte Maßnahmen erforderte. Wenn er sich die Zeit vorstellte, zu der Emily und Edwin in den Mietstall gingen, schätzte er, daß sie um sechs Uhr aufstanden.

Er wartete in ihrem Hinterhof um fünf Uhr dreißig.

Es war Dezember und kalt, so kalt, daß das Atmen schmerzte. Er schlug den Kragen seiner dicken Schaffelljacke hoch, bedeckte seine Ohren mit den Händen, lehnte sich mit einer Schulter gegen die Rückwand eines Schuppens, spähte um die Ecke und beobachtete den Pfad, der von der Küchentür zum Klohäuschen führte. Oben im Haus fiel eine Tür ins Schloß, und hastige Schritte knirschten über den Schnee. Es war Edwin. Tom schlich zum anderen Ende des Schuppens, sah, wie der Mond hinter den Bergen verschwand, und hörte Edwin ins Haus zurückgehen. Eine Minute später huschte eine weitere Gestalt über den Pfad. Tom lugte vorsichtig um die Ecke. Es war Fannie.

Gleich darauf kehrte auch sie ins Haus zurück. Tom zitterte vor Kälte. Kurz vor Morgengrauen sank die Temperatur immer um ein paar Grad, und heute schienen es zwanzig Grad unter Null zu sein. Er schneuzte sich, und nachdem er die Handschuhe wieder angezogen hatte, fühlte er, wie klamm und kalt seine Finger waren. Mit verschränkten Armen stampfte er im Schnee umher und steckte sein Kinn in den Jackenkragen.

Vielleicht war Emily schon vorher draußen gewesen, und er hatte sie verpaßt. Oder sie schlief heute länger. Das war sowieso eine idiotische Idee. Er sollte nach Hause gehen und sie in Ruhe lassen. Vielleicht liebte sie Charles wirklich.

Aber er blieb.

Ein Viertelstunde später kam Emily. Im trüben Licht der aufsteigenden Dämmerung sah er sie vom Haus herunterkommen. Mit gesenktem Kopf, den Mantel eng um den Körper gewickelt, lief sie lautlos über den Pfad.
Tom versteckte sich im Schatten des Schuppens. Aber als sie die Klotür öffnete und heraustrat, stand er breitbeinig mitten auf dem Weg.
»Guten Morgen.«
Erschrocken fuhr sie zurück. »Tom!«
»Ich muß mit dir sprechen.«
»Bist du verrückt? Es ist sechs Uhr morgens!«
»Gestern abend war es mir wohl kaum möglich, oder?«
»Aber es ist eiskalt hier draußen.«
»Ich weiß. Ich warte schon eine Weile auf dich. Ich hatte Angst, du würdest nicht kommen.«
»Ich kann hier nicht mit dir reden. Ich bin ...« Sie starrte zu Boden. »Meine Füße ... Ich habe nur Hausschuhe und ein Nachthemd an. Und bald wird es hell. Jeder kann uns sehen.«
»Emily, verdammt noch mal, das ist mir egal! Du willst morgen den falschen Mann heiraten, und mir bleibt nur noch wenig Zeit, es dir auszureden!« Mit einem einzigen langen Schritt war er bei ihr und hob sie hoch.
»Thomas Jeffcoat, setz mich sofort ab!«
»Hör auf zu strampeln, und hör mir zu.« Er trug sie hinter den Schuppen, lehnte sich mit dem Rücken gegen die Bretterwand und sank in die Hocke. »Steck deine Füße hier rein. Gütiger Gott, Mädchen, hast du nicht mehr Verstand, als in Hausschuhen durch den Schnee zu laufen.«
Er wickelte ihr Nachthemd darum, setzte sie auf seinen Schoß und umfing sie mit seinen Armen.

»Emily, du läßt mir wirklich keine Zeit. Ich habe keine andere Wahl, so verrückt es auch sein mag.«
»Verrückt ist kaum das richtige Wort dafür. Was du mir gestern, mitten auf der Straße, angetan hast, war einfach schrecklich.«
»Aber es hat dich zum Nachdenken gebracht, nicht wahr?«
»Aber man … verfolgt ein Mädchen nicht auf einem Mistwagen und bittet es, einen zu heiraten!«
»Ich weiß, deshalb frage ich dich jetzt noch einmal.«
»Diesmal hinter dem Klohäuschen!«
»Nein, hinter einem Schuppen.«
»Thomas Jeffcoat, du bist verrückt.«
»Ich bin verliebt. Also will ich dich noch einmal fragen – willst du mich heiraten?«
»Nein.«
»Liebst du mich?«
»Wie kannst du mich das am Tag vor meiner Hochzeit fragen?« Verzweifelt versuchte sie sich aus seinen Armen zu befreien, aber er hielt sie fest.
»Beantworte meine Frage nicht mit einer Gegenfrage! Liebst du mich?«
»Das hat keinen Einfluß auf mein Versprechen …«
»Liebst du mich?« fragte er schroff, umfaßte ihren Nakken mit einer Hand und zwang sie, ihn anzusehen.
»Ich begehre dich. Ich weiß nicht, ob das dasselbe …«
Er verschloß ihren Mund mit seinen Lippen, küßte sie mit all der Liebe und Verzweiflung, die er fühlte. Dann holte er keuchend Luft und sah sie mit ernstem Blick an. »Auch ich begehre dich – das will ich nicht leugnen –, so sehr, daß ich dich am liebsten gleich hier im Schnee nehmen

möchte. Aber es ist mehr als Leidenschaft. Ich gehe durch mein leeres Haus und stelle mir vor, daß du mit mir darin lebst. Ich möchte mit dir beim Frühstück sitzen, ganz gleich, ob du Eier braten kannst oder nicht. Meinetwegen können wir auch verbrannten Toast essen – aber ich will dich bei mir haben, Emily. Und im Mietstall – du kannst so verdammt gut mit Pferden umgehen. Kannst du dir nicht vorstellen, wie wir gemeinsam leben und arbeiten würden? Welch ein erfolgreiches Paar wir wären?

Und was ist mit deinem Studium? Charles sagte mir, du würdest es um der Kinder willen aufgeben, nachdem du mir erzählt hattest, für Babys wäre es noch zu früh. Emily, auch ich möchte vorerst noch keine Kinder haben. Für eine Weile soll es nur dich und mich geben ...« Dann fügte er ganz sanft hinzu: »Ich liebe dich. Ich möchte dich nicht verlieren.«

Reglos lag sie in seinen Armen und ließ sich von ihm überzeugen. Sie vergaß die bevorstehende Hochzeit. Sie vergaß die Kälte. Sie vergaß zu widersprechen. Hingebungsvoll erwiderte sie seinen Kuß, seine Lippen weckten die Glut der Leidenschaft in ihrem Körper, und sie versank in einem Aufruhr der Gefühle, der ihre Sinne schwinden ließ.

»O Emily ...« flüsterte er gequält.

»Warum hast du mich nicht früher gefragt?« stöhnte sie verzweifelt.

»Weil ich es erst wußte, nachdem ich dich geküßt hatte.«

»Warum hast du mich dann nicht früher geküßt?«

»Du kennst die Gründe ... Charles, Tarsy ... sogar Julia. Ich dachte, ich wäre mit den Frauen fertig, wollte nichts mehr mit ihnen zu tun haben. Ich hatte Angst, wieder verletzt zu werden. Aber das ist nichts im Vergleich zu den Qualen, die ich jetzt erleide. Emily, bitte ... du mußt mich heiraten.« Er hob sein Gesicht, aber sie wich seinem Kuß aus.

»Thomas ... bitte, die Antwort lautet noch immer nein.«

»Aber warum?«

Voller Verzweiflung sah sie ihm in die Augen und beschloß, es ihm zu erzählen, um damit gleichzeitig ihre eigene Entscheidung zu bekräftigen. »Ich werde dir etwas anvertrauen, was du unbedingt für dich behalten mußt. Am Morgen, nachdem ich in deinem Haus gewesen bin, überraschte ich in der Küche meinen Vater und Fannie, wie sie sich küßten. Du kannst dir nicht vorstellen, was ich dabei empfand, Tom. Ich fühlte mich angewidert und verraten und hatte einen Zorn wie nie zuvor in meinem Leben. Vater hat uns alle betrogen – mich, meinen Bruder, aber vor allem meine Mutter. Es ist schlimm genug, daß sie die qualvollen Leiden erdulden muß und so jung sterben wird. Und ihr Mann treibt es direkt vor ihrer Nase mit einer anderen Frau! In ihrem eigenen Haus!

Dieses Erlebnis öffnete mir die Augen über mich selbst und was ich Charles antue.«

»Aber dein Vater ist ...«

»Ich will nicht wie mein Vater handeln, Tom! Charles ist ein guter und bewundernswerter Mann, der es nicht verdient hat, von seiner Verlobten und seinem besten Freund betrogen zu werden. Denn das sind wir – *seine Verlobte und sein bester Freund!* Wenn wir zusammen sind, vergessen wir es nur zu gern.«

»Also wirst du Charles heiraten, nur um für den Verrat deines Vaters zu büßen? Ist es nicht so?«

Er hatte die Wahrheit ausgesprochen, und darauf wußte sie keine Antwort.

»Und was ist mit unseren Gefühlen? Haben wir kein Recht darauf?« bohrte Tom weiter.

»Mein Gefühl könnte durchaus Panik sein, die wohl jede Frau kurz vor der Hochzeit empfindet. Aber ich kann keine weiteren Probleme mehr ertragen. Die letzten drei Tage waren schrecklich. Wenn ich das Zimmer meiner Mutter betrete, fühle ich mich schuldig. Wenn ich Charles ansehe, fühle ich mich schuldig. Ich sehe dich und bin verwirrt. Papa und Fannie erfüllen mich derart mit Abscheu, daß ich es kaum noch ertragen kann, mit ihnen unter einem Dach zu leben. Ich sehne mich nach Frieden, und den werde ich bei Charles finden. Ich werde ihn heiraten und mit ihm mein eigenes Leben führen.«

»Du willst deine Gefühle für mich einfach ignorieren? Was wir füreinander empfinden?«

»Emily?« Fannie rief nach ihr.

Hinter dem Schuppen hielten Tom und Emily angespannt den Atem an.

»Emily, wo bleibst du so lange?«

»Antworte nicht.« Tom drückte Emily fest an sich.

»Ich muß reingehen«, flüsterte sie und befreite sich aus seinen Armen.

»Warte!«

»Laß mich los! Sie kommt herunter!«

Fannies Stimme klang wieder durch den frostigen Morgen. »Emily?«

Emily antwortete mit lauter Stimme: »Ich komme gleich!«

Tom packte ihre Handgelenke und hielt sie zurück.

»Tu es nicht, Emily.«
»Ich muß.«
»Dann erwarte nicht von mir, daß ich als Trauzeuge fungiere!«
»Ich muß reingehen.«
»Du bist so verdammt verblendet!«
»Laß mich gehen … bitte.«
»Emily …«
»Leb wohl, Thomas.«
Sie rannte, als wäre der Teufel hinter ihr her.

Josephine Walcott war dem Tode nahe, wehrte sich jedoch mit jedem Funken verbliebener Lebenskraft dagegen. Während der vergangenen vierundzwanzig Stunden hatte sich ihr Zustand überraschend gebessert. Sie hustete weniger, fühlte sich stärker, und ihr Wahrnehmungsvermögen hatte sich auf ungewöhnliche Weise verschärft – Veränderungen, die, wie sie gehört hatte, oft kurz vor dem Tode eintraten. Ihr war nicht entgangen, daß im Haus Mißstimmung herrschte.
Emily begegnete Fannie und Edwin mit eisiger Ablehnung. Edwin schlich bedrückt umher. Und Charles war nicht gekommen, um ihr die bevorstehende Hochzeit anzukündigen. Jeder verhielt sich äußerst merkwürdig. Diese angespannte Atmosphäre war wohl auf die gelegentlichen Gefühlsausbrüche zurückzuführen, die in den Räumen unten stattfanden und die von ihr nicht unbemerkt geblieben waren.
Am Tag vor Emilys Hochzeit wachte Josephine vor Tagesanbruch auf und lauschte auf die Geräusche im Haus. Türen wurden geöffnet und geschlossen, Herdringe klirrten,

die Wasserpumpe quietschte, Speck zischte in der Pfanne, und gedämpfte Stimmen sprachen.

Dann rief Fannie besorgt Emilys Namen. Zweimal. Dreimal.

Die Hintertür fiel ins Schloß, und Edwin fragte: »Emily, geht es dir gut?«

Emilys Stimme, barsch und rüde, tönte klar von unten herauf: »Legt kein Gedeck für mich auf. Ich frühstücke mit Mutter.«

Eine Viertelstunde später kam sie mit dem Frühstückstablett in Josephines Zimmer und schloß die Tür, die bis vor zwei Tagen immer offen geblieben war, hinter sich.

»Guten Morgen, Mutter.«

Josephine griff nach Emilys Hand, als ihre Tochter das Tablett auf die Bettdecke stellte. Sie lächelte Emily an und berührte mit den Fingern ihre gerötete Wange.

»Bist du krank?« flüsterte Josephine besorgt.

»Krank? Nein, ich bin ... mir geht es gut.«

»Ich habe Fannie nach dir rufen hören. Deine Wange ist ganz kalt.«

»Ich war draußen. Heute morgen sind zehn Grad unter Null.«

»Und so rot.«

Emily mied den Blick ihrer Mutter und beschäftigte sich mit dem Frühstückstablett. »Heute gibt's Hafergrütze und Speck und Eier. Laß mich dein Kissen aufschütteln. Ich hoffe, du hast Appetit. Es hat mich so gefreut, wie gut du gestern gegessen hast.« Sie plapperte weiter – überflüssiges Geschwätz, um ihre Nervosität zu verbergen. »Ich werde heute dein Zimmer saubermachen und dir dein Haar waschen. Dann bügele ich dir deine schönste

Bettjacke und mein blaues Kleid. Natürlich muß ich auch mein Haar waschen und meine Sachen packen, um sie in Charles' Haus zu bringen …«

»Emily, was hast du?«

»Wie?« In Emilys weit aufgerissenen Augen lag ein Anflug von Panik.

»Du brauchst mir nichts zu verschweigen, um mich zu schützen«, flüsterte Josephine. »Ich bin noch sehr lebendig und möchte wieder ein Teil der Familie sein.«

Josephine sah, wie ihre Tochter mit sich kämpfte. Für einen Augenblick glaubte sie, Emily würde nachgeben und sich ihr anvertrauen, aber dann sprang sie auf, wandte ihr den Rücken zu, damit ihre Augen die Geheimnisse nicht verrieten, die sie nicht enthüllen wollte. »O Mutter, du warst immer Teil dieser Familie, das weißt du doch. Mach dir bitte keine Sorgen um mich. Es geht mir gut.«

Aber Emily rührte ihr Frühstück kaum an, und als Edwin ins Zimmer kam, ehe er in den Mietstall ging, zeigte sie ihm die kalte Schulter und erwiderte nicht einmal seinen Gruß.

Bald darauf erschien Fannie, bot an, das Zimmer zu säubern, aber Emily lehnte hochmütig ab und erklärte mit feindseliger Stimme, daß sie ihre Mutter für den morgigen Tag herrichten würde. Die Spannung im Raum war förmlich greifbar, als Fannie Emily über das Bett hinweg ansah und dann resigniert zur Tür ging.

»Fannie!« rief Emily.

»Ja?« Fannie drehte sich um.

»Es ist nicht nötig, daß du ein Hochzeitsessen vorbereitest, falls du das vorgehabt hast. Nach der Zeremonie werden Charles und ich sofort in sein Haus gehen.«

Emily verbrachte den Tag wie die beiden zuvor, kümmerte sich ausschließlich um ihre Mutter, wirkte dabei aber zunehmend hektisch und verstört. Bedrückt beobachtete Josephine ihre Tochter und machte sich Sorgen.
Am späten Nachmittag begann Emily die für beide mühevolle und peinliche Prozedur des Haarewaschens. Der ungewohnte Körperkontakt, die vertauschten Rollen brachten Mutter und Tochter einander jedoch näher, als sie sich seit Jahren gewesen waren.
Als Josephine schließlich wieder erschöpft in den Kissen lehnte, kämmte Emily ihr Haar und sagte: »Es wird nicht lange zum Trocknen brauchen.«
»Nein, das wird es nicht ...« sagte Josephine traurig.
Die Worte trafen Emily mitten ins Herz. Noch vor einem Jahr war das Haar ihrer Mutter dunkel, dicht und glänzend gewesen – ihr ganzer Stolz. Jetzt schien die rosa Kopfhaut durch die dünnen, farblosen Strähnen.
Josephine fühlte Emilys Traurigkeit, sah den Ausdruck verzweifelter Einsamkeit auf ihrem Gesicht.
»Emily, Liebes, bitte hör mich an.« Sie nahm Emilys Hand und hielt sie fest, während sie flüsternd sprach, um nicht husten zu müssen. »Es spielt keine Rolle mehr, wie mein Haar jetzt aussieht, daß dein Vater hier auf der Liege schläft und mich mehr und mehr als einen alten verschrumpelten Apfel betrachtet. Nichts davon ist wichtig. Wichtig ist allein, daß dein Vater und ich über zweiundzwanzig Jahre miteinander gelebt haben, ohne je die Achtung voreinander verloren zu haben.«
Mit gesenktem Blick starrte Emily auf die welken Hände ihrer Mutter.
»Während der vergangenen Tage warst du sehr bedrückt,

und ich glaube, ich weiß, was dich quält. Ich weiß deine Loyalität zu schätzen, aber vielleicht ist sie fehl am Platz.« Josephines Daumen streichelte Emilys Ringfinger. »Ich bin *krank*, Emily, aber weder blind noch taub. Ich habe deine plötzliche Abneigung Vater und Fannie gegenüber bemerkt, und ich habe Dinge gehört ... durch die Bodenbretter. Dinge, die vielleicht nicht für meine Ohren bestimmt waren.« Mit einem Seufzer verstummte Josephine und betrachtete das deprimierte Gesicht ihrer Tochter. »Wir waren uns nie besonders nahe, nicht wahr, Emily? Vielleicht war es mein Fehler.« Sie hielt weiterhin Emilys Hand fest, eine vertraute Geste, die ihr während der achtzehn Jahre Mutterschaft fremd gewesen war. »Aber du hingst immer so sehr an deinem Vater, liefst ständig hinter ihm her und wolltest so werden wie er. Ich sehe, wie weh es dir tut, ihn und Fannie zu meiden. Du hast dich mit Fannie sehr gut verstanden, nicht wahr?«

Emily schluckte, hielt aber den Blick gesenkt. Ihre Wangen röteten sich.

»Ich glaube, es ist höchste Zeit, daß ich dich über etwas aufkläre. Es mag vielleicht nicht erfreulich für dich sein, diese Dinge zu hören, aber ich glaube, du wirst sie verstehen. Du bist jetzt eine erwachsene Frau und stehst kurz davor, selbst zu heiraten. Du bist alt genug, um zu verstehen, wie die Dinge zwischen deinem Vater und mir stehen.«

Emily sah ihre Mutter an. »Mama, ich ...«

»Psst. Ich ermüde so schnell, also hör mir bitte zu.« Monatelang war Josephine zu schwach gewesen, um längere Gespräche zu führen, aber jetzt schien ihr die Sorge um ihre Tochter die Kraft zu verleihen, die sie brauchte.

»Dein Vater und ich sind in ähnlicher Weise aufgewachsen wie du und Charles. Auch wir kannten uns von frühester Kindheit an. Als wir vierzehn waren, sagten uns unsere Eltern, daß sie für uns ein Heiratsabkommen getroffen hatten, das wir zu erfüllen hatten. Weder Grundbesitz noch Familienvermögen spielten dabei eine Rolle. Deswegen habe ich mich oft gewundert, warum sie darauf bestanden, daß Edwin und ich heirateten. Vielleicht geschah es nur, weil sie befreundet waren und wußten, daß sie anständige, christliche Kinder großgezogen hatten, die ihren Kindern wiederum ein christliches Heim geben würden.

Als wir sechzehn waren, wurde unsere Verlobung offiziell verkündet – im selben Frühjahr, in dem Fannie nach zweijährigem Internatsaufenthalt aus Europa zurückkam. Am Tag ihrer Ankunft gaben Fannies Eltern eine Party, und ich kann mich noch ganz deutlich an jenen Abend erinnern. Fannie war der strahlende Mittelpunkt, und ich merkte sofort, daß dein Vater sich in sie verliebt hatte. Sie tanzten die Quadrille zusammen und hatten nur Augen füreinander. Edwin hat sie angelächelt, wie er mich nie angelächelt hat, und ich vermute, er hat sie später im Garten geküßt.

Nach diesem Abend wußte ich, daß ich ihn von seinem Eheversprechen hätte befreien müssen, aber ich war weder das begehrteste noch das hübscheste Mädchen von Boston. Ich konnte nicht flirten wie Fannie ... wußte mich nicht kokett zu benehmen, wie es den jungen Männern gefiel ... Aber vor allem war ich in dem Glauben erzogen worden, die Wünsche meiner Eltern respektieren zu müssen.«

Josephine holte bebend Luft, fiel in die Kissen zurück und sah zur Decke hoch. »Unglücklicherweise traf das auch auf Edwin zu. Ich wußte, daß er sich in Fannie verliebt hatte und wie er darunter litt. Aber wahrscheinlich haben ihn seine Eltern gezwungen, sein Eheversprechen einzuhalten. Also heiratete er mich.

Ich möchte, daß du es richtig verstehst, Emily ...« Josephine hielt noch immer die Hand ihrer Tochter. »Unsere Ehe war nicht unerträglich ... nicht einmal schlecht, aber sie war auch nicht das großartige Erlebnis, das sie hätte sein können, wenn uns die Gefühle verbunden hätten, die dein Vater für Fannie empfand. Wir kannten die Grenzen unserer Liebe. Nenn es Respekt, das trifft eher zu, denn ich wußte immer, daß Edwin nur Fannie geliebt hat. Oh, er hat seine Gefühle gut verborgen, er hat nie erraten, daß ich es wußte. Aber ich kannte den Grund, warum wir aus Massachusetts fortzogen – damit die räumliche Entfernung ihn daran hinderte, der Versuchung nachzugeben. Und obwohl Fannie immer an mich schrieb, wußte ich, daß ihre Briefe für Edwin bestimmt waren, um ihm mitzuteilen, wie es ihr ging und wo sie war und daß sie ihn nie vergessen hat.

Wußtest du, Emily, daß ich Fannie gegen den Willen deines Vaters hierhergeholt habe?«

Emily sah ihre Mutter bestürzt an. Josephine sprach weiter. »Als ich ihm sagte, daß sie kommen würde, war er auf mich sehr wütend. Er schrie mich an – was sehr selten vorgekommen ist – und erklärte, daß er Fannie auf keinen Fall hierhaben wolle, was natürlich nur meinen Verdacht bestätigte – daß die Erinnerung an sie während der Jahre nicht abgeklungen war, daß er sie noch immer liebte. Aber ich hatte ihm keine Wahl gelassen, denn ich sagte ihm erst, daß Fannie kommen würde, als sie bereits unterwegs war.«

Josephine betrachtete lächelnd ihre ineinander verschlungenen Finger, ihre waren so zart und durchscheinend wie Porzellan und Emilys stark und von harter Arbeit gezeichnet. »Du hältst mich wohl für ein wenig verrückt, daß ich die beiden wieder zusammengebracht habe?« Ihr Flüstern wurde plötzlich vehement, und sie drückte Emilys Hand fest. »O Emily, sieh Fannie doch nur an! Wir sind so verschieden wie Tag und Nacht. Sie ist lebhaft und geistreich, fröhlich und lebenslustig, während ich hoffnungslos konservativ und altmodisch bin. Ich war nie wie Fannie, besaß nie die Eigenschaften, die dein Vater wirklich liebt. Er hätte sein Leben mit ihr verbringen sollen, aber er blieb mir treu und hielt das Versprechen, das wir uns einst gaben. Er hätte die Wärme, Zuneigung und Hingabe einer Frau wie Fannie erfahren sollen, statt dessen gab er sich mit mir zufrieden. Jetzt ist sie hier, und wenn ich richtig vermute, so hast du sie dabei überrascht, wie sie sich … was? Küßten? Umarmten? Quält dich das?«

Emilys gesenkter Blick gab Josephine recht.

»Nun, vielleicht haben sie sich das Recht dazu verdient.«

»Wie kannst du das sagen, Mutter?« Tränen standen in Emilys Augen, als sie den Kopf hob. »Er ist dein Mann.«

Josephine ließ Emilys Hand los und richtete den Blick wieder zur Decke. »Es fällt mir sehr schwer, das auszusprechen.« Sekunden verstrichen, ehe sie fortfuhr. »Ich … ich habe nie an der körperlichen Liebe Gefallen gefunden und mich oft gefragt, ob es daran gelegen hat, daß allein der Respekt, den dein Vater mir stets entgegenbrachte, auch mir nicht genügte.«

Noch nie hatte Emily ihre Mutter auch nur andeutungsweise über dieses Thema reden hören, und die Worte bereiteten beiden äußerstes Unbehagen. Eine Weile herrschte peinliches Schweigen, dann fügte Josephine hinzu: »Das wollte ich dir sagen, damit du nicht allein deinem Vater die Schuld gibst.«

Ihre Blicke trafen sich, und Josephine sagte: »Eins möchte ich noch hinzufügen – während der ganzen Zeit, die Fannie hier war und mich pflegte, hat sie mir mit keinem Wort, mit keiner Geste zu verstehen gegeben, welches Leid ich ihr zufügte, als ich den Mann heiratete, den sie liebte. Sie ist eine Seele von einem Menschen – gut, warmherzig und geduldig. Und ehrenhaft bis ins Mark, davon bin ich überzeugt. Sie hat mir meine letzten Tage allein durch ihre Anwesenheit erträglich gemacht, Emily.«

Der Schock, ihre Mutter über ihren Tod sprechen zu hören, ließ Emily vehement widersprechen: »Mutter, du stirbst nicht! Sag das nicht!«

»Doch, ich werde sterben, Liebes, und zwar bald. Heute fühle ich mich kräftiger, aber das wird nicht dauern. Und ich möchte dich darauf vorbereiten. Oh, ich weiß, du wirst um mich trauern, aber nicht lange, Emily. Bitte. Und bitte, Liebes, gestehe Edwin und Fannie ihr Recht auf Glück zu. Wenn ich das kann, dann kannst du es gewiß auch. Wenn er sie heiratet, und er wird sie bestimmt heiraten – er muß es! –, schenk Fannie die Güte und Zuneigung, die sie mir schenkte. Und deinem Vater … Nun, du kannst dir wohl vorstellen, wie er darunter gelitten hat, mit der verkehrten Frau verheiratet gewesen zu sein. Hat er nicht ein *bißchen* Glück verdient?«

»O Mutter ...« Emily sank auf die Knie und warf sich schluchzend über das Bett. Josephine legte leicht ihre Hand auf den Kopf ihrer weinenden Tochter.

»Und was ist mit dir?« fragte sie. »Willst du mir jetzt von dir und Charles und ... diesem Mr. Jeffcoat erzählen?«

Erschreckt fuhr Emily hoch und starrte ihre Mutter mit weit aufgerissenen Augen an.

»Du weißt es?«

»Dein Vater hat es mir gesagt.«

»Was?«

»Natürlich. Was glaubst du, was wir jeden Abend hier in diesem Zimmer tun? Er erzählt mir, was tagsüber geschieht, und du bist schließlich ein wichtiger Teil seines Lebens.«

Emily wischte sich die Tränen vom Gesicht und sagte: »Papa war sehr aufgebracht darüber, daß er Tom und mich beim Küssen überraschte, nicht wahr?«

»Ja. Aber du solltest jetzt verstehen, warum. Er macht sich Sorgen um dich. Wir lieben Charles sehr. Aber weder dein Vater noch ich wollen, daß du denselben Fehler begehst wie wir.«

Niedergeschlagen drückte Emily die Wange gegen Josephines Hand. »O Mutter, was soll ich nur tun?«

Josephine ließ sich Zeit mit der Antwort, wägte jedes Wort sorgfältig ab. »Das kann ich dir nicht sagen. Du bist ein sehr impulsives Mädchen, Emily. Du schließt Türen mit derselben Vehemenz, wie du sie öffnest. So wie du die Tür vor Edwin und Fannie zugemacht hast. Sie ist noch immer zu – siehst du?« Josephine sah zur Schlafzimmertür. »Ich kann dir nur raten – öffne alle Türen. Nur so kannst du sehen, wohin du gehst.«

»Willst du mir damit sagen, ich soll Charles nicht heiraten?«

»Nein, keineswegs. Du scheinst diesen Entschluß in Frage zu stellen.«

Hier am Bett ihrer Mutter gestand sich Emily endlich die Wahrheit ein: Seit ihre Gefühle für Tom übermächtig geworden waren, zweifelte sie an der Richtigkeit ihrer Entscheidung, Charles zu heiraten.

Tom.

Charles.

Und für diese lebenswichtige Entscheidung blieb ihr so wenig Zeit.

Josephine war sich bewußt, daß ihre Tochter ganz allein diese Entscheidung treffen mußte, und sie schickte sie fort, damit sie Ruhe zum Nachdenken fand. »Ich bin sehr müde, Liebes. Ich werde eine Weile schlafen.« Mit einem tiefen Seufzer schloß sie die Augen. »Bitte sag Fannie, sie möchte mich wecken, wenn Vater nach Hause kommt, damit ich mit ihnen essen kann.«

Fünfzehntes Kapitel

Emily ging auf Zehenspitzen aus dem Zimmer und ließ die Tür hinter sich offen. Verwirrt starrte sie minutenlang die Tapete im Korridor an. Fannie und Papa … hatten sich schon geliebt, ehe er Mutter heiratete. Wie alt waren sie damals gewesen? Nicht viel älter, als sie jetzt war. Und hatte Mutter Papas Annäherungsversuche abgewehrt, so wie sie Charles abwehrte? Ihre Mutter hatte angedeutet, daß die sinnliche Begierde bei der Wahl des Ehepartners nicht außer acht gelassen werden sollte.

Wie betäubt ging Emily in ihr Zimmer und ließ sich auf ihr Bett fallen. Es gab zu viele Parallelen, die sie nicht einfach ignorieren konnte. Eine unerfüllte Liebe, die zweiundzwanzig Jahre überdauert hatte; eine Ehe, die unter dem Mantel gegenseitiger Achtung ebenfalls zweiundzwanzig Jahre gehalten hatte. Wie schwierig dieses Leben für ihre Mutter und ihren Vater gewesen sein mußte! Aber dieses Bündnis hatte sich bewährt und den Kindern eine ebenso starke Grundlage gegeben wie irgendeine Religion, denn Emily hatte nie daran gezweifelt, daß ihre Eltern aufrichtige Liebe verband.

Und Fannie, einsam und verlassen, wie leer mußte ihr Leben gewesen sein. Welches immense Leid sich unter ihrer Fröhlichkeit verbarg!

Charles würde wie Fannie werden – einsam, verloren

und verzweifelt –, sollte Emily ihren Entschluß, ihn zu heiraten, revidieren. Aber er besaß wohl nicht Fannies Größe, die sich ihre Liebe zu Josephine und Edwin bewahrt hatte. In seiner Wut und Verbitterung würde er es allen dreien unmöglich machen, weiterhin in dieser kleinen Stadt zu leben.

Die blauen Schatten der Abenddämmerung krochen durch das Fenster. Unten quietschte die Herdklappe, als Fannie Holz nachlegte. Es war halb fünf. In weniger als einundzwanzig Stunden würde Emily neben dem Bett ihrer Mutter stehen und mit Charles den Bund fürs Leben schließen.

Konnte sie das tun?

Oder besser: Konnte sie es *nicht* tun?

Sie versuchte sich vorzustellen, wie sie zu Charles, wenn er heute abend kam, sagte: Ich habe einen Fehler gemacht, Charles, ich liebe Tom. Ich will Tom heiraten.

Sie preßte die Arme gegen ihren Leib und krümmte sich. Sie hatte zu lange ihre Zweifel an ihren Gefühlen für Charles verdrängt. Wie konnte sie jetzt, wenige Stunden vor ihrer Hochzeit, ihre Entscheidung revidieren?

Es wurde fünf – draußen brach die dunkle Winternacht herein; um halb sechs wachte ihre Mutter auf; um sechs kam ihr Vater heim, stampfte polternd den Schnee von seinen Stiefeln. Frankie stürmte in die Küche, kam vom Schlittenfahren mit Earl und den anderen zurück. Der Duft eines Brathuhns wehte nach oben.

Emily stand auf, strich ihren Rock glatt, wanderte ziellos im Raum umher, zögerte die unvermeidbare Begegnung hinaus. Oben am Treppenabsatz holte sie tief Luft, raffte ihren ganzen Mut zusammen und ging langsam hinunter. Irgendwie hatte sie die Vorstellung, daß sie Papa und Fannie nach Mutters Worten verändert vorfinden würde. Aber als sie die Küche betrat, bot sich ihr nur der vertraute Anblick – Papa saß in seiner Arbeitskleidung am Tisch und las die Zeitung; Fannie hantierte am Herd. Nichts unterschied sie von einem gewöhnlichen Ehepaar, und Frankie – er legte die Bestecke auf den Tisch – könnte ebenso ihr Sohn sein und sie, Emily, ihre Tochter. Dieser Gedanke ließ Emily innerlich zusammenzucken, und sie dachte schuldbewußt an ihre Mutter. Aber Josephine hatte wohl recht: Fannie und Papa würden eines Tages ein Paar sein.

Edwin spürte Emilys Blick, Fannie drehte sich um, beide ertappten Emily dabei, wie sie sie vom Türrahmen aus beobachtete. Im Raum herrschte dieselbe nervöse Anspannung wie in den vergangenen Tagen.

»Nun«, sagte Edwin und legte die Zeitung beiseite. »Wie geht es deiner Mutter? Ich wollte gerade hinaufgehen.«

»Sie fühlt sich besser«, antwortete Emily mit gepreßter Stimme.

»Gut ... gut.« Wieder senkte sich unbehagliches Schweigen über die vier Menschen. Schließlich sagte Edwin: »Ich habe mir erlaubt, Charles zum Abendessen einzuladen. Ich hielt es für angebracht, da ihr morgen euer Hochzeitsessen nicht mit uns teilen werdet.«

»Oh ... gut.«

Edwin sah Emily verwundert an und versuchte, den Grund für ihre plötzliche Nachgiebigkeit zu erraten. »Fannie hat dir dein Lieblingsgericht gekocht – gebratenes Huhn.«

»Ja. Ich ... ich danke dir, Fannie. Aber Mutter bat mich,

euch zu fragen, ob wir nicht alle gemeinsam bei ihr im Schlafzimmer essen wollen.«

»Wenn sie sich stark genug fühlt«, schlug Edwin vor, »könnte ich sie vielleicht heruntertragen, damit wir dieses eine Mal zusammen das Abendessen einnehmen.«

Frankie hatte die drei verwundert betrachtet und rief nun: »Was ist mit euch eigentlich los? Was steht ihr da und glotzt euch an wie Nachteulen?«

Seine Bemerkung löste endlich die unerträgliche Spannung. Emily befahl ihrem Bruder: »Stell die Gläser auf den Tisch, und leg die Servietten auf, während ich Fannie dabei helfe, die Kartoffeln zu stampfen.«

Emily erlebte den Abend wie ein trügerisches Phantasiegebilde. Charles kam, war fröhlich und aufgeregt. Edwin trug seine Frau nach unten. Fannie servierte ihnen ein köstliches Dinner, und sie aßen, als sei alles in schönster Ordnung. Aber Emily war so angespannt, daß sie manchmal glaubte, keine Luft mehr zu bekommen.

Woher sollte sie den Mut nehmen, Charles die Wahrheit zu sagen? Er war so glücklich, so voller Vorfreude und Zärtlichkeit, als sie ihn draußen auf der Veranda verabschiedete.

Er küßte sie liebevoll und flüsterte ihr ins Ohr: »Morgen abend um diese Zeit bist du meine Frau. O Emily, ich liebe dich so sehr.«

Sie öffnete den Mund und begann bebend zu sprechen: »Charles ... ich ...«

Aber er küßte sie wieder, erstickte ihre Worte, und dann fand sie nicht mehr die Kraft, sein Glück zu zerstören.

Als er gegangen war, floh sie in ihr Zimmer. Die Verzweiflung lag wie ein schwerer Klumpen in ihrer Brust, und sie hatte schweißfeuchte Hände. Da sie wußte, daß sie keinen Schlaf finden würde, suchte sie Trost bei den Pferden im Stall und fand ans Scheunentor geheftet eine Nachricht von Tom – einen weißen Umschlag, auf dem ihr Name stand.

Sie nahm den Brief mit ins Büro, setzte sich auf den knarrenden Stuhl und zog mit wild pochendem Herzen eine prächtig verzierte Karte hervor, auf der eine Rosengirlande prangte, die an den Ecken von Rotkehlchen getragen wurde, deren Schnäbel mit Schleifen und Bändern geschmückt waren. In der Mitte der Karte prangte ein Blumenherz, unter dem ein Gedicht in Goldbuchstaben eingestanzt war:

Mich flieht der Schlaf, ich kann nur wachen,
Ich warte müde auf den Klang Deiner geliebten Stimme,
Ich brauch Deine Hilfe, mir fehlt Dein Lachen,
Mein ganzes Sein braucht Dich – Herz, Seele, alle meine Sinne.

Darunter hatte Tom geschrieben: *Ich liebe Dich. Bitte heirate mich.*

Hätte Charles diese Karte geschickt, Emily wäre weniger erschüttert gewesen. Aber von einem Mann wie Tom – der sie fortwährend geneckt, geärgert und Wildfang genannt hatte – ein derart herzergreifendes Flehen zu hören, das durchbohrte ihr Herz wie der Pfeil Amors.

Sie preßte ihre Lippen auf seine Unterschrift, schloß verzweifelt die Augen und sehnte sich nach ihm, wie das Gedicht auf der Karte es beschrieb – mit ihrem ganzen Herzen, ihrer Seele und all ihren Sinnen. Aber die Zeiger der Uhr rückten unaufhaltsam der Stunde näher, in der sie einen anderen Mann heiraten würde, und sie saß da, verzagt und furchtsam, während Tränen über ihre Wangen strömten.

In Emilys späterem Leben würde es eine Zeit geben, in der sie sich mit einem liebevollen Blick auf ihren Mann wieder ins Gedächtnis zurückrufen würde, daß es der letzte Akt der Barmherzigkeit ihrer Mutter gewesen war, in jener Nacht zu sterben.

Edwin kam vor Morgengrauen in ihr Zimmer, setzte sich auf Emilys Bett und weckte sie aus ihrem kurzen, ruhelosen Schlaf. »Emily, Liebes, wach auf.«

»Was? ... mmm ...«

»Emily ...«

Sie setzte sich auf. Ihr Kopf schmerzte vor Müdigkeit, ihre Augen waren vom Weinen verquollen. »Papa? Ist was passiert?«

»Ich fürchte, ja.«

Er hatte eine Laterne mitgebracht. In ihrem flackernden Licht sah sie die Tränen auf seinen Wangen. Sie kannte die Wahrheit, noch ehe er sie ausgesprochen hatte.

»Deine Mutter ... sie ist tot.«

»Nein!«

Er nickte traurig.

»O Papa.«

»Sie ist tot«, wiederholte er leise.

»Aber sie hat sich gestern so wohl gefühlt.«

»Ich weiß.«

»O Papa«, schluchzte sie, kniete sich aufs Bett und klammerte sich an ihn – ihre erste Umarmung, seitdem sie ihn des Verrats an ihrer Mutter bezichtigt hatte. Sie fühlte,

wie sein Körper vor unterdrücktem Schluchzen bebte, obwohl kein Laut über seine Lippen kam. Er hatte Mama doch geliebt. Auf seine Weise hatte er sie geliebt.
»Papa«, flüsterte sie verzweifelt, »weine nicht.«
Er weinte nicht. Aber als er sich aufrichtete, sah Emily in seinen rotgeränderten Augen einen Ausdruck, der schwerer zu ertragen war als Trauer. Sie sah darin Bedauern. Wortlos drückte er Emilys Hand und wartete, bis sie aufgestanden war. Gemeinsam gingen sie in Josephines Zimmer.
Dort saß im Dämmerlicht des anbrechenden Tages Fannie auf Josephines Bett, strich sanft das wirre weiße Haar aus dem Gesicht ihrer toten Cousine.
»Ohhh …« Stöhnend ließ sich Emily neben dem Bett auf die Knie fallen. »Mutter …« flüsterte sie weinend.
Das Wissen um ihren bevorstehenden Tod erleichterte es ihnen nicht, jetzt damit fertigzuwerden. Sie trauerten gemeinsam: Fannie berührte leicht Josephines Hand; Emily streichelte schluchzend den Ärmel ihres Nachthemds; Edwin stand wie versteinert hinter ihr. Fannie murmelte leise: »Ruhe in Frieden, Liebes … ruhe.«
»Warst du bei ihr, Papa?« fragte Emily, untröstlich vor Kummer.
»Nein. Erst als ich aufwachte, habe ich gesehen, daß sie tot ist.«
»Papa, wir müssen es Frankie sagen.«
»Ja, wir müssen ihn wecken.«
Emily begleitete ihren Vater und hielt seine Hand fest umklammert. Vor Frankies Bett blieben sie eine Weile schweigend stehen und betrachteten den friedlich schlafenden Jungen.

Schließlich setzte sich Edwin aufs Bett und umfaßte Frankies rosige Wangen mit beiden Händen. »Frankie.« Das Wort kam wie ein heiseres Krächzen über seine Lippen. Als er blinzelnd den Kopf hob, sprach Emily an Edwins Stelle: »Frankie, wir haben dir etwas Schlimmes zu sagen.«

Mit weit aufgerissenen Augen sah der Junge sie an und sagte: »Mutter ist tot, nicht wahr?«

»Ja, mein Sohn. Sie ist tot«, bestätigte Edwin tonlos.

Frankie war noch jung genug, um auszusprechen, was er dachte. »Ich bin froh darüber. Sie hat es nicht gemocht, dauernd husten zu müssen und so krank und abgemagert zu sein.«

Er folgte ihnen gehorsam ans Bett seiner Mutter, stand eine Weile verstört davor, schluckte und lief hinaus, um allein in seinem Zimmer zu weinen. Fannie, Edwin und Emily sahen sich unsicher an, wünschten wohl, sie könnten auch vor den schmerzlichen Pflichten davonlaufen, die auf sie warteten. Aber die Tote mußte hergerichtet, die Leute informiert, die Hochzeit abgesagt und ein Sarg bestellt werden.

Schließlich ergriff Edwin die Initiative.

»Ich gehe die Pferde füttern und hänge einen Zettel an die Tür. Emily, du bringst Frankie zu Earls Eltern, wenn er sich etwas beruhigt hat. Ich benachrichtige seine Lehrerin und Charles – außer, du möchtest es ihm selbst sagen.«

»Nein«, antwortete sie und erkannte, wer sie jetzt am meisten brauchte. »Ich bleibe bei Fannie.«

»Und was die Aufbahrung betrifft« Edwin betrachtete traurig die leblose Gestalt. »Wartet damit, bis ich zurück bin.«

Aber kaum war er gegangen, sagte Fannie auf ihre gewohnt tüchtige Art: »Einem Ehemann sollte dieses Kreuz erspart bleiben. Darum kümmere ich mich.«
Als Fannie an Emily vorbeiging, streckte diese die Hand aus, um sie zurückzuhalten, rief aber statt dessen nur ihren Namen. »Fannie?«
Fannie drehte sich um, und die beiden Frauen sahen sich an. In Emilys Blick lag keine Feindseligkeit mehr, nur noch unendliche Dankbarkeit für Fannies Anwesenheit. Als sie sprach, bebte ihre Stimme und flehte um Verzeihung. »Ich helfe dir …«
Tränen glitzerten in Fannies Augen, als sie voller Liebe und Verständnis sagte: »Ja, Liebes. Wir wollen es gemeinsam tun, sobald Frankie aus dem Haus ist.«
Fannie ging nach unten, und Emily betrat leise das Zimmer ihres Bruders. Er lag mit dem Gesicht zur Wand auf seinem Bett. Sie setzte sich neben ihn und streichelte seinen Rücken.
»Frankie?«
Keine Antwort.
»Sie ist jetzt glücklicher, mußt du wissen.«
Wieder keine Antwort. Dann schluchzte er noch einmal auf und klagte: »Aber jetzt habe ich keine Mutter mehr.«
»Du hast Papa und mich … und Fannie. Wir werden einander helfen, so gut es geht. Papa möchte, daß du zu Earl gehst und dort bleibst. Soll ich dich hinbringen?« Er war zwölf, aber keiner von beiden empfand diese Frage heute als töricht.
Frankie sagte nur tonlos: »Es ist wohl besser.«
Nachdem sich beide angezogen hatten, gingen sie Hand in Hand zu Earls Haus.

Im Stall fütterte Edwin die Pferde und hängte einen Zettel an die Tür: *Wegen eines Todesfalls in der Familie geschlossen.* Dann ging er schweren Herzens zu Charles' Haus. Als Charles ihm die Tür öffnete, sagte Edwin ohne Umschweife: »Ich habe schlechte Nachrichten, mein Sohn. Mrs. Walcott ist tot.«

Obwohl über den unglückseligen Zeitpunkt nicht gesprochen wurde, dachten beide daran. Charles unterdrückte seine Enttäuschung, griff nach Edwins Hand und zog ihn ins Haus. »O Edwin, es tut mir so leid.« Schweigend sahen sie sich eine Weile an, bis Charles schließlich sagte: »Ich möchte ihr den Sarg schreinern, wenn du damit einverstanden bist, Edwin. Ich möchte ihr diesen letzten Dienst erweisen.«

In ihren Blicken lag die tiefe Zuneigung, die sie füreinander empfanden, und erst jetzt brach Edwin zusammen, umarmte den jüngeren Mann und weinte bitterlich an dessen breiter Schulter. »Sie war eine gute Frau, aber nie glücklich. Ich konnte sie nicht glücklich machen, Charles.«

»O Edwin, sie war glücklich, das weiß ich. Ihr habt eine gute Ehe geführt und zwei Kinder großgezogen. Sie hat nur unter dieser schlimmen Krankheit gelitten. Du hast für sie getan, was du konntest.«

Trotz Charles' tröstender Worte dauerte es noch eine Weile, bis Edwin sich gefaßt hatte. Dann zog er ein Taschentuch heraus, wischte sich die Tränen vom Gesicht und sagte beschämt: »Vor den Frauen wollte ich mich nicht gehenlassen, Charles. Bitte, verzeih mir.«

»Ach, Edwin, sei kein Narr.«

»Du bist wie ein Sohn für mich, das weißt du doch, mein Junge?«

Charles schluckte gerührt. »Ja, das weiß ich. Und du bist wie ein Vater zu mir. Es tut mir leid ... so schrecklich leid.«

Edwin seufzte, fühlte sich etwas besser, nachdem er seinen Tränen freien Lauf gelassen hatte. »Und es tut mir verdammt leid, daß deine Hochzeit verschoben werden muß ... Du hast dich mit keinem Wort darüber beklagt, obwohl es dein gutes Recht gewesen wäre.« Edwin drückte liebevoll Charles' Arm. »Mach ihr einen schönen Sarg. Ich danke dir dafür.«

Als Edwin bereits in der Tür stand, fragte Charles: »Wie geht es Emily?«

»Sie trägt es mit Fassung. Doch du weißt, wie gut es Josephine gestern ging – es war für uns alle ein Schock.«

Charles nickte und griff nach seiner Jacke. »Nun, ich werde Reverend Vasseler Bescheid geben, daß wir ihn heute nicht brauchen.«

Als Edwin hinausging, blieb Charles unter irgendeinem Vorwand zurück. Als er allein war, sank er auf einen Küchenstuhl und ließ deprimiert und enttäuscht die Schultern hängen. Ihn beschäftigte nur ein einziger Gedanke: Wann werde ich je die Frau heiraten, die ich liebe?

Als Emily zurückkam, hatte Fannie bereits alle Vorkehrungen zur Aufbahrung getroffen. Gemeinsam wuschen sie Josephines schmale, zerbrechliche Gestalt, zogen ihr ihr bestes schwarzes Seidenkleid an, und dann steckte ihr Fannie eine Kameebrosche an den Kragen.

»Sie ist sehr blaß«, sagte Fannie schließlich, als würde Josephine noch leben. »Glaubst du, sie hätte es gern, wenn wir sie etwas schminken?«

Emily betrachtete das Gesicht ihrer Mutter. »Ja, ich glaube, das würde ihr gefallen.«
Fannie nahm etwas Puder und tönte Josephines Wangen damit. Dann sagte sie zu der toten Frau: »Nun, meine Liebe, so siehst du viel besser aus. Ich weiß, welchen Wert du immer auf gutes Aussehen gelegt hast. Edwin wird es gefallen.«
Diese fast fröhliche Bemerkung ließ Emily aufsehen. Sie sah Fannie nachdenklich an. Sie hatte nie überlegt, wie schwierig das vergangene halbe Jahr für Fannie gewesen sein mußte. Sie liebte ihre Mutter und ihren Vater. Denn sie *hatte* auch Mutter geliebt, das war Emily heute morgen klargeworden. Fannie hatte selbstlos der ganzen Familie dabei geholfen, diese schwere Bürde zu tragen. Sie war eine verständnisvolle, starke, fröhliche und gute Frau. Aber wer hatte Fannie geholfen, wenn ihr die Last manchmal zu schwer wurde und sie Aufmunterung brauchte? Nur Papa. Und jetzt auch Emily.
»Mutter hat mir von Papa und dir erzählt«, sagte Emily sanft. »Sie wollte, daß ich es vor ihrem Tod erfuhr.«
Fannie betrachtete lange Josephines Gesicht, ehe sie sagte: »Ich habe mir oft gewünscht, ich hätte ihn weniger geliebt. Es war eine schwere Last, die sie ihr Leben lang getragen hat.«
»Fannie ...« Emily schluckte. »Kannst du mir verzeihen?«
Fannie blickte auf. In ihren Augen lag eine Trauer so stark und tief wie ihre Liebe zu Edwin.
»Da gibt es nichts zu verzeihen, Liebling. Du bist ihre Tochter. Du konntest nicht anders reagieren.«
Emilys Augen brannten. »Mutters letzter Wunsch war,

daß ihr, du und Papa, heiratet und daß ich euch meinen Segen dazu gebe. Das tue ich.«

Fannie antwortete nicht. Sie sah Emily nur lange an, nahm dann den Waschlappen, das Handtuch und den Kamm vom Nachttisch. »Wir müssen das vordere Wohnzimmer herrichten, schwarze Ansteckgebinde anfertigen und unsere schwarzen Kleider bügeln …«

»Fannie …« Emily warf sich in Fannies Arme.

»Ich weiß nicht, was ich heute morgen ohne dich gemacht hätte«, flüsterte Emily. »Was wir alle ohne dich gemacht hätten.«

Fannie antwortete mit tränenerstickter Stimme: »Doch, das weißt du. Du hättest es geschafft, weil du mir sehr ähnlich bist.«

Als Edwin mit Reverend Vasseler nach Hause kam, saßen Fannie und Emily nebeneinander am Küchentisch und fertigten Rosen aus schwarzem Kreppapier an.

Der Reverend sprach den beiden Frauen sein Beileid aus, legte segnend die Hand auf ihre Köpfe und fand für Emily, deren Hochzeit heute hätte stattfinden sollen, bewegende Worte des Trostes.

Der Tag verging in hektischer Aktivität. Nachbarinnen kamen, brachten Speisen, halfen beim Nähen der schwarzen Krepprosen; Edwin trug die Zinkwanne nach oben, nahm ein Bad und kam in seinem schwarzen Sonntagsanzug wieder herunter; auch Frankie badete und zog die von Fannie zurechtgelegte Trauerkleidung an. Tarsy kam und umarmte Emily weinend, half ihr beim Bügeln ihres schwarzen Kleides und wich den ganzen Nachmittag nicht von ihrer Seite. Fannie nähte Trauerbänder an ihre

Ärmel, und die Kirchenglocke verkündete stündlich Josephines Tod. Charles brachte den liebevoll geschreinerten und wohlriechenden Zedernsarg.

Mit dem Hut in der Hand trat er in die Küche – die Frauen saßen noch am Küchentisch –, und Emily legte ihre Nadel beiseite, stand auf und ging zu ihm.

»Hallo, Charles«, sagte sie und kam ihm in ihrem hochgeknöpften schwarzen Kleid und dem glatt zurückgekämmten Haar wie eine Fremde vor.

»Emily, es tut mir so leid«, sagte er mitfühlend.

»Komm«, flüsterte sie und ging ihm voran in das Eßzimmer.

Mit traurigem Gesicht blickte sie zu ihm auf. Sanft nahm er sie in die Arme. Ein schluchzender Laut kam aus ihrer Kehle, als sie ihre Wange an seine Brust legte. Ein gequältes Schluchzen, das auch stumme Dankbarkeit ausdrückte. Er gab ihr Halt und Trost und roch nach Holz und Winter.

»Ich habe den Sarg gebracht«, sagte er gepreßt.

Sie trat einen Schritt zurück, lächelte traurig und legte ihre Hände auf seine Arme. »Ich danke dir dafür, Charles.«

»Er ist aus Zedernholz. Er wird hundert Jahre halten.«

Mit dem Handrücken wischte sie sich die Tränen vom Gesicht und sagte: »Es tut mir leid wegen unserer Hochzeit, Charles.«

»Die Hochzeit – ach, das macht doch nichts.« Ihr zuliebe verbarg er seine große Enttäuschung. »Die holen wir nach.«

Angesichts Charles' tapferem Bemühen, seine Enttäuschung vor ihr zu verbergen, verspürte Emily quälende Schuldgefühle über die Erleichterung, die sie wegen dieses Aufschubs empfand. Er senkte betrübt die Augen und

fuhr verlegen mit der Hand über die Krempe seines Stetson. Beide waren sich in diesem Augenblick stillschweigend der Tatsache bewußt, daß die Trauerzeit ein Jahr währte.
»Charles«, flüsterte sie und umfaßte seine Hände. »Es tut mir leid.«
Er schluckte krampfhaft und war sichtlich darum bemüht, seine Fassung zu wahren. Seine Fürsorge für Emily gewann wie immer die Oberhand, und er fragte: »Wie fühlst du dich, Emily?«
»Es geht. Und du?«
»Ich war froh, den Sarg schreinern zu können. Die Arbeit hat mich abgelenkt.« Endlich hob er den Blick und sah sie an. »Nun, ich werde Edwin helfen, ihn hereinzutragen. Du solltest dir etwas Ruhe gönnen, Emily. Es wird eine lange Nacht.«
Und so war es Charles, der Edwin dabei half, Josephine in den duftenden Zedernsarg zu legen; der Edwin das Gebetbuch reichte und neben ihm stand, als er Josephines Hände darüber faltete. Gemeinsam trugen sie den Sarg dann ins Wohnzimmer, stellten ihn auf zwei Stühle am Fenster und legten den Sargdeckel daneben.
Die Frauen in der Küche steckten die letzten schwarzen Rosen an den Kranz, Emily lehnte ihn voller Ehrfurcht gegen den Sarg und stand dann im Kreis ihrer Lieben davor. »Es ist ein wunderschöner Sarg, Charles«, sagte sie zu ihm und umklammerte seine Hand.
Und da Charles ihn angefertigt und Papa dabei geholfen hatte, Mama darin aufzubahren, ihnen in dieser schweren Zeit beigestanden hatte, war er noch mehr ein Mitglied ihrer Familie geworden.

Sechzehntes Kapitel

Die harten Küchenstühle wurden in einem Kreis um den Sarg aufgestellt. Frankie saß zwischen Papa und Fannie, rutschte unruhig auf seinem Stuhl herum und wurde mit einer leichten Berührung immer wieder zur Ordnung gerufen. Armer Frankie. Er war zu jung, um hier im Kreis der Trauernden zu sitzen. Er sollte seine Mutter so in Erinnerung behalten, wie sie früher gewesen war. Emily fing seinen Blick auf, warf ihm einen Kuß zu und fühlte sich besser.

Ihr Blick wanderte zu ihrem Vater. Jedesmal, wenn sie ihn heute angesehen hatte, spürte sie einen Kloß in der Kehle, wollte sich in seine Arme werfen, ihn um Verzeihung bitten und ihm von ihrem letzten Gespräch mit Mama erzählen. Warum war es immer am schwersten, denen, die man am tiefsten liebte, diese Gefühle zu zeigen? Den ganzen Tag waren sie von Menschen umgeben gewesen und hatten keine Zeit für ein vertrauliches und tröstendes Gespräch gefunden.

Emily schloß die Augen, betete um Kraft und legte ein stummes Gelöbnis ab, ihrem Vater und Fannie nur noch Liebe und Verständnis entgegenzubringen.

Als sie die Augen wieder öffnete, sah sie, wie Tarsy leise die Tür öffnete, um einen weiteren Trauergast einzulassen. Welch eine erstaunliche Würde Tarsy heute an den

Tag legte! Sie begrüßte die kondolierenden Nachbarn, nahm ihnen Hüte und Mäntel ab, dankte ihnen für ihr Kommen. Und Charles zeigte sich ebenfalls von rührender Fürsorge, brachte Stühle für die älteren Frauen, die länger verweilen und beten wollten, und ließ das Feuer im Herd nicht ausgehen.

Reverend Vasseler stimmte ein weiteres Trauergebet an. Emily bemühte sich, der frommen Andacht zu folgen, aber als sie die Augen schloß, spürte sie ihre schmerzenden Glieder, der muffige Geruch ihres schwarzen Kleides stieg ihr in die Nase, und sie wünschte, die Stunden würden schneller vergehen.

Lieber Gott, gib mir wahre Trauer um den Tod meiner Mutter. Laß mich ihren Verlust aufrichtig bedauern, anstatt ihr Ableben als willkommenen Schicksalsschlag anzusehen, der mich davor bewahrt hat, heute Charles heiraten zu müssen, flehte sie stumm.

Nach dem Gebet öffnete Emily die Augen und sah Tom Jeffcoat in der Wohnzimmertür stehen. Erschrecken, gepaart mit Freude, ließen ihr Herz schneller schlagen. Die Emotionen, die das Klagegebet nicht in ihr hatte hervorrufen können, wurden allein durch seinen Anblick in ihr aufgewühlt.

Du bist gekommen.

Sobald ich es hörte, wollte ich zu dir eilen.

Du darfst mich nicht so ansehen.

Deine Hochzeit findet nicht statt.

Meine Hochzeit wurde verschoben.

Tarsy ging zu Tom, um ihn zu begrüßen, bedankte sich flüsternd bei ihm für sein Kommen und nahm ihm Jakke und Hut ab. Charles führte ihn zur ersten Stuhlreihe, und Papa stand auf.

»Edwin, es tut mir leid«, sagte Tom mit einem festen Händedruck.
»Danke, Tom.«
»Ich komme mir hier wie ein Außenseiter vor. Ich habe deine Frau kaum gekannt.«
»Unsinn, Tom. Wir alle freuen uns, daß du gekommen bist. Mrs. Walcott mochte dich.«
»Mach dir morgen keine Sorgen um deine Pferde. Ich werde mich darum kümmern.«
»Danke, Tom. Ich weiß das zu schätzen.«
»Und meine Kutschen stehen dir für die Fahrt zum Friedhof zur Verfügung. Ich stelle sie morgen früh bereit.«
Edwin drückte stumm Toms Arm.
Dann gab Tom Frankie die Hand und sprach zu ihm wie zu einem Erwachsenen. »Frankie, es tut mir leid um deine Ma.«
»Mir auch ...«
Dann nahm er Fannies Hände in seine und küßte sie auf die Wange. »Mein Beileid, Fannie. Wenn ich irgend etwas für dich tun kann, laß es mich wissen.«
»Danke, Tom.«
Er richtete sich auf und trat vor das letzte Familienmitglied, stand sekundenlang schweigend vor ihr, streckte beide Hände aus und sagte nur: »Emily.« Sie legte ihre Hände in seine, fühlte, wie die Berührung ihr Herz wärmte. Seine Augen, dunkel vor Sorge und Mitgefühl, ließen sie einen Augenblick ihre Trauer vergessen und brachten die Erinnerung an die Küsse, die sie vor so kurzer Zeit ausgetauscht hatten, zurück. Ihr Herz schwoll an, und die Freude heilte ihre Wunden. *Das habe ich so dringend gebraucht. Ich wollte nur dein Gesicht sehen, dich berüh-*

ren. Ihre Mutter hatte ihre Gefühle für Tom gebilligt und sie ermahnt, den richtigen Lebensgefährten zu wählen. Aber da Tarsy und Charles sie beobachteten, unterdrückte sie den Aufruhr ihrer Gefühle und sagte nur förmlich: »Tom.«

»Es tut mir leid«, flüsterte er, und sie wußte, daß er damit nicht nur den Tod ihrer Mutter meinte, sondern damit ausdrücken wollte, wie sehr er bedauerte, sie jetzt nicht in seine Arme nehmen zu können, und daß es bald zu einem Bruch zwischen ihr und Charles kommen würde und daß auch ihre Freundschaft zu Tarsy bedroht war. Beiden standen schwierige Konfrontationen bevor. Aber in diesem Augenblick, als sie händehaltend vor Josephine Walcotts Sarg standen, war ihr Entschluß besiegelt. Als hätte Josephines Tod ihnen ein Zeichen gegeben, waren sie sich bewußt geworden, daß nur sie selbst den Verlauf ihres zukünftigen Lebens bestimmen konnten und würden. Es ging nur noch darum, den passenden Zeitpunkt abzuwarten.

Die ganze Nacht hielten Nachbarn und Familienmitglieder abwechselnd Wache am Sarg. Emily fand wenig Schlaf, als sie sich für zwei Stunden hinlegte. Sobald sie die Augen schloß, sah sie Papas trauriges Gesicht vor sich; oder Charles' aufrichtigen, vertrauensvollen Blick; oder Tarsy, wie sie ihr mitfühlend und liebevoll zulächelte; oder Tom, dessen Augen ausdrückten, was er nicht zu sagen wagte.

Im Morgengrauen gingen die letzten Nachbarn nach Hause, und die Familie bereitete sich müde und erschöpft auf die Beerdigung vor.

Auf dem Friedhof begegnete Emily wieder Tom, beide wahrten Distanz, er verneigte sich nur förmlich vor ihr und beobachtete mit ausdruckslosem Gesicht, wie sie weinend am Grab stand und Charles beschützend den Arm um sie legte.

Bei dem anschließenden Trauermahl im Haus kam es nur zu einem kurzen Zusammentreffen, als Tom ins Eßzimmer trat und Emily mit einem Mantel über dem Arm hinausgehen wollte.

»Tom«, sagte sie einfach nur.

Er sah die dunklen Ringe unter ihren Augen und fragte besorgt: »Emily, wie geht es dir?«

»Schrecklich. Ich bin so erleichtert und habe entsetzliche Schuldgefühle deswegen.«

»Mir geht es ebenso.«

»Tom, ich muß die Gäste begrüßen.«

»Natürlich. Kann ich dir irgendwie helfen?«

»Ja. Trag doch bitte die Mäntel nach oben und leg sie auf ein Bett.«

Er nahm sie ihr ab und wollte gehen, als sie rief: »Tom?«

Er blickte sie an und sah, wie die Trauer in ihren Augen einem zärtlichen Ausdruck wich. »Ich liebe dich«, sagte sie leise.

Nur mit Mühe gelang es ihm, Haltung zu bewahren. Er schluckte krampfhaft, preßte die Lippen aufeinander und starrte sie aus weitaufgerissenen Augen an. Aber dann nickte er nur, drehte sich um und kämpfte mit dem Aufruhr an Gefühlen in seinem Herzen. Als er die Treppe hinaufging, dachte er an die 365 Tage Trauer und verdammte jeden einzelnen davon.

Alle waren gegangen. Die Dämmerung war hereingebrochen, und ein fahler Mond stand tief am Himmel. Das Wohnzimmer war wieder hergerichtet worden, die Küche aufgeräumt und die Lampen angezündet. Da die Schritte unnatürlich laut durch die Stille klangen, wagte niemand unnötig umherzugehen. Schweigend saßen die vier in der Küche und hingen ihren Gedanken nach, scheuten sich davor, allein zu sein.
Fannie saß lesend in einem Sessel. Frankie lümmelte im Schaukelstuhl und bohrte gedankenlos in dem Loch am Knie seiner Werktagshose herum. Emily schob rastlos den Salzstreuer auf dem Tisch hin und her. Edwin stand am Fenster und starrte blicklos hinaus. Dann stieß er einen tiefen Seufzer aus und nahm seine Jacke vom Haken.
»Ich gehe in den Stall und sehe nach den Pferden«, sagte er. »Ich bleibe nicht lange.«
Emily sah ihm nach.
Fannie hob ihre Augen von dem Buch. »Warum gehst du nicht mit?« schlug sie vor.
Emily sprang von ihrem Stuhl auf, warf sich ihre Jacke über und lief in den frostigen Abend hinaus. »Papa, warte auf mich!«
Edwin drehte sich erstaunt um und sah seine Tochter durch den Schnee den Pfad herunterlaufen. Bei ihm angekommen, blieb sie atemlos stehen, knöpfte sich die Jakke zu und steckte ihre Hände in die Taschen. »Ich begleite dich«, sagte sie. Verlegen und unsicher wich sie seinem Blick aus.
»Na gut«, antwortete er schließlich, und sie gingen Seite an Seite in Richtung Stadt. Sie hatten miteinander getrau-

ert, sich gegenseitig getröstet, aber zwischen ihnen stand noch ihre Auseinandersetzung wegen Fannie.
Schließlich griff Emily nach Edwins Arm und preßte sich eng an ihn. Schweigend blickte er auf sie hinab, während sie weitergingen. Edwin stieß einen tiefen Seufzer aus und sagte befangen: »Der Tag morgen wird wohl klar und sonnig werden.«
»Ja ...« antwortete Emily. »Kalt, aber klar.«
Arm in Arm gingen sie weiter, so wie sie es gewohnt waren.
Schließlich raffte sie ihren ganzen Mut zusammen und sagte: »Papa?«
»Ja?«
»Ich glaube, ich bin in den letzten Tagen erwachsen geworden.«
»Ja, das kann ich mir vorstellen. Erwachsen zu werden tut weh, nicht wahr?«
»Ja, sehr.«
In stummem Einvernehmen gingen sie weiter, bis Edwin sagte: »Ich habe deine Mutter geliebt, weißt du. Und ich glaube, sie hat auch mich auf ihre Weise geliebt. Aber es fiel uns schwer, einander nahezukommen.«
»Ich weiß. Sie hat es mir erzählt.«
»Das hatte ich vermutet. Was hat dir deine Mutter sonst noch erzählt?«
»Alles. Über dich und Fannie und daß du sie geliebt hast, ehe du Mutter geheiratet hast. Und wie wütend du warst, als Mutter dir gestand, daß sie Fannie hierhergeholt hat.« Emily holte tief Luft und fügte dann hinzu: »Und daß ich es akzeptieren muß, wenn du Fannie heiratest.«
Edwin drückte Emilys Hand auf seinem Arm und hielt

den Blick auf die Straße gerichtet, als er fragte: »Würde es dir etwas ausmachen?«

Sie blieben stehen und sahen einander an. »Überhaupt nichts. Auch ich liebe sie.«

»Und würde es dir etwas ausmachen, wenn dich ein alter Mann hier mitten auf der Straße umarmt?«

»O Papa ...« Emily schlang ihre Arme um seinen Nacken und preßte ihr Gesicht in seinen ergrauenden Bart. »Ich liebe dich so sehr.«

Lächelnd drückte er sie an sich und küßte ihre Stirn. »Ich liebe dich auch, Emily.« Eng umschlungen standen sie da, bis ihre Bewegung allmählich nachließ. Dann schlug Edwin vor: »Was hältst du davon, eine Weile im Stall zu arbeiten? Nichts gibt uns ein besseres Gefühl als der Geruch der Pferde und des Heus.«

Endlich wieder vereint, gingen sie Arm in Arm durch die hereinbrechende Dunkelheit.

In den folgenden Tagen breitete sich im Walcott-Haus derart schnell eine entspannte Atmosphäre aus, daß die Familienmitglieder manchmal Schuldgefühle bekamen, weil sie Josephine nicht mehr vermißten. Sie trugen zwar ihre schwarzen Armbinden, waren aber weniger bedrückt als während der Monate ihrer Krankheit. Der Trauerkranz hing noch über der Tür, aber im Haus herrschte Zufriedenheit. Emily und Fannie schrieben Dankesbriefe an alle, die kondoliert hatten, und die Überbringung dieser Briefe schien das Ende der Leidenszeit zu symbolisieren.

Der Tagesablauf verlief ruhiger und wurde nicht mehr durch die Rücksicht und Sorge für eine Kranke belastet.

Vor allem die Mahlzeiten wurden von jedem Familienmitglied als angenehm empfunden, wenn sie gemeinsam bei Tisch saßen, von ihren täglichen Erlebnissen berichteten und Stadtklatsch austauschten. Auch die Abendstunden brachten ungewohnte Harmonie. Fannie spielte manchmal Klavier, während Frankie auf dem Boden lag und spielte, Emily leise mitsummte und Edwin im Lehnstuhl ein Nickerchen machte.

Charles blieb dem Haus fern, denn als er nach der Beerdigung zum erstenmal Emily seinen Besuch ankündigte, hatte sie als Ausrede das Schreiben der Dankesbriefe gebraucht. Beim zweitenmal sagte sie ihm, daß sie eine Zeitlang gern mit der Familie allein wäre und sie ihn wissen lassen würde, wenn sie Sehnsucht nach seiner Gesellschaft hätte.

Charles tat Emilys Verhalten weh, aber er respektierte ihre Wünsche.

Zwei Wochen vergingen so. Nach drei Wochen schämte sich Emily für ihre Feigheit, Charles derart im Ungewissen zu lassen, anstatt ihm die Wahrheit zu sagen und mit ihm zu brechen. Aber sie wollte damit warten, bis Tom und sie Pläne für die Zukunft gemacht hatten. Aber auch Tom war durch den Todesfall gezwungen, die Formen zu wahren und Abstand zu halten. Diese Situation war grotesk. Emily empfand diese strikten gesellschaftlichen Regeln schlicht als töricht, aber sie zu brechen wäre ein unerhörtes Vergehen gewesen.

Eines Abends, einen Monat nach der Beerdigung, saßen die Walcotts alle in der Küche, als Emily aufsah und einen Blick auffing, den ihr Vater über den Rand seiner Zeitung hinweg Fannie zuwarf. Fannie schrieb einen Brief und wußte nicht, daß Edwin sie dabei beobachtete. Sie setzte ihren Namen darunter, legte die Feder beiseite und blickte auf. Glühende Flammen schienen zwischen den beiden aufzulodern. Emily kam sich vor wie ein Voyeur. Papas Augen waren ganz dunkel vor gezügelter Leidenschaft, während Fannie sich in seinen Blicken zu verlieren schien. Sekundenlang waren ihre Gefühle von so unverhohlener Intensität, daß Emily rasch die Lider senkte. Fannie brach als erste diesen Bann, steckte den Brief in einen Umschlag, und während sie ihn versiegelte, fragte sie mit gezwungener Beiläufigkeit: »Möchtest du, daß ich mich um Josephines persönliche Dinge kümmere, Edwin?«

Edwin räusperte sich und versteckte sich wieder hinter seiner Zeitung. »Was gedenkst du damit zu tun?«

»Bis auf die Andenken, die Emily behalten will, würde ich vorschlagen, wir geben die Sachen der Kirche. Es gibt immer bedürftige Leute, die Kleider brauchen.«

»Gut. Gib sie der Kirche.«

Als sich Fannie an Emily wandte, um mit ihr das Aussortieren der Kleider zu besprechen, war diese noch immer ganz gefangen von der Intensität, die sie eben zwischen Edwin und Fannie gespürt hatte. In vorgetäuschter Gleichgültigkeit nebeneinander herzuleben fiel diesen beiden ebenso schwer wie Tom und ihr. Wie würde sie sich fühlen, wenn Tom an Edwins Stelle hier säße? Nur durch die starren Regeln von Sitte und Anstand wurden sie dazu gezwungen, ihre Gefühle zu unterdrükken.

Aber solange sie an die Trauerzeit gebunden waren, wie konnte Emily da hoffen, diese Regeln zu umgehen?

Emily hatte ihren Vater richtig eingeschätzt. Seit Josephines Tod lief er wie ein Vulkan kurz vor dem Ausbruch herum. Als er am folgenden Tag nach Hause kam, war niemand in der Küche, aber er hörte Fannies Schritte oben in Josephines Zimmer, wo sie Kleider aussortierte. Geräuschvoll stampfte er hinauf und fand Fannie kniend vor einer Kommode. Fannie tat so, als bemerke sie ihn nicht, und faltete weiter Unterröcke zusammen. Er umrundete das Bett, blieb hinter ihr stehen und sah auf sie hinunter. »Auf dem Herd steht Kaffee«, sagte sie, ohne aufzublicken.

»Ich weiß. Danke.«

Sie waren noch nie allein in diesem Zimmer gewesen.

Edwin legte seine Hand auf Fannies helles Haar und streichelte es. Zwei Sekunden lang unterbrach sie wie erstarrt ihre Tätigkeit, arbeitete dann aber wieder ruhig weiter.

»Erwartet man von mir, daß ich ein ganzes Jahr warte, ehe du meine Frau wirst?«

»Ja.«

»Das halte ich nicht aus, Fannie.«

Sie holte bebend Luft und sprach aus, woran sie bereits seit vier Wochen dachte. »Deswegen ist es wohl besser, wenn ich bald von hier fortgehe.«

Edwin legte besitzergreifend seine Hand auf ihren Nakken, und diese Berührung ließ sie erzittern.

»Es schickt sich nicht, Edwin. Ich kann nicht länger hier bleiben.«

»Seit wann kümmert dich die Meinung der Leute?«

»Wenn es dabei nur um mich ginge, wäre es mir egal. Aber du hast zwei Kinder, an die wir denken müssen.«

»Und du glaubst, sie wären ohne dich glücklicher?«
Sie fuhr herum, schlug seine Hand beiseite und fauchte ihn an: »Du willst mich absichtlich mißverstehen.«
»Wenn du glaubst, ich ließe dich gehen, bist du verrückt, Fannie«, sagte er vehement.
»Und wenn du glaubst, ich würde dir irgendwelche Freiheiten einräumen, solange ich als ledige Frau zusammen mit deinen Kindern unter einem Dach mit dir lebe, dann bist du auch verrückt!«
»Ich besitze bereits Emilys Einverständnis, dich zu heiraten, und auch Frankie wird dagegen nichts einzuwenden haben. Du bist wie eine Mutter für ihn.«
»Es ist weder die Zeit noch der Ort, das zu diskutieren, Edwin.«
»Ich will nur wissen, wie lange ich warten muß.«
»Ein Jahr ist vorgeschrieben.«
»Ein Jahr!« schnaubte er. »Großer Gott.«
Sie warf ihm einen sanft tadelnden Blick zu. »Edwin, ich räume eben erst Josephines Kleider fort. Aber jetzt muß ich mit dir wohl Fraktur reden.«
Fünf Sekunden lang starrte er sie an, machte dann auf dem Absatz kehrt und stapfte verärgert hinaus.
Fannie hatte natürlich recht, aber ihr Festhalten an den Konventionen half ihm wenig, seine sexuelle Frustration zu bewältigen. Nach dieser Auseinandersetzung achtete er peinlich darauf, nicht mehr mit ihr allein im Haus oder in einem Zimmer zu sein, versteckte seine wahren Gefühle hinter freundschaftlicher Zuneigung und wahrte stets genügend Distanz zu ihr, aber Fannie sprach zu seiner ungeheuren Erleichterung nicht mehr davon, fortzugehen.

Mittlerweile unterdrückte auch Emily ihre Sehnsucht nach Tom Jeffcoat und wartete einen passenden Zeitpunkt ab, um das Verlöbnis mit Charles zu lösen. Sie hatte beschlossen, ihre Familie vor vollendete Tatsachen zu stellen. Und als Fannie eines Tages fragte, warum Charles nicht mehr zu Besuch käme, erklärte sie, er würde jeden Tag bis spät in den Abend arbeiten.

Während der ersten zwei Wochen nach der Beerdigung sah sie Tom nur aus der Ferne. Mit sehnsüchtigen Blikken sahen sie sich an und wagten nur, flüchtig die Hand zum stummen Gruß zu heben.

Erst einen Monat später kam es zu einer kurzen Begegnung, als Emily mit einem Korb voll Lebensmittel aus Loucks' Laden trat und beinahe mit Tom auf dem Bürgersteig zusammengestoßen wäre.

Er hielt sie kurz an beiden Armen fest – damit sie nicht fiel –, doch diese flüchtige Berührung ließ ihre Herzen höher schlagen und das Blut schneller durch ihre Adern strömen. Ihre Blicke versanken ineinander und zeigten die verzehrende Sehnsucht, die sie füreinander empfanden.

Schließlich ließ er sie widerstrebend los und berührte mit einer Hand seine Hutkrempe. »Miss Walcott.«

Nur in der ersten Woche nach seiner Ankunft hatte er sie Miss Walcott genannt. Er war sichtlich bemüht, die Distanz zu wahren.

»Hallo, Tom.«

»Wie geht es dir?«

»Besser. Wir finden allmählich wieder zu unserem gewohnten Leben zurück.«

Er schluckte krampfhaft und senkte seine Stimme zu ei-

nem Flüstern: »O Emily … Gott … ich wünschte …« Es klang gequält.
»Was hast du?« Er blickte sich verstohlen um, obwohl niemand in der Nähe war, und ballte die Fäuste, damit er Emily nicht in die Arme nahm. »Was, zum Teufel, hast du dir dabei gedacht, mir nach der Beerdigung zu sagen, daß du mich liebst, und mich dann einfach stehenzulassen?«
Sie erkannte, daß er sich ebenso allein und verlassen fühlte wie sie, und das tat ihr unendlich wohl. »Das hast du doch auch einmal mit mir, mitten auf der Straße, getan. Erinnerst du dich daran?«
Lächelnd nickte er und sah sie liebevoll an.
»Charles erzählte mir, daß du ihm aus dem Weg gehst.«
»Ich habe ihn gebeten, mir etwas Zeit zu lassen. Ich versuche, mich von ihm zu lösen.«
»Ich möchte mit dir zusammen sein. Wie lange muß ich noch warten?«
»Es ist erst ein Monat vergangen.«
»Ich verliere noch den Verstand.«
»Mir geht es genauso.«
»Emily, wenn ich …« In diesem Augenblick kam der alte Abner Winstad aus dem Geschäft.
»Hallo, Mr. Winstad«, sagte Emily.
»Grüß bitte deine Familie von mir«, improvisierte Tom, verabschiedete sich mit einem Kopfnicken und ließ die beiden einfach stehen.

Weitere zwei Wochen vergingen, und Emily sah Tom immer nur flüchtig, wenn er die Straße entlangging. Inzwischen war es Ende Februar – ein trübseliger Tag –, der Schnee hatte sich in schmutziggrauen Matsch verwandelt, und sie sehnte sich so sehr nach Tom, daß sie es kaum noch ertragen konnte. Sie hatte beschlossen, noch zwei Tage zu warten, und wenn sie ihm dann nicht wieder irgendwo zufällig begegnen würde, wollte sie ihm spät am Abend in seinem Haus einen Besuch abstatten. Zum Teufel mit den Konsequenzen!

Sie tauchte einen Lappen in Öl und bearbeitete damit wütend das Zaumzeug, während Edwin vor der Stute Pinky kauerte und ihren Vorderhuf untersuchte. Dann richtete er sich auf und sagte: »Pinky hat ein Eisen verloren. Willst du sie zum Beschlagen bringen?«

Emilys Herz machte einen Sprung. Wußte er es? Oder hatte er keine Ahnung? Gab er ihr absichtlich eine Gelegenheit, mit Tom allein zu sein, oder waren einfach nur ihre Gebete erhört worden? Sie unterdrückte den Impuls, zu ihm zu laufen, sich an ihn zu pressen und ihm zu sagen: ›O danke, Papa, danke.‹

Statt dessen legte sie nur den Öllappen beiseite, wischte ihre Hände an der Hose ab und antwortete beiläufig: »Na gut.«

Dreh dich um, Papa, damit ich dein Gesicht sehen kann, dachte sie. Aber er ließ Pinky im Mittelgang stehen, ging in die nächste Box und verriet seiner Tochter mit keiner Geste, keinem Wort, was er dachte oder vermutete.

Mit wild pochendem Herzen griff Emily nach einer alten Wolljacke und führte Pinky hinaus. Draußen, auf der Straße, wurde sie von einer für sie ganz ungewöhnlichen weiblichen Besorgnis erfüllt.

Ich habe vergessen, mir die Haare zu kämmen – ich wünschte, ich würde ein Kleid tragen – wahrscheinlich rieche ich nach Öl und Pferd!

Aber alles in ihr drängte nur danach, Tom Jeffcoat zu sehen, ohne eine weitere Sekunde zu vergeuden.
Sie führte Pinky in Toms Stall, hörte ihn am anderen Ende mit jemandem über Feuerversicherungen sprechen. Allein der Klang seiner Stimme machte sie glücklich, und sie schloß leise die Tür hinter sich.
Dann trat er aus dem Büro, sah sie, und die freudige Überraschung auf seinem Gesicht erfüllte sie mit schwindelerregender Wonne.
»Emily ... hallo!«
»Pinky braucht ein neues Eisen. Papa schickt mich.« Sie merkte, welche Kraft es ihn kostete, dem Drang, zu ihr zu eilen, zu widerstehen, sah, wie er vor Ungeduld die Fäuste ballte, denn im Büro wartete sein Gesprächspartner auf ihn. »Bring sie zum anderen Ende des Stalls. Ich komme gleich.«
Sie hatte das Gefühl, in seinen Körper geschlüpft zu sein, denn die Emotionen, die jetzt in ihr aufwallten, waren ihr fremd. Seine Ungeduld, seine Erregung, seine leidenschaftliche Sehnsucht hatten sich auf sie übertragen. Gleichzeitig fiel alle Anspannung der vergangenen Wochen von ihr ab, denn sie war bei ihm. ›Laß dir Zeit. Laß mich in dem Gefühl schwelgen, daß du zu mir kommen wirst. Laß mich in diese Atmosphäre eintauchen, in der du lebst, arbeitest und an mich denkst.‹
Sie führte Pinky in die Schmiede am anderen Ende des Mietstalls, band sie an der Tür fest und ging hinein. Drinnen war es warm, roch nach heißem Eisen und Kohle. Sie knöpfte ihre Jacke auf, zog die Handschuhe aus und steckte sie in die Tasche. Dann wanderte sie umher, berührte die abgenutzten, glatten Griffe der Schmiedehäm-

mer auf seiner Werkbank, die seine Hände so oft umfaßt hatten, streichelte den Amboß, an dem er wohl schon als kleiner Junge gestanden und seinem Vater bei der Arbeit zugesehen hatte.

Pinky scharrte ungeduldig mit den Hufen, und Emily ging zu ihr. Am anderen Ende des Stalls stand Tom jetzt in der offenen Tür und verabschiedete den Fremden.

Dann drehte er sich um und sah, daß Emily ihn beobachtete. Sekundenlang blieben beide reglos stehen, dann machte er den ersten Schritt, ging langsam auf sie zu ... und sie fing an zu laufen.

Sie küßten sich mit verzehrender Leidenschaft, die Qualen der vergangenen Wochen, ihre ungestillte Sehnsucht fanden in einem langen Kuß endlich Erfüllung.

Schließlich löste Tom seinen Mund von ihrem und sagte keuchend: »Sag's mir jetzt ... sag's mir noch einmal.«

»Ich liebe dich.«

Er drückte sie besitzergreifend an sich, wirbelte sie im Kreis herum und rief: »Emily liebt mich. Emily liebt mich wirklich!«

Dann umfaßte er ihr Gesicht mit beiden Händen und stammelte zwischen zärtlichen Küssen: »Ich habe dich so vermißt. Ich liebe dich. Es waren die schlimmsten sechs Wochen meines Lebens.«

Eng aneinandergepreßt erforschten sie mit den Händen ihre Körper, fühlten das Zittern ihrer Glieder, und er stöhnte: »Laß mich dich fühlen ... einfach nur fühlen.«

»Ich denke die ganze Zeit an dich und stelle mir vor, ich wäre so nahe bei dir wie jetzt.«

»Wie oft habe ich tagsüber am Fenster gestanden und zu eurem Mietstall hinübergestarrt, sah dich dort im Büro sitzen, und es hat mich meine ganze Kraft gekostet, nicht einfach rüberzurennen und dich zu entführen.«

»Ich weiß. Mir geht es genauso. Ich stehe am Fenster, sehe deinen Namen über der Tür und sage mir: Es wird nicht mehr lange dauern. Aber die Tage scheinen kein Ende zu nehmen. An dem Tag, als wir uns vor Loucks' Laden begegneten, wäre ich dir am liebsten hierher gefolgt.«

»Warum hast du es nicht getan?«

»Ich ging nach Hause, verkroch mich im Bett und starrte die Wand an.«

Er lachte – ein heiseres Lachen voller unterdrückter Begierde. »Du machst mich glücklich.«

»Diese Gefühle erschrecken mich manchmal. Ich sehne mich so nach dir, daß ich tagelang völlig lustlos bin und mich auf keine Arbeit konzentrieren kann.«

»Ich ertappe mich dabei, wie ich auf einem Stück Eisen herumhämmere, das schon viel zu kalt zum Formen ist.«

Getragen von diesem Gefühl gemeinsam durchlittener Qualen, drängten sie sich aneinander, seine Hände glitten über ihren Rücken, näherten sich ihren Brüsten. Sie legte die Arme um seinen Nacken und wartete atemlos auf die Berührung, die sie herbeisehnte.

Bitte, dachte sie, berühre mich nur ein einziges Mal. Gib mir etwas, womit ich weiterleben kann.

Er schien ihre Gedanken erraten zu haben, umfaßte mit beiden Händen ihre Brüste, doch da wurde ihm bewußt, daß sie mitten im Gang standen und jederzeit von einem unerwarteten Besucher überrascht werden konnten.

»Komm mit ...«, flüsterte er und drängte sie in die Schmiede. Dort, in dem warmen, von der rötlich schimmernden Glut kaum erhellten Raum, drückte er sie gegen die Werkbank, schob seine Hände unter ihre Jacke und streichelte durch den Hemdstoff hindurch ihre Brüste. Aus ihrer Kehle kam ein leises Stöhnen, sie öffnete ihre Lippen und erwiderte lustvoll seinen Kuß.

»Emily …«, keuchte er und preßte sein Gesicht gegen ihren Hals.

»Ja, Thomas?«

»Bitte, heirate mich.«

Sie schloß die Augen und flüsterte: »Ja.«

Mit einem Ruck hob er den Kopf und starrte sie ungläubig an. »Wirklich? Meinst du das wirklich?«

»Natürlich meine ich es. Es bleibt mir keine andere Wahl.« Sie umarmte ihn stürmisch, schwelgte eine Weile in der Vision, seine Frau zu sein, sein Bett mit ihm zu teilen, mit ihm an einem Tisch zu sitzen, sah ein halbes Dutzend schwarzhaariger Kinder im Mietstall umhertoben. Es überraschte sie nicht im geringsten, jetzt von Kindern zu träumen, nachdem sie immer behauptet hatte, damit noch warten zu wollen. Sie genoß diese Vorstellung, atmete seinen Geruch ein, preßte sich an ihn. »O Thomas, so soll es sein, nicht wahr? Das hat meine Mutter gemeint.«

Er lehnte sich zurück und sah sie fragend an. In dem trüben Licht schimmerten ihre Augen wie schwarzer Bernstein.

»Ich muß dir soviel erzählen«, sagte sie. »Können wir uns irgendwo hinsetzen? Denn wenn ich in deinen Armen bin, kann ich keinen klaren Gedanken fassen.«

Sie setzten sich nebeneinander auf zwei Nagelfässer, ihre ineinander verschlungenen Hände lagen auf seinem linken Knie. Dann begann Emily zu sprechen.

»Am Tag vor Mutters Tod hatte ich ein langes Gespräch mit ihr. Es schien ihr plötzlich wieder besser zu gehen, und wir waren alle sehr glücklich darüber. Aber dieses letzte Aufflackern ihrer Lebenskräfte brachte nur ein Gutes – sie erzählte mir die Wahrheit über sich, Papa und Fannie.«

Den Blick auf ihre Hände gesenkt, erzählte Emily Tom die ganze Geschichte. Er saß ganz still da, streichelte nur ihre Handfläche. Minuten später endete sie: »... und deswegen bin ich überzeugt, daß Papa und Fannie heiraten werden, sobald die Trauerzeit vorüber ist. Aber Mama hätte mir das alles nicht zu erzählen brauchen, nicht wahr? Sie hätte mich weiter in dem Glauben lassen können, daß ihre Ehe mit Papa die Erfüllung ihres Lebens gewesen ist. Und daß sie ausgerechnet in jener Nacht starb – es fällt mir schwer, das zu sagen, denn es klingt so absurd –, scheint mir wie ein Wink des Schicksals, denn ihr Tod hat mich davon abgehalten, den falschen Mann zu heiraten.«

Schweigend dachten beide an Charles. Als sie sich dann ansahen, lag in ihren Blicken das Bedauern darüber, welchen Schmerz sie ihm zufügen mußten.

»Wenn ich dich nur jemand anderem wegnehmen würde. Warum muß es ausgerechnet Charles sein?«

»Ja. Wenn er nur weniger liebenswert wäre, fiele es uns beiden leichter.«

»Emily ... Wir müssen es ihm sagen. Jetzt ... heute. Wir können ihn nicht länger hintergehen.«

»Ich weiß.«

»Möchtest du, daß ich es ihm sage?« fragte Tom. »Es ist wohl meine Aufgabe.«

»Seltsam ... und ich dachte, es wäre meine.« Schweigend

dachten sie eine Weile nach, dann schlug Tom vor: »Wir könnten es ihm gemeinsam sagen.«
»Wie auch immer, es wird nicht leicht sein ... weder für ihn noch für uns.«
Tom ließ ihre Hand los, bedeckte sein Gesicht mit beiden Händen und stieß einen tiefen Seufzer aus. Niedergeschlagen und schuldbewußt wegen des Verrats, den sie an Charles begehen mußten, saßen sie eine Weile da. Ihre Augen brannten, und sie berührte leicht sein Handgelenk.
»Warum muß Liebe soviel Schmerz verursachen?« fragte sie leise.
Er lachte freudlos, rieb mit beiden Händen über seine Wangen und starrte auf den Amboß. Die Minuten verstrichen und brachten keine Linderung ihrer Qual.
»Die Ironie an der Sache ist«, sagte er schließlich, »daß Charles mehr Zeit mit mir verbracht hat, seit du ihm aus dem Weg gehst. Jeden Abend habe ich mir seine Klagen angehört, wie sehr er dich liebt, daß er dich verliert und nicht weiß, warum. Dabei habe ich Höllenqualen ausgestanden. Wie oft stand ich kurz davor, ihm die Wahrheit zu sagen.«
Sie suchte nach Worten des Trostes. »Aber Thomas«, sagte sie aufrichtig, »ich habe ihn nie so geliebt, wie ich dich liebe. Es wäre falsch gewesen, ihn zu heiraten.«
»Ja«, murmelte er, nur halb überzeugt.
Schließlich seufzte Emily und stand auf. »Ich gehe jetzt, damit du Pinky beschlagen kannst. Papa wird sich schon wundern, wo ich so lange bleibe.«
Tom schreckte aus seinen trüben Gedanken auf. »Es tut mir leid, daß ich so deprimiert bin. Es fällt mir eben sehr schwer.«

»Wenn du es auf die leichte Schulter nehmen würdest, könnte ich dich nicht so lieben.«

Er legte ihr beide Hände auf die Schultern und zog sie sanft an sich. »Es wird wohl eines unserer schlimmsten Erlebnisse werden, aber danach fühlen wir uns sicher besser. Gehen wir gemeinsam zu ihm? Heute abend?«

Sie nickte nur.

»Emily?«

»Was?«

»Darf ich dich abholen?«

Ihr erschrecktes Zusammenzucken zeigte ihm, daß sie ihr Geheimnis gut gehütet hatte. Er betrachtete forschend ihr Gesicht. »Wir haben lange genug Katz und Maus gespielt. Wir wollen diesen ersten Schritt gemeinsam und von Anfang an richtig machen. Dein Vater war ehrlich zu dir, ist es jetzt nicht an der Zeit, daß du ihm gegenüber auch ehrlich bist?«

»Du hast recht. Um sieben?«

»Ich werde kommen.«

Siebzehntes Kapitel

Was trägt eine Frau anläßlich der Auflösung ihrer Verlobung? Emily stand in ihrem Schlafzimmer und betrachtete sich im flackernden Schein der Lampe im Spiegel. Sie hatte wenig Auswahl an Kleidern, aber für ihr heutiges Vorhaben schien ihr Trauerkleidung angebracht zu sein.

Das Kleid war einfach geschnitten, schmiegte sich eng um ihren Oberkörper und fiel in weiten Falten bis auf die Knöchel. Als sie es zuknöpfte, nahm sie zum erstenmal bewußt ihre weiblichen Rundungen wahr. Sie versuchte sich mit Toms Augen zu sehen – schlank, aber wohlgeformt. Sie berührte ihre Hüften, ihre Brüste, schloß die Augen und dachte an die Gefühle, die Tom in ihr geweckt hatte. Ein Jahr … gütiger Gott, ein Jahr …

Schuldbewußt öffnete sie die Augen, griff nach einer Bürste und bearbeitete damit wütend ihr Haar, bürstete es straff nach hinten, schlang es zu einem Knoten und befestigte ihn mit Nadeln am Hinterkopf.

So. Jetzt sehe ich wenigstens aus wie eine Frau, die Reue und Zerknirschung empfindet, dachte sie.

Aber ein paar Minuten später fühlte sie sich eher wie ein verängstigtes Schulmädchen, als sie im Dunkeln oben auf dem Treppenabsatz darauf wartete, daß Tom Jeffcoat an die Haustür klopfte. Fannie spielte im Wohnzimmer Klavier, und Edwin las wahrscheinlich die Zeitung, während Frankie mit Earl auf dem Fußboden spielte.

Als es endlich klopfte, rief Frankie: »Ich mach schon auf! Vielleicht ist es Charles!« Emily lief die Treppe hinunter, um ihm den Weg abzuschneiden.

»Ich mach auf!«

»Aber es könnte Charles sein!«

»Ich sagte ...«, sie drückte ihn beiseite, »... ich mache auf, Frank!«

Beleidigt machte er ihr Platz. »Na, dann mach endlich auf. Worauf wartest du?«

»Geh zurück ins Wohnzimmer, und spiel weiter«, fauchte sie wütend. Aber er setzte sich auf die Treppe, um sie zu ärgern. Emily schob die Gardine beiseite und sah Tom vor der Tür stehen. Fannie hatte aufgehört, Klavier zu spielen, Papa raschelte mit der Zeitung, und alle warteten darauf, endlich den Besucher zu sehen.

»Um Himmels willen«, rief Edwin empört, »öffnet einer von euch beiden endlich die Tür?«

»Öffne die Tür, Emily!« äffte Frankie seinen Vater nach. Sie holte tief Luft und machte die Haustür auf.

»Hallo, Emily.«

Er sah umwerfend aus. Frisch rasiert, die Wangen von der Kälte gerötet, den Hut in der Hand und mit vom Wind zerzausten Haar stand er vor ihr. Emily brachte keinen Ton heraus.

»Emily, wer ist da?« rief ihr Papa im Wohnzimmer.

Er trat ein und schloß die Tür hinter sich. »Ich bin es, Tom.«

»Tom!« Edwin legte die Zeitung beiseite und kam in die Diele, gefolgt von Fannie. »Nun, das ist aber eine Überraschung.« Er streckte Tom die Hand entgegen und bat ihn überschwenglich: »Komm rein! Komm rein!«

»Danke, Edwin, aber ich bin nur gekommen, um Emily abzuholen.«

Verdutzt sah Edwin von Tom zu Emily. »Emily?« wiederholte er ungläubig. Ein leises Lächeln umspielte Fannies Mund. Sie sagte beiläufig: »Nun ... das ist nett. Macht ihr einen Spaziergang?«

»Ja, zu Charles«, entgegnete Emily hastig.

»Oh, ihr besucht Charles«, sagt Edwin erleichtert. »Er war seit Wochen nicht mehr hier. Grüßt ihn von mir.«

Fannie fügte hinzu: »Es ist kalt draußen, Emily. Vergiß deinen Schal nicht.«

Emily nahm ihren Mantel vom Kleiderständer und schlüpfte hinein.

»In einer Stunde werden wir wohl wieder zurück sein«, sagte Tom und öffnete Emily die Tür.

Emily zwang sich zu einem Lächeln. »Gute Nacht.«

»Gute Nacht«, antwortete Fannie.

Edwin sagte nichts.

Draußen stieß Tom einen tiefen Seufzer aus. »Puh!«

»Fannie weiß Bescheid.«

»Hast du es ihr etwa gesagt?«

»Nein, sie hat es erraten.«

Schweigend gingen sie die Straße entlang, bis Tom schließlich fragte: »Und was ist mit deinem Vater?«

»Ich glaube, er verschließt die Augen vor den Tatsachen.«

»Ich hielt es für besser, erst mit Charles zu reden, ehe wir deinen Vater mit der Wahrheit konfrontieren.«

»Ja. Erst wenn wir die Aussprache mit Charles hinter uns haben, werde ich wieder leichter atmen können.«

Sie kamen zu Charles' Haus. »Es brennt kein Licht. Er scheint nicht zu Hause zu sein.« Tom klopfte.
Sie warteten.
Tom warf Emily einen flüchtigen Blick zu und klopfte wieder. Hinter den Fenstern blieb es dunkel.
»Wo könnte er sein?« Emily sah Tom niedergeschlagen an. »Ich weiß es nicht. Sollen wir ihn suchen?«
»Was meinst du?«
»Ich möchte es hinter mich bringen. Komm, er kann nicht weit sein.«
Sie gingen die Straße entlang, und Tom fragte im *Mint Saloon* nach Charles, während Emily draußen wartete. Eine Minute später kam er wieder und sagte: »Er war hier, wollte dann aber zu mir gehen.«
»Aber wir sind doch an deinem Haus vorbeigekommen. Dort war er nicht.«
»Vielleicht sucht er mich im Stall.«
»Wir können ja mal nachsehen.«
Sie begegneten Charles mitten auf der Straße.
»Hallo, Emily«, rief er schon von weitem.
»Hallo, Tom, wo warst du? Ich habe dich überall gesucht.«
Tom antwortete: »Wir wollten zu dir.«
»Ach, ja? Habt ihr etwas vor? Hoffentlich! Diese Stadt ist nach sechs Uhr wie ausgestorben. Ich ging auf ein Bier ins *Mint,* aber dort gefiel es mir nicht. Also habe ich nach dir gesucht.« Er nahm Emily beim Arm. »Ich hatte nicht erwartet, dir zu begegnen.«
»Wir möchten mit dir sprechen, Charles«, sagte Tom.
»Mit mir sprechen? Worüber denn?«
»Nicht hier. Laßt uns in meinen Stall gehen.«

Jetzt wurde Charles argwöhnisch. Tom und Emily wichen seinem Blick aus. »Worüber?« wiederholte er.
»Komm, es ist zu kalt hier draußen«, schlug Tom vor.
Charles musterte beunruhigt die beiden und zwang sich dann zu einem Lächeln. »Also gut ... gehen wir.«
Nebeneinander gingen sie zu Toms Mietstall, Emily zwischen den beiden Männern. Tom öffnete die Tür und führte sie in die Scheune. Dunkelheit umfing sie, bis Tom eine Öllampe angezündet hatte. Das flackernde Licht warf gespenstische Schatten über Toms Gesicht, als er sich Charles zuwandte.
»Also, worum geht es?« fragte Charles ungeduldig und sah von Tom zu Emily.
»Es fällt mir schwer ...« begann Tom.
Emily schluckte und sagte dann: »Charles, wir sind so lange befreundet, daß ich nicht weiß, wie ...«
Tom fiel ihr ins Wort. »Noch nie im Leben ist mir etwas so schwergefallen, Charles. Du bist ein echter Freund und hast Besseres verdient.«
»Besser als was?« Charles war jetzt wie erstarrt.
»Wir wollten dir nicht weh tun, Charles, aber wir können dir die Wahrheit nicht länger verschweigen. Emily und ich lieben uns.«
»Du Scheißkerl!« wütete Charles und ballte die Fäuste. »Wußte ich es doch. Ein Blick in eure Gesichter zeigt mir, daß ihr verdammte Gewissensbisse habt.«
»Charles.« Emily streckte ihre Hand nach ihm aus. »Wir haben versucht ...«
»Rühr mich nicht an!« Er wich zurück.
»Aber ich möchte dir erklären ...«
»Erspar dir deine Erklärungen! Ich will sie nicht hören!«

Tom versuchte zu vermitteln. »Gib ihr doch wenigstens eine Chance ...«
»Du!« Charles sprang vor, stieß Tom beide Fäuste gegen die Brust. »Du verdammter Dreckskerl!« Der Angriff kam so unerwartet, daß Tom ein paar Schritte zurücktaumelte. »Du hinterhältiger, verlogener Scheißkerl!«
Tom redete ihm gut zu. »Hör auf, Charles. Wir wollen es nicht schlimmer ...« Ein weiterer Fausthieb brachte Tom zum Verstummen, und er taumelte noch weiter zurück.
»Mein *Freund!*« höhnte Charles und trieb Tom mit seinen Fäusten vor sich her. »Mein betrügerischer, falscher, verlogener Dreckskerl von einem Freund!«
Tom steckte widerstandslos Charles' Faustschläge ein. »Na gut, mach dir Luft.«
»Wie verdammt recht du hast, du Dreckskerl! Warte nur, bis ich mit dir fertig bin!«
Tom ließ sich weiter mit herabhängenden Armen schlagen, bis er mit dem Rücken gegen eine Kutsche auf der Drehbühne stieß und sich den Kopf anschlug. Dann stellte er sich breitbeinig hin, hob beschwichtigend die Hände und sagte: »Ich möchte mich nicht mit dir prügeln, Charles.«
»Das wirst du aber, und du kannst dich auf etwas gefaßt machen! Wenn du glaubst, du kannst mir einfach meine Frau stehlen und kommst damit ungeschoren davon, dann täuschst du dich, Jeffcoat!«
Emily war wie gelähmt vor Entsetzen. Sie raffte sich auf und rief: »Hör auf, Charles!« Sie packte ihn am Arm. »Ich lasse nicht zu, daß ihr euch prügelt!«
»Halt dich da raus!« Mit dem Ellbogen stieß er sie zur Seite und starrte sie wütend an. »Du wolltest wie Jezebel

einen Freund gegen den anderen ausspielen. Jetzt sieh dir an, was dabei rauskommt! Blut wird fließen, ehe wir miteinander fertig sind, also schau dir sein hübsches Gesicht noch einmal an, ehe ich es zu Brei schlage.«

Er schwang herum, legte seine ganze Kraft in den Faustschlag und traf mit voller Wucht Toms Magen. Toms Kopf schnellte zurück, er verlor seinen Hut und klappte dann stöhnend nach vornüber.

Emily sprang Charles schreiend in den Rücken und zerrte ihn zwei Schritte zurück, bis er sich umdrehte, ihr die Arme an die Seiten preßte und sie gegen die Stalltür drückte. »Halt dich da raus, oder ich vergesse, daß du eine Frau bist. Und das würde mir im Augenblick wahrhaftig nicht schwerfallen!«

Außer sich vor Wut stürzte sich Tom auf Charles, packte ihn am Mantelkragen und stemmte ihn hoch, bis er nur noch auf Zehenspitzen stand. »Wag ja nicht, sie anzurühren, Bliss, sonst hat dein letztes Stündlein geschlagen. Na gut, du willst dich prügeln ... du denkst, das wird irgendwas ändern ...« Er wich zurück, duckte sich und winkte Charles näher. »Na komm ... laß es uns hinter uns bringen.«

Diesmal war Tom auf Charles' Schlag schon vorbereitet. Er fing seine Faust gechickt mit dem Unterarm ab und traf mit der Rechten Charles' Kinn. Es krachte scheußlich und klang, als würde ein Holzgriff brechen. Charles landete auf seinem Hintern und saß einen Augenblick völlig verblüfft da.

»Komm, komm ...« forderte Tom ihn wieder heraus. »Du wolltest eine Prügelei, da hast du sie.«

Charles stand langsam auf, grinste und wischte sich das

Blut von den Lippen. »Großartig«, knurrte er und schwang drohend die Fäuste. »Er hat sich verliebt.« Mit verzerrtem Gesicht schrie er drohend: »Komm her, du Bastard! Ich zeige dir, was ich davon halte ...«

Eine gerade Rechte ließ Charles gegen eine Box stolpern, dann ging er mit gesenktem Kopf auf Tom los, rammte ihm seinen Schädel in den Magen und packte ihn an der Kehle.

»Wie lange, Jeffcoat?« keuchte Charles heiser. »Wie lange bist du schon hinter meiner Frau her? Du wirst für jeden verdammten Tag büßen!«

»Charles, hör auf! Du erwürgst ihn!« schrie Emily und packte ihn von hinten am Kragen.

»Verschwinde!« Mit dem Ellbogen stieß er Emily von sich, traf sie hart in die Brust. Sie stöhnte auf.

»Du Dreckskerl, du hast Emily weh getan!« brüllte Tom außer sich vor Zorn. Wie gut dieser Zorn tat. Er war hitzig, heilend und belebend! Mit dem Knie schleuderte er Charles von sich, setzte ihm hinterher und schlug ihn mit zwei gezielten Haken zu Boden. Im Bruchteil einer Sekunde war Charles wieder auf den Beinen, doch Tom steckte ebenso viel ein, wie er austeilte. Beide waren kräftige Männer mit mächtigen Brustkörben und muskulösen Armen – ein Schmied und ein Zimmermann, gestählt durch jahrelange Arbeit mit schweren Hämmern. Der plötzliche Ausbruch von Feindseligkeit steigerte ihre Kräfte immens.

Mit bloßen Fäusten hämmerten sie aufeinander ein, trieben sich gegenseitig mit brutalen Schlägen durch den Stall. Ihre Gesichter begannen zu bluten, die Haut über ihren Knöcheln war geplatzt, aber sie kämpften

weiter, wurden allerdings von Minute zu Minute schwächer.
Ein furchtbarer Schlag traf Charles, schleuderte ihn auf die Drehbühne, die sich daraufhin in Bewegung setzte und Charles ein paar Meter von Tom forttrug. Tom folgte ihm auf schwankenden Beinen und warf sich auf Charles. Dann rangen sie auf dem Boden weiter. Fluchend rollten sie über den Mittelgang, blieben schließlich als ineinander verschlungenes Knäuel von Armen und Beinen an der Wand liegen. Charles krächzte keuchend: »Wie weit bist du bei ihr gegangen, hm, du Freund?«
Tom war ebenfalls völlig erledigt: »Du hast eine schmutzige Phantasie, Bliss!«
Schwankend richtete sich Tom auf und zog Charles mit hoch. Er holte zu einem Schlag aus, aber die Bewegung ließ ihn rückwärts taumeln. Charles wankte nach vorn, hob mühsam die Fäuste. »Komm her ... du Bastard ... ich bin noch nicht mit dir fertig!«
Tom drehte sich halb um die eigene Achse, ließ die Arme baumeln wie zwei Dreschflegel. »Doch, das bist du ... ich heirate sie«, brachte er keuchend über die geschwollenen Lippen. Schwankend standen sie voreinander und starrten sich an.
»Hast du genug?« krächzte Tom und wippte auf den Zehenballen.
»Noch lange nicht.«
»Na gut ...« Tom hatte nicht mehr die Kraft für einen Faustschlag, sondern warf sich mit seinem ganzen Körper gegen Charles. Beide stürzten rückwärts in eine Box, prallten gegen die Stallmauer.
Emily kniete weinend neben der Drehbühne, preßte bei-

de Hände gegen ihren Mund, wagte aber nicht mehr, sich einzumischen.

Die Männer taumelten aneinandergeklammert aus der Box. Ihre Jacken sahen aus, als hätten sie sie in einem Schlachthaus getragen.

»Hast du jetzt genug?« stammelte Tom.

»Gott ... helfe ... mir ...« Charles beendete den Satz nicht. Er fiel auf die Knie und sank vornüber.

Tom ging ebenfalls zu Boden, lehnte auf Händen und Knien über Charles und keuchte mit tränenerstickter Stimme: »Verdammt ... warum mußtest du sie zur Einweihungsfeier in mein Haus bringen?«

Charles wankte auf den Knien hin und her. Er versuchte mit seinem blutenden Finger auf Tom zu zeigen, aber sein Arm sank kraftlos herab. »Du ... du hast sie in diesem verdammten ... Wandschrank geküßt, nicht wahr?«

Tom nickte mit gesenktem Kopf.

Charles fiel auf die Seite, stützte sich auf einen Ellbogen. »Und ich Trottel habe dir einen Schrank geschreinert ...«

»Ja ... du blöder Idiot ... ich nehme eine Axt und zertrümmere ihn in tausend Stücke ...«

»Tu's doch ...« Charles ließ seinen Kopf zurücksinken. »Es ist mir scheißegal.«

Emily starrte die beiden entgeistert an.

Immer noch auf allen vieren sagte Tom mit hängendem Kopf, als würde er mit dem Stallboden sprechen: »Ich wollte ... mich nicht ... in sie verlieben, Mann ...«

Beide Männer keuchten wie Maschinen, denen der Dampf ausgeht. Doch dann verflog ihre Feindseligkeit so plötzlich, wie sie gekommen war. Kläglich wurden sie sich der Wahrheit bewußt. Charles lag mit geschlossenen Augen auf dem Rücken. Er stöhnte: »Gott, tut das weh …«

»Ich glaube … meine Rippen sind gebrochen.« Tom kroch auf allen vieren zu Charles.

»Gut. So wie … mein verdammtes Herz.«

Tom kniete jetzt über Charles und starrte ihn mit glasigen Augen an. Er flüsterte heiser: »Es tut mir leid, Mann.«

Charles krallte seine Finger um einen Pferdeapfel, schleuderte ihn kraftlos nach Tom, verfehlte ihn aber.

»Ja, geh zum Teufel, du Bastard.« Erschöpft lag er mit geschlossenen Augen da.

Emily beobachtete den Zusammenbruch der beiden durch einen Tränenschleier. Mit Entsetzen und halbtot vor Angst hatte sie diesem brutalen Kampf zugesehen. Ihr Herz blutete für beide. Diese schmerzenden Wunden hatten sich die beiden nicht nur mit ihren Fäusten zugefügt.

Aber jetzt, da der Kampf vorbei war, stieg Zorn in ihr auf. Wie schrecklich, daß zwei menschliche Wesen sich so verletzen mußten!

»Ihr seid beide verrückt!« fauchte sie wütend. »Was habt ihr nun damit erreicht?«

»Sag's ihr, Jeffcoat.«

»Ich kann nicht. Ich fühle mich wie ein Steak, das zweimal durch den Fleischwolf gedreht wurde.« Tom betastete vorsichtig seine Rippen.

»Du hast es verdient.«

»Ich muß kotzen.«

»Wie schön.«

Tom spuckte Blut auf den Boden, und seine Übelkeit verging. Stöhnend ging er in die Hocke und preßte einen Arm gegen seinen Brustkorb.

Charles öffnete die Augen. »Sind sie gebrochen?«

Tom hob nur mit schmerzverzerrtem Gesicht die Schultern.

»Emily?« Ihr Name kam kaum verständlich über Charles' geschwollene Lippen.

Sie kniete neben ihm. »Was?«

»Hol den Arzt. Ich glaube, ich habe ihm die Rippen gebrochen.«

Aber sie rührte sich nicht von der Stelle, betrachtete nur voller Entsetzen die beiden Männer. »Wie sehen denn eure Gesichter aus, ihr Narren! Seht euch doch nur an!« rief sie anklagend.

Das taten sie. Erstaunt über Emilys Vehemenz betrachteten Tom und Charles das Blutbad, das sie angerichtet hatten, und das stimmte sie noch versöhnlicher. Emilys Ausbruch schien, wenn auch etwas verspätet, die beiden wieder zur Vernunft gebracht zu haben. Ihnen war wohl bewußt geworden, daß sie ohne Sinn und Verstand aufeinander eingeprügelt hatten, anstatt miteinander zu reden. Die Prügelei hatte nichts geregelt. Ein Gespräch war unumgänglich. Gefühlsmäßig und physisch erschöpft, saßen sie auf dem Stallboden und starrten einander an, bis Charles schließlich sagte: »Also ... erzähl mir, wie es passiert ist.«

Tom schüttelte den Kopf. »Zum Teufel, ich weiß es nicht. Wie ist es passiert, Emily? Bei der gemeinsamen Arbeit mit den Pferden, bei diesen verdammten, idiotischen Pfänderspielen? Wie passiert so etwas überhaupt? Es geschieht einfach.«

»Emily, sagt er die Wahrheit? Wirst du ihn heiraten?«
»Ja, Charles«, entgegnete sie und sah ihm in die Augen.
»Er ist ein Arschloch, weißt du das?« Charles' Stimme bebte leicht vor Zuneigung. »Du willst einen Mann heiraten, der seinem besten Freund die Verlobte stiehlt?«
Emily schluckte und starrte Tom und Charles mit Tränen in den Augen an.
Tom sagte mit ebenso sanfter und gefühlvoller Stimme wie Charles: »Ich wünschte mir, es wäre eine andere Frau. Ich hab's mit Tarsy versucht. Oh, verdammt noch mal, warum konnte es nicht Tarsy sein? Ich hab's versucht, Charles. Es hat nicht geklappt.« Nach einer langen Pause berührte er leicht Charles' Hand. »Es tut mir leid«, flüsterte er.
Charles schüttelte seine Hand ab und legte einen Arm über seine Augen. »Ach, verschwinde! Los, verschwinde, und nimm sie mit!« Emily sah mit Entsetzen, daß Charles weinte.
Sie richtete sich auf, schüttelte das Stroh aus ihrem Rock. »Komm, Tom ...« Sie nahm seinen Arm. »Versuch aufzustehen.«
Er warf einen letzten traurigen Blick auf Charles und kam mühsam, wie ein arthritischer, alter Mann, auf die Beine. Mit ihrer Hilfe humpelte er zur Stalltür und lehnte sich erschöpft gegen den Türrahmen. Dann fragte er besorgt: »Bist du in Ordnung, Emily?«
»Ja.«
»Aber er hat dich mit dem Ellbogen erwischt. Ich hab's gesehen.«
»Ich bin nicht verletzt. Komm jetzt«, sagte sie. »Ich glaube, Charles hat recht. Wir müssen zu Doc Steele, damit er sich deine Rippen ansieht.«

»Ich brauche keinen Arzt«, wehrte Tom ab. Aber nach ein paar Schritten sank er in sich zusammen.
»Ich kann nicht mehr«, stöhnte er. »Vielleicht hast du recht. Geh, und hol den Arzt. Dann kann er sich auch gleich Charles ansehen.«
Tom sank zu Boden und lehnte sich gegen einen Holzbalken.
Drei Minuten später klopfte sie an Doc Steeles Haustür. Seine Frau öffnete.
»Ja, was gibt's?«
»Ich bin Emily Walcott, Mrs. Steele. Ist Ihr Mann da?«
»Nein. Er ist bis Ende der Woche unterwegs.«
»Bis Ende der Woche?«
»Was ist passiert? Ist es ein Notfall?«
»Würden Sie … ich … nein … ich hole meinen Vater.«
Nur von dem Gedanken besessen, Hilfe für Tom und Charles zu holen, lief sie nach Hause.
»Papa, ich brauche deine Hilfe!« rief Emily, als sie ins Wohnzimmer stürmte.
»Was ist los?« fragte er erschrocken, ging auf sie zu und nahm ihre eiskalten Hände.
»Es geht um Tom und Charles. Sie haben sich geprügelt, und ich glaube, Toms Rippen sind gebrochen. Was mit Charles ist, weiß ich nicht. Er liegt flach auf dem Rücken in Toms Stall.«
»Ist er bewußtlos?«
»Nein. Aber sein Gesicht ist blutüberströmt, und keiner von beiden kann gehen. Ich wollte Doc Steele holen, aber der ist unterwegs … Papa, hilf mir. Bitte. Ich weiß nicht, was ich tun soll. Ich habe solche Angst.«
»Fannie, hol mir meine Jacke!« Edwin setzte sich und zog

seine Stiefel an. Fannie dachte wie immer an das Nächstliegende. »Hast du Verbandszeug in deinem Medizinkoffer, Emily?«
»Heftpflaster.«
»Ein blutstillendes Mittel?«
»Ja. Hahnenfußsalbe.«
»Wir brauchen Leinen für die Verbände. Edwin, geh voraus, ich komme gleich nach.«
Während sie die verschneite Straße hinunterliefen, fragte Edwin: »Weswegen haben sie sich geprügelt?«
»Meinetwegen.«
»Dachte ich es mir doch. Fannie und ich haben den ganzen Abend überlegt, was da vor sich geht. Willst du es mir jetzt erzählen?«
»Papa, ich weiß, es wird dir nicht gefallen, aber ich werde Tom heiraten. Ich liebe ihn, Papa. Wir haben es heute abend Charles gesagt.«
»Eine verdammte Sache, die ihr da einem Freund antut.«
»Ich weiß.« Tränen liefen über Emilys Wangen, als sie hinzufügte: »Aber gerade du solltest Verständnis dafür haben, Papa.«
Er lief weiter. »Ja, verdammt will ich sein, wenn ich euch nicht verstehe.«
»Bist du böse auf mich?«
»Vielleicht morgen. Aber jetzt bin ich hauptsächlich um diese beiden Kampfhähne besorgt.«
Emily holte schnell ihre Arzttasche aus dem Stall und traf wieder mit ihrem Vater vor der Tür zu Toms Scheune zusammen. Im düsteren Licht der einzigen Öllampe saß Tom im Mittelgang gegen einen Balken gelehnt, etwas

weiter hinten entdeckten sie Charles zusammengekrümmt an der Wand liegen.
Edwin eilte zuerst zu Tom und ließ sich neben ihm auf ein Knie sinken. »Er hat dir also ein paar Rippen gebrochen«, stellte er fest.
»Ja, sieht so aus … es tut verdammt weh.«
»Fannie bringt etwas, womit wir dich verbinden können.«
Emily erklärte: »Doc Steele ist nicht zu Hause. Ich mußte Papa holen.«
Dann ging Edwin zu Charles. »Ich bin froh, dich wenigstens bei Bewußtsein vorzufinden. Emily sagte mir, du lägst flach auf dem Rücken. Sie hat mir einen verdammten Schrecken eingejagt.«
Charles murmelte undeutlich: »Leider bin ich nicht tot oder dem Tode auch nur nahe.«
»Dein Gesicht sieht schrecklich aus. Hast du sonst irgendwelche Verletzungen?«
Verdrießlich sah er zu Emily und Tom hinüber und sagte: »Verletzter Stolz zählt wohl nicht, wie, Edwin?« Dann wandte er den Blick ab.
Emily kniete neben Tom. »O Thomas, wie hast du dich zugerichtet. Wie konntest du dich nur wegen mir prügeln?«
»Ich schätze, du bist nicht sehr zufrieden mit mir.«
»Ach, Tom, weißt du denn nicht, wie sehr ich dein Gesicht liebe? Wie kannst du es wagen, es derart verstümmeln zu lassen?« Liebevoll strich sie ihm die Haare aus der Stirn. »Ich hole Wasser, um die Wunden zu säubern.« Sie kam mit einem verbeulten Eimer voll Wasser zurück und nahm Verbandsmull aus ihrer Veterinärta-

sche. Als sie sein Gesicht damit abtupfte, stöhnte Tom auf.
»Geschieht dir ganz recht«, schimpfte sie mitleidlos.
»Du bist eine hartherzige Frau, Wildfang. Es wird mich einige Mühe kosten, dich sanft zu machen ...«
»Sei still. Das wird die Blutungen stillen.«
»Was ist es?«
»Hahnenfußkraut – eine alte indianische Salbe.«
»Hmm.«
Fannie kam mit einer gestreiften Leinentasche in einer Hand hereingeeilt. »Um wen soll ich mich zuerst kümmern?«
Emily antwortete: »Zieh Tom das Hemd aus, während ich nach Charles sehe.«
Während Edwin und Fannie Tom aufrichteten, ging Emily zu Charles und ließ sich neben ihm auf die Knie sinken. Verlegen wich sie seinem vorwurfsvollen, harten Blick aus. Mit geschwollenen Lippen flüsterte er heiser: »Warum, Emily?«
»O Charles ...« Zart betupfte sie seine Wunden mit Mull, schluckte ihre Tränen hinunter.
»Warum?« fragte er wieder. »Was habe ich falsch gemacht? Oder was habe ich nicht richtig gemacht?«
»Du hast alles richtig gemacht«, erwiderte sie beschämt, »ich kenne dich einfach schon zu lange.«
»Dann müßtest du doch wissen, wie gut ich zu dir wäre.« Hinter den geschwollenen Lidern sahen seine Augen noch trauriger aus.
»Ich weiß ... aber etwas ... etwas hat gefehlt.« Sie suchte nach tröstenden Worten.
»Was?«

Betrübt sah sie ihn an. »Charles, wenn ich dich geküßt habe, war mir, als würde ich meinen Bruder küssen.« Oberhalb seines Bartes zeigten sich rote Flecken auf seinen Wangen. Er schluckte krampfhaft und flüsterte nach einer Weile: »Das ist verdammt hart zu verdauen.«
»Bitte, könnten wir nicht ein andermal darüber reden?«
Er holte tief Luft und sagte schleppend: »Ja, ein andermal ...«
Stoisch ließ er es zu, daß sie sein Gesicht und seine Knöchel abwusch. Sie trug Salbe auf seine Wunden auf, berührte dabei sein Gesicht und seine Lippen ein letztesmal. In einem Winkel ihres Herzens verspürte sie dabei einen tiefen Schmerz, weil sie ihm so weh getan hatte und weil er sie so sehr liebte. Sie verband seine aufgeschlagenen Knöchel, legte dann ihre Hände in den Schoß und fragte: »Kann ich sonst noch etwas für dich tun?«
»Nein.« Er starrte an ihr vorbei und weigerte sich eigensinnig, ihrem Blick zu begegnen.
»Du hast dir nichts gebrochen?«
»Nein. Geh und verbinde ihn!« befahl er barsch.
Sie rührte sich nicht, blieb neben ihm knien, sah ihn an und wartete auf irgendein Zeichen der Verzeihung, aber nichts kam. Kein Blick, keine Berührung, kein Wort. Ehe sie aufstand, berührte sie leicht sein Handgelenk und flüsterte: »Es tut mir so leid, Charles.«
An seinem Kinn zuckte ein Muskel, doch er wandte nur schweigend den Kopf ab.
Sie ging zu Tom und war sich dabei Charles' eisiger Blikke im Rücken bewußt.
Edwin und Fannie hatten Tom das Hemd ausgezogen und betasteten vorsichtig seine Rippen.

»Fannie und ich glauben, daß etwas gebrochen ist«, sagte Edwin unsicher.
Emily scheute sich etwas davor, Toms nackten Oberkörper zu berühren, aber dann überwand sie ihre Verlegenheit, legte ihre Hände auf seinen Brustkorb, und bei der vierten Rippe zuckte er vor Schmerz zusammen.
»Wahrscheinlich gebrochen.«
»Wahrscheinlich?«
»Ja«, sagte sie. »Ich kann dich verbinden, oder du wartest, bis der Arzt Ende der Woche wieder hier ist.«
Zweifelnd sah er von Edwin zu Fannie und meinte dann: »Kannst du das denn?«
»Wenn du ein Pferd oder eine Kuh ... oder ein Hund wärst, hätte ich keine Bedenken. Aber als Mann mußt du einfach das Risiko eingehen.«
Seufzend gab er nach. »Also gut, verarzte mich.«
Während Fannie Leinenstreifen um seinen Brustkorb wickelte, schnitt Emily das Pflaster zu. Dann befahl sie Tom, seine Arme seitlich an den Körper zu legen und auszuatmen. Sie befestigte den Verband mit Pflaster.
»So. Das wird halten.«
Er sah an sich hinunter, fluchte leise und fragte: »Wie lange muß ich damit herumlaufen?«
»Vier Wochen, schätze ich. Was meinst du, Papa?«
»Frag mich nicht! Ich weiß nicht mal, warum du mich geholt hast. Ich habe ja nur zugesehen.«
Emily tröstete ihn: »Du warst mir eine moralische Stütze. Außerdem hätte ich ihn nicht allein aufrichten können. Danke, Papa. Danke Fannie.«
»Nun«, verkündete Edwin. »Ich hole jetzt wohl besser eine Kutsche, um die beiden nach Hause zu bringen.«

Dann ging er zu Charles. »Wie geht es dir, mein Sohn?« Edwin hatte Charles so lange *Sohn* genannt, daß es ihm wie selbstverständlich über die Lippen kam. Aber das Wort weckte jetzt ein Gefühl des Unbehagens zwischen den beiden, während er Charles auf die Beine half. Leicht schwankend standen sich Tom und Charles in dem düsteren Gang gegenüber. Wieder wallte Haß zwischen ihnen auf. Sie starrten sich kalt an.

Dann humpelte Charles auf die Tür zu. »Ich gehe nach Hause«, sagte er. »Ich brauche frische Luft.«

»Unsinn, Charles ...«, widersprach Edwin, aber Charles drängte ihn beiseite und ging.

Edwin sah ihm nach und stieß einen tiefen Seufzer aus. »Armer Junge.«

Tom räusperte sich und sagte: »Ich weiß, Charles bedeutet dir sehr viel. Ich hätte mir eine bessere Gelegenheit gewünscht, um mit dir über Emily und mich zu sprechen. Ich wollte in aller Form um ihre Hand anhalten. Es tut mir leid, daß du es auf diese Weise erfahren mußtest.«

»Ja, nun ...«, stammelte Edwin, suchte nach Worten, um seinen Kummer zu verbergen, daß er Charles als Schwiegersohn verloren hatte. Und seine Bestürzung machte sich jetzt in einem Wutausbruch Luft: »Nun weiß ich es ja. Und Emily sagte mir, daß sie dich liebt. Aber junger Mann, ich warne dich ...« Er deutete drohend mit dem Finger auf Tom. »Die Trauerzeit dauert ein Jahr, und du hältst dich besser dran, sonst kannst du was erleben!«

Achtzehntes Kapitel

Emily saß schmollend und gekränkt hinter ihrem Vater, als sie Tom nach Hause fuhren. Edwins Wutausbruch war ihr völlig unverständlich.

Edwin hüllte sich in Schweigen. Er fühlte sich etwas beschämt über die barschen Worte, die er Tom an den Kopf geworfen hatte.

Vor Toms Haus angekommen, warf er seiner Tochter einen mißbilligenden Blick zu, während sie ängstlich zusah, wie Tom mühsam vom Wagen stieg. Dann schickte sich Emily an, ebenfalls auszusteigen, aber Edwin befahl schroff: »Du bleibst, wo du bist. Du kommst mit uns nach Hause.«

»Aber Papa, Tom braucht ...«

»Er kommt allein zurecht.«

Wütend entgegnete Emily: »Ich treffe meine eigenen Entscheidungen, Papa!« Sie stemmte ihre Fäuste in die Hüften und starrte ihn grimmig an.

Tom sah zu ihr hoch und sagte beschwichtigend: »Er hat recht Emily. Geh nach Hause. Ich komme schon zurecht. Ich danke dir für deine Hilfe, Edwin ... Fannie.«

»Ja«, antwortete Edwin barsch, um sein eigenes Unbehagen zu verschleiern. Dann trieb er die Pferde an, und Emily plumpste auf ihren Sitz zurück.

»Papa!« rief sie außer sich vor Wut.

Ohne sich umzudrehen, fuhr er weiter. »Spar dir deine Worte! Ich weiß, was gut für dich ist.«
»Wie kannst du mich so behandeln! Ich lasse mir deine Grobheit nicht gefallen!«
»Du bist in Trauer«, schnitt Edwin ihr das Wort ab.
»Ach, und weil ich in Trauer bin, muß ich ein Jahr lang deine miserable Laune ertragen.«
»Emily, ich bin dein Vater. Und ich habe keine miserable Laune.«
»Doch, die hast du. Du bist mürrisch und grob. Fannie, sag ihm, daß er sich unmöglich benimmt.«
Fannie jedoch enthielt sich jeder Meinung. Die würde sie erst äußern, wenn sie mit Edwin allein war. Mit einer Handbewegung deutete sie an, daß sie in diesen Streit zwischen Vater und Tochter nicht mit hineingezogen werden wollte.
»Er ist nicht nur schlecht gelaunt, sondern auch grob zu meinem Verlobten!«
»Dein Verlobter … pah!« schimpfte Edwin vor sich hin.
»Als er heute abend an unsere Tür klopfte, fandest du ihn noch ganz liebenswert. Du hast über das ganze Gesicht gestrahlt, als er kam.«
»Ihr könnt erst in einem Jahr heiraten, und ich werde es verdammt noch mal nicht zulassen, daß du ihn dir vorher ins Bett packst!«
»Ihn dir ins Bett packst … Papa!« Empört kämpfte Emily gegen ihre aufsteigenden Tränen an.
»Edwin«, sagte Fannie tadelnd und vergaß ganz ihren Vorsatz, sich nicht einmischen zu wollen. »Das war unnötig.«
»Verdammt, Fannie!« platzte er heraus. »Charles ist für mich wie ein Sohn.«

»Das wissen wir, Edwin, du brauchst es nicht ständig zu betonen. Aber Emily ist nun mit jemand anderem verlobt, und auch dessen Gefühle mußt du berücksichtigen.«
Den Rest des Weges legten sie schweigend zurück. Kaum hatte ihr Vater den Wagen angehalten, sprang Emily herunter und stürmte wütend ins Haus. Fannie drückte Edwins Hand, ehe sie ihr folgte.
»Wie konnte er das nur sagen«, sagte Emily vorwurfsvoll zu Fannie und stapfte aufgebracht im Wohnzimmer hin und her, während Fannie die Lampe anzündete.
»Gib ihm ein paar Tage Zeit, um sich an die neue Situation zu gewöhnen.«
»Aber mit dem Finger auf Tom zu zeigen und ihm Befehle zu erteilen, als wäre er ... als wäre er kein Gentleman! Ich hätte vor Scham im Boden versinken können! Und diese Bemerkung, daß ich Tom nicht vor der Hochzeit ins Bett packen soll, ist absolut unentschuldbar! Wir haben nichts getan, wofür wir uns schämen müßten, Fannie.«
»Ich weiß, Liebes, ich weiß.« Fannie nahm Emily in die Arme. »Aber vergiß nicht, daß dein Vater eine schwere Zeit hinter sich hat. Sein ganzes Leben ist im Umbruch. Er hat seine Frau verloren und nun das Gefühl, auch Charles zu verlieren. Und du wirst heiraten und dein Heim verlassen. Es ist ganz natürlich, daß ihn das alles sehr aufregt. Wenn er sich dabei im Ton vergreift, dürfen wir es ihm nicht nachtragen. Wir müssen Geduld mit ihm haben.«
»Aber ich verstehe ihn nicht, Fannie.« Emily trat einen Schritt zurück. »Er war immer auf meiner Seite und hat mir immer gesagt, daß Glück das Wichtigste im Leben ist. Und jetzt bin ich ... werde ich glücklich sein, wenn ich

mit Tom verheiratet bin. Aber anstatt sich darüber zu freuen, macht er mir Vorwürfe, weil ich den Mann nicht heirate, den ich nicht liebe.«

Fannie betrachtete die junge Frau mit einem nachsichtigen Lächeln, überlegte, ob es wohl klug wäre, ihre Gedanken auszusprechen. War es Edwin gegenüber fair, ihre Vermutungen über die unterschwelligen Ursachen seines Gefühlsausbruchs zu äußern? Vielleicht nicht, aber es könnte Emily dabei helfen, ihren Vater besser zu verstehen. »Komm her. Setz dich.« Fannie nahm Emily bei der Hand und führte sie zu einem Stuhl. Sie setzte sich ebenfalls und nahm Emilys Hand in ihre. Sorgfältig wählte sie ihre Worte. »Du bist neunzehn, Emily, eine erwachsene Frau.« Sie sprach mit Wärme und Einfühlungsvermögen. »Sicherlich hat deine Liebe zu Tom in dir auch die Sinnlichkeit geweckt. Die Leidenschaft ist der Teil der Liebe, der sich nach Erfüllung sehnt. Nun, dein Vater ... und ich sind in einer ähnlichen Situation. Vielleicht kannst du jetzt verstehen, daß dein Vater mit seiner Warnung unbewußt sich selbst gemeint hat.«

Emily starrte Fannie mit weit aufgerissenen Augen ungläubig an.

»Oh, du meinst ...«, stammelte sie.

»Habe ich dich schockiert, Liebes? Das wollte ich nicht.« Noch immer lächelnd, ließ Fannie Emilys Hand los. »Aber wir beide sind Frauen, die lieben und die durch gesellschaftliche Konventionen zur Einhaltung der sogenannten Trauerzeit gezwungen werden. Vielleicht können wir damit besser umgehen. Vielleicht ist das unsere Stärke.«

Emily starrte Fannie nur sprachlos an.

»Es ist spät, Liebes«, beendete Fannie ihr ungewöhnliches Gespräch. »Solltest du nicht zu Bett gehen?«
Zwei Stunden später lag Emily noch immer hellwach in ihrem Bett und dachte über Fannies Worte nach. Daß Papa und Fannie in ihrem Alter auch noch sinnliche Begierden empfanden, ließ ihren Ärger auf ihren Vater dahinschwinden.
Insgeheim hatte sie oft über dieses Thema nachgedacht, aber sie scheute natürlich davor zurück, es mit ihrem Vater in Verbindung zu bringen. Während sie neben der schlafenden Fannie lag, erinnerte sie sich an Toms Küsse und Zärtlichkeiten, die beängstigende und überwältigende Gefühle in ihr geweckt hatten. Vor der Hochzeit war es wohl die Aufgabe der Frau, diesem leidenschaftlichen Drängen zu widerstehen.
Diese Gedanken führten unweigerlich dazu, daß sie versuchte, sich die körperliche Liebe vorzustellen. Wie würde das sein? Wie würde er sich ihr nähern? Würde es im Dunkeln oder bei Licht geschehen? Was würde er sagen? Tun? Und wie würde sie reagieren? Oder agieren? Und danach, würden sie dann verlegen sein? Oder würde die körperliche Vereinigung eine zärtliche Intimität herbeizaubern?
Die eheliche Liebe. Manchmal wurde sie auch außerehelich praktiziert – darüber hatte Tarsy Emily aufgeklärt. Vielleicht hatte Tom bereits mit einer Frau, die in diesen Dingen erfahren war, geschlafen? Mit seiner früheren Verlobten? Vielleicht sogar mit Tarsy?
Emily öffnete die Augen und starrte in die Dunkelheit. Ihre Kehle war bei diesem Gedanken wie zugeschnürt. Angenommen, er hatte Tarsy verführt? Emily wollte es

nicht glauben, hatte aber immer öfter darüber nachdenken müssen.
Tarsy, die ihr erzählt hatte, wie nahe sie sich gekommen waren.
Tarsy, die auch zugegeben hatte, mit dem Gedanken zu spielen, Tom in eine Falle zu locken und ihn zur Ehe zu zwingen.
Tarsy, die sich in den vergangenen Monaten so sehr verändert hatte, weil sie Thomas Jeffcoat liebte.
Morgen muß ich es Tarsy sagen. Morgen, ehe sie es von jemand anderem erfährt, war Emilys letzter Gedanke. Dann schlief sie ein.

Um halb sechs am nächsten Morgen legte Emily einen Zettel auf den Küchentisch: »Gehe Toms Pferde füttern. Bin in einer Stunde zurück. Emily.«
Zuerst ging sie zu seinem Haus. Kein Licht brannte. Sie klopfte an sein Schlafzimmerfenster. Keine Antwort. Sie stellte sich vor, wie er sich stöhnend vor Schmerzen aus dem Bett rollte. Eine Minute verstrich, ehe sein Schatten hinter der Fensterscheibe auftauchte.
»Tom?« Sie stellte sich auf die Zehenspitzen und preßte ihren Mund gegen die Scheibe. »Ich bin's, Emily.«
»Emily?« drang seine Stimme schwach durchs Fenster. »Was ist los?«
»Nichts. Bleib im Bett. Ich kümmere mich um deine Pferde. Ruh dich aus.«
»Nein, du …«
»Geh zurück ins Bett!«
»Nein, Emily, warte!« Er winkte ihr. »Komm zur Tür.«
Der Schatten verschwand, und sie dachte an die mahnen-

den Worte ihres Vaters, seinem Bett fernzubleiben. Drinnen flackerte ein Licht auf, und gleich darauf rief er sie von der Haustür.

Mit dem festen Vorsatz, keinen Fuß in sein Haus zu setzen, blieb sie auf der zweiten Stufe stehen.

Sein Kopf und eine nackte Schulter waren in der halb geöffneten Tür zu sehen. »Komm rein. Es ist kalt!« Sein Atem stieg wie eine kleine weiße Wolke in die frostige Morgenluft.

»Besser nicht.«

»Verdammt, Emily, komm rein! Mich friert!«

Sie stapfte die restlichen Stufen hinauf und trat ins Haus. Mit gesenktem Blick, die Hände in den Taschen, blieb sie vor ihm stehen. Ohne ihn anzusehen wußte sie, daß er nur Hosen trug und sein Oberkörper bis auf den Verband nackt war. Wieder fragte sich Emily, was ihr Vater sagen würde.

»Es tut mir leid, daß ich dich geweckt habe.«

»Das macht nichts.«

»Ich wollte dich nicht aus dem Bett holen. Ich dachte, wenn ich an dein Fenster klopfe und dir sage, daß ich mich um deine Pferde kümmere, kann ich gleich wieder gehen.«

»Wie spät ist es?«

»Halb sechs.«

»So früh?« Er bewegte vorsichtig die Schultern und stöhnte. »Gott, ich habe kaum geschlafen. Meine Rippen tun verdammt weh.«

»In diesem Zustand kannst du keine Heugabel heben. Ich kümmere mich heute um deinen Stall.«

»Das ist mir zwar nicht recht, aber es ist wohl klüger nachzugeben. Ich danke dir, Emily.«

»Es tut mir leid, was mein Vater gestern gesagt hat.«
»Magst du deswegen nicht, mich anzusehen?«
Ihre Wangen brannten, als sie nickte. Dann hob sie langsam den Kopf. »O Thomas ...« Sein Gesicht war geschwollen und schillerte in allen Farben. »Wie siehst du nur aus!«
»Wahrscheinlich schrecklich.«
»Du mußt entsetzliche Schmerzen haben.«
»Schlimm genug, um mich davon abzuhalten, dich zu küssen«, gab er zu und zog sie an sich.
Sie preßte abwehrend ihre Hände gegen seine Brust und sagte: »Tom, ich muß mit dir reden.«
»So ernst?« neckte er sie zärtlich.
»Ja.«
»Nun, dann ... rede.«
»Es hat mir gar nicht gefallen, daß du dich meinetwegen mit Charles geprügelt hast. Ich hätte nie geglaubt, daß du ein Raufbold bist.«
»Das bin ich auch nicht.«
»Versprich mir, daß du dich nach unserer Hochzeit nie mehr prügelst.«
»Ich verspreche es. Aber du weißt, daß ich nicht angefangen habe.«
»Ja, ich weiß.«
Während sie seinen zerschundenen Körper betrachtete, wurde ihr bewußt, wie sehr sie ihn liebte. Wie sehnte sie sich danach, ihn zu berühren, zu trösten, ihr Gesicht gegen seine nackte Schulter zu pressen. Erschrocken gestand sie sich ein: Papa hat recht. Ich liebe ihn viel zu sehr. Ich darf nicht mit ihm allein sein.
Instinktiv wich sie zurück, ging zur Tür und sagte: »Ich

will Tarsy heute von uns erzählen. Sobald ich die Pferde gefüttert habe, gehe ich zu ihr und bringe es hinter mich. Das wollte ich dir sagen.«

»Möchtest du, daß ich mitkomme?«

»Nein, ich glaube, es ist besser, wenn ich allein gehe. Wahrscheinlich wird sie auf die Neuigkeit ebenso wenig verständnisvoll reagieren wie Charles. Du willst dann vielleicht allein mit Tarsy reden. Ich verspreche, nicht eifersüchtig zu sein.«

»Emily ...« Er näherte sich ihr.

»Ich muß jetzt gehen.« Hastig öffnete sie die Tür. »Warte.«

»Du weißt, was Papa gesagt hat.«

»Ja, das weiß ich, aber Papa ist nicht hier.«

Er stieß die Tür wieder zu, legte einen Arm um ihren Hals und drückte sie leicht an sich. Eine geschwollene Wange gegen ihre Mütze gelehnt, sagte er heiser: »Wie gut, daß ich mich kaum bewegen kann, sonst hätte dein Vater wirklich Grund zur Sorge.«

Oh, wie gut er roch. Gott sei Dank habe ich Handschuhe an und kann seine warme Haut nicht spüren. Wie sehr sehnte sie sich danach, jede einzelne Faser seines Körpers mit den Fingerspitzen zu erkunden. Sie verwehrte sich diesen Wunsch, aber er steckte eine Hand unter ihre Jacke, drückte sie leicht an sich und strich mit den Fingern über ihren Rücken. Langsam glitt seine Hand ihre Wirbelsäule hoch und ließ sie wonnig erschaudern. Wie verlockend es war, sich dieser zärtlichen Berührung hinzugeben, sich diesem Mann hinzugeben ...

»Thomas ...«, flüsterte sie warnend.

»Geh nicht«, bat er sanft. »Endlich steht Charles nicht mehr zwischen uns. Bleib.«

Widerstrebend löste sie sich aus seinen Armen. »Ich kann nicht mehr zu dir kommen. Wir müssen fast ein ganzes Jahr warten. Das halte ich nur aus, wenn ich dir fernbleibe. Ich muß gehen«, wiederholte sie und wich zurück.
Rückwärts ging sie zur Tür, bis sie mit dem Rücken dagegenstieß. In ihren Blicken lag die ganze frustrierende Sehnsucht, die sie füreinander empfanden.
Langsam kam er auf sie zu, und sie spürte ihren Herzschlag in der Kehle. Aber er streckte nur die Hand nach der Türklinke aus. Sanft sagte er: »Laß mich wissen, wie Tarsy es aufgenommen hat.«
»Ja.«

Um zehn Uhr an diesem Morgen öffnete Tarsy selbst die Tür. Sie trug ein rosagestreiftes Kleid mit eng anliegendem Mieder, das ihre Taille betonte und dessen Rock sich über ihren wohlgeformten Hüften weit bauschte.
Emily trug dieselben Kleider, in denen sie Toms Pferde gefüttert und seinen Stall ausgemistet hatte – eine Wolljacke, Hosen und schmutzige Lederstiefel.
Tarsys Haar war frisch gelockt und am Hinterkopf mit einer rosa Schleife zusammengebunden.
Emilys Haar steckte unter ihrer Wollmütze.
Tarsy roch nach Lavendelseife.
Emily roch nach Pferdemist.
Tarsy rümpfte ihre hübsche Nase. »Puh!«
Emily ließ ihre Stiefel vor der Haustür stehen und betrat auf Strümpfen die Diele. Mrs. Fields kam mit mehligen Händen aus der Küche. »Ja, Emily, das ist eine Überraschung. So früh am Tag kommst du uns selten besuchen.«
»Hallo, Mrs. Fields.«

»Wie geht es deinem Vater?«
»Gut.«
»Und Miss Cooper?«
»Gut.«
»Wird sie bald abreisen, wieder in den Osten zurückkehren?«
Emily merkte die unverhohlene Neugier, und sie antwortete vergnügt: »Nein, Ma'am. Sie bleibt.«
»Oh.« Mrs. Fields hob verwundert die Brauen.
»Warum sollte sie in den Osten zurückkehren? Sie hat dort keine Angehörigen mehr.«
Mrs. Fields blinzelte leicht verwirrt. »Nun ... ich dachte, nachdem deine Mutter gestorben ist – möge ihre Seele in Frieden ruhen –, ist Miss Coopers Anwesenheit nicht mehr vonnöten.«
»Ganz im Gegenteil, wir alle brauchen sie dringend und baten sie zu bleiben. Ich habe beschlossen, mein Studium zu beenden und weiterhin im Stall zu arbeiten, also bleibt Fannie die Hausarbeit. Ich kann mir ein Leben ohne sie gar nicht mehr vorstellen.«
Mrs. Fields schürzte indigniert die Lippen. »Ich verstehe.« Dann warf sie Emily einen flüchtigen Blick zu und sagte: »Nun, grüß deine Familie von mir«, und verschwand wieder in der Küche.
Tarsy nahm Emily beim Ellbogen und führte sie zur Treppe. »Komm mit nach oben. Ich will dir den neuen Organza zeigen, aus dem Mama mir ein Kleid schneidert. Sie hat mir versprochen, eine Soiree zu geben – klingt dieses Wort nicht einfach himmlisch? – Soiree ...« Oben am Treppenabsatz hob Tarsy ihre Röcke und tanzte über den Flur in ihr Zimmer. Dort nahm sie den Stoff vom Hocker

vor ihrer Frisierkommode und hielt ihn Emily hin. »Ist er nicht phantastisch?«
Emily berührte gehorsam den Organza mit einem Fingerknöchel, denn ihre Hände waren noch schmutzig von der Stallarbeit, und betrachtete den Stoff eingehend.
»Ach, meine arme Emily. Ich weiß nicht, wie du es ertragen kannst, ein ganzes Jahr Schwarz zu tragen. Ich würde dahinwelken und sterben.«
Emily antwortete gleichmütig: »Ein schöner Stoff, Tarsy. Aber ich bin gekommen, um dir etwas Wichtiges mitzuteilen.«
»Wichtig?« Tarsy runzelte leicht die Stirn. Was gab es Wichtigeres als ihr neues Kleid?
»Ja.«
»Na gut.« Tarsy legte den Stoff beiseite und ließ sich dekorativ inmitten ihrer bauschigen Röcke auf ihr Bett sinken. Emily setzte sich auf den Hocker vor ihre Freundin und suchte nach passenden Worten.
»Nun?« fragte Tarsy ungeduldig.
»Ich habe beschlossen, Charles nicht zu heiraten.«
»Nicht zu ...« Tarsy verschlug es die Sprache. Ungläubig starrte sie Emily an und stammelte schließlich: »Aber, Emily ... du und Charles ... Himmel, ihr gehört einfach zusammen ...«
»Nicht wirklich.«
»Er wird es nicht überleben, wenn du es ihm sagst.«
»Er weiß es bereits.«
»Und was hat er gesagt?«
»Er war sehr wütend ... und verletzt.«
»Nun, das kann ich mir gut vorstellen.« Tarsy zupfte an ihrem Rock herum. »Meine Güte, ihr zwei kennt euch

seit einer Ewigkeit. Welchen Grund hast du ihm genannt?«
»Die Wahrheit. Daß ich ihn eher wie einen Bruder liebe und nicht als Mann.«
Tarsy überlegte kurz, dann senkte sich ihre Stimme zu einem verschwörerischen Flüstern. »Aber wie willst du das wissen, Emily, wenn du noch nie ... ich meine ...« Sie zuckte die Schultern, und sah Emily mit gespielter Naivität an. »Du hast doch nie ... oder?«
Emily errötete und antwortete: »Nein.«
»Nun, dann werden deine Gefühle sich vielleicht ändern.« Hastig fügte sie hinzu: »Nach der Hochzeit, meine ich.«
»Nein, das werden sie nicht. Das weiß ich bestimmt.«
»Aber wie kannst du das wissen?«
»Weil ...« Emily preßte die Hände zwischen ihre Knie. »Weil ich weiß, wie es ist, jemanden wirklich zu lieben.«
Tarsys Gesicht glühte jetzt förmlich vor Neugier. Sie beugte sich gespannt vor: »O Emily ... und wen?«
Die Situation entbehrte nicht einer gewissen Ironie: Das häßliche Entlein sagt dem Schwan, daß es den Prinzen erobert hat. Emilys Herz pochte ängstlich, als sie sagte: »Tom.«
»Tom?« wiederholte Tarsy mit flacher Stimme. Ihr Gesicht wurde ausdruckslos. Sie setzte sich kerzengerade auf.
»Ja, Tom!«
»Tom Jeffcoat?« Tarsys hübscher Mund verzerrte sich.
»Ja.«
»Aber er ...« Sie verschluckte gerade noch die Worte: ›... gehört mir.‹ Doch sie hingen in der Luft. Angespannt beobachtete Emily, wie Tarsy mit den widersprüchlich-

sten Gefühlen kämpfte. Ihr Gesicht drückte abwechselnd Unglauben, Zweifel und schließlich Belustigung aus. Tarsy warf die Arme in die Luft und ließ sich lachend rückwärts aufs Bett plumpsen. Einen Augenblick lang hatte sie doch tatsächlich in Emily, dieser unweiblichen, flachbrüstigen Kratzbürste, der es an Charme und Ausstrahlung absolut mangelte und die nicht wußte, wie man mit Männern flirtete und sie becircte, eine Konkurrentin gesehen!

»Du? O Emily …« Tarsy schüttelte sich vor Lachen. Dann stützte sie sich auf einen Ellbogen, ihre blonden Locken fielen weich auf ihre Schultern, und mit einem leicht spöttischen Ausdruck in ihren bezaubernden Augen sagte sie nachsichtig: »Emily, wenn du die Aufmerksamkeit eines Mannes wie Tom auf dich lenken willst, mußt du deine stinkenden Stiefel gegen Knopfstiefeletten vertauschen, dein Haar locken und hübsch frisieren und Kleider statt dieser ausgebeulten Hosen tragen.« Tarsy ließ sich auf beide Ellbogen zurückfallen und wölbte ihren vollen Busen demonstrativ empor. »Und es würde nicht schaden, wenn du ein Korsett tragen würdest … nun, du weißt schon … das macht dich hier oben etwas fülliger. Und außerdem darfst du nie zugeben, daß du Hausarbeit nicht magst und keine Kinder …«

»Ich werde Tom heiraten, Tarsy.«

Tarsys Gesicht wurde kreidebleich, mit zusammengepreßten Lippen setzte sie sich abrupt auf. Plötzlich herrschte eine feindselige Spannung im Raum. Emily bemühte sich, so freundlich wie möglich zu sein.

»Ich wollte es dir selbst sagen, ehe du es von jemand anderem erfährst.«

»Du … heiratest Tom! Das ist doch absurd! Ihr streitet doch wie die Wildkatzen miteinander.«
»Er fragte mich, und ich sagte ja. Gestern abend haben wir es Charles gesagt, und die beiden haben sich fürchterlich geprügelt. Es tut mir leid, Tarsy, ich wollte nicht …«
»Oh, du hinterhältiges, verlogenes Miststück!« kreischte Tarsy und sprang vom Bett. »Wie kannst du es wagen!« Sie schlug Emily mit aller Kraft ins Gesicht.
Emily war schockiert. Entgeistert starrte sie Tarsy an, auf deren Wangen sich häßliche rote Flecken zeigten. »Ich will ihn haben, und das wußtest du! Ich hatte vor, ihn zu heiraten, und du hast mich die ganze Zeit hintergangen!« Außer sich vor Wut, stampfte Tarsy mit dem Fuß auf, und Emily, die nie eine Frau derart in Rage gesehen hatte, war vor Schreck wie gelähmt. Die Hände gegen ihre Schläfen gepreßt, wütete Tarsy weiter: »Du gemeines … gerissenes … Ich habe dir Dinge erzählt, die ich niemandem sonst anvertraut habe.« Dann blieb sie vor Emily stehen und sah sie mit einem boshaften Lächeln an. »Nun, ich habe noch eine vertrauliche Information für dich, Miss Judas Walcott! Vor ein paar Monaten habe ich dich belogen. *Du* magst ja noch Jungfrau sein, aber ich bin es nicht mehr! Ich hab's getan! Mit deinem wundervollen Tom Jeffcoat, der ein Nein nicht gelten ließ. Nimm *das* mit in dein Hochzeitsbett und schlaf damit!« Tarsy schwelgte in ihrer Gemeinheit, warf den Kopf in den Nacken und lachte höhnisch. »Heirate ihn doch, mir ist es egal! Wenn Tom Jeffcoat eine Mißgeburt zur Frau haben will, die sich anzieht wie ein Mann und riecht wie ein Pferdeapfel, so kann er dich haben! Er hat nichts Besseres verdient. Pah! Du besitzt wahrscheinlich nicht einmal soviel Weiblich-

keit, um Kinder zu gebären!« Tarsys Gesicht war jetzt haßverzerrt. »Und jetzt verschwinde! ... Raus hier!« Sie packte Emily am Jackenkragen, riß sie hoch und zerrte sie zur Tür.

»Mädchen, Mädchen ...« Mrs. Fields kam schwer atmend die Treppe hoch. »Was soll denn dieses Geschrei?«

»Raus!« kreischte Tarsy und stieß Emily die Treppe hinunter.

Emily hielt sich am Geländer fest, sonst wäre sie kopfüber gefallen. »Tarsy, das ist nicht fair. Ich wollte mit dir darüber reden und ...«

»Wag nie wieder, das Wort an mich zu richten. Und sag diesem speichelleckerischen Schwein Tom Jeffcoat, er soll mir nie wieder in die Quere kommen. Was stehst du noch da wie ein schwachsinniger Trottel mit offenem Mund? Verschwinde aus meinem Haus!«

Entmutigt floh Emily. Sie lief wie von allen Teufeln gejagt über den Hof, kämpfte gegen ihre Tränen, bis sie irgendwo Zuflucht gefunden hatte. Aber wohin sollte sie gehen? Fannie war zu Hause. Papa im Stall.

Sie lief in Toms Scheune, warf sich in dem düsteren, vertrauten Gebäude aufs Heu. Mit den Armen umfing sie fest ihre Knie, drückte sie gegen ihre Brust und schluchzte, bis sich der schmerzhafte Knoten in ihr löste.

Sie weinte bitterlich – fühlte sich entsetzlich gedemütigt und verletzt.

Ich dachte, du bist meine Freundin, Tarsy. Aber Freunde verletzen sich doch nicht absichtlich auf diese grausame Weise.

Schmerzhaft wurde sich Emily bewußt, daß Tarsy ihr nie eine wahre Freundin gewesen war. Wie oft hatte sie wohl

hinter ihrem Rücken über sie gelacht und sie verspottet? Aber boshafte Beschimpfungen allein hatten Tarsy nicht genügt. Voller Rachsucht hatte sie einen letzten vergifteten Pfeil mitten in Emilys Herz geschossen.
Sie und Tom waren doch ein Liebespaar gewesen!
Emily weinte, bis ihr ganzer Körper schmerzte. Zusammengerollt wie ein kleines Tier wiegte sie sich schluchzend im Heu. Tarsy und Tom. Warum tat dieses Wissen so weh? O Tarsy, warum hast du mir das gesagt?
Völlig erschöpft, mit geschwollenen Lidern und zerkratzter Wange, lag sie schließlich apathisch da, bis sie endlich wieder einen klaren Gedanken fassen konnte.
Vielleicht war es doch besser, Zorn und Haß mit den Fäusten auszutragen wie Männer, anstatt mit diesem Gift in ihrem Herzen weiterzuleben. Am liebsten wäre Emily zu Tarsy zurückgegangen und hätte sie ordentlich durchgeprügelt, um anschließend ihre Wunden zu lecken, so wie Tom und Charles es jetzt taten. Aber sie würde sich jahrelang mit den Zweifeln an ihrer Weiblichkeit und dem Wissen um Toms sexuelle Vorliebe für eine andere quälen. Emily seufzte, schloß die Augen und verschränkte die Arme im Nacken.
Tarsy und Tom haben miteinander geschlafen. Vergiß es.
Wie?
Ich weiß nicht, wie, aber du mußt es vergessen, sonst hat Tarsy gewonnen.
Sie hat gewonnen, und wir beide werden es in meiner Hochzeitsnacht wissen.

Sie trug ihren Kummer zu Fannie, die in der Küche Nudelsuppe kochte.

»F… Fannie, kann ich mit dir reden?«

Emily versuchte vergeblich, ihre Tränen zurückzuhalten, und fiel ihrer Verwandten schluchzend in die Arme.

»Liebling, was hast du denn?« fragte Fannie besorgt.

»Ach, Fannie … ich komme eben von Tarsy. Ich habe ihr gesagt, daß ich Tom heiraten werde, und sie … sie war so haßerfüllt. O Fannie … sie hat mich geohrfeigt und auf die abscheulichste Weise beschimpft. Ich dachte, sie sei meine Freundin.«

»Das ist sie.«

Emily schüttelte den Kopf. »Nicht mehr. Sie hat so schreckliche Dinge zu mir gesagt und hat mir absichtlich weh getan.«

»Was hat sie gesagt?« fragte Fannie mitfühlend.

Und Emily erzählte ihr die ganze Geschichte, ließ keine Einzelheit aus. »Ich verstehe nicht, warum sie sich gegen mich gewandt hat. Ich weiß, daß sie Tom liebt, und es tut mir leid, daß ich ihr weh tun mußte, aber ihre Reaktion war einfach bösartig.«

Fannie trocknete mit einem Taschentuch Emilys Tränen. »Sie ist eine Frau, die verschmäht wurde. Und verschmähte Frauen sind gefährliche Wesen. Obwohl du immer geglaubt hast, sie hätte sich verändert, so halte ich ihre heutige Reaktion doch für charakteristisch. Sie hat also ihre Wut an dir ausgelassen und dich und den Mann, den du liebst, beschimpft. Fragt sich nur, was du jetzt tun wirst.«

»Tun?«

»Du kannst ihr glauben, dann wird das Gift dich auffressen wie der Wurm den Apfel. Oder du denkst darüber nach und akzeptierst die Tatsache, daß Tom sie vielleicht

gemocht, ja sogar geliebt hat, aber dieses Techtelmechtel letztlich seiner wahren Liebe zu dir keinen Abbruch tut.«
Fannies Worte sanken wohltuend in Emilys Herz.
»Ich möchte, daß du mir eins versprichst«, sagte Fannie und nahm Emilys Hand. »Wenn du Tom triffst, sag ihm nichts davon. Denk erst einmal gründlich darüber nach. Versprichst du mir das?«
»Ja«, flüsterte Emily.
»Und ich gebe dir noch einen guten Rat. Sattle dir ein Pferd und reite aus. Das wird dir jetzt mehr helfen als meine Nudelsuppe.«
Weil sie ihrem Vater mit ihren vom Weinen geröteten Augen nicht begegnen wollte, ging Emily zu Toms Stall und sattelte Toms Falben, Buck. Sie führte ihn hinaus, knöpfte ihre Jacke zu, zog sich die Mütze tief in die Stirn, schlüpfte in ihre Lederhandschuhe und stieg auf. Dann lenkte sie Buck in die entgegengesetzte Richtung von ihres Vaters Mietstall, ritt im Schritt durch die Stadt, hinaus ins Hochland.
Denk an andere Dinge. Sieh dich um – das Leben geht weiter.
Raben kreisten am Himmel, schienen mit ihrem Kreischen Reiter und Pferd zu beschimpfen. Bucks Hufe durchbrachen knirschend die Schneedecke. Die frostige Luft kühlte Emilys heiße Wangen, und die fahle Sonne wärmte ihren Rücken. Die schwarzen Flügel der Raben erinnerten Emily an Tom Jeffcoats Haar.
Zweifelsohne war ihm Tarsy mehr als einmal mit den Fingern durchs Haar gefahren.
Wie lange waren sie wohl ein Liebespaar gewesen? Wie oft hatten sie sich geliebt? Ich bin nicht so hübsch und

charmant wie sie – wird er von mir enttäuscht sein und wieder zu ihr zurückkehren?
Mit gesenktem Kopf ließ Emily Buck gemächlich dahintraben. Auf einer Anhöhe blieb Buck plötzlich stehen, und vor ihr, in der Senke, graste friedlich eine Büffelherde. Zum erstenmal sah Emily diese Urtiere aus der Nähe, und dieser Anblick ließ sie für eine Weile ihren Kummer vergessen. Dann hob der Leitbulle plötzlich den Kopf, und wie auf ein geheimes Kommando hin setzte sich die ganze Herde in Bewegung und stob davon. Reglos blieb Emily sitzen, bis sich das dumpfe Dröhnen ihrer Hufe in der Ferne verlor.
Mit einem tiefen Seufzer drückte Emily ihre Absätze in Bucks warme Flanke, wußte nicht, wie sie Tom gegenübertreten sollte, sagte aber: »Komm, Buck. Reiten wir nach Hause.«

Neunzehntes Kapitel

Tom wartete den ganzen Vormittag auf Emily, aber sie kam nicht. Um drei Uhr nachmittags rollte er sich aus seinem Bett, blieb stöhnend eine Weile auf der Kante sitzen. O Gott, wie das schmerzte!

Vorsichtig richtete er sich dann auf, griff nach seinem Hemd, schlüpfte mühsam hinein, und als er es zuknöpfte, merkte er, wie sehr seine Hände weh taten. Die Knöchel waren geschwollen und blaurot. Während er Hose und Stiefel anzog, schwor er, sich nie wieder zu prügeln, aber auf halbem Weg zu seinem Mietstall bewegte er sich bereits weniger mühevoll.

Emilys Zettel hing am Tor: »Heute geschlossen.« Er warf einen Blick über die Schulter und sah Charles vor Edwins Stall stehen. Reglos starrte er zu ihm herüber. Noch gestern hätte Tom grüßend eine Hand gehoben, aber heute unterdrückte er diesen Impuls. Tom ging in seinen Stall.

»Emily?« rief er.

Keine Antwort.

War sie in Edwins Stall? Hatte sie sich dort mit Charles getroffen? Na, wenn schon! Begegnungen mit ihm waren nicht zu vermeiden, wenn alle drei weiterhin in der Stadt lebten. Tom wurde schmerzhaft bewußt, wie weh es tat, einen Freund zu verlieren.

Er verrichtete die nötigsten Arbeiten, vertrödelte die Zeit

bis zum Abend, aber Emily kam nicht. Dann fütterte er die Pferde, überlegte, ob er zum Essen ins Hotel gehen sollte, ließ es dann aber, denn sein geschwollenes Gesicht würde nur peinliche Fragen provozieren. Schließlich ging er nach Hause, aß etwas Brot und Wurst und ging zu Bett. Den ganzen nächsten Tag wartete er auf Emily, wurde aber wieder enttäuscht. Am Abend, auf dem Heimweg, ging er zu ihrem Haus, starrte die erleuchteten Fenster an und fluchte. Er hatte seinen besten Freund verloren; das Mädchen, das er liebte, hielt sich aus unerklärlichem Grund von ihm fern, und Edwin war ganz eindeutig gegen ihre Heiratspläne.

Nun, Edwin, du gewöhnst dich besser an den Gedanken, dachte Tom trotzig, stapfte die Stufen hinauf und klopfte an die Tür.

Frankie öffnete.

»Ist Emily da?«

»Sie ißt gerade.«

»Würdest du sie bitte holen?«

»Emily! Tom ist hier«, rief der Junge und fragte dann: »Wirst du sie wirklich heiraten?«

»Ja.«

»Und wen heiratet Charles dann?«

Tom unterdrückte ein Lächeln über die naive Frage.

»Ich weiß es nicht, Frankie. Ich hoffe, er findet eine Frau, die ebenso nett ist wie deine Schwester.«

Da erschien Emily in der Diele. »Hallo, Tom«, sagte sie mit auf dem Rücken verschränkten Händen. Ihr schwarzes Kleid hob die Blässe ihrer Wangen hervor. Mit der Würde und Zurückhaltung einer Frau in Trauer sah sie Tom schweigend an.

»Hallo, Emily.« Tom spürte voller Unbehagen, daß irgend etwas nicht stimmte.
»Tut mir leid, daß ich dich beim Essen störe.«
»Das macht nichts.« Zu Frankie sagte sie: »Geh und sag Papa und Fannie, daß ich gleich komme.«
Der Junge verschwand, und Emily sagte höflich: »Komm herein.«
Tom trat ins Haus und schloß mit übertriebener Sorgfalt die Tür hinter sich, nutzte diese paar Sekunden, um innerlich wieder ins Gleichgewicht zu kommen. Er hatte sofort gespürt, daß er irgendwie Emilys Mißfallen erregt hatte. Und als er sie ansah, wußte er, daß diese Mißstimmung tiefgreifend war.
»Wie geht es dir?« erkundigte sie sich höflich.
»Warum bist du nach deinem Gespräch mit Tarsy nicht zu mir gekommen?«
»Ich hatte keine Zeit.«
»Gestern und heute nicht?«
»Ich habe für eine bevorstehende Prüfung gelernt.«
Er sah sie besorgt und eindringlich an. »Emily, was ist los?«
»Nichts.« Aber sie senkte den Blick und biß sich auf die Lippen.
»Was hat Tarsy gesagt?«
Emily fuhr mit dem Finger über die Holzverkleidung in der Diele. »Was zu erwarten war. Sie war wütend.« Tom griff nach Emilys Hand. »Was hat sie gesagt?«
»Sie hat mich rausgeworfen.«
»Das tut mir leid.«
Emily zog ihre Hand zurück und wich noch immer seinem Blick aus. »Ich schätze, ich hätte damit rechnen müs-

sen. Sie war noch nie sehr taktvoll und hat nicht die besten Manieren.«

»Emily, du hast meine Frage nicht beantwortet. Ich will wissen, was sie *gesagt* hat. Als du mich gestern morgen verlassen hast, warst du recht glücklich und sagtest mir, du würdest nach dem Besuch bei Tarsy zu mir kommen. Jetzt, zwei Tage danach, stehe ich vor dir, und du erkundigst dich nur höflich, wie es mir geht. Das hat etwas mit Tarsy zu tun. Ich weiß es. Was hat sie gesagt?«

In Emilys Augen lag ein Ausdruck bitterer Enttäuschung, als sie Tom ansah. »Was glaubst du wohl, was sie mir gesagt hat?«

Stirnrunzelnd und ratlos sah er sie eine Weile an, bis er begriff, daß er von Emily nicht die Wahrheit erfahren würde. »Na gut, dann frag ich sie selbst.«

»Wie du willst«, antwortete Emily kühl.

Angst ergriff ihn. Was hatte er getan? Was konnte Emily innerhalb von achtundvierzig Stunden derart verändern? »Emily, sprich mit mir. Sag mir, was dich bedrückt.«

»Ich gehe jetzt besser wieder hinein.«

»Sehe ich dich morgen?«

»Wahrscheinlich.«

»Wann? Wo?«

»Nun, ich weiß nicht ...«

»Kann ich dich nach dem Abendessen abholen? Wir könnten spazierengehen oder ausreiten.«

»Ja, gut«, stimmte sie freudlos zu.

»Emily ...« Aber ihre Ablehnung machte ihn hilflos. Noch einmal streckte er die Hände nach ihr aus, umfaßte ihre Schultern, zog sie an sich und wollte sie gerade küssen, als Edwin aus der Küche kam und sagte: »Dein Essen wird kalt, Emily.«

Tom seufzte und ließ die Hände sinken. Er knirschte mit den Zähnen und sah seine Verlobte verärgert an.

»Guten Abend, Edwin«, grüßte er förmlich.

»Tom.«

»Ich bin nur kurz vorbeigekommen, um Emily zu sehen.«

»Ja … nun, es ist gerade Essenszeit. Emily, kommst du?«

Als ihr Vater in der Küche verschwunden war, flüsterte Emily: »Tom, du gehst jetzt besser.«

Mit seiner Geduld war es plötzlich zu Ende. Er versuchte nicht mehr, seinen Ärger zu verbergen. »Na gut, dann gehe ich eben, verdammt noch mal.« Er berührte kurz die Krempe seines Hutes, riß die Haustür auf und stapfte hinaus.

Was war passiert? Was, zum Teufel, war in Emily gefahren? Frauen! Gerade von Emily hätte er nicht erwartet, daß sie sich wie ein schmollendes Kind verhielt und den Mund nicht aufmachte. Vor zwei Tagen hatte er um sie gekämpft und gedacht, er hätte sie gewonnen. Und jetzt wies sie ihn ab wie ein lästiges Übel. Etwas hatte diese Veränderung bewirkt, und wer außer Tarsy konnte dahinterstecken?

Verdammte Tarsy! Entschlossenen Schrittes steuerte Tom auf ihr Haus zu. Sie hatte etwas gesagt, und er würde herausfinden, was!

Wenige Minuten später klopfte er an ihre Haustür. Tarsy öffnete, sah ihn und wollte ihm die Tür vor der Nase zuschlagen. Tom stellte seinen Fuß dazwischen und packte Tarsy am Handgelenk.

»Ich will mit dir reden«, sagte er schroff. »Hol deinen Mantel und komm raus.«

»Du kannst zur Hölle fahren!«
»Hol deinen Mantel, sagte ich.«
»Laß meine Hand los! Du tust mir weh.«
»Ich breche dir den Arm, wenn du nicht sofort mitkommst!«
»Laß los!«
Er zerrte sie vor die Tür. »Na gut, dann frier eben.« Breitbeinig stellte er sich draußen auf dem Treppenabsatz vor sie hin. »Jetzt rede!« befahl er drohend.
»Du Bastard!« Sie schlug ihn mit aller Kraft ins Gesicht, so daß sein Kopf gegen den Türrahmen prallte. »Du widerlicher, verlogener Dreckskerl!« Sie trat gegen sein Schienbein.
Tom packte sie an beiden Armen und drückte sie gegen die Hausmauer. »Und du willst eine Dame sein, Tarsy«, höhnte er.
»Du hast doch nichts für Damen übrig, nicht wahr, Jeffcoat? Du willst jemanden, der sich anzieht wie ein Maultiertreiber und nach Pferdescheiße riecht! Du kannst sie haben!«
»Nimm dich in acht, Tarsy, sonst verprügele ich dich wie Charles. Was hast du zu Emily gesagt?«
Tarsy verzog ihre Lippen zu einem hämischen Lächeln. Ihre Augen glitzerten rachsüchtig. »Was ist los, Liebling? Läßt sie sich von dir nicht mehr betatschen?«
Er drückte sie so fest gegen die Mauer, daß sie die einzelnen Steine spürte. »Du sprichst von der Frau, die ich heiraten werde. Und du solltest daran denken, daß Männer keine Frauen heiraten, die sich betatschen lassen.«
Tarsy schnaubte verächtlich: »Und du solltest wissen, daß Frauen keine Männer heiraten, die es mit anderen treiben.«

»Das hast du ihr gesagt?«
»Warum nicht? Wie oft hast du mich bedrängt, nachzugeben?«
»Du verlogenes Miststück.«
»Du wolltest mich haben, Jeffcoat«, fauchte sie gehässig. »Ein dutzendmal hast du mich berührt, wie es kein anderer Mann getan hat, und es hat dir gefallen. Dabei bist du so heiß geworden, daß Dampf aus deiner Hose aufstieg – wo ist also der Unterschied? Du kennst meinen Körper besser, als du je ihren kennenlernen wirst, und ich werde dafür sorgen, daß sie das nicht vergißt. Sie ist mir in den Rücken gefallen. Ich wollte dich heiraten, du Schürzenjäger!« schrie Tarsy außer sich vor Wut. »Nun, wenn ich dich nicht haben kann, soll auch keine andere dich haben! Du wirst schon sehen, was du von ihr in der Hochzeitsnacht kriegst!«
Tom hatte noch nie einen Menschen mit dieser Intensität gehaßt. Es brodelte in ihm wie in einem Vulkan. Er hatte nur noch den Wunsch, diese boshafte Megäre zu bestrafen. Aber sie war nur ein Stück Dreck – hatte es nicht verdient, daß er die Hand gegen sie erhob. Er ließ die Arme sinken, als wäre sie ein Stück glühendes Eisen.
»Weißt du«, sagte er ruhig, »ich bedaure den armen Tropf, der auf dich reinfällt. Das wird keine Ehe werden, sondern eine lebenslange Tortur.«
»Ha!« höhnte sie. »Wenigstens wird er wissen, daß er eine Frau im Bett hat!«
»Sei still!« Toms Wut verflog, und er neigte lauschend den Kopf.
»Kannst du nicht ...«
»Sei doch still!« Er ging zwei Stufen hinunter und spähte in die Dunkelheit. »Hast du das gehört?«

»Was?«
»Da ist es wieder … Glockengeläut. Und Rufe.«
Die Geräusche wehten von der Stadt herauf.
»O mein Gott«, flüsterte er. »Feuer.«
»Feuer?«
Tom sprang mit einem Satz die Stufen hinunter. »Sag's deinem Vater! Beeil dich!«
Dann lief er die Straße hinunter, zum Geschäftsviertel der Stadt, wo bereits ein glühender Feuerschein den Nachthimmel erhellte. Wessen Haus brannte? Von Angst vorangetrieben, achtete Tom nicht auf seine schmerzenden Rippen. Er raste mit hämmerndem Herzen den Hügel hinunter, und dort verwehrten ihm die Häuser den Blick auf den Feuerschein über dem Brandherd.
»Feuer! Feuer!« gellte es durch die Straßen, und die Glokken läuteten Sturm. Am Ende der Burkitt Street bahnte sich Tom einen Weg durch die herbeiströmenden Menschen, lief weiter, am *Windsor Hotel* vorbei, sah Männer mit Decken und Frauen mit Eimern aus den Häusern stürzen. »Scheint einer der Mietställe zu sein«, hörte er jemanden sagen.
Die Mietställe!
Er roch bereits den Rauch. Einen Block weiter wußte er, daß es nicht Edwins Stall war. An der Ecke der Grinnell Street sah er die Flammen aus seinem Stall lodern.
O Gott, nein!
»Holt die Pferde raus!« schrie er, noch hundert Meter entfernt. Vor dem brennenden Gebäude hasteten Männer mit Wassereimern herum, formten eine Reihe, pumpten Wasser aus dem Brunnen. Der rote Feuerwehrwagen bog mit schrillem Geläut um die Ecke, wurde von Männern

gezogen, weil es zu lange gedauert hätte, Pferde davor zu spannen. Als Tom vor seinem Stall ankam, führte ein Mann Buck heraus, der sich vor Angst aufbäumte und beinahe seinen Retter niedergetrampelt hätte.
Tom schrie verzweifelt: »Meine Stute! Hat jemand meine Stute herausgeholt?«
»Nein! Keine Stute. Nur diesen Hengst bis jetzt!«
Eine andere Stimme rief: »Alle Mann an die Pumpe! Legt den Schlauch aus!« Ein Dutzend Freiwillige betätigten hektisch die Pumpe des Feuerwehrwagens, und als der erste Wasserstrahl aus dem Schlauch kam, rief Tom: »Haltet die Spritze nach rechts. Die Stute ist in der dritten Box!«
Er riß einem Mann eine Decke aus der Hand und lief zur Feuerwehrspritze. »Macht mich naß! Ich gehe da rein!«
Der Wasserstrahl ließ ihn einen Schritt zurücktaumeln. Ein Mann packte seinen Arm. Es war Charles.
»Tom, du kannst da nicht rein!«
Haß sprühte aus Toms Augen. »Ich verfluche dich, Charles, das hättest du nicht tun dürfen! Fahr zur Hölle!« Tom drängte sich an ihm vorbei. »Geh mir aus dem Weg!«
»Tom, warte!«
Emily und Edwin liefen auf ihn zu, hielten ihn an den Armen fest, aber er schüttelte ihre Hände ab und stürzte sich in die brennende Scheune.
Hinter ihm befahl Charles: »Gebt mir eine von den Dekken!«
»Das ist Wahnsinn, Junge ...«
»Edwin, tu, was du willst, aber ich kann die Pferde da drin nicht verbrennen lassen, ohne wenigstens zu versu-

chen, sie zu retten. Schütt mir Wasser über, Murphy!« rief er einem der Männer zu.

»Papa, laß mich los!« schrie Emily und griff auch nach einer Decke.

»Geh an die Pumpe!« befahl Edwin. »Tot nützt du ihm nichts! Geh zur Pumpe und hilf den Frauen!«

»Aber Buck ist dort drin und ...«

»Sie haben Buck herausgeholt!«

»... und Patty. Sie ist trächtig.«

»Emily, nimm Vernunft an! Hol deine Veterinärtasche und kümmere dich um die Pferde. Macht noch mehr Dekken naß! Ich gehe auch rein!«

»Papa!« Sie packte seine Hand. »Sei vorsichtig!«

Er drückte kurz ihre Hand und lief auf den brennenden Stall zu.

Drinnen taumelte Tom unter der nassen Decke durch den beißenden Qualm. Der Rauch trieb ihm Tränen in die Augen. Er tappte blindlings durch den Mittelgang. Wasser verdampfte zischend in den lodernden Flammen. Es stank nach verbranntem Leder, verkohltem Holz und Pferdemist. Mit einem Zipfel der Decke wischte er sich über die Augen und sah verschwommen die brennenden Überreste der neuen Studebaker-Kutsche auf der Drehbühne. Das schrille Wiehern der Pferde brachte ihn zur Besinnung. Er lief den Gang entlang, öffnete die Schwingtüren zu den Boxen und schrie: »Hüa, hüa! Raus! Lauft!« Die zu Tode verängstigten Pferde scheuten vor der Feuerwand am Ausgang zurück. Er trieb sie voran, stolperte in eine Box, warf der Stute Bess seine nasse Decke über den Kopf und zerrte das Tier heraus.

Einen Arm um den Pferdehals geschlungen, tauchte Tom aus dem Inferno auf, riß die Decke herunter und rief: »Wasser! Mehr Wasser!« Dann stülpte er sich die Decke wieder über und rannte in den Stall zurück.

Zehn Meter hinter dem Tor stieß er mit Charles zusammen. »Ich habe Hank!« schrie Charles.

Tom stürmte gebückt an ihm vorbei, drückte die nasse Dekke gegen den Mund und holte keuchend Luft. Rauch füllte brennend seine Lungen. Er hatte das Gefühl, als würde er innerlich explodieren. Blindlings tastete er umher, stieß gegen ein Pferd, griff nach den Zügeln und führte Rex aus der flammenden Hölle hinaus. Emily lief auf ihn zu.

»Geh nicht mehr rein, Tom, bitte!«

»Patty!«

»Laß sie! Du schaffst es nicht mehr!«

»Nur noch einmal!«

»Nein!« Sie packte seinen Arm, aber er riß sich los und lief auf das Tor zu.

»Wasser!« schrie sie. »Bespritzt ihn mit Wasser!«

Fünf Meter vor dem Tor sprang jemand Tom in den Rükken und warf ihn zu Boden. Sofort richtete er sich wieder auf und sah sich Charles gegenüber.

»Verdammter Dreckskerl, was tust du?«

»Du gehst nicht wieder da rein!«

»Zum Teufel, du wirst mich nicht aufhalten!«

»Du machst Emily zur Witwe, noch ehe sie deine Frau ist!«

»Dann kümmere dich gut um sie!« schrie Tom und verschwand im Flammenmeer, ehe Charles ihn aufhalten konnte. Emily beobachtete entsetzt die beiden Männer. Charles rief: »Gießt Wasser über mich!«

Emily stürzte auf ihn zu. »Charles! Nein!« Einer der Männer riß sie zurück.
»O Gott, nicht auch noch Charles«, schluchzte Emily verzweifelt und preßte beide Hände vor den Mund.
»Kümmere dich um das Pferd!« rief ihr jemand zu. Es war die trächtige Stute, die schlimme Verbrennungen erlitten hatte.
»Holt Tom da raus!« befahl Emily und griff nach Pattys Zügel.
»Ich weiß nicht, wo er ist!«
»Er ist noch einmal in den Stall, um sie herauszuholen.«
»Die Stute kam allein rausgelaufen.«
Patty wieherte schrill vor Schmerzen und bäumte sich auf. Emily klammerte sich verzweifelt an die Zügel und versuchte, das Pferd zu beruhigen.
Fannie kam angerannt. »Wo ist dein Vater ... hast du ihn gesehen?«
Emily kämpfte gegen die aufsteigende Hysterie an. »Papa?«
»Ist er noch im Stall?«
»Ich weiß es nicht.«
Die Flammen schlugen durch das Dach, Funken sprangen auf das aufgestapelte Heu und setzten es in Brand. Emily schlang entsetzt ihren Arm um Fannie, und beide Frauen starrten hilflos in das Inferno. Die Hitze brannte auf ihren Wangen, versengte ihr Haar.
»Geht zurück ... geht zurück!« Emily und Fannie wichen taumelnd zurück. Sie waren nur noch stumme Zeugen der Tragödie.
»Fannie? Emily?«
Beide Frauen wirbelten herum. »Pa!«

»Edwin!«
Emily warf sich ihrem Vater an den Hals, während Fannie ihn nur mit weit aufgerissenen Augen anstarrte.
»Pa! Pa! Wir dachten, du wärst da drin!«
Er rang keuchend nach Luft und krächzte: »Ich habe zwei Pferde zum Hinterausgang rausgetrieben.«
Er sah Fannie an, streckte einen Arm aus und drückte sie fest an sich.
»Gott sei Dank«, flüsterte sie und lehnte ihre Wange gegen sein rußgeschwärztes Gesicht. »O Edwin, ich dachte, ich hätte dich verloren.«
Er drückte ihren Kopf an sich, kümmerte sich nicht um die Neugierigen, die das eng umschlungene Paar beobachteten. Dann löste sich Fannie aus seiner Umarmung und fragte ängstlich: »Edwin, sind Tom und Charles auch auf der anderen Seite rausgekommen?«
Edwins Aufmerksamkeit wurde durch das zusammenfallende Gebäude abgelenkt. Hilflos sahen die Männer an der Pumpe zu, wie der Stall in einem letzten Auflodern in sich zusammenstürzte.
Edwin schluckte und murmelte: »Großer Gott!«
Emily und Fannie standen reglos an seiner Seite und starrten in den Funkenregen.
In diesem Augenblick rief jemand: »Emily, komm schnell!« Ein Mann packte sie am Arm und zerrte sie hinter sich her. »Hinter dem Stall. Dort liegen deine beiden Männer!«
Alle rannten gleichzeitig los: Emily, Fannie und Edwin, gefolgt von anderen Männern und Frauen.
Mitten auf der Koppel lagen in einem Kreis von Männern die reglosen Gestalten von Tom und Charles. Doc Steele

kniete neben Tom und öffnete gerade seine Arzttasche. Emily sank neben ihm auf die Knie.
»Leben sie?«
Steele schob Toms Augenlid nach oben, steckte sich das Stethoskop ins Ohr und lauschte angestrengt. »Jeffcoat atmet noch. Aber er hat bestimmt eine Rauchvergiftung.« Dann untersuchte er Tom gründlich. Der breitkrempige Hut hatte seinen Kopf geschützt, und die dicke Schaffelljacke – vom Wasser durchtränkt – hatte die Flammen abgewehrt. Der Arzt zog ihm die Handschuhe aus und sagte fassungslos: »Verdammt will ich sein. Bis auf die angesengten Augenbrauen hat er am ganzen Leib keine einzige Brandwunde.«
Während sich Steele um Charles kümmerte, bettete Emily Toms Kopf in ihren Schoß und hörte auch ohne Stethoskop seine röchelnden Atemzüge.
»Stirb nicht ... stirb nicht ... atme weiter ... es tut mir leid ... ich liebe dich«, murmelte sie leise.
Hinter ihr verkündete Doc Steeles Stimme: »Bliss ist nicht in Gefahr. Nur an den Händen hat er Brandwunden.«
Charles! Wie konnte Emily Charles vergessen? Sie ging zu ihm, und als sie sich über ihn beugte, lächelte er leicht.
»Hallo, Emily«, krächzte er.
»Hallo, Charles«, sagte sie mit erstickter Stimme. »Wie geht es dir?«
»Das weiß ich nicht so genau. Zumindest bin ich noch am Leben.«
Sanft strich sie ihm das feuchte Haar aus der Stirn. »Du hast Brandwunden an den Händen«, sagte sie leise, und schimpfte dann mit Tränen in den Augen: »Du lieber, törichter Mann ... wo waren deine Handschuhe?«

»Ich hatte keine Zeit, darüber nachzudenken.«
»Ihr zwei macht mir wirklich eine Menge Kummer. Dauernd muß man euch mitten in der Nacht zusammenflikken.«
Er lächelte gequält und schloß die Augen. »Ja, ich weiß. Wie geht es ihm?«
»Er ist bewußtlos, hat aber keine Verbrennungen. Wer hat wen herausgeholt?«
Charles öffnete erschöpft die Augen. »Spielt das eine Rolle?«
Also wußte sie, daß Charles Tom herausgetragen hatte. Ihr Herz strömte über vor Dankbarkeit. »Danke, Charles«, flüsterte sie und küßte ihn auf die Stirn.
Als sie sich aufrichtete, krächzte er: »Emily? Er glaubt, ich hätte das Feuer gelegt. Sag ihm, daß ich's nicht war. Wirst du's ihm sagen ...«
»Psst.« Sie verschloß seinen Mund mit einem Finger. »Aber du mußt es ihm sagen.«
»Sobald er zu sich kommt.«
»Er ist nur ohnmächtig, nicht wahr, Emily? Er wird nicht sterben?« Tränen liefen Charles aus den Augenwinkeln und hinterließen zwei helle Spuren auf seinen rußgeschwärzten Wangen. Dann rollte er sich plötzlich auf die Seite, packte Toms Jackenärmel und schüttelte ihn, während er keuchte: »Tom, ich hab's nicht getan, hörst du mich? Jeffcoat, verdammt noch mal, wage ja nicht zu sterben, ehe du mich angehört hast!«
Dann fiel Charles erschöpft zurück und legte schluchzend einen Arm über seine Augen.
Emily kniete neben ihm nieder und schirmte ihn vor den neugierigen Augen der anderen ab.

O Charles, mein lieber, lieber Charles. Ich habe dich nie so geliebt wie in diesem Augenblick, dachte sie verzweifelt.
Doc Steele sagte barsch neben ihr: »Laß mich seine Hände verbinden. Und bringt Jeffcoat nach Hause und deckt ihn warm zu.«
Wenige Minuten später waren Charles' Hände verbunden, und die beiden Männer lagen nebeneinander auf einem Wagen. Sie brachten Tom zu seinem Haus und trugen ihn hinein, Emily blieb neben seinem Bett stehen. Als die anderen Helfer gegangen waren, trat Edwin neben seine Tochter.
»Ich bleibe bei ihm«, sagte sie ruhig, »bis es ihm bessergeht.«
Edwin sah Emily mit traurigen, liebevollen Augen an.
»Ja, ich weiß«, sagte er und akzeptierte widerspruchslos ihre Entscheidung.
»Und sobald er wieder auf den Beinen ist, werde ich ihn heiraten.«
»Ja, ich weiß.«
»Papa ...«
»Liebes ...« Aufschluchzend warf sie sich in seine Arme.
»Es tut mir so leid«, sagte er mit bebender Stimme.
»O Papa. Ich liebe ihn so sehr. Er muß einfach leben.«
»Er wird wieder gesund.«
Eng schmiegte sie sich an ihn. Wie sehr sie gerade in diesem Augenblick den Trost und die Zuneigung ihres Vaters brauchte! »Ich dachte, ich müßte zwischen euch wählen, und ich wußte nicht, wie ich ohne dich weiterleben sollte.«
»Darüber brauchst du dir keine Sorgen mehr zu machen.

Ich bin ein eigensinniger alter Narr ... Fannie hat mir das klargemacht. Du kriegst einen guten Mann. Ich wußte das die ganze Zeit, war aber zu störrisch, um es zuzugeben.«

Sie preßte sich fester an ihn und hatte das Gefühl, aus dem Schatten ins Licht getreten zu sein.

»Du bist der beste Vater, den ich mir vorstellen kann.«

Er räusperte sich verlegen, trat einen Schritt zurück und sagte: »Nun ...«

»Ja ... also ...« Verlegen sahen sie sich an. Schließlich fragte Emily: »Kannst du mir Frankie mit sauberen Kleidern schicken?«

»Ich bringe sie selbst. Sobald ich mich vergewissert habe, daß Charles gut versorgt ist. Sie haben ihn zu uns nach Hause gebracht, weißt du. Fannie bestand darauf.«

»Wie schön. Da ist er in besten Händen.«

»Kümmere dich jetzt um deinen Verlobten«, sagte Edwin und verbarg seine Rührung hinter seiner Schroffheit.

Sie küßte ihn zum Abschied auf die Wange. »Und du solltest ein Bad nehmen. Du stinkst.«

Zwanzigstes Kapitel

Emily schloß die Haustür hinter ihrem Vater und blieb eine Weile erschöpft davor stehen. Das Schlafzimmer schien Meilen entfernt zu sein. Ihre Schultern schmerzten, ihre Augen brannten, und ihre Kehle war wie ausgedörrt. Schweren Schrittes ging sie zu Tom. Im Türrahmen blieb sie stehen und betrachtete die reglose Gestalt auf dem Bett. Voller Sorge lauschte sie seinen mühsamen, keuchenden Atemzügen.

Verzagt stand sie neben seinem Bett. Wenn sie ihm nur irgendwie helfen könnte. Aber Doc Steele hatte gesagt: ›Seine Lungen müssen das allein schaffen. Säubere ihn, und halte ihn warm. Laß die Fenster geschlossen, denn die Luft ist voller Rauch. Wenn er aufwacht, gib ihm etwas Leichtes zu essen.‹

Sie kniete neben dem Bett nieder und drückte ihre Lippen auf seine schmutzige rechte Hand. »Wag nicht zu sterben, hörst du mich, Tom Jeffcoat! Das würde ich dir nie verzeihen.« Dann raffte sie sich auf, ging in die Küche, machte Feuer, erhitzte Wasser im Kessel, goß es in eine Waschschüssel und trug sie ins Schlafzimmer. Sie säuberte mit einem weichen Tuch Toms Gesicht und betete, daß sie dieses Gesicht jeden Morgen neben sich auf dem Kissen sehen würde, miterleben durfte, wie es allmählich Falten bekam und älter wurde.

Sie wusch seine Hände, die angeschwollenen Knöchel und stellte sich vor, wie sie ihren Körper streicheln würden, wenn sie müde war; wie sie eines Tages ihre Kinder halten und in den kommenden Jahren den Lebensunterhalt für seine Familie verdienen würden.

Dann wusch sie seinen Oberkörper – legte ihr Ohr an seine Brust und hörte seinen Herzschlag. Als sie auch noch seine Beine und Füße gesäubert hatte, deckte sie ihn bis zum Hals zu, holte einen Stuhl aus der Küche, ließ sich schwer darauf fallen und schlief, halb auf dem Bett liegend, ein.

Als Edwin mit sauberen Kleidern wiederkam, fand er sie so vor – erschöpft und schmutzig –, er brachte es aber nicht übers Herz, sie zu wecken. Er legte ihre Kleider auf die Truhe und ging auf Zehenspitzen hinaus.

Emily wachte auf, als Tom sich bewegte. Sie sprang auf, beugte sich über ihn und flüsterte: »Du wirst wieder gesund, Tom.«

»Emily?« krächzte er und tastete nach ihrer Hand.

»Ja, Tom. Ich bin hier.«

Er sah sie aus glasigen Augen an und brachte nur drei Worte über die aufgesprungenen Lippen: »Sie hat gelogen.«

»Tom?« rief Emily ängstlich. »Tom?«

Aber er war wieder bewußtlos geworden, ließ ihr keine Gelegenheit, sich zu entschuldigen und ihm ihre Liebe zu versichern. Enttäuscht setzte sie sich wieder auf den Stuhl und hielt seine schlaffe Hand. Er war durch die Hölle gegangen. Er hatte das Feuer bekämpft, von dem er glaubte, daß sein bester Freund es gelegt hatte. Er hatte seinen Mietstall verloren und einen Teil seiner Pferde und rang

mit dem Tod. Und doch war seine größte Sorge, daß er sie wegen Tarsys Lügen verlieren könnte.
Emily bedeckte ihr Gesicht mit den Händen und ließ endlich ihren Tränen freien Lauf.
»Es tut mir so leid, daß ich ihr geglaubt habe, Tom. Ich hätte wissen müssen, daß Tarsy jede Möglichkeit ergreifen würde, um sich zu rächen, und dabei auch vor keiner Lüge zurückschreckt. Bitte, werde wieder gesund, damit ich dich heiraten kann und wir dieses Mißverständnis vergessen können.«

In Edwin Walcotts Haus war Charles gebadet und zu Bett gebracht worden. Frankie schlief bereits, und es herrschte friedliche Stille. Im Nachthemd ging Edwin zu Fannies Zimmer und klopfte leise an die Tür.
»Komm rein«, rief Fannie. Er öffnete die Tür und blieb im Rahmen stehen. Fannie saß an ihrem Frisiertisch. Sie trug einen hellblauen, mit Veilchen bestickten Morgenmantel. Ihr nasses Haar fiel in weichen Wellen über ihren Rücken.
»Komm rein, Edwin«, wiederholte sie, drehte sich auf dem Hocker um und legte die Hände in ihren Schoß.
»Ich wollte dir nur gute Nacht sagen und dir danken. Das heiße Bad hat gutgetan.«
»Ja, nicht wahr? Aber du brauchst mir dafür nicht zu danken.« Lächelnd sah sie ihn an.
»Du mußt sehr müde sein.«
»Ja, das bin ich. Und du?« fragte er sanft.
»Ich habe nachgedacht.«
»Worüber?«
»Über die Kinder – über Tom und Emily. Du hast Emily erlaubt, bei ihm zu bleiben, nicht wahr?«

Taktvoll ließ Edwin die Tür offen, schlenderte durch das Zimmer, berührte hier und da gedankenlos irgendwelche Gegenstände – ein Bild an der Wand, die Lehne eines Stuhls, den Griff der Kommode. »Es hätte keinen Sinn gehabt, es ihr zu verbieten. Sie wäre trotzdem geblieben.«
»Sie liebt ihn sehr, Edwin.«
»Ja, das weiß ich. Sie hat gesagt, sie wird ihn heiraten, sobald er wieder auf den Beinen ist.«
»Und du hast auch dazu deine Zustimmung gegeben?«
»Sie hat mich nicht danach gefragt. Sie ist eine erwachsene Frau. Es ist wohl Zeit, daß ich sie als solche behandele.«
»Ja, natürlich, du hast recht. Und nach allem, was die beiden durchgemacht haben, wird in Sheridan niemand mit dem Finger auf sie zeigen.«
Endlich wagte Edwin, Fannie seine ungeteilte Aufmerksamkeit zu schenken. Im Lampenlicht schimmerte ihr nasses Haar wie flüssiges Kupfer. Edwin atmete genüßlich den süßen Duft ein, der von ihr ausging. Als sie den Arm hob, um eine Haarsträhne hinters Ohr zu streichen, rutschte der Ärmel ihres Morgenrocks zum Ellbogen herunter und enthüllte ihren weichen, weißen, mit Sommersprossen gesprenkelten Oberarm. Sie war schön und warmherzig und besaß alle Eigenschaften, die er immer geliebt hatte. Aber Edwin unterdrückte den Drang, zu ihr zu gehen und sie in die Arme zu nehmen – er wollte nur noch eine Weile bei ihr bleiben und mit ihr reden.
»Du hast auch über uns nachgedacht, nicht wahr?«
»Ja.«
»Und was hast du gedacht?«
Sie überlegte einen Augenblick, legte die Haarbürste auf

den Frisiertisch und sah zu ihm auf. »Was ich getan hätte, wenn ich dich verloren hätte.«

»Aber du hast mich nicht verloren. Ich bin noch sehr lebendig und nicht einmal verletzt.«

»Ja«, antwortete sie mit weicher Stimme. »Das sehe ich.« Lächelnd betrachtete sie den Mann, den sie liebte: Frisch gebadet, wohlriechend, extrem männlich stand er in seinem Nachthemd und barfuß vor ihr. Wenn er gekommen war, um ihren Widerstand zu brechen, so hatte sie ihm in diesem Augenblick nichts entgegenzusetzen. »Schläfst du immer in diesem Hemd?«

»Nein. Nicht immer.« Das gestreifte Hemd reichte Edwin bis zu den Unterschenkeln. »Meine Unterwäsche war ganz durchnäßt. Ich hab sie in den Waschkessel gelegt.«

»Ich kann mich nicht erinnern, dieses Hemd je gewaschen zu haben.« Ihr Blick glitt an ihm hinunter bis zu den bloßen Zehen. Er errötete.

Ohne Koketterie in der Stimme sagte sie schließlich: »Warum schließt du nicht die Tür, Edwin?«

Sie sah, wie er seine Überraschung zu verbergen trachtete. Ohne den Blick von ihr zu wenden, drückte er langsam und lautlos die Tür zu. Dann ging er auf sie zu, blieb einen Augenblick reglos vor ihr stehen und sah auf sie hinunter. Er strich ihr das nasse Haar aus der Stirn, beugte sich über ihr zu ihm emporgewandtes Gesicht und fragte: »Heute nacht also?«

»Ja, Liebling, heute nacht.«

Dann küßte er zart ihren Mund, ihre Lider, ihre Wangen.

»Weil du mich beinahe verloren hättest?« flüsterte er.

»Ja. Und weil das Leben zu kostbar ist und weil wir zu viele Jahre davon vergeudet haben.«

Wieder bedeckte er ihren Mund mit seinen Lippen, zog sie zu sich hoch, küßte sie zärtlich und forschend, als wolle er eine längst vergessene Erinnerung wecken.

»Ich liebe dich, Fannie Cooper.«

»Und ich liebe dich, Edwin Walcott ... bedingungslos und schamlos.«

»O Fannie, Fannie«, flüsterte er heiser und bedeckte ihr Gesicht und ihren Hals mit leidenschaftlichen Küssen. »Wir hätten das schon vor Jahren tun sollen.«

»Ja, ich weiß.«

Er umfaßte ihre Brüste, und in seinem Kuß lag die ganze Sehnsucht, die er jahrelang unterdrückt hatte. Er öffnete ihren Morgenmantel, streichelte ihre Brüste, ihre Hüften und preßte ihren Körper gegen seinen. »Zieh das aus«, sagte er, schob ihr mit einer ungeduldigen Bewegung Morgenmantel und Nachthemd über die Schultern. »O ... Fannie.« Sein Blick glitt von ihrem Gesicht zu ihren Brüsten, die in seinen Händen lagen, und er streichelte leicht darüber. Dann legte er eine Hand flach auf ihren Bauch und erforschte mit den Fingerspitzen ihr lockiges, rötlichblondes Schamhaar. »Immer sah ich dich so vor mir. Fühlte deinen weichen Körper, deine weiße Haut voller Sommersprossen ... Ich liebe deine Sommersprossen.«

»Ach, Edwin, niemand liebt Sommersprossen.«

»Doch, ich ... weil es deine sind.«

Er sank vor ihr auf die Knie, küßte sie an den intimsten Stellen, während sie voller Liebe und Sehnsucht seinen Kopf streichelte. Dann zog sie ihn wieder zu sich hoch.

»Ich bin ungeduldig ... ich will dich auch sehen, Edwin.«

Er hob die Arme, und sie streifte ihm das Nachthemd

über den Kopf. Leicht glitten ihre Finger über seine behaarte Brust, seinen Bauch und berührten zart seine Männlichkeit. »Du bist großartig«, hauchte sie atemlos. Heiser vor Erregung sagte er lachend: »Du bist schamlos, Fannie, nicht wahr?«
»Absolut.« Sie lächelte, küßte ihn und streichelte ihn sanft.
»Fannie …« keuchte er, und ein Schauder überlief seinen Körper. Seine Hände erforschten verlangend ihr weiches, warmes Fleisch, bis sie sich stöhnend zurückbog und flüsterte: »O Edwin … endlich … und so gut …«
Ihre Glieder waren schwer vor Verlangen. Er hob sie auf und ließ sich mit ihr zusammen aufs Bett sinken. Sie kannte keine falsche Scham und erwiderte jede seiner Zärtlichkeiten mit derselben Leidenschaft.
Auf dem Rücken liegend, streckte sich Fannie wie eine Katze, genoß voll Wonne jeden Schauder, den seine Hände in ihr hervorriefen. In höchster Erregung zog sie ihn auf sich, suchte die Vereinigung, nach der sie sich jahrelang gesehnt hatte.
Als er in sie eindrang, wölbte sich Fannie ihm entgegen, und er versank in ihrem wollüstigen Leib.
»Ahh …« stöhnte er lustvoll.
Lächelnd sah sie an sich hinunter und sagte: »Wir passen gut zusammen, nicht wahr?«
»Wunderbar«, stimmte er zu.
Ihre Körper bewegten sich in völliger Harmonie, gelangten gemeinsam zu höchster Ekstase, und als er aufstöhnend den Kopf zurückwarf, erbebte sie in einem Orgasmus größter Lust.
In ihrem Lächeln lag eine tiefe Zärtlichkeit. »Edwin …

mein geliebter Edwin. Laß mich dich festhalten, so wie ich immer davon geträumt habe, dich in meinen Armen zu halten … nachdem wir uns geliebt haben.«

Sein Kopf ruhte auf ihrer Schulter, und er küßte sanft ihren Hals.

»Ich bin so müde. Du wirst mich heiraten, Fannie … bald, nicht wahr?« murmelte er und schlief ein.

Lächelnd strich sie ihm durchs Haar. »Ja, Edwin«, antwortete sie leise. »Bald.«

Im Morgengrauen wachte Tom auf, streckte seine Beine und stöhnte vor Schmerzen. Er öffnete die Augen, sah die ersten zarten Strahlen der Morgensonne an der Decke. Draußen bellte ein Hund. Spatzen zwitscherten in den Bäumen. Seine nackten Schultern waren kalt, und es roch leicht nach Rauch. Seine Kehle war wie ausgedörrt. Er schluckte mühsam und erinnerte sich plötzlich wieder: das Feuer … der Stall … die Pferde … Emily … Charles. Verzweifelt schloß er wieder die Augen.

O mein Gott, ihm war nichts geblieben!

Die Matratze schwankte leicht. Er hob den Kopf und sah Emily auf einem Küchenstuhl sitzen – schlafend und schmutzig –, ihre Füße lagen auf der Matratze.

Reglos betrachtete er sie voller Trauer, fragte sich, wie er sie jetzt ernähren sollte, wie viele Pferde er verloren hatte, ob seine trächtige Stute gerettet werden konnte, ob sie Charles schon festgenommen hatten und wie lange er jetzt wohl warten mußte, bis er endlich heiraten konnte.

Er schloß wieder die Augen und überließ sich ganz seiner Verzweiflung. Ich bin so durstig … und müde … und ruiniert … Charles, verdammt … warum mußtest du das tun? Und du auch, Tarsy, ich hielt euch beide für meine Freunde.

Er zwang sich dazu, die Augen wieder zu öffnen. Emily bewegte sich im Schlaf, ihr Kopf rollte zur Seite, und plötzlich sah sie ihn an. Er beobachtete, wie ihr langsam bewußt wurde, daß er wach war – sah die Angst, die Erleichterung, das Mitgefühl abwechselnd über ihr Gesicht huschen, ehe sie aufsprang, sich neben sein Bett kniete und ihren Mund auf seine Hand preßte.

»Ich liebe dich«, sagte sie sofort. »Und es tut mir leid, daß ich Tarsy geglaubt habe.«

Er streichelte versöhnlich ihre Wange. In ihren Blicken lagen all die unausgesprochenen Gefühle, die sie bewegten. Er rutschte zur Seite, zog sie neben sich und drückte sein Gesicht in ihr Haar. Es roch nach Rauch. Tränen schnürten ihm die Kehle zu. Aber es gab Wichtigeres als den Verlust seines Stalls und seiner Pferde. Das Leben, das Glück und die Liebe. Nur diese Dinge zählten.

Emily sagte leise: »Ich hatte entsetzliche Angst um dich. Ich dachte, du würdest sterben.«

»Es geht mir gut«, krächzte er. »Und denk nicht mehr an Tarsy.«

»Ich hätte dir vertrauen müssen. Ich hätte dir glauben müssen.«

»Psst.«

»Aber ...«

»Vergiß Tarsy.«

»Ich liebe dich.« Sie hob ihm ihr tränenüberströmtes Gesicht entgegen. »Ich liebe dich«, wiederholte sie, als hätte sie Angst, er glaube ihr nicht.

»Ich liebe dich auch, Emily.« Er berührte ihre schmutzige

Wange mit seinen geschwollenen Knöcheln und lächelte schwach. »Könntest du mir wohl etwas Wasser bringen? Meine Kehle ist ganz ausgetrocknet.«

»O Tom … es tut mir leid …« Sie sprang aus dem Bett, lief in die Küche und kam mit einem Glas Wasser zurück. »Da, trink.«

Er richtete sich mühsam auf und trank das Glas in einem Zug leer.

»Noch eins, bitte.«

Auch das leerte er gierig und lehnte sich dann erschöpft in die Kissen zurück.

»Wie fühlst du dich? Hast du noch Schmerzen beim Atmen?«

Aber er fragte nur: »Die Stute … konnte die Stute gerettet werden?«

Emilys traurige Miene drückte mehr aus als ihre Worte. »Es tut mir leid, Tom. Man mußte sie erschießen.«

»Wie viele Pferde habe ich verloren?«

»Nur zwei … Patty und Liza.«

»Ist von dem Stall etwas übriggeblieben?«

»Nein«, antwortete sie, »er ist vollständig abgebrannt.«

Er schloß die Augen, ließ den Kopf zurücksinken und schluckte krampfhaft. »Was ist mit Charles?«

»Charles liegt bei mir zu Hause. Fannie kümmert sich um ihn. Er hat nur Brandwunden an den Händen, sonst fehlt ihm nichts.«

Tom lag nur reglos da, zeigte keine Reaktion, aber sie wußte, was er dachte.

»Charles hat deinen Stall nicht in Brand gesteckt, Tom.« Er hob den Kopf und sah sie an. »Ach, er hat es nicht getan?«

»Nein.«

»Und wer hat es getan?«
»Ich weiß es nicht. Vielleicht hat ein Blitz eingeschlagen.«
»Ein Gewitter im Februar?«
Natürlich wußte sie, daß er recht hatte. Aber sie zögerte, ihren Verdacht auszusprechen. »Vielleicht war es Tarsy?«
»Nein. Wir haben uns vor ihrem Haus gegenseitig beschimpft, als das Feuer ausbrach.«
»Woher willst du wissen, daß das Feuer gelegt wurde? Vielleicht ist es durch eine Unvorsichtigkeit entstanden?«
Aber Tom war ein sehr umsichtiger Mann und hatte alle Lampen gelöscht, ehe er den Stall verließ. Und in der Schmiede hatte kein Feuer mehr gebrannt.
Tom stieß einen tiefen Seufzer aus. »Gott, ich weiß es nicht.« Sein Kopf sank wieder zurück. Emily betrachtete ihn voller Mitgefühl.
»Hast du Hunger?« fragte sie.
»Nein. Warst du die ganze Nacht hier?«
»Ja.«
»Dein Vater wird hierherkommen und mir auch noch die restliche Haut abziehen«, überlegte er laut.
»Nein, das wird er nicht. Vater und ich haben uns geeinigt.«
»Worüber?«
»Ich habe ihm gesagt, daß ich hierbleibe und dich pflege, bis du wieder auf den Beinen bist. Und ich sagte ihm auch, daß ich deine Frau werde, sobald du gesund bist.«
Sein Gesicht blieb ausdruckslos. Dann sah er sie lange an, ehe die Verzweiflung ihn wieder überwältigte. Er hob die Schultern und ließ sie resigniert wieder sinken.
»Was bedrückt dich?« fragte sie.
»Alles.«

»Was?«

»Hör zu, Emily.« Er nahm ihre Hand und rieb mit dem Daumen über ihre Knöchel, während er ihr seine verzweifelte Lage erklärte. »Ich habe zwei gebrochene Rippen. Wer weiß, wie lange es dauern wird, bis ich wieder arbeiten kann. Mein Mietstall ist niedergebrannt, und ich habe kein Geld, um einen neuen zu bauen. Meine Kutschen sind verbrannt, und zwei meiner Pferde starben. Und du willst mich heiraten?«

»Du wirst wieder gesund, und wir bauen alles wieder auf«, verkündete Emily eigensinnig.

»Womit?« fragte er. »Ich habe keine Feuerversicherung, kein Heu, nichts mehr.«

»Nichts mehr?« Vorwurfsvoll sah sie ihn an. »Natürlich bleibt dir noch etliches. Du hast dieses Haus, ein großes Grundstück in bester Geschäftslage, einen Amboß, der schon deinem Großvater gehört hat, und acht gesunde Pferde auf der Koppel meines Vaters.« Dann verschränkte sie ihre Hände vor der Brust. »Und du hast mich ... den besten Tierarzt und Stalljungen in diesem County. Und das nennst du nichts?«

»Emily, sei doch vernünftig.«

Sie trat ans Bett und musterte ihn mit einem entschlossenen Blick. »Ich bin vernünftig. Letzte Nacht, als ich hier bei dir saß und schluchzend mein Schicksal beweinte, habe ich mich aufgeführt wie ein törichtes Kind. Damit ist jetzt Schluß. Mit Sorgen kommt man nicht weiter. Es ist reine Energieverschwendung. Harte Arbeit führt zum Erfolg, und ich bin bereit hart zu arbeiten, wenn du es auch bist. Aber ich glaube, zuerst sollten wir heiraten, damit wir diese Hürde überwunden haben.«

»Und was ist mit der Trauerzeit?«
»Ich habe keine Lust mehr, mich länger an die Konventionen zu halten«, verkündete sie, setzte sich aufs Bett und nahm seine Hand. »Wenn du im Feuer umgekommen wärst, hätte ich mir nie verziehen, daß ich die wenigen schönen Wochen, die wir zusammen hätten haben können, vergeudet habe. Ich liebe dich, Tom Jeffcoat, und ich will deine Frau werden. Von bürgerlichen Moralvorstellungen und niedergebrannten Scheunen lasse ich mir mein Glück nicht zerstören.«
»Komm her«, sagte er leise.
Sie legte sich neben ihn und barg ihren Kopf an seiner Schulter. Sie lauschten dem Gezwitscher der Spatzen in den Bäumen und den Geräuschen der erwachenden Stadt an einem Samstagmorgen.
Emily streichelte sanft Toms Hand und sagte: »Charles hat deinen Stall nicht angezündet. Er hat dich aus dem Feuer geholt und dir das Leben gerettet. Als er hörte, daß du in Lebensgefahr schwebst, hat er geweint. Bitte, glaube mir, Tom.«
Er preßte seinen Mund gegen ihre Stirn, wollte ihr glauben.
»Du liebst ihn noch immer, nicht wahr?« murmelte er in ihr Haar.
Sie setzte sich auf und sah Tom an. »Natürlich tue ich das«, gestand sie. »Aber nicht so wie dich. Sonst hätte ich ihn geheiratet. Bitte, Tom, glaube mir, er hat deinen Stall nicht niedergebrannt. Dazu wäre er nicht fähig.«
Tom dachte über die verzwickte Situation nach. »Glaubst du, wir können weiter zusammen in dieser Stadt leben – wir drei?«

»Das weiß ich nicht«, antwortete Emily ehrlich.
Nach einer Weile fragte er bedrückt: »Würdest du mit mir in den Osten zurückkehren?«
Bei dem Gedanken, ihre Familie verlassen zu müssen, empfand sie ein entsetzliches Gefühl der Einsamkeit. Trotzdem gab es für sie nur eine Antwort.
»Ja, wenn du das wünschst.«
Er merkte, zu welchem Opfer sie für ihn bereit war, und seine Achtung und Liebe stiegen ins Grenzenlose. Schweigend, mit ineinander verschlungenen Händen, saßen sie da, dachten an die Ungewißheit der Zukunft, die vor ihnen lag, als es an der Haustür klopfte. Emily ging öffnen.
Beim Anblick der beiden vertrauten Gesichter faßte sie wieder Mut. »Hallo, Papa. Und Fannie ... Wie schön, daß ihr gekommen seid.«
»Wie geht es Tom?« fragte Fannie und kam herein.
»Er ist sehr erschöpft, wird aber bald wieder auf den Beinen sein. O Fannie, ich bin so froh ...«
Edwin sagte: »Wir möchten mit euch beiden reden.«
»Papa, hat das nicht Zeit ...«
»Es wird nicht lange dauern.« Edwin drängte sich an seiner Tochter vorbei, ging ins Schlafzimmer und begrüßte Tom jovial: »Wie ich sehe, geht's dir schon besser.«
»Ich gedenke noch eine Weile zu leben«, krächzte Tom und richtete sich auf.
Edwin war in ungewöhnlich überschwenglicher Laune, nahm nun Fannie bei der Hand und zog sie neben sich. Seiner Tochter befahl er: »Emily, setz dich zu Tom. Wir haben euch etwas zu sagen.«

Emily und Tom sahen sich verwundert an.
»Sie haben Pinnick festgenommen. Er hat deinen Stall angezündet. Sie haben ihn heute morgen betrunken auf dem Bürgersteig gefunden. Er hatte noch eine halbvolle Flasche Whiskey in der Hand und lallte vor sich hin, wie leid es ihm täte und daß er nicht die ganze Scheune niederbrennen, sondern dir nur einen Denkzettel verpassen wollte, weil du ihm die Arbeit wegnimmst.«
»Pinnick?« rief Tom verblüfft.
Edwin fuhr fort: »Und als ich heute morgen aufstand, kam Charles die Treppe heruntergepoltert und verfluchte diesen verdammten Jeffcoat, dem er nun einen neuen Stall bauen müsse. Ehe er aus dem Haus stürmte, rief er mir zu, daß er die Männer zusammenholen wolle, damit sie unverzüglich mit der Arbeit beginnen können. Und er hat geschworen, das wäre endgültig das Letzte, was er für Tom Jeffcoat täte. Ach, und dann wollen wir euch noch sagen, daß Fannie und ich ...«
»Das erzähle ich«, fiel ihm Fannie ins Wort. Sie sah froh und glücklich aus, als sie weitersprach: »Ich habe gestern abend ziemlich indiskret gehandelt, als ich mich deinem Vater vor aller Augen in die Arme warf. Da es jetzt nichts mehr zu verheimlichen gibt, haben Edwin und ich beschlossen, umgehend zu heiraten. Und wir haben uns gefragt, ob ihr beide wohl mit einer Doppelhochzeit einverstanden wärt – vielleicht Ende nächster Woche?«
Freudestrahlend und überglücklich fielen die vier sich in die Arme, redeten und lachten alle gleichzeitig. Mit verschwörerischer Miene flüsterte Fannie Emily ins Ohr: »Was für den Vater gut ist, ist sicherlich auch gut für die

Tochter. Jetzt können sich die Klatschbasen ihre Mäuler zerreißen!«

Als Fannie und Edwin gegangen waren, wiederholte Emily überströmend vor Glück: »In zwei Wochen! Tom, ist das nicht wunderbar?«

Tom nahm ihre Hand und sagte liebevoll: »Emily, hör mir zu, und widersprich mir diesmal nicht. Du gehst jetzt nach Hause. Eine Nacht in meinem Haus hat deinem Ruf bereits genug geschadet. Du wirst erst wieder als meine Frau dieses Zimmer betreten. Also geh jetzt. Auf mich wartet ein Zimmermann, mit dem ich sprechen muß.«

»Aber, Tom!«

»Raus mit dir! Außerdem hast du ein Bad dringend nötig. Du riechst wie ein Schornsteinfeger.«

Sie lachte, stand auf und sagte übermütig: »Weißt du eigentlich, daß du häßliche Knie hast, Tom Jeffcoat? Ich habe es gesehen, als ich dich heute nacht wusch.«

Verlegen grinsend schalt er sie: »Miss Walcott, wenn Sie nicht sofort verschwinden, kriegen Sie eine Tracht Prügel, aber das würde meinen angeknacksten Rippen nicht guttun. Also raus mit dir.«

»Wirst du mich vermissen?« fragte sie und küßte ihn auf die Wange.

»Ja, das werde ich«, gab er grollend zu.

»Ich liebe dich, trotz deiner häßlichen Knie.«

»Ich liebe dich, obwohl du nach Rauch stinkst. Wirst du jetzt endlich gehen?«

»Was willst du Charles sagen?«

»Das geht dich nichts an.«

»Wenn wir verheiratet sind, möchte ich ihn gern mal zum Essen einladen.«

»Ich werde es ihm ausrichten.«
»Und auch Tarsy.«
Er sah sie finster an.
»Ja, gut. Ich gehe schon. Kommst du heute abend und machst mir den Hof?« fragte sie vergnügt und stand schon in der offenen Tür.
Er wickelte sich das Bettlaken um den Unterleib und schwang die Beine aus dem Bett. »Man muß die Frauen immer im ungewissen lassen, das ist mein Motto«, murmelte er vor sich hin, humpelte zur Tür und scheuchte Emily hinaus.

Dreißig Minuten später war Tom in Edwins Mietstall. Charles spannte zwei von Toms Pferden vor einen Wagen. Tom schloß die Tür hinter sich, und die beiden Männer starrten sich eine Weile schweigend an.
»Hallo«, sagte Tom schließlich. »Was machst du mit meinen Pferden?«
»Ich fahre mit ihnen zum Sägewerk und hole neues Holz für den letzten gottverdammten Stall, den ich für dich bauen werde.«
»Brauchst du Hilfe?«
Charles warf Tom einen sarkastischen Blick zu. »Nicht von einem Krüppel mit zwei gebrochenen Rippen.«
»Na, und wer hat sie mir gebrochen?«
Charles legte den Pferden das Zaumzeug an.
»Wie ich höre, hast du Brandwunden an den Händen.«
»Nur auf den Handrücken. Das stört mich nicht beim Arbeiten. Was willst du von mir?«
»Ich will dir danken, daß du mich aus dem Feuer geholt hast.«

»Mit dir hat man nur Sorgen, weißt du das, Jeffcoat? Wenn ich es mir recht überlege, hätte ich dich verschmoren lassen sollen.«

»Du redest Scheißdreck«, entgegnete Tom liebevoll.

Charles stand hinter den Pferden, kicherte leise und wiederholte grimmig: »Ja, Scheißdreck.«

Tom starrte auf Charles' Stiefel. »Ich werde sie nächste Woche heiraten.«

»An welchem Tag?«

»Das weiß ich noch nicht.«

»Samstag?«

»Wahrscheinlich.«

»Wenn du am Samstag heiratest, habe ich den Stall am Freitag fertig. Wenn du am Freitag heiratest, bin ich am Donnerstag damit fertig.«

»Was soll das bedeuten?«

»Du erwartest doch nicht von mir, daß ich hierbleibe und vielleicht noch dein Trauzeuge werde, oder? Sobald dein Stall fertig ist, gehe ich fort.«

»Du willst die Stadt verlassen?«

»Ja.«

»Wohin willst du gehen?«

»Nach Montana. Dort gibt es noch eine Menge freies Land, und wie ich höre, siedeln dort reiche Rancher, die Scheunen und Häuser brauchen.«

»Hast du das Emily schon gesagt.«

»Das überlasse ich dir.«

»Du mußt nicht fortgehen, Charles.«

»Zum Teufel mit dir, Jeffcoat!«

»Charles, es tut mir leid.«

»Daß ich nicht lache!«

»Ich bedaure, was ich gestern abend wegen des Feuers gesagt habe.«
»Ja, nun vergiß es. Pinnick hat nur etwas schneller gedacht als ich. Verdammter alter Trunkenbold ... wenn ich das Feuer gelegt hätte, wäre ich schon auf dem Weg nach Montana und müßte nicht Tage damit vergeuden, deinen verdammten Stall wiederaufzubauen.« Charles stieg auf den Wagen und griff nach den Zügeln. »Mach jetzt das Tor auf, damit ich endlich losfahren kann, du armseliger Hufschmied.«
Tom schob das große Doppeltor auf, trat beiseite und sah Charles mit tief in die Stirn gezogenem Hut nach.
Dann rief er ihm hinterher: »Behandele meine Pferde gut, Bliss! Wenn du sie zurückbringst, gib ihnen zu trinken. Sie sind kein Stück trockenes Holz, weißt du!«
»Und du behandele meine Frau gut, sonst komme ich zurück und trete dich in den Hintern!«
»Mist«, murmelte Tom und sah dem Fahrzeug nach. Er blieb bedrückt neben dem Scheunentor stehen. Wie sehr ihm Charles fehlen würde!

Einundzwanzigstes Kapitel

Die Hochzeit fand Anfang März statt, an einem sonnigen, frühlingshaften Tag. Ein weicher Wind blies von den östlichen Abhängen der Rocky Mountains herunter und ließ den Schnee dahinschmelzen.

Mittags läuteten die Glocken der Kirche in Sheridan und riefen die durch das warme Wetter fröhlich gestimmten Menschen zum Gottesdienst.

Vor der Kirche warteten die Bürger auf die Ankunft der Brautpaare. Und endlich fuhr Edwin Walcott in seinem schönsten Landauer, gezogen von einem Gespann prächtig geschmückter Pferde, vor. Neben ihm saß Fannie Cooper; sie trug ein elegantes, elfenbeinfarbenes Kleid und hielt ihren riesigen, mit einem hauchzarten Netz bedeckten Hut mit einer Hand fest.

Hinter ihnen saßen Emily und Tom. Emily trug das silbergraue Hochzeitskleid ihrer Mutter, und Tom war, passend dazu, in Taubenblau gekleidet. Frankie in seinem neuen braunen Anzug warf sich stolz in die Brust und sprang als erster aus der Kutsche, als Edwin vor dem Kirchenportal die Zügel anzog. Edwin steckte die mit Bändern und Papierrosen geschmückte Peitsche in die Halterung, sprang geschmeidig wie ein Zwanzigjähriger herunter und hob Fannie mit stolzem Lächeln aus der Kutsche. Tom folgte etwas weniger agil. Er wurde durch einen Verband unter seinem blütenweißen Hemd in seiner Bewegungsfreiheit behindert, doch als er seiner Braut die Hand entgegenstreckte, strahlte er übers ganze Gesicht.

Reverend Vasseler empfing die Paare am Kirchenportal. Lächelnd begrüßte er jeden einzelnen mit einem Händedruck. »Guten Morgen, Edwin, Fannie, Thomas, Emily ... und Master Frank.«

»Es ist ein wunderschöner Tag, nicht wahr?« sagte Edwin.

»Ja, in der Tat.« Reverend Vasseler betrachtete den wolkenlosen Himmel; der leichte Wind zerzauste sein Haar. »Man könnte glauben, der Herr schickt eine Botschaft, nicht wahr?«

Die Prozession folgte dem Reverend durch das Mittelschiff zum Altar. Die Orgel spielte. Und als die Gläubigen Platz genommen hatten, begann Reverend Vasseler seine Ansprache.

»... wir haben uns heute hier versammelt, um diesen Mann und diese Frau ...«, dann richtete er seinen Blick auf das zweite Brautpaar, »... und diesen Mann und diese Frau ... in den heiligen Stand der Ehe zu führen.«

Edwin nahm Fannies Hand und sah ihr tief in die Augen, als er sprach: »Ich, Edwin, nehme dich, Fannie ...«

»Ich, Fannie, nehme dich, Edwin ...«

Die Innigkeit, mit der das ältere Paar diese Worte sprach, rührte manche Zuschauer zu Tränen.

Dann sprachen Tom und Emily das Ehegelöbnis, und als das letzte Wort gesagt war, breitete Reverend Vasseler die Arme aus. »Jetzt dürft ihr die Bräute küssen.«

Die beiden Paare kamen bereitwillig dieser Aufforderung

nach, wandten sich dann um und gingen, begleitet vom aufbrausenden Klang der Orgel, lächelnd durch den Gang auf die offene Kirchentür zu. Arm in Arm traten Emily und Tom, gefolgt von Fannie und Edwin, hinaus und wurden von einer begeisterten Menge mit Reis bestreut. Die beiden Paare suchten Zuflucht in der Kutsche, und Frankie erhielt von seinem Vater die Erlaubnis zu kutschieren. Mit stolzgeschwellter Brust griff er nach den Zügeln und trieb die Pferde an.

In der *Coffeen Hall* war das Hochzeitsessen vorbereitet worden, wo man gemeinsam mit Nachbarn und Freunden bis zum späten Nachmittag feierte. Eine Stunde vor Sonnenuntergang bestiegen die beiden Paare wieder den Landauer – Frankie würde die Nacht bei seinem Freund Earl verbringen – und fuhren nach Hause.

Edwin kutschierte, und Fannie lehnte ihren Kopf an seine Schulter. Im Rücksitz hielt Emily Toms Hand in den Falten ihres Rockes und ließ sich das von Erregung gerötete Gesicht vom Wind kühlen.

Vor Toms Haus hielt Edwin die Kutsche an. Er drehte sich um, legte einen Arm auf die Rücklehne des Sitzes und sah seine Tochter und ihren frischgebackenen Ehemann an.

»Nun ...«, sagte er mit einem liebevollen Lächeln. »Ich wünsche euch einen glücklichen Hochzeitstag.« Dann sah er Fannie an und sagte: »Für uns ist es ein glücklicher Tag.«

»Auch für uns«, antwortete Emily. »Danke, Papa.« Sie lehnte sich vor und küßte erst ihn, dann Fannie. »Ich danke euch beiden. Es war ein wunderschöner Tag.«

Tom stieg aus und half Emily herunter. Dann streckte er Edwin und Fannie die Hände entgegen und sagte bewegt: »Macht euch keine Sorgen um Emily. Ich werde sie so glücklich machen, wie ihr beide es seid. Das verspreche ich.«

Edwin nickte nur gerührt und drückte fest Toms Hand. Als er Fannie umarmte, flüsterte sie ihm ins Ohr: »Werde glücklich. Glück ist das Wichtigste im Leben.«

»Wir sind glücklich«, antwortete er und trat zurück.

»Fannie ...« sagte Emily mit bebender Stimme und umarmte sie.

Wie gewöhnlich fand Fannie die passenden Worte, um die rührselige Situation zu beenden. »Nun, wir sehen euch morgen. Meine Glückwünsche, Liebling.«

Emily und Tom sahen der davonfahrenden Kutsche nach und gingen dann zum Haus. Auf der letzten Stufe angekommen, sagte Tom: »Es tut mir leid, daß ich Sie nicht über die Schwelle tragen kann, Mrs. Jeffcoat.«

»Das kannst du bei unserer Silberhochzeit nachholen«, antwortete Emily, dann gingen sie Hand in Hand ins Haus. In der Küche nahm Tom Emily in die Arme und sagte: »Es war eine wunderbare Hochzeit, nicht wahr?«

»Ja.«

»Bist du müde?«

»Nein, aber meine Füße sind naß.«

»Du bist hier zu Hause. Zieh die Schuhe aus.«

»Na gut, aber willst du mich nicht zuerst küssen?«

Lächelnd sagte Tom: »O Emily ... es gefällt mir, dein Mann zu sein.« Dann beugte er sich gehorsam hinunter und küßte seine Frau. Eng aneinandergeschmiegt standen sie eine Weile schweigend mitten in der Küche. Lächelnd fragte er schließlich: »Soll ich dir deine Schuhe ausziehen?«

»Hm«, murmelte sie, während er ihren Rücken streichelte und ihre Lippen zu einem weiteren, langen Kuß voller Zärtlichkeit und Verlangen verschmolzen.

»Thomas?«

»Hm?«

»Meine Schuhe.«

»Ach ja.« Er räusperte sich und führte sie zu einem Stuhl. Emily setzte sich und sah mit geröteten Wangen zu ihm auf. Er kniete vor ihr nieder und tastete mit einer Hand unter ihrem Rock, bis er einen Fuß fand. Nachdenklich betrachtete er die vielen Knöpfe auf ihrer Stiefelette. »Dir die Cowboystiefel auszuziehen war einfacher.«

»Ich weiß. Aber ich habe einen Stiefelknöpfer im Schlafzimmer.«

Er sah auf und streichelte ihren Knöchel. »Den muß ich wohl holen. Willst du mich begleiten?«

Verlegen senkte sie den Kopf und nickte.

Er stand auf, merkte Emilys Scheu und Unsicherheit, nahm sie liebevoll in die Arme und führte sie ins Schlafzimmer. Vor den Fenstern hingen jetzt Vorhänge, und ihr Schreibtisch stand an einer Wand.

»Zieh deine Stiefel aus«, sagte er mit sanfter Stimme.

Er legte seinen Hut in den Schrank, wo ihre Kleider jetzt neben den seinen hingen. Dann zog er seine Jacke aus, hängte sie über einen Bügel, während sie auf der Bettkante saß und ihre Stiefeletten aufknöpfte. Tom balancierte auf einem Bein und zerrte sich die Stiefel von den Füßen. Als Emily nur noch mit Strümpfen an den Füßen dasaß, sagte Tom: »Du kannst deine Stiefel neben meine in den Schrank stellen.«

Als sie vom Schrank zurückkam und an ihm vorbeigehen

wollte, nahm er sie in die Arme und fragte: »Hast du Angst, Emily?« Er küßte sie sanft auf den Nacken.
»Ein wenig.«
»Das brauchst du nicht. Sei ganz unbesorgt.«
Sie sah ihn mit zur Seite geneigtem Kopf an und sagte unsicher: »Es ist nur, weil ich nicht weiß, was ich tun soll.«
»Leg einfach deinen Kopf an meine Schulter und laß es mich dir zeigen.«
Sie drückte ihr Gesicht gegen seine Brust, und er streichelte sie zärtlich. Seine Finger glitten über ihren Rücken, ihre Brust, bis ihre Glieder schwer wurden vor Erregung. Ihr Atem ging schneller. Er löste die Nadeln aus ihrem Haar, breitete es über ihren Schultern aus, preßte sein Gesicht in die schwere Lockenpracht. Er knöpfte ihr Kleid auf und streifte es ihr zusammen mit Korsett und Unterrock vom Körper. Nur noch mit der weißen Unterwäsche bekleidet stand sie vor ihm.
»Würdest du mich auch ausziehen?« sagte er mit sanfter, heiserer Stimme. »Bei mir ist es viel einfacher.«
Emily fühlte, wie ihr die Röte in die Wangen stieg, ihr Blick glitt von seinem Gesicht hinab zu seinem Hemd.
»Ja«, flüsterte sie, nahm die Manschettenknöpfe aus den Ärmeln und begann dann, sein Hemd aufzuknöpfen. Mit jedem Knopf wurden ihre Bewegungen langsamer, und als sie beim letzten angekommen war, ließ sie die Arme sinken, schloß die Augen und gab sich seinen zärtlichen Berührungen hin. Er streifte ihr noch Hemd und Höschen vom Leib, drückte ihren nackten Körper fest gegen seinen, streichelte ihren Rücken, lehnte sich dann zurück, öffnete den letzten Hemdknopf und schlüpfte aus dem Hemd. Dann nahm er ihre Hand und sagte: »Wir sind

jetzt verheiratet ... du darfst mich überall berühren ...« Er drückte ihre Hand gegen seinen bloßen Oberkörper und schob sie dann hinunter zu seinem Hosenbund. Wie in Trance folgte Emily seinen Anweisungen, bis sie schließlich beide nackt dastanden. Dann führte er sie zum Bett, schlug die Decke zurück und legte sich hin. Einladend streckte er die Hand nach ihr aus, und sie schmiegte sich eng an ihn.

Plötzlich kam ihr alles ganz natürlich vor – seine nackte Haut zu spüren, die Arme um ihn zu legen, sein Knie zwischen ihren Beinen, seine Hand auf ihrem Bauch, seine Zunge in ihrem Mund zu fühlen, während er sie zum erstenmal an ihrer intimsten Stelle berührte und dabei aufstöhnte. Seine Küße und streichelnden Hände ließen sie erschaudern, weckten in ihr eine verzehrende Sehnsucht nach Befriedigung dieses Verlangens.

»Ich liebe dich«, flüsterte er, beugte sich über sie und drang in sie ein. Mit geschlossenen Augen empfing sie ihn, wurde sein für ein Leben lang. Dann flüsterte sie: »Mit Herz, Seele und allen Sinnen.«

Und in ihrer Vereinigung besiegelten sie dieses Versprechen.

Dann lag sie auf der Seite, preßte ihren Mund gegen seinen Hals, während er ihr Ohr zart berührte.

Er stützte sich auf einen Ellbogen und sah ihr in die Augen. »Wie geht es jetzt deinem Herzen, deiner Seele und allen deinen Sinnen?«

»Wunderbar. Wir sind überglücklich.«

»Ich auch.« Er berührte zärtlich mit der Fingerspitze ihre Nase. »Hab ich dir mit meinem Gipsverband nicht weh getan?«

»Nur ein wenig.«
»Das tut mir leid, Wildfang.«
»Sag das noch mal.«
»Wildfang.« Er grinste.
»Ehe du mich im Schrank geküßt hast, sagtest du: ›Komm her, Wildfang.‹«
»Daran erinnerst du dich?«
»Sehr gut sogar.«
»Komm her, Wildfang«, sagte er grinsend und zog sie an sich.

Nach Sonnenuntergang schlüpfte Emily aus dem Bett, holte aus ihrem Schreibtisch die Karte mit dem Blumenherzen und dem Liebesgedicht und lehnte sie gegen die Vase. Sie stand am offenen Fenster und schaute hinaus. Nächtliche Stille hatte sich über die Stadt gesenkt. Tom trat hinter sie und umfaßte sie mit beiden Armen. Sie legte ihre Hände auf seine Arme und sprach zum erstenmal von den Menschen, die ihrer Hochzeitsfeier ferngeblieben waren.
»Ich habe sie vermißt«, sagte sie.
»Ich auch«, murmelte er in ihr Haar.
»Sogar Tarsy. Irgendwie mag ich sie immer noch.«
»Ich glaube nicht, daß sie es je verwinden kann.«
»Ob Charles wohl schon in Montana ist?«
»Nein, noch nicht«, antwortete Tom.
»Glaubst du, er kommt je hierher zurück?«
Tom seufzte und schloß das Fenster. Er legte einen Arm um Emilys Schulter und führte sie zum Bett. »Die Welt ist nicht perfekt, Wildfang. Auch mit dem Verlust von Freunden muß man sich abfinden.«

»Ja, ich weiß.«
Sie schlüpften unter die Bettdecke und kuschelten sich aneinander. Sie nahm seine Hand und legte sie auf ihre Brust. In ihrem Nacken fühlte sie seinen warmen Atem, und sie fragte einschmeichelnd: »Darf ich ihn weiterhin ein kleines bißchen lieben?«
Er küßte ihre Schulter und sagte: »Eines Tages wird er zurückkommen. Er weiß, daß wir auf ihn warten.«